Verdadero amor en línea

Verdadero amor en línea

RESURGIR DE LOS GUARDIANES

Adalberto Martínez Rivera

Número de Control de la Biblioteca del Congreso de EE. UU.:		2016914697
ISBN:	Tapa Dura	978-1-5065-1639-4
	Tapa Blanda	978-1-5065-1638-7
	Libro Electrónico	978-1-5065-1637-0

Información de la imprenta disponible en la última página.

Fecha de revisión: 07/09/2016

Para realizar pedidos de este libro, contacte con:
Palibrio
1663 Liberty Drive
Suite 200
Bloomington, IN 47403
Gratis desde EE. UU. al 877.407.5847
Gratis desde México al 01.800.288.2243
Gratis desde España al 900.866.949
Desde otro país al +1.812.671.9757
Fax: 01.812.355.1576
ventas@palibrio.com
748596

Índice

Dedicatoria

Quiero dedicar este primer libro a mi familia, especialmente a mis padres los que me han dado tantas cosas y jamás el tiempo será suficiente para recompensarlos. A mi esposa que dio todo en dos ocasiones para ayudarme a alcanzar mis sueños y me ayudó a luchar por mis hijas. Por último, a esos amigos y conocidos que jamás perdieron la fe en mí y en mi talento y que me dieron ese empujón de esperanza para convertir mi sueño en realidad, aún en momentos en los que sentí que mi camino se llenó de obstáculos. Espero que ustedes disfruten mi libro tanto como yo lo disfruté al escribirlo.

-Adalberto Martínez

Prólogo

Un Hombre de gran poder utiliza su grandeza para dominar los elementos de la esfera terrestre conocida como la Tierra, en una época antigua donde la civilización ignoró la presencia del hechicero con el propósito de aprender, destruir y utilizar los elementos para la evolución de su raza.

Se derribaron árboles, se secaron ríos y destruyeron montañas alcanzando murallas y rascacielos. Al pasar los años, se crearon sombras de cemento. Se mataban entre sí por el dominio de tierras vecinas y cuyo propósito era expandir su ego y riquezas materiales.

Contaminaron la raíz del poder del hechicero: tierra, fuego, agua, viento y acompañante de todos, la sombra. Antes de que la civilización invadiera su aldea, el hechicero se encerró en su cabaña de madera.

Tocando una melodía en su viejo órgano de huesos, invocó un espíritu procedente de una dimensión desconocida y que a su vez tiene interés en los elementos, el semidiós Vicarius. El hechicero se somete en reverencia por la desesperación que lo agobia y antes de contaminarse por el mal que rodea y que no tarda en apoderarse de su aldea, le exige un único deseo: despojarse del poder que lo hacía dominar los elementos.

Este, quería otorgar vida angelical a cada uno de los elementos dominados por su magia. Vicarius asintiendo, creó una dimensión donde el hechicero lograra contemplar la naturaleza y la tranquilidad que le devolvería la serenidad perdida. Un tesoro ignorado por el mal que alimenta el tercer reino del Creador, donde la avaricia no sólo contribuye a la contaminación del mundo, sino también la del alma.

Dando vida a cinco arcángeles: Kayriel, Ziul, Thryanna, Leyra y Satarian, y por petición del hechicero, Vicarius los nombró Angements: Arcángeles de lo Olvidado.

Con ellos dio vida a una dimensión donde los elementos eran admirados y donde la protección de los mismos era ley. Contaban con una civilización escasa en población, pero abundante en fauna, montañas y cuerpos de agua. Proclamaron la paz y seguridad a sus habitantes y castigaban a todo aquel que pudiera dar inicio a la angustia del hechicero.

Repleta de criaturas, quienes eran controladas por los Angements, se inspira confianza y respeto a los habitantes de las pequeñas aldeas. Pasaron años y en las aldeas como Martuverk y Lefir, ni una sola cabaña de cemento fue creada. La gran mayoría era de madera y otra mínima cantidad era de paja y ramas de árboles. Las enormes ciudades como Sicodelia y Arkadia, eran las únicas rodeadas por murallas de rocas; arquitectura admirada por aquellos con la intención de sobrevivir a los radicales cambios climáticos, especialmente el invierno. Todo autorizado por los Angements para ser aclamados como líderes, dioses.

Por generaciones, hubo una tregua entre humanos y arcángeles. Cada arcángel poseía un amuleto de gran poder y hermosura, que doblaba el poder y dominio sobre su elemento natural haciéndoles eternos.

Transportado por el semidiós, el hechicero entró a la dimensión y abandonó su realidad para aclamar su creación y evitar la contaminación que poco a poco, quería abarcar el mundo real. Entró en un mundo donde la oportunidad de ser reconocido era mayor. Un lugar donde lo valioso no sólo era para él, sino que también para aquel que estuviese a su lado.

Capítulo I

DIARIO VIVIR

Apenas saliendo el sol, una pareja de jóvenes aventurados descansa de lo agotador que puede ser el mundo, sin pensar que cada día puede llegar a ser diferente. El reloj despertador suena interrumpiendo el sueño de Ezequiel. El joven enciende su televisor en el noticiero local mientras disfruta de su desayuno, dejando a su amada descansar un poco más.

\<Reportera\>	"Sigue en aumento los casos de jóvenes desaparecidos y a su vez la aparición de los cadáveres de personas allegadas a ellos. La policía está trabajando en la investigación. Como prevención, exhortamos la cooperación de todos al no divulgar información personal a desconocidos ni en las redes sociales, mientras los oficiales y detectives asignados en el caso dan con el posible asesino o secuestrador".
\<Ezequiel\>	"A la verdad que cada día este mundo está peor, a veces es mejor vivir en la ignorancia".

Apagando el televisor, se prepara para salir a trabajar y así cambiar su sudor por dinero cuando finalice su semana de labor. Ezequiel sale con algo de prisa luego de mirar ese reloj colgado en la pared, el cual parece tener manecillas enemigas, pues se le hace tarde. La prisa de ir a trabajar lo hace olvidar el despedirse y se va sin prestarle mucha atención a su descuido.

Helena entre dormida y despierta disfrutando de su presencia, esperaba ese beso tibio con aroma a café de los labios de su amado. Pensativa y abandonada, rescata su sueño y entra nuevamente en reposo.

Ezequiel al llegar a su trabajo mira su reloj. Nadie se percató de su tardanza excepto su compañero de oficina, el cual lo saluda con unos buenos días. Ezequiel le contesta a su compañero y amigo:

<Ezequiel>   "Buenos días Diego, ¿Cómo estás?"
<Diego>   "Bien, ¿cómo estuvo esa noche? ¿Jugando hasta tarde?"

Ezequiel se queda callado y pasándose la mano por su cara después de estrujarse los ojos.

<Diego>   "¿Jugando a amanecerte con Helena o con la consola de juegos?"

En un tono de burla e incómodo por el comentario, Ezequiel lo mira disgustado y lo ignora, pero su compañero insiste y le repite…

<Diego>   "¿Jugaste sí o no? ¿Ya tienes el juego? ¡Dime para saber cómo está! ¡Me muero por tenerlo!"
<Ezequiel>   "No Diego, no lo he podido buscar, pero ¿tú buscarás el tuyo hoy verdad?"
<Diego>   "Claro que sí".
<Ezequiel>   "De tenerlo primero me llamas y me dejas saber".
<Diego>   "Esta bien".
<Ezequiel>   "De igual manera ya yo lo compré, sólo tengo que pasar a buscarlo. No creo que pueda ir hoy. ¿Puedes buscar el mío ya que pasarás a buscar el tuyo? Le prometí a Helena que la llevaría a comer".
<Diego>   "Seguro que sí lo puedo ir a buscar, pero me voy a adelantar en la historia, no pienso esperar por nadie… Seré uno de los líderes en ese nuevo mundo".
<Ezequiel>   "No hay problema, sólo búscalo por favor. Pasaré a recogerlo luego de la cena".
<Diego>   "No hay problema".

Entre minutos de plática y largas horas de trabajo, el día pasa rápido. Ezequiel sale del trabajo ansioso por llegar a descansar a su hogar y para cumplir con su prometida. Ya frente a su vehículo, mete la llave en la cerradura y en ese preciso momento comienzan a caer hojas sobre él. Atrapando varias con su mano y asombrado, mira hacia arriba. Un hombre con el rostro ensangrentado le extiende el brazo desde lo alto del poste de luz donde se encuentra colgado. Ezequiel queda paralizado por el acontecimiento cuando de pronto, se escuchan fuertemente los frenos de un automóvil deteniéndose detrás del suyo.

<Diego>   "Ezequiel".

Asustado, grita y moviendo frenéticamente sus brazos mira hacia el vehículo.

<Ezequiel>   "Demonios".
<Diego>   "Tranquilo, tranquilo, soy yo. ¡Rayos! ¿Qué te sucede? ¿Porqué estas tan asustado?"
<Ezequiel>   "¿No has visto eso?, ¡Mira hacia allá arriba, observa a lo alto del poste de luz!"

Señala para que su amigo sea testigo de lo sucedido. Ambos miran hacia lo alto; no hay nada. Ezequiel no cree que sus ojos lo hayan traicionado y volteando rápido, continúa sin tener éxito.

<Diego>   "Vaya, vaya… Parece que alguien está un poco estresado en el día de hoy".
<Ezequiel>   "No seas imbécil, te juro que había alguien colgado de ese poste".
<Diego>   "Si, seguro. Olvídalo, recuerda buscar tu juego".
<Ezequiel>   "Diego, recuerda que tengo un compromiso, no puedo fallarle a Helena. Sólo búscalo, que no se te olvide"…
<Diego>   "Esta bien, con lo mucho que estas molestando con eso no creo que se me vaya a olvidar. Ah, pero te dije que no pienso esperarte, estoy ansioso por jugarlo".
<Ezequiel>   "Esta bien, está bien. Sé que has esperado mucho tiempo por él. Házme el favor de recogerlo, lo buscaré tan pronto salga del restaurante con Helena".
<Diego>   "Trato hecho, nos vemos. Recuerda que el de la cita eres tú".

Despidiéndose de Ezequiel, Diego se marcha en su automóvil.

Camino a su hogar, Ezequiel va en lucha por complacer a su pareja y a su vez alimentar su vicio por el juego que pronto tendrá en sus manos. Desanimado por la cita, llega a su casa para prepararse y compartir esa gran noche que a su pareja le prometió. Ezequiel busca varias excusas para quedarse y hacer los ajustes para poder buscar el juego.

La gran noche comienza. Sin olvidar que su amigo le guardaba algo que deseaba, no compartía con la mujer que estaba a su lado. La pareja se dirige al restaurante. Al doblar la calle, Ezequiel conduce lentamente y ya frente al lugar, destellos de luz se reflejan sobre la inmaculada superficie del automóvil. Ya en las afueras del restaurante, observan la cantidad de personas que esperan por ser atendidos. Ezequiel suspira y comenta en voz baja:

\<Ezequiel\>   "Esto está lleno, por suerte hice reservación".

Helena lo observa mientras murmulla y le pregunta:

\<Helena\>   "¿Qué sucede?
\<Ezequiel\>   "No nada, el lugar está muy lleno. ¿Se tardarán en atendernos, no crees?"
\<Helena\>   "¿Por qué tanta prisa amor? ¿Tienes otro compromiso?"
\<Ezequiel\>   "No de importancia".
\<Helena\>   "Entonces vámonos, cenemos otro día".
\<Ezequiel\>   "Negativo. Esta noche es para nosotros disfrutarla. Olvídate".
\<Helena\>   "De acuerdo, es que sólo te noto algo ajorado. No me gusta salir así contigo y lo sabes".
\<Ezequiel\>   "Sí disculpa, disfrutemos de la noche, que para eso vinimos".
\<Helena\>   "Esta bien".

Ambos esperan turno para que su automóvil sea estacionado por uno de los empleados del restaurante. Ezequiel detiene el auto y ve que un hombre se acerca hacia él impidiendo que abra la puerta de su amada. Se asoma y por encima de la capota del vehículo le comenta:

\<Ezequiel\>   "No te molestes. Yo abro su puerta".
\<Empleado\>   "No hay problema, es mi trabajo".
\<Ezequiel\>   "No espera, no te preocupes. Yo me encargo".

Desesperado se enreda en el cinturón de seguridad y se tropieza al salir del auto, todo por ser más rápido y demostrar a su amada lo caballeroso que podía ser. Con éxito, se arregla su camisa, sacude sus pantalones y le sonríe al empleado. Abre la puerta del auto y Helena estrujando su rostro avergonzado, sonríe por lo que Ezequiel trató de hacer. La toma de la mano y saliendo del carro, se para frente a Ezequiel, quien la recibe con un cálido beso.

<Helena>   "Gracias mi amor".

Mientras los miran, el empleado del local los rodea y cerrando las puertas les comenta:

<Empleado>   "Permiso, una gran noche les aguarda en el restaurante. Bienvenidos. Permítanme la llave del auto".
<Ezequiel>   "Las dejé en la cerradura, lo siento".
<Empleado>   "No se preocupe. Adelante".

Helena, ve todas las personas y le pregunta a Ezequiel:

<Helena>   "¿Dónde nos ubicamos para esperar?"

Le sonríe y observa otro empleado junto a la fila de visitantes que se les dirige.

<Empleado 2> "¿Ezequiel y Helena?
<Ezequiel>   "Eso es correcto".
<Helena>   "¿Tienes reservación para nosotros?"
<Ezequiel>   "Te mereces lo mejor amor".
<Helena>   "Nunca dejas de sorprenderme amor".
<Empleado 2> "Por favor, pasen por acá. Bienvenidos".

Cerrando la cinta para aquellos que continúan en la espera de ser atendidos, la pareja camina hacia el interior del restaurante. Ezequiel abre una puerta para dar paso nuevamente a Helena, haciéndola sentir como toda una reina en la noche prometida.

Agarrados de la mano, caminan lentamente hacia la mesa designada por el anfitrión, impresionados por lo que observaban a su alrededor.

<Anfitrión>   "Bienvenidos".
<Ezequiel>   "Saludos".
<Anfitrión>   "Tengo una mesa disponible. Por favor síganme, los llevaré a la misma".
<Ezequiel>   "Adelante".

La pareja sigue al anfitrión mientras observan candeleros en cada una de las mesas y que van creando un tenue y delicado destello de luz que hace sentir cómoda la mirada de cada uno de los visitantes. Acompañadas van de rosas, esparciendo sobre los aires un romanticismo y natural afrodisiaco para el agrado de múltiples sentidos. Caminan entre los elegantes personajes que brindan por sus diversos logros o metas y que chocan sus copas con delicadeza, dejándoles escuchar diferentes sonidos agradables por el amor que se percibe en el lugar. Como niños enamorados van, al son de la dulce melodía tocada por el pianista del salón.

El anfitrión se detiene y haciéndose a un lado, extiende su brazo para dejar saber que han llegado a su mesa.

<Anfitrión>   "Ezequiel y Helena, ya pueden tomar asiento".

Helena sorprendida por la hermosura y clase con la que reciben a ambos, en especial a ella, se sienta delicadamente en su lugar. Ezequiel caballerosamente la acomoda en la mesa, mientras que el anfitrión toma una botella de champaña para llenar las copas de la pareja. Observando la caballerosidad y delicadeza con la que trata a su amada, el anfitrión guiña un ojo para hacerle sentir su admiración por la forma en que la trata.

<Anfitrión>   "Nuevamente les doy la bienvenida y espero que disfruten su velada".
<Ezequiel>   "Gracias".
<Helena>   "Gracias".

Al anfitrión marcharse de la mesa y dejar a la pareja, una hermosa melodía a manos de un virtuoso pianista hace del ambiente del restaurante, uno prestigioso. Más aún, melodioso para los oídos de todos los que en su momento disfrutan de una romántica velada.

Ambos esperan por el mesero, compartiendo un silencio que cobijaba sus miradas. Ezequiel no le prestaba atención a Helena por tener sus pensamientos en otra cosa, completamente distraído de momento.

<Helena>   "Ezequiel, ¿te encuentras bien?"

Ezequiel pensando en el compromiso de segunda que hizo con Diego, continúa distraído.

<Helena>   "Ezequiel te estoy hablando".

Sorprendidos por el tono de voz que utiliza Helena, todos los visitantes ponen ojos sobre la pareja que interrumpe la melodía tocada por el pianista.

\<Ezequiel\>	"Discúlpame, estaba distraído".
\<Helena\>	"Pude notarlo".
\<Ezequiel\>	"No fue mi intención".
\<Helena\>	"¿En qué pensabas?"
\<Ezequiel\>	"No es nada, no te preocupes.
\<Helena\>	"Este lugar es precioso".
\<Ezequiel\>	"Sí".
\<Helena\>	"¿Qué se te apetece?"
\<Ezequiel\>	"Ni idea, mejor esperemos a ver el menú".
\<Helena\>	"De acuerdo".

El mesero se acerca con dos cartas de menú. Las coloca sobre la mesa y espera a que la pareja tome decisión respecto a lo que desean comer. Ezequiel ordena y con ansiedad, insiste en el que Helena tomara una decisión. Esta indecisa, continúa viendo el resto del menú. El mesero cambia su rostro y con gestos de ajoro, le hace coro a la prisa disimulada de Ezequiel para que Helena dé avance a su orden.

\<Helena\>	"¿Ezequiel? ¿Tienes problemas?"
\<Ezequiel\>	"Te mencioné que no".
\<Helena\>	"No parece… Ahora dime y no me mientas. ¿Qué planes tienes al salir de aquí?"
\<Ezequiel\>	"Ningunos te mencioné. Por favor pide tu comida, el mesero tiene que atender otras mesas también amor".
\<Helena\>	"Te conozco más de lo que piensas y acabas de encargar mariscos y eres alérgico. Tienes prisa, ahora dime por qué la tienes… En cuanto al mesero, pues que se vaya si quiere; a él le pagan por esperar nuestra decisión y por atender a los visitantes".
\<Ezequiel\>	"Controla tus modales Helena".

Se dirige al mesero y disculpándose, le pide cambiar su plato por alguno de más agrado y sin peligros para su salud.

\<Helena\>	"Para eso me sacas a cenar. Para andar con apuros y luego regañarme por tus tonterías".
\<Ezequiel\>	"No son tonterías. Eres quien está haciendo un espectáculo. Por amor, pide tu comida".

Ordenó algo al azar, para no continuar con el espectáculo que la pareja tiene en tan lujoso lugar. Helena disgustada comenzó una horrible discusión y le hizo ver con gestos, lo desilusionada que se encontraba. Al comenzar con entrelazar miradas, gestos de enojo y desentendimiento, los jóvenes se evitan por el resto de la noche hasta terminar su comida y sin esperar por los labios de quien ordenó, la cena se enfrió hasta que la gran noche culminó.

Dirigiéndose hacia su casa y sin pensarlo mucho, desvió su camino para buscar el juego. Helena se percata de que hay un cambio en la ruta de camino a casa y le pregunta a Ezequiel:

<Helena>   "¿Para donde vamos? Este no es el camino a casa".

<Ezequiel>   "Si, lo sé, sólo haremos una parada rápida en la casa de un amigo, le dije que pasaría a buscar algo que iba a recoger por mí al salir del trabajo".

<Helena>   "¿Algo como qué?, según la ruta que estas tomando es para la casa de Diego tu compañero de trabajo… ¿No es así?"

<Ezequiel>   "Sí, le pedí que me recogiera algo, no quiero abundar en detalles estoy algo cansado fin de la conversación".

<Helena>   "Que extraño… Según lo que me cuentas sobre él, nunca hace nada por ti y lo que hace es criticar tu vida. Además, ¿qué favor te puede hacer él? Lo único que hace es jugar".

<Ezequiel>   "Pues eso mismo un juego".

<Helena>   "Como siempre… Lo sabía. ¿Él te lo va a prestar o lo compraste?

<Ezequiel>   "Me lo va a prestar, lo llevó al trabajo pero con lo ajetreado que estaba se le olvidó dármelo. ¿Cuál es la diferencia?"

<Helena>   "¿Esa era la razón de tu fría presencia y comportamiento en el restaurante?"

<Ezequiel>   "No, sólo que no tenía temas importantes que tocar en el lugar".

<Helena>   "¡MENTIRA!", sólo pensabas en el pedazo de basura del juego ese, que por cierto para colmo me mientes, dices que te lo prestaron y en realidad te lo compraste".

<Ezequiel>   "No importa. A ti no te importa qué haga con mi dinero y si decidí comprármelo… Eso es problema mío. Lo pienso jugar pase lo que pase porque ese es mi pasatiempo".

<Helena>   "Pasatiempo, ni pasatiempo… Es un vicio eso es lo que es, malgastando el dinero en tonterías. Realmente eso no me importa como dices… Puedes hacer lo que quieras, pero

es increíble como pasas tu tiempo jugando en vez de pasar tiempo conmigo para fortalecer nuestra relación".

El silencio acompañado por lágrimas en el rostro de Helena, culminaron las palabras por el resto de la noche. Debido a la terrible disputa, Ezequiel decidió seguir camino a casa y fallar al compromiso de su amigo.

Diego en la espera por Ezequiel se dirige a su área de juego y con una frase burlona se mofa de la relación que posee su compañero de trabajo.

<Diego> "Las relaciones son un verdadero estorbo en este estilo de vida, se lo he comentado varias veces, pero el amor en realidad lo ha segado por completo. Gracias a Dios que no tengo nadie que me diga lo que debo hacer, no hay un mejor estilo de vida que este. Lo mejor de todo es vivir sin dar explicaciones y que todo mi tiempo es sólo para mí".

Ezequiel maneja en dirección a casa y Helena que gastó todas sus energías en la discusión, se queda dormida. Detenidos ante un semáforo, Ezequiel mira a Helena dormida y sonríe al ver lo hermosa que es. Cae en sí y cambia su vista al camino.

Un hombre se dirige de prisa hacia el auto y golpea el bonete con desesperación, exigiendo ayuda. Ezequiel quita el seguro de la puerta, pero se mantiene aguantando la cerradura. Unas enormes alas negras y rojas aparecen tras el hombre que pide ayuda. Sorprendido, Ezequiel abre la puerta y el individuo grita fuerte y dolorosamente al ser atravesado por una espada cubierta por fuego y que sale de su pecho.

Ezequiel se baja del auto y el hombre en gritos de agonía se enciende en llamas revelando la presencia de un Arcángel cubierto en fuego; quien mientras desaparece junto al individuo, va dejando solamente cenizas en el aire. Ezequiel atemorizado corre frente al auto y buscando por todas partes sin encontrar rastro alguno de aquellos dos seres. Vehículos que se encuentran tras él esperando que cambiara la luz del semáforo, comienzan a tocar bocina desesperados y gritándole a Ezequiel para que se quitara del camino. Dejando lo ocurrido por desapercibido se monta y se marcha.

Ezequiel acelera y con el viento que surge por el arranque, un periódico vuela hacia la acera con parte de sus esquinas encendidas en llamas. Molesto, sujeta el volante impresionado aún por lo que otros no alcanzaron a ser testigos, se encuentra así mismo algo ansioso y decepcionado por su comportamiento con Helena en el restaurante. Este cambia el rumbo para evitar más discusiones y decide buscar el juego a la mañana siguiente. Al regresar a su hogar, vencidos por el cansancio y sin intercambiar besos de despedida, Helena se dispone a descansar y darle fin a esa noche de gran frialdad.

En la madrugada, Ezequiel se levanta sediento y va hacia la cocina. La oscuridad abunda traicionando su visibilidad y al doblar en el pasillo, se resbala con algún líquido derramado en el suelo. Balanceando su cuerpo pelea consigo mismo para mantenerse de pie, buscando sostenerse de los gabinetes. En su lucha por mantenerse de pie, deja caer diversos utensilios de aluminio y porcelana en el suelo haciendo algo de ruido hasta que cayó.

Confuso aún por la situación, trata de aclarar la vista hasta darse cuenta de que lo que amortiguó su caída era un cuerpo boca abajo. Estaba completamente mojado y con tres agujeros en su espalda. Asustado y actuando con rapidez, al no ser el primer acontecimiento extraño que le sucede en las últimas horas del día, se propone voltearlo para verle el rostro. El cuerpo del extraño, explota frente a sus ojos dispersando enormes chorros de agua por toda la cocina y estrellándolo contra la pared del pasillo.

Levantada Helena, enciende varias luces en la casa y encuentra a Ezequiel empapado, tembloroso y asombrado.

<Helena>   "¿Qué demonios te sucede? ¿Qué es todo este alboroto y a
              que se debe toda esa agua por la cocina?"
<Ezequiel>   "…"

El escucha la voz de su amada a lo lejos.

<Helena>   "Como siempre, buscando salvación en tu silencio, me haces
              el favor y te secas, limpias todo este desorden y recoges mi
              cocina. No vuelvas a la cama hasta que termines".

Ezequiel se levanta y sin mirar a Helena, hace caso a su petición hostil. Ella vuelve a la cama y comienza a llorar desenfrenada por la forma en que trató a su amado. Atemorizado, horas más tarde Ezequiel termina de limpiar la cocina y regresa a la cama. Pasando la mano sobre su amada, la acaricia buscando valor para decirle lo que ha estado sucediendo durante el día, pero detiene su explicación guardándola para más tarde. Se voltea y se propone seguir su sueño. Helena mientras tanto, con ojos abiertos esperaba palabras de la boca de su amado y al no escuchar explicación alguna, sólo piensa en lo insensible e ignorante que le parece la actitud de Ezequiel. Por orgullo, cada cual busca la forma de despedirse sin parecer vulnerable, pues el amor que sienten es muy grande. Sin embargo, no tenían idea de lo que el día siguiente les brindará… La prueba de tolerancia más grande que cualquier ser humano enamorado podría soportar.

Sale el sol y sin escuchar el despertador por no haber compromisos de labor durante ese día y el siguiente, Ezequiel se prepara para su gran compromiso y se despide de su amada como si no hubiera sucedido nada la noche anterior. Luego se dirige a la casa de Diego.

Ya frente a la casa de su amigo, ve a varios oficiales de la policía interrogando a varios vecinos. Con algo de curiosidad, se acerca al lugar pero sólo sin preguntar cumple con su necesidad. Entra a la casa y va hasta el cuarto de Diego para buscar su juego. Antes de irse, le parece sumamente extraña la ausencia de su amigo, pero la prisa por matar su inquietud le muestra la salida con gran ímpetu. Al bajar las escaleras, una mano lo sostiene por el hombro. Se voltea alterado lanzando puños, cuando de repente lo sostiene un hombre con traje y gafas.

<Desconocido> "Tranquilo muchacho no voy a hacerte daño. ¿Qué sucede? ¿Cuál es la prisa?"

Forcejeando con el individuo, se tranquiliza. El individuo lo suelta y le pide que mantenga tranquilidad. Mostrando su placa de agente encubierto, le pide contestar a unas preguntas.

<Detective> "Mi nombre es el detective Colvan Mathew, estoy investigando las desapariciones en los pasados meses".

<Ezequiel> "Me llamo Ezequiel, disculpe la hostilidad detective, estos días han sido un poco estresantes. Recuerdo haber escuchado algo en las noticias locales sobre el caso en el que usted está trabajando".

<Detective> "Disculpa aceptada. Posees alguna información sobre la desaparición del joven que vive en esta casa. ¿Diego García?"

<Ezequiel> "¿Diego? ¿Qué sucede? Vine a buscar este juego que él guardaba para mí. Pero no lo encontré en su cuarto. ¿Sucede algo con él? Es mi mejor amigo, detective".

<Detective> "Estoy investigando su desaparición, cualquier información que puedas ofrecerme me puede servir de mucha ayuda. De igual manera aquí tienes mi tarjeta. Para cualquier situación que se te presente, Te puedes comunicar conmigo. Trabajo en

estos casos la mayor parte de mi tiempo, así que no dudes en llamar. Toda información es vital".

<Ezequiel> "De acuerdo detective, de tener información, me comunicaré con usted. Debo irme, dejé a mi novia sola en casa, espero que esté bien. Mucho gusto detective, que tenga suerte y un buen día".

<Detective> "Hasta luego Ezequiel".

Colvan Mathew se despide del joven observándolo hasta escoltarlo a la puerta. Nace curiosidad y desconfianza a su vez. Mientras Ezequiel de camino a su carro, percibe una mirada hostigadora, al buscarla, escucha su nombre y pierde el rastro de la misma. Al voltear a ver de quien se trata, es la madre de Diego que se acerca por la parte posterior y le pregunta:

<Elsa> "Ezequiel, ¿no has visto a Diego? Me levanté, asumiendo que estaba jugando como siempre, fui a llevarle desayuno y todo estaba encendido, su juego y el televisor, pero él no se encontraba en su cuarto ni en ninguna parte de la casa. Por eso llamé a la policía tan rápido como pensé que fuera necesario, pues no es lo usual. Lo conoces tanto como lo conozco yo y por tal razón, sabes que él no sale de su cuarto cuando de juegos se trata, ¿en realidad no lo has visto?"

<Ezequiel> "No señora… No lo he visto. La última vez que lo vi, fue ayer por la mañana en el trabajo".

<Elsa> "¡Qué raro! Estoy muy preocupada por él, no sé qué ha sucedido, tengo tanto miedo de que le haya pasado algo".

<Ezequiel> "No se preocupe. Diego tal vez fue al colmado o seguramente fue a la casa de alguien y volverá rápido. Por cierto entré a su casa porque no la vi y tomé este juego que había comprado. Diego lo estaba guardando para entregármelo".

<Elsa> "No te preocupes, mi casa es tu casa. Puedes venir a visitar todas la veces que desees, eres el mejor amigo de mi hijo desde que vivimos en este pueblo".

<Ezequiel> "De acuerdo, mándele saludos de mi parte a Diego cuando lo vea".

<Elsa> "Esta bien. Si lo ves, dile que estoy preocupada… Que llame al menos para saber que está bien y así poder decirle a estos policías que se vayan".

Ezequiel con algo de preocupación y continuas ansias de estrenar lo que buscó en el hogar de su desaparecido amigo, se dirige nuevamente a su hogar. Llega a su casa y mete su auto en el garaje. Un auto con tintes oscuros en sus ventanas pasa lentamente frente a la casa. El conductor se detiene a observar el lugar y acelerando el vehículo, se aleja. Ezequiel entra a la casa, coloca el juego cerca de su área de entretenimiento y se dirige a su amada para dejarle saber que llegó. Helena lo ignora, dolida por el mal rato y la discordia de la noche anterior. Ezequiel buscándole la vuelta, no la logró contentar. Ella estaba muy dolida por su comportamiento, falta de consideración y por las mentiras. Termina de arreglarse para salir con su amiga. Se va de la casa y Ezequiel algo molesto, se dirige al televisor comentando en su interior:

<Ezequiel>   "¿Siempre será lo mismo?, el día que ella pueda entender que esto de jugar es lo más que me llama la atención, vamos a ser la relación perfecta. ¡Ha! Como dicen, soñar no cuesta nada, veamos de qué se trata este jueguito".

Ezequiel toma asiento para matar su ansiedad y encendiendo su televisor, escucha la voz de su amada.

<Helena>   "¿Ezequiel? Ven un momento".
<Ezequiel>   "¿Qué sucede? Me acabo de sentar para jugar de una vez y por todas".
<Helena>   "No seas gruñón, me voy con Nina para su casa y seguramente, vamos a las tiendas. Vengo por la noche, quería darte un beso, ya que se me están resecando los labios por extrañar tanto los tuyos".
<Ezequiel>   "Eh… esto es raro, ¿ya no estás molesta? Dime qué quieres, dinero para irte de compras, es eso ¿verdad?"
<Helena>   "No seas tonto, no es eso, sólo quiero despedirme de buena manera, sólo para terminar por completo con esta tontería de enojarnos por boberías".
<Ezequiel>   "Ah, entonces yo soy el que manda, estas bajando tus defensas porque sabías que no podías vivir sin mí… ¿Ah? Nada, es broma. Qué bueno que pienses de esta manera, no me gusta pasar el día bajo discordia y mucho menos dormir sólo, habiendo un alma a espaldas de la mía, mi amor".
<Helena>   "Te Quiero".
<Ezequiel>   "Yo También".

Terminaron con ese gran remordimiento que a su amor marchitaba, para seguir con tranquilidad por el resto del día. Ambos con su conciencia limpia, se despiden con un fuerte abrazo y cálido beso. En ese acto de reconciliación se enciende una llama de pasión y dejando expresar su amor, se hacen uno en la intimidad. En la conversación se mencionan lo importante que son el uno para el otro y las razones por las que es importante seguir sin discordias. Un auto se estaciona frente a la casa y tocando bocina desesperadamente, acaba con el romanticismo.

<Helena> "Rayos, llegó Nina, debo irme. Hasta luego amor".
<Ezequiel> "Te Amo, que tengas un lindo día".

Helena se marcha con su amiga Nina y deja a Ezequiel en la casa. Decidido a ignorar sus obligaciones del día, comienza una competencia con Diego, sin importarle nada ni nadie y creyendo que todo esto siempre nace por diversión. Esta vez no sólo ellos, sino el destino de muchos depende en la conexión de almas que se necesitan para poder ser quienes realmente son o pueden llegar a ser.

Capítulo II

DISTANCIADOS POR EL DESTINO

Solo en su hogar, Ezequiel continúa jugando. Divertido pasa el tiempo creando un personaje a imagen y semejanza. Varios minutos pasaron para poder finalizar aquel personaje ficticio que le haría entretenerse en momentos de aburrimiento.

<Ezequiel>   "Iré a buscar soda a la nevera y algo para comer. En realidad me muero de hambre".

Buscando en la nevera se prepara algunos bocadillos, venciendo el hambre. Con el control nuevamente en mano, se sienta a continuar con el juego. De repente, las imágenes se detienen en el televisor en repetidas ocasiones.

<Ezequiel>   "¡Qué! No puede ser, esto se acaba de trancar, este juego es nuevo veamos si no vuelve a suceder".

Continúa jugando. El juego se detiene nuevamente y esta vez, con una interferencia de señal. Ezequiel enfadado por lo sucedido se levanta del sofá y en dirección al televisor, escucha una voz que le dice:

\<Voz\>	"Tus prioridades están causando la desolación a quien más te ama. Maldito será tu destino si pierdes el camino que te mantendrá motivado. Ven a mi dimensión Ezequiel".
\<Ezequiel\>	"¿Qué demonios sucede? ¿Me hablas a mí? ¡No me puedo mover!"

Asustado y tembloroso, Ezequiel es halado por una fuerte corriente hacia el televisor. Esta tornó en un portal que él se niega a traspasar, forcejeando para no ser atrapado por el agujero.

\<Ezequiel\>	"¿Qué es esto? ¿Qué demonios está sucediendo? Esta corriente es demasiado fuerte. No puedo aguantarme más".

Soltándose cae dentro del portal, va como estrella fugaz del cielo hacia la oscuridad y se golpea varias veces con ramas de árboles antes de tocar el suelo. Sin poder ver, se levanta tocándose el costado debido a la oscuridad de la noche. Luego, ve a un grupo de personas correr hacia él. Sin acercarse les comenta:

\<Ezequiel\>	"¡Ayúdenme! ¿Dónde me encuentro?"

Entre los que lo observan, uno de ellos se le acerca lentamente. Ezequiel con dificultad puede visualizar su rostro bastante desorientado.

\<Voz\>	"Ya no hay vuelta de hoja mi indefenso amigo, únete a nosotros".
\<Ezequiel\>	"¡No! Debo regresar... ¿Diego eres tú?"
\<Noa\>	"¿Te llamó Diego?... ¿Acaso lo conoces?"
\<Liuzik\>	"¿Diego? Me dices que tu nombre es otro... ¿Eres Sedge, cierto?".
\<Sedge\>	"No conozco a ningún Diego. Mi nombre es Sedge y no pienso tolerar que me llames de otra forma".
\<Ezequiel\>	"Por favor Diego, deja las tonterías y ayúdame. Debo regresar junto a Helena, debemos regresar a casa amigo".

Todos ignoran la petición de ayuda; uno de ellos muy nervioso se altera al exigirle al grupo de individuos.

\<Valgar\>	"No podemos quedarnos en este lugar, hay que seguir".
\<Liuzik\>	"Lo sabemos Nero, tranquilo, seguiremos el camino. Sólo aguarda un poco más".
\<Valgar\>	"Pero si nos quedamos aquí nos encontrarán".

Noa inquieta al contagiarse por los nervios de Valgar y saca uno de sus filosos cuchillos, lanzándolo al árbol cerca del rostro del nervioso Ezequiel para callarlo intimidantemente.

<Noa>	"Te pidieron tiempo, sólo has silencio… ¿Puedes?"
<Liuzik>	"Tranquilos, ya nos vamos. Sólo permíteme dejar algo claro a este joven".

Volteando a caminar hacia Ezequiel, colocando una rodilla en el suelo se le acerca, para comentarle seriamente.

<Liuzik>	"Nadie que ha llegado ha encontrado la forma de regresar, debes unirte para poder conocer este lugar y juntos apoderarnos del mismo".
<Ezequiel>	"No, no me interesa apoderarme de nada en este lugar, debo regresar con Helena".
<Sedge>	"Eres tan predecible, sigamos nuestro camino. Olvídense de él, sólo será un estorbo".
<Ezequiel>	"Diego, no hagas esto. Eres mi mejor amigo".
<Cobra>	"¿Sólo yo puedo escuchar este patético escenario? Donde el supuesto Sedge nos mintió y ahora niega el no conocer a esta persona".
<Sedge>	"No lo creo, pero si soy Diego o no, no es tu problema y si debo seguir junto a ustedes mi nombre es Sedge… ¿Entendieron?"
<Liuzik>	"No hay problema siempre y cuando tu lealtad esté por debajo de mis órdenes".
<Sedge>	"Así será, leal a la idea de apoderarnos de este lugar".
<Liuzik>	"Bien, en ese caso… Cobra encárgate del indeciso, mostrándole la única salida de este mundo".
<Cobra>	"Si, Liuzik, será un placer".
<Liuzik>	"Sedge, Noa, Eirá y Valgar. Debemos seguir con lo acordado".
<Noa>	"Sugiero que para seguir con el plan debemos separarnos".
<Valgar>	"Sedge mantengámonos en grupos de tres".
<Noa>	"Buena idea, así podremos buscar los amuletos".
<Liuzik>	"Cobra ya una vez te encargues del cobarde este, busca colina abajo el amuleto. Valgar y Sedge diríjanse a la aldea de Lefir, pasando el Valle del Silencio. Noa, Eirá y yo buscaremos por la bahía. Todos en direcciones a la ciudad de Arkadia, donde nos reuniremos".
<Cobra>	"Nuestros objetos digitales no funcionan, debemos marcar el tiempo a la antigua; utilizaremos los soles. Nos

encontraremos en la ciudad para cuando se ponga el quinto sol sobre los cielos, si este se pone dando paso a que la noche se apodere de la visibilidad, nadie esperara por los grupos que falten. Aceptando el destino por la tardanza del mismo. ¿Comprendieron?"

Todos accedieron a las órdenes de Liuzik continuando con su plan. Cobra -enorme persona con rasgos de reptil- se dirige a Ezequiel con una espada de doble hoja, radiante por el filo.

<Cobra>	"Te haré sufrir, como jamás has sufrido en tu vida".
<Ezequiel>	"Por favor… Sólo ayúdame, no le he hecho daño a nadie. No quiero morir… ¡Ayúdame! Debo volver a casa, debo regresar a Helena".
<Cobra>	"Volverán a estar juntos… Algún día. Sólo que ella será quien llegué tarde al lugar donde la esperas".

Cerrando los puños comienza a golpear a Ezequiel divirtiéndose por haberse negado a la oferta de Sedge y por órdenes de Liuzik. Luego de darle tremenda golpiza, Ezequiel mal herido y mareado por tanto golpe, cae rodando por un declive en la tierra, golpeándose con rocas y árboles entre la maleza. Cobra dejándolo por muerto, se marcha para buscar lo que Liuzik le encomendó. Al Cobra irse, Ezequiel se levanta ensangrentado y busca un lugar seguro sin poder ver con claridad, dada la oscuridad de la noche. Llega hasta la coraza de un árbol y se recuesta junto a él para presionarse las heridas a la vez que va quedando inconsciente.

Nina deja a Helena en la casa. Al entrar, ve que el televisor esta encendido y camina a la sala para ver si Ezequiel está recostado del sofá mientras ve el televisor. Llega y no lo encuentra.

<Helena>	"Que desorden tiene este aquí. ¿Dónde podrá estar?… Tanto que molestó para jugar ese juego y lo deja encendido. Seguramente salió de emergencia por alguna noticia de Diego".

Pensando que Ezequiel salió y se olvidó apagar el televisor, Helena recoge el lugar, toma un baño y decide descansar, ya que estaba agotada por haber caminado tanto con Nina en el centro comercial.

<Helena>   "Estoy muy cansada, creo que voy a recostarme un rato en lo que viene Ezequiel".

Ya en su cuarto y sin mucha lucha queda dormida. En su sueño, la joven es transportada a un bosque oscuro y caminando, ve unos árboles con algo de iluminación. A diferencia de todo lo demás, la luz llama su atención y decide acercarse.

<Helena>   "Esta luz, es tan hermosa. Debo averiguar de dónde proviene".

Siguiendo un camino en la colina llega a un redondel de árboles y de los cuales, uno emite luz. Se acerca pensativa.

<Helena>   "Esta luz viene de este árbol. Tiene un hueco en el medio si meto la cabeza puedo alcanzar a ver lo que provoca tan hermosa luz".

Acerca su cabeza para lograr alcanzar a ver dentro del árbol y con una intensidad mayor de luz no logra ver nada. Mientras intenta observar dentro del árbol, varias luces se encienden en los arboles a su alrededor. Pero ella no se percata por querer ver la que primero llamó su atención. Las luces se salen de los árboles y comienzan a dar vueltas alrededor de Helena. Aclarada se vista dentro del árbol, se da cuenta de que la luz se lanza sobre ella. Asustada se impulsa con sus manos para sacar rápido la cabeza del hueco cayendo en el suelo y viendo todas las luces que le rodean. Asustada menciona:

<Helena>   "¿Hadas?"

Las hadas a su alrededor comienzan a reír y a darle vueltas susurrando entre ellas.

<Hada Azul>   "Esta joven me venía siguiendo".
<Hada Verde>   "No es como los otros, ella se ve diferente. Incluso su imagen es borrosa aunque se puede sentir su piel".
<Hada Roja>   "¿Habrá llegado como los demás?"
<Hada Azul>   "No creo, como les dije ella se ve algo distinta".

Helena sin poder escuchar la conversación de las hadas sólo puede escuchar ruidos en el lenguaje que ellas se comunican. Las Hadas le dan vuelta parpadeando para mostrarle confianza. Mientras juega con las tres hadas que la rodean, se aproxima una cuarta y algo alterada se comunica con las demás.

<Hada Amarilla> "Escuchen, encontré algo que deberían ver. ¿Quién es ella?"
<Hada Verde> "No sabemos, la acabamos de encontrar… ¿Qué has encontrado?"
<Hada Amarilla> "Es un espectro, pero este está muy mal herido y no tiene armas. Al parecer acaba de entrar a esta dimensión".
<Hada Roja> "Muéstranos el camino. Llevemos a la chica para ver si ella le puede ayudar. Nuestro tamaño no nos permitirá hacer nada".

Las hadas comienzan a dar vueltas frente a Helena.

<Helena> "¿Tratan de decirme algo?"

Las hadas aumentan su luz al máximo y aclarando la vista de Helena, se alejan para que les siga colina abajo y así mostrarle lo que el hada amarilla había encontrado. Llegando al lugar…

<Hada Amarilla> "Allí, recostado de ese árbol".
<Hadas> "Si lo vemos, está casi muerto".
<Helena> "Ezequiel".

Se da cuenta de que su pareja se está desangrando recostado de aquel enorme árbol y corre a socorrerlo. Abrazándolo, pone sus manos sobre su cara mientras derrama lágrimas de preocupación.

<Helena> "¿Qué te ha sucedido amor? ¿Quién te ha hecho esto?"

Las hadas logran entender las palabras de la joven y entre ellas platican de lo sucedido.

<Hada Azul> "¿Llegaste a ver quién pudo hacerle esto?"
<Hada Amarilla> "Sí, sólo fue uno. Mientras lo golpeaba me escondía a ver detrás de este árbol. No andaba sólo eran seis. Él fue el último en irse".
<Hada Verde> "Bueno debemos ayudarle, al parecer Esta persona es muy importante para la chica, miren cómo llora".
<Hada Roja> "Iré a buscar ayuda o un lugar donde refugiarlo".

Dos de las hadas fueron a buscar ayuda y dos se quedaron con Helena.

\<Ezequiel\>	"¿Helena, eres tú?"
\<Helena\>	"Sí mi vida, ¿qué te ha pasado?"
\<Ezequiel\>	"No sé, al llegar a este lugar, un grupo de personas me pidieron que me uniera para la búsqueda de algo. Me negué con la razón de volver a ti".

Ezequiel esforzando la voz se debilita rápidamente.

\<Helena\>	"No hables amor. Aguanta".

Las hadas en la búsqueda de ayuda encontraron una vieja cabaña con poca iluminación. La rodearon y no lograron ver si estaba ocupada. Viendo la cabaña vacía, vuelven a Helena para que pueda traer a Ezequiel a la misma. Llegan a la joven y comienzan a darle vueltas a la pareja. Helena se percata de que se comunican con ella.

\<Helena\>	"Amor, vamos ayúdame a levantarte. Tenemos que seguir a las hadas, creo que han encontrado un lugar para buscar ayuda".
\<Ezequiel\>	"¿Hadas? Increíble. Bueno aquí vamos".

Ezequiel se pone en pie aguantándose de Helena, ella sujetándolo lo lleva tras las Hadas, quienes alumbran el camino de la pareja para llegar a la cabaña. Al llegar al lugar, Helena desesperada camina ligero hacia la puerta y golpeando la puerta, pide ayuda para socorrer a su pareja. Después de algunos golpes, se escuchan pasos en dirección a la misma. Las hadas pensando que la casa estaba abandonada se asustan y se ocultan. Al abrir la puerta un joven alto le cuestiona la insistente forma de tocar. Helena se sorprende y entre la emergencia reconoce el rostro, pero al momento no recuerda a quien se le hace familiar. Al ver que la joven trae una persona al hombro herido, le pregunta:

\<El joven\>	"¿Qué ha sucedido?"

Tomando a Ezequiel por los hombros para que la joven descansara del peso.

\<El joven\>	"Es muy peligroso caminar de noche en estos bosques, ha perdido mucha sangre".
\<Helena\>	"Es mi novio, lo dejé en casa con un juego nuevo que compró, luego me fui al centro comercial con mi mejor amiga y al llegar a casa lo busqué y no lo encontré. Pensé

que pudo haber ido a casa de un amigo que también había desaparecido. Me quede dormida y llegue a este lugar".

\<El joven\>	"¿Llegaste a este lugar por un sueño? ¿Viste Hadas?"
\<Helena\>	"Sí, también vi hadas".
\<El joven\>	"Eso es raro, pero te ayudaré. Pongamos el joven en mi habitación sobre la cama".
\<Helena\>	"¿Qué hago ahora?"
\<El joven\>	"Tengo unas toallas hirviendo tráelas para taparle las heridas".

Trabajando juntos lograron acomodar a Ezequiel y aliviar su dolor. Recuperando la tranquilidad al verlo más estable y sin sangre.

\<El joven\>	"Dejémoslo descansar".
\<Helena\>	"¿Se pondrá bien?"
\<El joven\>	"Esta muy mal herido pero esta respirando, eso es un inicio. Yo creo que lo logrará, he estado en esa posición varias veces. Lo superará. Dejémoslo descansar… Ven cerremos la puerta".
\<Helena\>	"Al menos estoy más tranquila. Que horrible fue encontrarlo en ese bosque tan mal herido. ¡Gracias! ¿Cuál es tu nombre?"
\<El joven\>	"Nero".
\<Helena\>	"Gracias Nero".
\<Nero\>	"No hay de qué. ¿Te encuentras bien?"

Helena levanta sus manos y viendo como se desvanecen, el viento comienza a azotar la cabaña fuertemente, apagando algunas velas disminuyendo la visibilidad.

\<Helena\>	"Nero, algo me hala fuertemente hacia la puerta".

El trata de aguantar las manos de Helena, pero atravesándolas falla en el intento. Helena grita y tratando de agarrarse de algún objeto no lo logra. Arrastrada fuertemente hacia la puerta, grita por ayuda para no dejar a Ezequiel. Nero siente la brisa pero sin ser arrastrado por la misma, corre hacia Helena y tratando de ayudarla llega a la puerta viendo como se desvanece en la oscuridad del bosque. Al Helena desaparecer frente a sus ojos, nace una fuerte onda de viento que empuja a Nero cerrando la puerta de un golpe. Helena despierta de su sueño, se abraza por la intensidad del mismo. Mirando a su alrededor no ve a su pareja y preocupada por Ezequiel, corre a la sala, viendo que se encuentra sola, cae arrodillada en el suelo llorando sin consuelo, pensando en aquel sueño y en lo real que se sintió.

<Helena>   "No amor. Esto no puede estar pasando. Espero que estés bien, estés donde estés por favor".

Preocupada por la seguridad de Ezequiel llama a la policía para reportar su desaparición. El teléfono sonó varias veces y fue contestado.

<Policía>   "Buenas noches, departamento de policía. ¿En qué puedo ayudarle?"
<Helena>   "Buenas noches, quiero reportar una persona desaparecida".
<Policía>   "¿Dama ya han pasado veinticuatro horas desde que esta persona desapareció?"
<Helena>   "No, no han pasado ni aproximadamente diez horas, pero es mi novio. Por favor ayúdenme tienen que buscarlo".
<Policía>   "Lo lamento dama tenemos que esperar desde este reporte, según los datos adquiridos para buscarlo durante un periodo de cuarenta y ocho horas. Vuelva a comunicarse ya pasado ese tiempo requerido".
<Helena>   "Por favor, búsquenlo… Ayúdenme".
<Policía>   "Tranquilícese dama. Entiendo por lo que debe estar pasando, pero tenemos que seguir el protocolo, lo lamento".
<Helena>   "¿Hola?… ¿Hola? ¿Está ahí oficial?"

Intenta comunicarse nuevamente con el cuartel y una grabación le deja saber que su intento de comunicación es fallido. Helena revolcó todo lo que había en la mesa en la que estaba sentada. Bajo la frustración, recuerda haber visto una tarjeta sobre la misma luego de haber llegado del centro comercial el día antes.

<Helena>   "¿Dónde estará? Sé que la vi por aquí. Aja mírala aquí. Detective Colvan Mathew, necesito llamarle".

Marca el número en el teléfono, intenta nuevamente pedir ayuda para buscar a Ezequiel. El tono de la llamada suena en varias ocasiones, pero sin éxito, suena la grabadora. Los ánimos de Helena se van al suelo, pero sin darse por vencida se propone dejar un mensaje.

<Helena>   "Hola, este mensaje es para el detective Colvan Mathew. Me llamo Helena y necesito su ayuda por favor. Mi novio ha desaparecido su nombre es Ezequiel, vivimos en esta dirección, Urbanización Menonita, Calle Atardecer número de casa 52-47. Necesito su ayuda, él nunca acostumbra

hacer esto, de estar tanto tiempo sin yo saber de él. Por favor ayúdame".

Colgando el teléfono un mensaje de desesperación se grabó en la maquina contestadora del detective. Helena se dirige al cuarto y envolviéndose entre la sábanas se cubre por la desesperación, proponiéndose esperar que el tiempo pase para poder empezar a buscar a Ezequiel.

Capítulo III

CAMINO AL CONOCIMIENTO

Abriendo los ojos con un inmenso dolor de cabeza. Ezequiel se levanta y mirando a su alrededor se percata de que se encuentra en una cabaña de madera y cuestionándose así mismo:

<Ezequiel>   "¿Dónde estoy?… ¿Helena? Creo haber estado con ella antes de quedarme inconsciente, debo encontrarla".

Trata de levantarse de la cama para buscar a Helena, pero el dolor en sus costillas es muy fuerte y no puede levantarse. Nero abre la puerta al escuchar los ruidos de Ezequiel al tratar de salir de la cama y le comenta:

<Nero>   "Tranquilo Ezequiel, no debes hacer muchas fuerzas".

<Ezequiel>   "¿Quién eres? ¿Qué has hecho con Helena? ¿Qué hago en este lugar?"

<Nero>   "Valla, que muchas preguntas para alguien que estaba al borde de la muerte. Para comenzar me conocen como Nero".

<Ezequiel>   "Bien, disculpa mi insistencia. Estoy algo confundido. Siento como si mi cráneo se hubiera partido a la mitad".

<Nero>   "Casi, a decir verdad. Llegaste en muy mal estado. No pensaba que lo lograrías. Te atendí para que la joven que te trajo dejara de llorar".

\<Ezequiel\>	"¿La joven? ¿Te refieres a Helena? ¿Dónde está? Debo encontrarla".
\<Nero\>	"Eso va estar algo difícil. Al vendarte y terminar de ayudarte, cerramos la puerta y comenzó a hacer un viento tan fuerte que sólo la arrastraba a ella. Traté de aguantarla, pero mis manos la traspasaron como si ella fuera un fantasma o algo así, la sacó de la cabaña y se desvaneció en la oscuridad del bosque haciendo un ventarrón tan fuerte que me tiró contra una pared de la cabaña quedando inconsciente, pero no como tú. No soy tan blando. Al levantarme me acordé de la manera en la que fue arrastrada y abrí para verificar si la veía pero no tuve suerte, había desaparecido".
\<Ezequiel\>	"¡Qué raro! No sé ni porque estoy aquí y dices que ella era como un fantasma".
\<Nero\>	"Sí, se veía algo transparente, lo raro era que cuando llegaste aquí, ella era quien te sostenía. Luego de calmarse al verte vendado, fue cuando la vi tornarse aún más transparente... Casi invisible".
\<Ezequiel\>	"Es rara la manera en que llegue aquí y más raro todavía, ¿como ella habrá llegado?"
\<Nero\>	"Bueno, entiendo que de la forma en la que se veía y por lo que comentó que había visto hadas, pudo haber llegado a través de un sueño. Las hadas son las luces de los que duermen".
\<Ezequiel\>	"De lo que me acuerdo es un grupo de personas que iban escapando y mi amigo que iba con ellos, uno de ellos fue el que me golpeó. Me pidieron que me uniera a ellos en la búsqueda de unos amuletos, pero al querer volver con Helena y negarme a su petición, enviaron a uno de ellos matarme. Me golpeó y haciéndome el muerto fue que me pude librar de él".
\<Nero\>	"Truco viejo ese de hacerte el muerto, pero al menos te funcionó. No vuelvas a repetirlo no funciona dos veces. Por cierto, si tu amigo te dejó pasar por eso, valla que amigos te gastas".
\<Ezequiel\>	"Nero, ¿cómo puedo volver con Helena?"
\<Nero\>	"Bueno, digamos que llegaste de la misma manera que yo. A través de un juego... ¿Cierto?"
\<Ezequiel\>	"Cierto".
\<Nero\>	"Nadie hasta ahora ha logrado encontrar una manera de volver a nuestro mundo, ahora eres al igual que yo, un espectro".

\<Ezequiel\>	"¿Espectro? ¿Por qué?"
\<Nero\>	"Así nos conocen en este mundo, somos intrusos aquí".
\<Ezequiel\>	"Y si somos intrusos, ¿por qué nos secuestraron en primer lugar?"
\<Nero\>	"Eso es lo que trato de averiguar, bienvenido a la causa. Mientras tanto mi prioridad, ahora la tuya… Sobrevivir".
\<Ezequiel\>	"No creo que me vuelvan a golpear esperando con los ojos bien abiertos".
\<Nero\>	"De los espectros que no son amigables es de lo menos que deberías preocuparte. En este lugar hay criaturas mucho peores, feroces amigo mío, por tal razón necesito que descanses".

Nero camina hasta la mesa fuera de la habitación y se sienta en una silla junto a ella. Ezequiel sintiéndose algo mejor, se levanta de la cama y al dirigirse a la puerta, se ve interrumpido por una espada que Nero deja caer en su camino. Ezequiel haciendo fuerzas, no logra moverla tan siquiera un poco.

\<Ezequiel\>	"Déjame salir, encontraré la manera de volver con Helena".
\<Nero\>	"Si quieres volver en trozos ni aunque ella te pegue sería lo mismo. Por favor tranquilízate".
\<Ezequiel\>	"De acuerdo, pero no sacamos nada con quedarnos aquí sentados. Deberíamos hacer algo, buscar una manera de irnos de este lugar. ¿No tienes razones por las cuales volver? Estas tan relajado que me desespera en la manera que tomas esta situación".
\<Nero\>	"Ezequiel, llevo mucho tiempo atrapado en este lugar. Tenía esa misma actitud al llegar, tal como tú la tienes. Esas ansias de volver, de salir y regresar con la gente que me quiere. Pero día a día he perdido la fe. Aunque siga buscando la manera de volver, tantos intentos fallidos hacen que mis ganas se pierdan. Siendo el único que queda de los espectros con los que me agrupe para el mismo objetivo".
\<Ezequiel\>	"¿Habían más espectros? ¿Como tú y yo?"
\<Nero\>	"Sí y todos los que andaban en mi grupo fallecieron. Las criaturas de este lugar los mataron uno a uno. Me refugiaba en esta cabaña por días para conservar la única vida restante. La mía y con ello la poca fe de escapar de aquí aunque se encuentre manchada con tanta sangre y tu actitud desesperante no ayuda".
\<Ezequiel\>	"¿Tienes idea si queda más gente, aunque sea en otro lugar?"
\<Nero\>	"Puede que queden sobrevivientes, pero para encontrarlos no será fácil. Podemos intentar con buscar en la ciudad

de Sicodelia, pero para ello debemos descansar, recuperar fuerzas, podemos salir al amanecer. Con la humedad de la mañana nos cansaremos menos. Tenemos que bajar la colina completa para llegar a la ciudad".

\<Ezequiel\> "No tengo otra opción".

\<Nero\> "Si quieres volver con Helena debemos mantenernos en grupo, de lo contrario ve despidiéndote de ella para siempre".

\<Ezequiel\> "Entiendo... Cooperaré".

Con un plan en mente, se proponen descansar para lograr la misión de llegar a la ciudad de Sicodelia, en busca de más espectros para encontrar la manera de salir de ese lugar. Debido a la charla caen rendidos de cansancio y en espera del amanecer se van a dormir.

Al otro extremo de la colina, con un cielo aclarado, tres espectros comienzan a subir con el único propósito de completar una misión.

\<Marco\> "Arol y Dinorha, debemos encontrarlo antes del medio día. No tenemos mucho tiempo antes de que los Angements nos puedan encontrar".

\<Arol\> "Se siente la presión. Cazadores que son cazados. ¡Va! Genial".

\<Dinorha\> "Tranquilo Arol no tienes por qué tener miedo".

\<Arol\> "No tengo miedo, sólo no me agrada la posición en la que nos encontrámos. Cualquiera diría que somos los villanos".

\<Marco\> "Esto no es el caso. De ser bueno o malo, se basa en sobrevivir y si ese tal Cobra sabe algo que nos sirva de algo perfecto... Lo traeremos arrastrando de ser necesario".

\<Dinorha\> "¡Uy! Ustedes los hombres son tan rudos... ¿Dónde podrá estar?"

\<Arol\> "Adentrando en el bosque en los dominios del guardián de Thryanna".

\<Dinorha\> "Puedo ver cómo tu piel tiembla Arol. Tranquilo, no les pasará nada mientras yo esté junto a ustedes".

\<Marco\> "Si alguien va a cuidar de alguien, se puede decir que Arol vino por esa única razón".

Arol se sonroja y rascando su cabeza, le da un codazo a Marco para hacerle callar. Marco comienza a reír por haberlo pasmado. Dinorha sin captar la indirecta sigue su rumbo frente a ellos.

\<Dinorha\> "No necesito los cuidados de ningún hombre".

Arol baja su cabeza mientras que Marco se comienza a reír por tal feminista arrogancia. Entre dientes Marco le comenta a Arol:

\<Marco\>	"Parece que tienes una enorme muralla que traspasar amigo mío".
\<Arol\>	"Me siento bien al tenerla cerca. No es momento para dejarle saber mi sentir, si acaso al volver".
\<Marco\>	"Entiendo".
\<Dinorha\>	"¿Qué tanto secreteo tienen ustedes dos allá atrás? ¿No les dijeron que los chismes son cosa de mujeres?"

Todos comienzan a reír luego de tan fuerte argumento. En su camino, los espectros se percatan de que no están solos y con sigilo se apartan del camino para ver de quien se trata. Observan que un hombre alto con una gran espada se aproxima.

\<Dinorha\>	"Miren es Cobra, está solo".
\<Marco\>	"¿Dónde podrán estar sus compañeros?"
\<Dinorha\>	"No importa está solo, es esta nuestra oportunidad".
\<Arol\>	"Dinorha no, espera".

Lanzándose a llamar su atención, Dinorha corre a confrontar al individuo mientras los otros dos permanecen ocultos. Ya frente a él, observando su físico intimidante y con una mirada fúnebre, Cobra se queda mirándola fijamente a los ojos.

\<Cobra\>	"Vaya, Vaya. ¿Qué hace una hermosa mujer sola en estos bosques?"

Dinorha intimidada por el lunático de Cobra queda paralizada sin poder hablar.

\<Arol\>	"Marco que le sucede a Dinorha. No se mueve, debemos hacer algo".
\<Marco\>	"Dale la vuelta sin que te vea. Yo llamaré la atención para que no le haga daño".

Al Arol comenzar a moverse, Marco sale de su escondite y le grita a Cobra.

\<Marco\>	"Mantén la distancia lunático, vinimos para llevarte con nosotros".

Cobra se ríe por la propuesta y le contesta.

\<Cobra\>	"¿Cómo será eso posible? ¿Ella y tú me piensan llevar? Por favor no seas ridículo. Observa a tu amiga. Al parecer está muerta del miedo con mis encantos".
\<Dinorha\>	"Estoy sorprendida por tu físico, no tengo miedo. ¿Cómo es que tu piel y ojos están tan cambiados?"
\<Cobra\>	"Digamos que he trabajado en mi imagen con las vidas inocentes que han caído por el filo de mi espada".
\<Marco\>	"Sí Dinorha, él tiene razón. Si te corrompes y matas gente de esta dimensión tu físico comienza a adaptarse a este lugar, ahora dime... ¿En dónde están los otros que te acompañaban?"

Dinorha recobrando su confianza teniendo a Marco al lado, camina hacia atrás junto a él comentando en voz baja:

\<Dinorha\>	"¿Dónde está Arol?"
\<Marco\>	"Espera".
\<Cobra\>	"Bueno, tendré que negarme a la oferta de ir con ustedes".

Arol sale corriendo desde la parte posterior de Cobra con su espada desenvainada.

\<Arol\>	"Vivo o muerto vendrás con nosotros asqueroso reptil".

Cobra salta y volteándose, esquiva el ataque de Arol y lo patea haciendo que este caiga al suelo.

\<Cobra\>	"Imbécil espectro, ¿acaso pensaste que no me había percatado de tu presencia?"
\<Dinorha\>	"Arol, cuidado".

Cobra desenvaina su enorme catana con doble hoja y arroja un ataque contra Arol. Este se voltea al grito de Dinorha y con su escudo detiene el Ataque forcejeando.

\<Marco\>	"Vamos".

Comienzan a correr hacia Cobra para ayudar a Arol. Cobra esquiva la guadaña de Marco, pero recibe una patada en la cara de Dinorha. Este comienza a dar vueltas ágilmente para ganar distancia con el impacto, dando la oportunidad a Arol de recuperar su postura y volver a la batalla.

<Arol>	"Entrégate, no tienes escapatoria".
<Cobra>	"Digamos que es una buena opción la de escapar, pero veo una posibilidad mejor y más divertida por encima de sus cadáveres".
<Dinorha>	"A este no le restan neuronas hace un buen rato".

Con un sol que comienza a alumbrar el cielo. El amanecer es Testigo de una supuesta desventajosa batalla por capturar o mantenerse con vida.

Ezequiel y Nero se levantan por la claridad del día que entra por los orificios en la vieja Cabaña.

<Nero>	"Ezequiel, ya casi se pone el sol. Debemos salir de inmediato".
<Ezequiel>	"¿Nos ha cogido el día? Siempre me pasaba para el trabajo".

Nero con una sonrisa entre sus dientes:

<Nero>	"Si a mí me pasaba también, estamos algo retrasados pero no es tiempo que no se pueda recuperar. Vamos andando".
<Ezequiel>	"De acuerdo".

Nero coge sus pertenecías y las armas dejando la cabaña atrás, junto a Ezequiel comienzan a bajar la colina.

<Nero>	"Ezequiel".
<Ezequiel>	"¿Sí?"
<Nero>	"Me preguntaste si tenía una razón por la cual volver. No te conteste tratando de que te tranquilizaras".
<Ezequiel>	"¿Entonces alguien espera por ti?"
<Nero>	"No sé si todavía espera por mí, pero si tengo una razón por la cual volver, pero mi fe se perdía con la partida de mis compañeros en el camino".
<Ezequiel>	"No debes perder la fe amigo, menos en esa persona que amas. Seguro que todavía te espera".
<Nero>	"Por eso sé lo de las hadas, que son los ojos de los que entran en los sueños a este mundo en busca de sus seres amados, pero ya no veo más visiones como las que te llevaron a la cabaña anoche. Yo lograba ver a mi amada, pero creo que ella

	perdió la fe en encontrarme y en mí. Hace varios días que no tengo señales de su búsqueda hacia mi ser".
\<Ezequiel\>	"No te decepciones amigo, ella está esperándote. Ánimo, fortalece esa razón. Recupera tu fe y vuelve junto a ella. Sorpréndela con tu aparición, que mejor prueba de amor que esa".
\<Nero\>	"Tienes razón. Entiendes por qué perdí las esperanzas al ser el único con vida. No había más palabras de aliento para seguir. Sólo rodeaba la sangre y la desesperación".
\<Ezequiel\>	"Eso terminó. Mientras esté, mis palabras te darán esperanzas para que no pierdas esa razón para volver, por cierto, ¿cuál es el nombre de tu amada?"
\<Nero\>	"Se llama Nina, es hermosa. Descuidé tanto junto a ella. La mantenía tan segura que cuando llegué a este lugar es que he aprendido a valorarla. Porque aunque siempre la amaba, jamás pensé que me faltaría".
\<Ezequiel\>	"Te entiendo y comparto ese pensar. Nina, ¿dijiste Nina?"
\<Nero\>	"Sí. ¿Por qué abres así los ojos? ¿La conoces?"
\<Ezequiel\>	"Me suena el nombre, Nina se llama la mejor amiga de Helena. El día que me haló el portal para llegar aquí, ella se había ido junto a ella al centro comercial".
\<Nero\>	"¿Bromeas?"
\<Ezequiel\>	"No te miento, es cierto".
\<Nero\>	"Bueno de ser la misma Nina, al menos sé que está bien. Gracias por dejarme saber su estatus. Si salimos con vida de esta, seguiremos siendo amigos en nuestro mundo. Eso es algo bueno a pesar de todo".
\<Ezequiel\>	"Eso es cierto. Lo primero que haremos será una buena barbacoa".

Riendo ambos se gozan la coincidencia de que sus amadas sean tan buenas amigas.

\<Nero\>	"Ezequiel. Tengo que dejarte saber que este lugar tiene muchos peligros y no podemos confiarnos. Aquí habitan orcos, ogros, sirenas, entre muchos otros. Fui testigo de tan terribles criaturas que he aprendido a combatirlas y frente a ellas he perdido espectros, debes tener cuidado".
\<Ezequiel\>	"Es como si las criaturas de los juegos se hicieran realidad".
\<Nero\>	"Algo así, pero créeme no te confíes. En los juegos tienes la posibilidad de volver a intentar cuando mueres. Aquí no te la dan. Si mueres te unirás a aquellos que junto a mi han luchado y han parecido el mismo destino".

<Ezequiel>   "De acuerdo. Tendré cuidado".

Los Espectros combatiendo contra cobra. Se sorprenden de las habilidades de batalla del individuo, siendo tres contra uno y no logran poder detenerle.

<Cobra>   "¿Qué les sucede? ¿Acaso no pueden seguir el ritmo".
<Dinorha>   "Silencio".
<Marco>   "Es increíble".
<Arol>   "Mantengan la compostura".

Las diferentes armas chocan sin alcanzar ninguna piel. A pesar de ser tres contra uno. Las habilidades de los espectros son excelentes. Los instintos de no rendirse son los que le dan la ventaja a Cobra, siendo la adrenalina quien sostiene su espada. Juntos cargan ataques contra Cobra, este esquivando los mismos y haciendo chispas en las hojas de metal chocantes. Ezequiel y Nero bastante cerca del lugar donde se está dando la batalla.

<Ezequiel>   "¿Qué es ese sonido?"
<Nero>   "Se escucha como espadas chocando, pueden ser Espectros".
<Ezequiel>   "Aligeremos el paso. Veamos a ver qué sucede".

Dinorha en repetitivos ataques contra Cobra, logra que este aprenda sus movimientos y esperando otro intento, se prepara para darle un ataque mortal. Arol anticipa la movida.

<Arol>   "Dinorha, cuidado".

Esta se distrae por la voz de Arol y sostiene el ataque. Cobra aprovechando la oportunidad se lanza a atacar a Dinorha. Arol corre y se posa frente a ella para sacrificarse.

<Cobra>   "Te tengo".

Antes de que cobra atraviese a Arol con su espada. Marco lo empuja fuertemente siendo él quien fuese perforado por la misma frente a los ojos de Dinorha. La sangre de Marco cae sobre la cara asustada de Dinorha. Arol se voltea y se encuentra con el fúnebre escenario. Marco mira a los ojos de Dinorha.

<Marco>   "No llores linda. Usa tu odio para cumplir con el objetivo que nos fue encargo, por favor, deben atraparle".

Ezequiel y Nero llegan a presenciar la muerte de Marco sin dejarse ver por el hostil atacante.

<Cobra>   "No hay nada que me excite más que la pérdida de un acto heroico en el filo de mi espada".

Quitando lenta y dolorosamente la espada del cuerpo de Marco, deja caer el cuerpo sin aliento sobre el suelo.

<Arol>   "¡Marco!"

Molesto por lo que sus ojos se niegan a creer. Arol carga un ataque contra Cobra para darle con su escudo. Cobra esperando el ataque de Arol.

<Cobra>   "Tenemos otro héroe frustrado… ¡Muere!"

Al momento del ataque, Cobra pendiente a Arol. Es golpeado fuertemente con un puño en la cara, distrayendo la atención del mismo. A su vez siendo impactado con el escudo de Arol en el pecho saliendo impulsado y va cayendo al suelo dando vueltas. Al pararse le comentan:

<Nero>   "No creo que acabes con otra vida frente a mis ojos".
<Dinorha>   "Marco".

Corre hacia el cadáver y lo abraza llorando.

<Cobra>   "Mira quien sigue con vida, y pensar que ese truco sirve con los osos solamente. Bueno tendré que dejar el alma para acabar con ustedes pero ya estoy sumamente molesto".
<Nero>   "Inténtalo".

Ezequiel corre y coge del suelo la guadaña de Marco, inclinándose frente a Dinorha. La misma se sostiene del hombro de Ezequiel y arrojándolo al suelo lo utilizó de soporte para levantar su ira contra Cobra por la muerte de Marco. Ezequiel se levanta y con sus ojos puestos en Cobra, se voltea la balanza en contra del espectro reptil. Cobra frente a cuatro espectros dispuesto a atacarlos sin parpadear para poder salir con vida.

<Ezequiel>   "Sigo con vida, porque me cogiste desorientado y confundido al momento de llegar a este lugar. No creo que corras con la misma suerte".
<Cobra>   "Lo dices, porque esta vez soy yo el que está solo".

<Ezequiel>   "Da igual".

Un fuerte rugido se escucha cerca del lugar. Los animales del boque comienzan a salir de sus hogares a ver qué sucede.

<Cobra>   "Al parecer la balanza se mantuvo siempre a nivel, digamos que es mi día de suerte".
<Ezequiel>   "¿A qué te refieres?"
<Cobra>   "Ya verás, la paciencia es una virtud".

Un segundo rugido aún más fuerte es escuchado por Ezequiel y compañía. Esto provocando que los animales del bosque comiencen a dejar sus hogares desesperadamente realizando una enorme estampida en dirección a donde se encuentran los espectros levantando una enorme cortina de polvo. Cobra logra sostenerse del cuerno de un unicornio que pasa en la estampida.

<Cobra>   "Nunca está demás tener un plan b y más aún cuando no lo planeas".

Arol trata de tumbar a Cobra del unicornio y este lo patea riendo, logrando escapar quedando los espectros sin poder ver nada.

<Nero>   "Cúbranse en la dirección opuesta detrás de un árbol".

Los Espectros reaccionando rápido a la orden de Nero, logran dejar pasar sin problema la estampida de animales asustados.

<Dinorha>   "Ese lunático logró escapar".
<Arol>   "Fallamos la misión y perdimos a Marco".
<Nero>   "Lamento su pérdida, pero eso es lo menos que me preocupa en estos momentos… ¡Miren!"
<Ezequiel>   "¡Santo Cielos!"

Los espectros recuperando la visibilidad, presencian frente a ellos, un tercer y aún más fuerte rugido.

<Dinorha>   "El guardián".

Los espectros temblorosos pero sin bajar la guardia, se les posa frente a ellos el guardián de los dominios de Thryanna, La Chimera.

Capítulo IV

LA FURIA DE LA NATURALEZA

Una enorme bestia con cuerpo de mino tauro, cabeza de león, otra de chivo, garras filosas y una serpiente como cola, se posa feroz frente a Ezequiel y compañía. Rugiendo molesta, intimidante se muestra hostil.

\<Ezequiel\>	"¿Se supone que debemos pelear con eso?"
\<Nero\>	"Si quieres salir de este mundo, creo que sí".
\<Arol\>	"Nadie que la ha visto a salido con vida".
\<Dinorha\>	"Los guardianes matan a todo espectro que encuentran en su camino. Ezequiel mantente al margen. No creo que estés listo para combatir esta bestia".

La Chimera comienza a correr hacia los espectros.

\<Nero\>	"Aquí voy".

Comienza a correr hacia la bestia con su enorme amiga apuntado a ella. La Chimera salta hacia un lado esquivando el ataque de Nero con una velocidad increíble, lanza un ataque vertical para el costado de la bestia. Esta, detiene el ataque con sus enormes garras, aguantando la espada. Nero forcejea para quitarsela. La serpiente observa a Nero y aprovechando que está distraído, intenta morderlo.

<Ezequiel>	"Nero, cuidado con la serpiente".
<Dinorha>	"Ve Arol".

Nero deja su espada en las garras de la bestia dando un salto hacia atrás, esquivando el mordisco de la serpiente. Arol comienza a atacar la cola de la bestia para llamar la atención del guardián. La Chimera arroja a un lado la espada de Nero y pone su vista en su nuevo atacante.

<Dinorha>	"Ezequiel, mantén distancia de la batalla".
<Ezequiel>	"Pero quiero ayudarlos, no me quiero quedar a ver como los mata esa bestia. Ustedes son la única oportunidad hasta ahora de salir de aquí".
<Dinorha>	"Pues trata de mantenerte con vida y no estorbes la oportunidad de salir de este lugar, haciendo que nos maten".

Dinorha corre hacia la bestia y con su espada desenvainada comienza a atacarla.

<Arol>	"Dinorha no te confíes, es asombrosamente rápida".
<Dinorha>	"No más que yo cariño".

Nero recupera su enorme amiga y sin pensar comienza a correr hacia la Chimera. Esta es distraída por la rapidez de Dinorha. Nero corre y le lanza dos cuchillos que tiene guardados en una correa en su espalda baja. Fallando el primero, el segundo le perfora un ojo en la cabeza de chivo. La bestia furiosa y adolorida, gira para golpearlos fuerte con su cola y tomar distancia de sus atacantes.

<Arol>	"¡Cuidado con la cola!"

Es golpeado y cae cerca de Ezequiel y Nero. Levantándose del suelo por la sangre que hierve y corre rápido por sus venas. Se voltean para ver a la bestia y observan que Dinorha está atrapada enredada por la serpiente, la Chimera la lleva en el aire hacia la cabeza del león, ruge fuerte mientras aprieta lentamente con su cola.

<Dinorha>	"Ayúdenme".

Sus huesos comienzan a lastimarse, sus gritos de agonía desesperan a los demás espectros.

<Arol>	"Debemos hacer algo, la matarán".

\<Nero\>	"Espera, si nos acercamos la matará antes de llegar a ella, hay que buscar una manera de llamar su atención para atacarle".
\<Dinorha\>	"Ayúdenme, por favor… Hombres, nunca puedes contar con ellos".

Dinorha trata de escapar la situación sacando de su bota izquierda una pequeña pistola de pólvora, con la cual sólo puede defenderse a corta distancia y de un sólo tiro.

\<Ezequiel\>	"Observen, Dinorha está planeando algo".
\<Nero\>	"Esa es nuestra oportunidad, sea lo que sea. Corremos hacia la bestia".
\<Arol\>	"Entendido".

Al alcanzar la pistola de pólvora, Dinorha con dificultad, mete el arma dentro de su cárcel de reptil, disparando la única oportunidad de safarse.

\<Nero\>	"Ahora".

La serpiente reacciona apretándola tan fuertemente arrojándola sobre la coraza de un árbol. Arol la observa caer inconsciente y dejando a Nero solo en el ataque, se dirige hacia ella.

\<Nero\>	"¿Arol? ¡Maldición!"

Ignorando la bestia por sus propias razones, Arol se dirige ayudar a Dinorha. Sin embargo, Nero continúa en dirección a la bestia aprovechando que está lastimada y así poderle hacer frente.

\<Ezequiel\>	"No puedo quedarme aquí parado sin hacer nada".

Ezequiel con la guadaña en mano se dirige a tomar la posición de Arol en el ataque junto a Nero. La Chimera con la cola lastimada y un ojo perforado ruge en espera de los atacantes. Nero lanza devastadores ataques contra la bestia, la misma a pesar de sus heridas continua fuerte y ágil. Esquivando cada uno de los intentos, Ezequiel sin conocimiento de cómo usar su arma ataca por la parte posterior para distraer la cola de la bestia.

\<Arol\>	"¡Dinorha, Dinorha! Despierta amor"-golpeando suavemente su rostro.
\<Dinorha\>	"¿Amor?"
\<Arol\>	"¿Estás bien, puedes levantarte?"

\<Dinorha\>	"No puedo moverme. Siento cada uno de mis huesos destrozados con el dolor que tengo. Este es mi fin Arol".
\<Arol\>	"No digas eso, te llevaré con los demás sabrán como curarte. Te pondrás mejor".
\<Dinorha\>	"¿Por qué lloras Arol?"
\<Arol\>	"¿Porque siempre fui un cobarde? Nunca pude decirte lo que sentía por ti y ahora que estas por dejarme, de que vale tan siquiera insinuarlo".
\<Dinorha\>	"Siempre supe cómo me veías no te preocupes. Las mujeres siempre se dan cuenta del sentir de ustedes, admitirlo te hubiera hecho el camino más fácil eso es todo".
\<Arol\>	"¿Lo sabías?"
\<Dinorha\>	"Sí. Si hubiéramos encontrado la oportunidad de regresar a nuestro mundo hubiera sido yo quien te hubiera buscado no importa dónde te encontraras".
\<Arol\>	"Lo lamento".
\<Dinorha\>	"Cállate, aprovecha tu último intento".

Arol le da un beso, al terminar Dinorha sonríe y por la fuerza del mismo levanta su mano para acariciar su rostro hasta partir de ese mundo.

\<Arol\>   "¿Dinorha? No me abandones, tú eras mi razón por la cual luchar".

Arol con sus ojos inundados en lágrimas y abrazando el cadáver la recuesta sobre el árbol.

\<Arol\>   "Adiós Preciosa".

Se levanta y volteando ve como Nero y Ezequiel dejan su aliento contra el fuerte animal. Corriendo molesto hacia la misma el rencor grita por él.

\<Arol\>	"Guardián de los bosques, pagarás por la vida que me has arrebatado. ¡MUERE!" -corre hacia la bestia con sus armas dispuestas a todo.
\<Nero\>	"Arol, ¡NO!"
\<Ezequiel\>	"Se ha vuelto loco. Tenemos que detenerlo".
\<Nero\>	"No hemos detenido a la Chimera, ¿quién podrá detener su desamor?"

Arol ciego por las lágrimas y la rabia que empuñan sus armas, ataca a la Chimera sin compasión, deseando ofrecerle el mismo destino que sufrió su deseado amor. La bestia con tres contrincantes desesperados por sobrevivir, atacada y atacando por el mismo sentir. Golpea a Ezequiel, este cae al suelo. Nero en su ayuda trata de llegar para levantarlo testigo de que sus habilidades en combate no son de ayuda. Lo levanta mientras que Arol se encarga de la bestia.

<Nero>   "¿Que intentas?, vas a hacer que nos maten, mantente al margen en lo que Arol y yo nos encargamos de esto".

<Ezequiel>   "Pero quiero ayudarlos en algo a acabar con la bestia, no quiero ser el próximo en morir".

<Nero>   "Ya tengo suficiente con el heroísmo de Arol, no puedo arriesgarte a ti. Me diste una razón para defenderte y es que mantendré viva mi FE teniéndote con vida. Quédate aquí".

Nero devuelta en la batalla. Observa a Arol en dirección a la bestia. Arol brinca y clava su espada entre medio de ambas cabezas a la bestia.

<Nero>   "Arol, no le pelees tan de cerca, aléjate".

La Chimera agarra a Arol por el costado antes de que este toque el suelo. Sin miedo Arol apuñala a la bestia en lugares cercanos a su primer golpe. En sus ataques siente como los colmillos de la cola de la bestia le perforan el lado contrario en el cual lo sostiene la bestia. Perdiendo sus fuerzas por el mortal veneno que entra por su cuerpo, Arol eleva su espada y le corta la cabeza de chivo logrando que esta pierda mucha sangre y se debilite. Nero en ayuda de la presa fácil en las manos de la Chimera, corre hacia ella y consciente de que se concentra en Arol, le corta la cola para impedir que esta le vuelva a morder; siendo pateado y alejado del indefenso prisionero. La Chimera ruge como nunca antes sin importar la sangre que derrama por las dos cabezas que le fueron cortadas casi simultáneamente. Arol comenzando a derramar veneno por todos los orificios de su rostro deja caer su espada. La Chimera pisando su escudo lo agarra por ambos brazos rugiendo sin parar, lo voltea y mirando intimidante a los espectros restantes, lo desprende de su torso y lo divide por la mitad.

<Nero>   "¡NO!"
<Ezequiel>   "¡NO!"

Por la brutal escena que le hizo presenciar, Nero corre a la bestia y la ataca sin compasión.

<Ezequiel>   "Tengo que hacer algo, no puedo dejar que lo maten".

Nero logrando alcanzar una velocidad superior a la bestia por la sangre que ha perdido, se protege de sus fuertes ataques. Ezequiel corre con la guadaña en mano y la clava en la espalda de la bestia, Nero aprovecha el ataque y corriendo hacia ella brinca, dejando caer un ataque horizontal con su enorme espada. La Chimera cae al suelo y es ultimada con un corte vertical que la deja dividida en cuatro pedazos.

\<Ezequiel\>	"¡Lo lograste!"

Nero cansado y decepcionado por toda la sangre derramada en batalla, cae al suelo arrodillado con sus manos en la cara por la victoria obtenida. Disfrutando a su vez el triunfo sobre la temible Chimera, Guardián de los Bosques.

\<Ezequiel\>	"¡Lo hiciste! ¿Qué te ocurre?"
\<Nero\>	"Fallecieron tres espectros en este lugar, no es como para sentirse muy orgulloso".
\<Ezequiel\>	"Pero si no la hubieras vencido, no hubiera sobrevivido nadie".
\<Nero\>	"Ver como mueren personas con tus mismos intereses te nubla el seguir, por eso me había ocultado en aquella cabaña negándome a morir por la espada de un sanguinario como Cobra o de algún guardián tratando de salir de este mundo".
\<Ezequiel\>	"Escúchate, acabas de vencer a un Guardián. Si sobreviviste, al persistir alcanzarás el éxito, además ya no estás solo. Pelearé junto a ti para lograr regresar con nuestras parejas".
\<Nero\>	"Sí, de eso también hay que hablar".
\<Ezequiel\>	"Te escucho".
\<Nero\>	"Debes aprender a defenderte, sólo tuvimos suerte. Sé que tienes las intenciones, lo demostraste pero hay que ponerte en un entrenamiento masivo al llegar a Sicodelia".
\<Ezequiel\>	"Haré lo que sea, mejoraré para multiplicar las posibilidades de escapar de este lugar y regresar con Helena".
\<Nero\>	"Bien, tienes la llama no la dejes apagar. Que ese sentimiento en tu pecho te ofrezca la ira para no soltar tu espada en combate y no dejar morir otro espectro al sostener fuerte y firme tu escudo".
\<Ezequiel\>	"¿Espada y escudo?"
\<Nero\>	"Sí, entiendo que esas serán tus armas".
\<Ezequiel\>	"Pero quiero aprender a usar la guadaña de Marco, la utilicé ya contra la Chimera".
\<Nero\>	"Lo siento, pero esa arma es muy difícil de aprender a usar. Necesitas velocidad y experiencia en combate, lo que hiciste

en batalla fue menearla de lado a lado para mantenerte con vida".

<Ezequiel>   "La clavé en la espalda de la bestia".

<Nero>   "Eso se llama suerte, gracias a eso la pudimos vencer, pero no, esa arma no. Recoge las armas de Arol que luchó valientemente y sus armas cargaban un amor que lo ayudaron a seguir hasta su final, además son armas para dar ofensiva y defensa. Puedes llegar a hacer un oponente perfecto".

<Ezequiel>   "De acuerdo, así se las vendes al que sea".

<Nero>   "Respeto y humildad, serían cosas que deberías de aprender antes de poder pelear".

<Ezequiel>   "Lo siento".

Recogiendo así el escudo y espada del difunto Arol, Nero se pone de pie y limpiando su arma la coloca en su espalda.

<Nero>   "Debemos seguir hacia Sicodelia".

<Ezequiel>   "¿Y los cuerpos? ¿Los enterramos?"

<Nero>   "Sería un gesto digno se lo merecen, pero debemos irnos, no podemos quedarnos más tiempo en este lugar".

<Ezequiel>   "¿Qué te preocupa?"

<Nero>   "La dueña del guardián que asesiné no tardará en llegar. Debemos darnos prisa".

<Ezequiel>   "Entonces andando".

Los espectros continúan su camino hacia la ciudad de Sicodelia, dejando el manchado campo de batalla.

Varios golpes en la puerta se escuchan.

<Helena>   "¿Quién llama?"

<Visitante>   "Soy el Detective Colvan Mathew por favor abra la puerta".

<Helena>   "En un segundo estoy con usted".

Al abrir la puerta el detective se percata de que la joven esta descuidada físicamente. La preocupación la ha consumido en los pasados días.

<Colvan>   "¿Se encuentra bien? Dejó un mensaje en mi teléfono y es el motivo de mi visita".

<Helena>   "Sí Detective, pero ese mensaje fue hace como dos días atrás".

<Colvan>	"Lamento mi tardanza, estoy ocupado en unos casos bastante complicados, pero traté de avanzar lo más que pude y logré llegar ahora, vuelvo y repito… Lo siento".
<Helena>	"No se preocupe, de igual forma puede servir de ayuda aunque la policía este buscando a mi pareja no han tenido mucho éxito. Me sería útil toda la ayuda posible".
<Colvan>	"Entiendo. ¿Puedo pasar?"
<Helena>	"Disculpe, sí… Por favor adelante, puede sentarse".
<Colvan>	"Gracias muy amable. Ya me dijo que la policía no ha tenido éxito en la búsqueda y que la persona desapareció hace dos días".
<Helena>	"Sí detective".
<Colvan>	"¿Dónde fue la última vez que lo vio?"
<Helena>	"¿Enserio tengo que volver a pasar por estas preguntas?".
<Colvan>	"A diferencia de lo que los policía pudieron haber preguntado, yo por lo menos necesito toda la información posible para saber de dónde puedo partir con mi investigación, por favor coopere. Sé lo difícil y molesto que puede llegar a hacer".
<Helena>	"Lo vi en la casa, salí con mi mejor amiga al centro comercial y al regresar ya no estaba en la casa".
<Colvan>	"Ezequiel es el nombre de su novio según tengo entendido. ¿Cuántas horas estuvo fuera del hogar?"
<Helena>	"Sí Ezequiel es su nombre, no acuerdo exactamente cuántas horas pero fueron varias".
<Colvan>	"Entiendo, ¿notó algo extraño al momento de volver al hogar? ¿Alguna puerta abierta o ventanas rotas?"
<Helena>	"No, sólo algo me estuvo raro".
<Colvan>	"¿Qué notó raro?"
<Helena>	"Al llegar pensaba que estaba, había dejado el televisor encendido y con eso un desorden en la sala, ¿Cree que pudo haber sido forcejeando con el secuestrador detective?"
<Colvan>	"Es posible, ¿alguna otra cosa?"
<Helena>	"No que yo recuerde. En el desorden que había encontré su tarjeta y le llame".
<Colvan>	"Sí, el mensaje fue algo desesperante pero no la culpo, entiendo por lo que debe estar pasando. Pero bueno, entiendo que esta es toda la información que tiene para ofrecerme, ¿verdad?".
<Helena>	"Sí, hasta el momento. Perdone que pregunte. ¿Sabe algo del paradero de su mejor amigo Diego?, desapareció el día anterior a él".

\<Colvan\>	"Bueno dama, hasta el momento no hemos podido encontrarlo, pero estamos trabajando día y noche en la búsqueda".
\<Helena\>	"Espero que puedan encontrarlos lo antes posible sanos y salvos".
\<Colvan\>	"Le aseguro que así será señora".
\<Helena\>	"Se lo agradezco".
\<Colvan\>	"Le pido de favor toda la cooperación posible, de saber cualquier otra cosa no dude en llamar".
\<Helena\>	"Gracias, lo haré… Detective".
\<Colvan\>	"¿Sí?… ¿alguna otra cosa?".
\<Helena\>	"Sí, no sé si sirva de mucho pero en el momento que llegué a mi casa yo pensaba que él había salido dejando el televisor encendido para casa de Diego, creía que lo había encontrado o algo así, estaba tan cansada que luego de bañarme me quede dormida".
\<Colvan\>	"Desconocía de la situación… Continúe".
\<Helena\>	"Tuve un sueño tan raro, pero en el mismo encontré a mi novio".
\<Colvan\>	"¿Lo vio en su sueño?, pudo haber sido de la misma desesperación".
\<Helena\>	"No detective, fue luego del sueño que me percaté que algo andaba mal, fue ahí cuando sentí que lo habían secuestrado".
\<Colvan\>	"Tranquilícese… Sígame contando. ¿Qué mas sucedió en el sueño?"
\<Helena\>	"En mi sueño caminaba por un bosque, luego vi una luz hermosa, llamada por su atención llegaron más luces. Eran hadas las que me rodeaban".
\<Colvan\>	"¿Hadas?"
\<Helena\>	"Lo mismo pensé, pero luego, llegó otra hada, estaba como asustada había encontrado algo le dio a entender a las demás. Yo no lograba entender sus palabras, sólo escuchaba sonidos extraños mientras se comunicaban como en otra lengua".
\<Colvan\>	"¿Llegó a saber qué fue lo que había encontrado?"
\<Helena\>	"Sí, todas se alarmaron y dándome vueltas comprendí que querían que las siguiera y lo hice. Llegamos a un árbol, donde se encontraba Ezequiel".
\<Colvan\>	"Luego de saber que era él, ¿qué hizo?"
\<Helena\>	"Llegué a él corriendo y tenía su cara repleta de sangre como si lo hubieran golpeado entre varias personas".
\<Colvan\>	"¿Lo logró salvar en su sueño?"

\<Helena\>	"Bueno en mi sueño no, las hadas buscaron un lugar, era una vieja cabaña de madera en el bosque y lo cargué de los hombros hasta allá.
\<Colvan\>	"¿Había alguien en la cabaña?"
\<Helena\>	"Al parecer, las hadas pensaba que no. Toqué desesperada al llegar. Se abrió la puerta y había un hombre, luego de ayudarme a sanar las heridas de Ezequiel, platiqué con él".
\<Colvan\>	"¿Logró preguntarle el nombre?"
\<Helena\>	"Sí, Nero era su nombre".
\<Colvan\>	"¿Nero?"
\<Helena\>	"Sí, como le estaba diciendo, luego de sanar a Ezequiel comencé a agradecerle, cuando una ventolera muy fuerte me sacó de la cabaña haciéndome desvanecer en el oscuro bosque. Ahí fue cuando me levanté de mi sueño".
\<Colvan\>	"Qué extraño".
\<Helena\>	"Sí, ahí fue cuando corrí nuevamente aquí a la sala. Buscando a Ezequiel y no encontrarlo. En la desesperación y la intensidad de ese horrible sueño, fue que le llame Detective".
\<Colvan\>	"Entiendo, me dijo que él estaba empeñado en jugar un juego. ¿Aún está por ahí?"
\<Helena\>	"Sí, dentro de la consola, puede sacarlo. La caja para ponerlo sigue sobre la mesa". -El detective toma el juego.
\<Colvan\>	"Bueno, debo irme. Gracias por toda la información. Será de mucha ayuda. De tener alguna información sobre su novio, se lo haré saber inmediatamente".
\<Helena\>	"Gracias detective". -Ambos se ponen de pie.
\<Helena\>	"Lo llevo a la puerta".
\<Colvan\>	"Gracias".
\<Helena\>	"De nada detective, espero que pueda dar con el paradero de mi novio y su amigo".

Cerrando la puerta, se voltea y recostada de la misma, cruza sus brazos preocupada sin perder del todo sus esperanzas.

Capítulo V

AGUJAS EN EL ENORME PAJAR

Parados sobre una colina, Ezequiel y Nero ven una muralla que cubre los alrededores de una enorme ciudad, Ezequiel la señala:

<Ezequiel>   "Nero, ¿es esa la ciudad de Sicodelia?"
<Nero>   "Correcto compañero… Andando".

Los espectros llegan a las enormes puertas de la ciudad. Ezequiel se le queda mirando a Nero, quien cuelga armas en su espalda.

<Ezequiel>   "Vaya pensaba que era algo más sencilla, esta ciudad es enorme".
<Nero>   "Sí, entremos. Conozco un lugar donde preparan buena comida y tienen el mejor vino de la ciudad, me muero por comer y descansar un poco para comenzar con tu entrenamiento".
<Ezequiel>   "¿Una taberna?"
<Nero>   "Sí, ¿Qué esperabas? ¿Un restaurante para adinerados? Tranquilo, es sólo para comer no te pasará nada".
<Ezequiel>   "Bien, espero que no se ocasione ningún motín, hace un momento me vi una situación bastante complicada".
<Nero>   "Al parecer has visto muchas películas, estarás bien, vamos".

Ya adentrados en la ciudad, caminan entre la gente y observan varios mercaderes los cuales ofrecen armas a precios económicos.

\<Ezequiel\>	"Mira, armas. ¿Crees que podamos…?"
\<Nero\>	"Ya tuvimos esta conversación sólo ignóralo y camina".

Se escuchan gritos de apuestas en peleas clandestinas donde la moneda de oro no tiene una mano fija. Caminando entre el bullicio se acercan mujeres de poca ropa ofreciendo buena compañía.

\<Nero\>	"¿Quieres que te preste algo de dinero?"
\<Ezequiel\>	"Muy gracioso, no te preocupes".
\<Nero\>	"No digas que eres de los que son fieles cerrándole las puertas a un buen rato".
\<Ezequiel\>	"¿De qué hablas? Me dijiste que volverías con el motivo de estar con Nina".
\<Nero\>	"Volveré con ella, pero no tiene por qué enterarse".
\<Ezequiel\>	"Eres un imbécil, hubiera dejado que la Chimera te matara".
\<Nero\>	"Vaya, sólo bromeaba, no tienes por qué ser tan hostil".

Suspirando el coraje de un golpe, Ezequiel sonríe junto a Nero y continúan su camino a la taberna. Ya frente a la misma, entran y ajorados por el estómago de Nero, los espectros se sientan sin demora. Acertando con la cabeza, Nero le hace saber al cantinero que sus servicios son requeridos, este silbando para que la mesera los atendiera con rapidez.

\<Nero\>	"¿Sabes lo que vas a pedir?"
\<Ezequiel\>	"Ni idea, había ido a las tabernas de los otros lugares pero no sé lo que sirven aquí".
\<Nero\>	"¡Bha!… Tú y tus sarcasmos".
\<Ezequiel\>	"Bueno, se te olvida que llegue a este lugar anoche, no sé por qué te molestas en preguntarme, pero bien… ¿Qué sirven aquí?"
\<Nero\>	"Eso es un comienzo, pero dejemos que ella te diga".
\<Mesera\>	"Bienvenidos a la taberna de Felo, ¿listos para ordenar caballeros?"
\<Nero\>	"Mi amigo aquí no está muy seguro de lo que ofrecen de comida. ¿Le puedes explicar?"
\<Ezequiel\>	"No se preocupe, pediré lo mismo que tú, de igual manera eres quien va a pagar".
\<Nero\>	"Bien. Bueno primor apunta para mí dos filetes de res, un costillar y una jarra de vino".

\<Mesera\>	"Anotado y usted… ¿Le apunto exactamente lo mismo?… ¿Verdad?"
\<Ezequiel\>	"Mejor que sea un sólo costillar, ¿sólo tienen vino para tomar?"
\<Mesera\>	"Tenemos cerveza".
\<Ezequiel\>	"Pues que sea con cerveza por favor".
\<Mesera\>	"En un momento salen sus ordenes caballeros… Si me disculpan".
\<Nero\>	"No te tardes, morimos de hambre".
\<Mesera\>	"Lo noté".
\<Nero\>	"¿Cómo dices?"
\<Mesera\>	"No nada, que sus órdenes saldrán lo más rápido posible".

Pasa el tiempo y la comida no llega, Ezequiel mirando a su alrededor se percata de lo tranquilo que es el lugar comparado como lo había imaginado en sus recuerdos ficticios, observa que una persona se encuentra algo solitaria junto a la barra.

\<Ezequiel\>	"¿Nero habías visto a esa persona antes?"
\<Nero\>	"¿Cuál?"
\<Mesera\>	"Aquí esta su comida señores".
\<Nero\>	"Gracias al cielo… ¿Qué decías Ezequiel?"
\<Ezequiel\>	"Olvídalo, no importa".

Nero desesperado al traerles lo que habían encargado, agarra la jarra y comienza a comer todo a su vez como si no hubiera un mañana. Ezequiel se le queda mirando y comienza a reír por lo glotón que se ve comiendo a la ligera.

\<Ezequiel\>	"Tranquilo, se te va a parar el corazón de tanto ejercicio con la mandíbula amigo".
\<Nero\>	"Llevaba días sin comer en aquella cabaña y luego de la pelea con la Chimera me merezco esto y mucho más".

Asintiendo, Ezequiel levanta su cerveza y le propone brindar a Nero, este correspondiendo con alegría.

\<Ezequiel\>	"¡Por la victoria!"
\<Nero\>	"¡Por la victoria amigo!"

Chocando sus bebidas y dándose un trago para celebrarlo, un hombre encapuchado junto a la barra, visto por Ezequiel algo solitario e ignorado por el hambre de Nero que estaba dándose varias copas del mejor vino del lugar, escucha la conversación de los espectros sobre la mesa asombrado por el motivo del brindis.

<Hombre>   "¿Estos dos han matado el guardián de Thryanna? Esto no me da buena espina y no están seguros aquí".

Continúa escuchando con más atención lo que comentan entre ellos los espectros y escucha a Nero hablar sobre la pérdida de buenos guerreros en la batalla.

<Hombre>   "Demonios, Marco y los demás fallecieron, hubiera ido con ellos a buscar a Cobra, tuve que hacerle caso a Dinorha y quedarme a esperarlos aquí... ¡Maldición!"

Apretando fuerte su copa de vino y frustrado con la pérdida de sus aliados.

<Hombre>   "¿Cantinero?"
<Cantinero>   "Dígame".
<Hombre>   "Deme un vaso del alcohol más fuerte que tenga".
<Cantinero>   "Enseguida".
<Hombre>   "¿Este alcohol tiene un color algo oscuro?"
<Cantinero>   "Es whisky, se siente como el fuego al tomarse solo, perfecto para ahogar sus penas amigo".
<Hombre>   "Bueno en ese caso".

En la mente con su whisky en mano.

<Hombre>   "Por los amigos que no volveré a ver, que descansen y encuentren su gloria".

Dándose el vaso completo, golpeando con el vaso vacío sobre la barra, interesado en los guerreros que sobrevivieron al guardián. Se levanta de la barra dejando caer las monedas que saldarán el alcohol que corre por sus venas en las manos del cantinero. Este recibiéndolas sorprendido por las agallas del hombre al tomar todo ese alcohol de corrido. El hombre piensa en irse, pero antes se recuesta de su pierna contra la pared cerca de la salida a las afueras de la taberna. Terminando de comer, los espectros dejan un bolso de monedas sobre la mesa para pagar por sus estómagos llenos. Levantándose de la mesa, caminan para dejar la taberna. Afuera de la misma, Ezequiel ve al hombre solitario de la barra recostado de la pared.

<Ezequiel>   "Nero... ¿Lo habías visto antes?"

<Nero>   "No, debemos irnos, debemos descansar para tu entrenamiento".
<Ezequiel>   "Bien. ¿Sabes a donde ir?"
<Nero>   "Sí, tengo en mente una pensión tranquila y económica".

Bajando los escalones de la taberna se abren paso entre la multitud camino al hotel. El hombre encapuchado espera que se adelanten un poco y sin perder su paso les sigue hacia la pensión. Ya en el lugar, los espectros entran y no ven al hombre que les viene siguiendo sin ellos percatarse. Al ver que ellos entran, comienza a montar una hamaca en unos árboles a las afueras del lugar para mantenerlos vigilados. Ya dentro, los espectros son recibidos por el recepcionista.

<Recepcionista>   "Buenas noches caballeros. ¿Cómo les puedo ayudar?"
<Nero>   "Una habitación por favor".

El recepcionista se voltea y toma un par de llaves. Ezequiel se da cuenta de que el individuo toma un solo llavero.

<Ezequiel>   "¿La habitación tiene camas separadas?

Nero bajo el cansancio, toma las llaves. Ezequiel algo ofendido se las quita y arrojándolas sobre la mesa de recepción:

<Recepcionista>   "No se preocupe señor, todas la habitaciones en nuestro hospedaje tiene dos camas".
<Ezequiel>   "De acuerdo.
<Recepcionista>   "¿Tiene algún problema para compartir el cuarto con su acompañante? Puedo alquilarle la habitación del frente si así prefiere".

Nero sumamente cansado por la demora, golpea fuertemente la mesa y mirando fijamente a Ezequiel le reclama:

<Nero>   "No estaremos mucho tiempo y tampoco tenemos el dinero para dos habitaciones."
<Ezequiel>   "Esta bien".
<Nero>   "Vaya, así está mejor".

Tomando las llaves de un jalón.

<Recepcionista>   "Bienvenidos. Descansen caballeros".

Volteándose y proponiéndose a buscar la habitación por el número que se muestra en las llaves, Nero le sigue y ya sin la visibilidad del recepcionista quien atiende rápido a quienes esperaban el turno para alquilar más habitaciones.

\<Nero\>	"Debimos hacernos pasar como pareja para conseguir descuento en una habitación de una cama. Para el tiempo que estaremos aquí seria excepcional y sobraría para comprar más comida.
\<Ezequiel\>	"Estás demente, muy gracioso. También podemos comprar un arma más ligera".
\<Nero\>	"Dilo dos veces amigo… Dejé mucho dinero en la taberna".
\<Ezequiel\>	"Yo no tengo dinero que acepten en esta dimensión".
\<Nero\>	"No te preocupes. Al menos dio para una noche, no podemos quedarnos más que eso. Debemos movernos para eliminar peligro y en cuanto al dinero, creo que usas esa escusa para que te pague la gente en nuestra dimensión".
\<Ezequiel\>	"No, te lo juro. La usan conmigo y soy quien siempre pago".
\<Nero\>	"No me lo jures, con esa cara. Te creo".
\<Ezequiel\>	"¿Perdón?
\<Nero\>	"Mira, ya llegamos a la habitación.

Abren la puerta y comienzan a reír por lo lujosa que se ve. Disfrutando de su suerte, se despojan de sus botas y colocando sus armas recostadas de la pared se tiran en las camas y vencidos por el cansancio duermen como rocas. Aquel que sobre una hamaca descansa a las afueras del hotel, de su cintura alcanza una botella, la cual contenía un vino de buena calidad.

\<Hombre\>	"No pensaba pasar la noche a solas vieja amiga".

Despojándole del corcho comienza a tomar de ella disfrutando cada sorbo. Admira la claridad de la luna que le rodea hasta que sus ojos comienzan a traicionarle apagándose lentamente por todo el alcohol que consumió durante el día, se negaban a seguir abiertos en vigilia.

Un nuevo sol entre las nubes le ilumina la cara a Nero. Algo molesto y luchando con la pesadez, se da cuenta de que Ezequiel ya levantado se termina de cerrar las correas que sostienen sus armas sobre la espalda.

\<Ezequiel\>	"Vamos, hoy es el día amigo… Mi entrenamiento. Es hora de aprender a luchar para defender a los nuestros".
\<Nero\>	"Veamos si esos ánimos se mantienen cuando termine de entrenarte".

<Ezequiel>   "Aprendo rápido, ponme a prueba".
<Nero>   "Eso haré".

Abandonando el hotel, los espectros observan un hombre algo maltrecho, con la cara cubierta por una capucha y con los pies colgando de una hamaca.

<Ezequiel>   "Mira eso, al parecer no sabe cuando parar de darle al codo".
<Nero>   "Recuérdame no llegar nunca a esos extremos, pero bien sígueme, sé de un buen lugar para entrenarte".

Burlándose del individuo siguen de largo su camino. El hombre, se levanta sosteniendo su cabeza adolorida, mira a su alrededor levantándose. Estirando su cuerpo, sus huesos comienzan a tronar recordándose del motivo por el que durmió en la hamaca, desconociendo de cuánto pudo haber pasado de la mañana.

<Hombre>   "¿Los espectros?"

Va al hotel y se dirige al recepcionista.

<Hombre>   "Disculpe... ¿Sabe de dos hombres que se hospedaron aquí anoche? ¿Los ha visto salir?"

El recepcionista se asombra.

<Recepcionista>   "Creo que ha llegado tarde".
<Hombre>   "¿Sabe a dónde se dirigen?"
<Recepcionista>   "Mencionaban algo de entrenar a las afueras de la ciudad, cerca de la granja".
<Hombre>   "Gracias"
<Recepcionista>   "Hace un rato me entregaron la llave y se marcharon, lamento que llegara tarde, uno de ellos salió muy emocionado".
<Hombre>   "Debe ser quien menos sabe, gracias por la información".

El Hombre lo mira algo confundido y sin saber o importarle a lo que se refería, encontrarles era su prioridad, deja el hotel y recuerda:

<Hombre>   "Hablaron de un entrenamiento, no deben de estar lejos, creo saber donde pueden estar, recuerdo pasar por una granja".

Llega a un ranchón donde observa el entrenamiento de un espectro, se acerca para observar cómo aquel joven derramaba su sudor para ser un mejor guerrero. Viéndolo caer al suelo en varias ocasiones y reconociendo su persistencia al levantarse de cada gran golpe, ve cómo su compañero le exige, recordando la presión de lo que es sostener un arma sin saber y el deseo corriendo por tus venas por aprender a usarla.

<Nero>   "Vamos, usa tu escudo no golpees con tu espada sin saber lo que realmente quieres de ella".
<Ezequiel>   "Eso hago".
<Nero>   "No es lo que veo, veo una tortuga con armas".
<Ezequiel>   "Silencio".

Atacando a Nero sin piedad, nublando el coraje su deseo de ser estudiante del combate.

<Nero>   "¿Así pretendes regresar con Helena?… ¿Así deseas protegerme para regresar a casa?. Ponle ganas que no veo el esfuerzo".

Ezequiel detiene sus ataques y arroja sus armas al suelo frustrado por la presión que le tienen para aprender.

<Ezequiel>   "¿Por qué la presión?"
<Nero>   "Tú eres el que no cabía en sí mismo por aprender a luchar entonces aprende, recoge tus armas".
<Ezequiel>   "Me prometiste enseñarme al vencer la Chimera, dijiste que era mejor para ambos".
<Nero>   "Así es y es lo que hago. Te prometí y siempre cumplo mis promesas… Recoge tus armas. ¿Dónde te crees que te encuentras?… En tu mundo donde aprendes lo que deseas aprender si el deseo llega el día que llegue, no nos podemos dar ese lujo, no en este mundo".
<Ezequiel>   "Pero estoy poniendo de mi parte, tú eres el que está exagerando esto del entrenamiento".
<Nero>   "Sólo hazme caso. Al final verás el por qué y apreciarás la razón por la cual hay que brincar un par de escalones".

Ezequiel suspira botando toda la frustración de su sistema y recogiendo las armas se propone a seguir aprendiendo.

<Nero>   "Eso es vamos arriba".

Golpeando y defendiéndose mientras la chispa emerge de sus espadas y el escudo al Ezequiel defenderse.

<Nero>   "Así es muchacho, así es como se hace".

Viendo a un Ezequiel concentrado, apasionado y confiado de las armas que aprende a conocer, entregándole su alma para defender y atacar con ellas para el bienestar de quienes lo rodeen. Nero, enterrando su espada en el suelo da por terminado el entrenamiento. Ezequiel con ganas de seguir se detiene y al no tener de otra guarda sus armas colocándolas en su espalda.

<Nero>   "Ya fue suficiente".
<Ezequiel>   "Quiero seguir pero guardaré este deseo para cuando sea necesario".

Bajándose de la cerca y caminando hacia ellos.

<Hombre>   "Así es como debe ser".

Los espectros voltean a mirarle sosteniendo sus armas por si es necesario desenvainarlas.

<Ezequiel>   "¿Quién eres?... ¿Qué deseas?"
<Hombre>   "Tranquilos los veía entrenar muy dedicados".
<Nero>   "¿Con qué fin? ¿Qué es lo que quieres?"
<Hombre>   "No sé realmente, pero sí sé que les falta algo en su entrenamiento".
<Ezequiel>   "¿Y eso es?"
<Hombre>   "Viendo que te han enseñado bien como atacar y defenderte, faltaría algo como pelear en equipo, les ofrezco esto... ¿Qué les parece si pelean ustedes dos, contra mí?"

Los espectros se miran entre ellos y comienzan a reírse de su propuesta. Familiarizados con su vestimenta, Nero recuerda donde cree haberlo visto.

<Nero>   "Ezequiel es el borracho de la hamaca".
<Ezequiel>   "Sí, pensé lo mismo. Debe quedarle algo de alcohol en su cerebro para querer pelear con nosotros".
<Nero>   "Así es pero dígame". -dirigiéndose al encapuchado.

<Nero>   "¿Qué usted sacaría con luchar con nosotros?"
<Hombre>   "Si aún quedase alcohol en mis venas sería una gran ventaja para ambos... ¿No creen?"
<Ezequiel>   "Tan confiado, no tienes ninguna posibilidad".

\<Hombre\>	"Sólo quiero ayudarlos a perfeccionar su entrenamiento. Si no saben luchar en equipo tendrán que pelear solos hasta que logren lo que buscan, porque de lo contrario caerán en batalla".
\<Ezequiel\>	"¿Cómo puedes estar tan seguro?"
\<Hombre\>	"Porque lo he vivido varias veces y veo que tienen un tremendo potencial. Déjenme probar de que están hechos".

Los espectros se miran entre ellos y sin nada que perder, aceptan la oferta, desenvainan sus armas para demostrar lo que saben.

\<Nero\>	"Está bien".
\<Ezequiel\>	"De acuerdo, peleemos".
\<Hombre\>	"Bien, pues que comience la pelea".

Colocando sus manos en el mango en las catanas cruzadas en su espalda baja, se impulsa hacia los espectros de un brinco para atacarles. Nero quien sostiene su ataque con su enorme espada, Ezequiel acudiendo a ayudarle empujando el hombre con su escudo, poniendo su escudo sobre su cabeza. Nero lo usa de escalón para alcanzar una altura para así atacar desde el cielo a su oponente. Este, asombrado con la colaboración de ambos esquivando el ataque, se impulsa y logrando patear a Nero en el rostro, le hace rodar hacia su compañero. Ezequiel brinca en dirección a su oponente, poniendo en práctica las enseñanzas de Nero. Sobre sus pies, Nero se une a su compañero en combate esquivando de su oponente todos los ataques combinados. Regresando ataques con una mayor velocidad, el hombre los golpea hasta lograr desarmarlos. Negándose a darse por vencidos, se tiran sobre él esquivando las hojas afiladas que le zumban los oídos por cada vez que logran esquivar. Combatiendo con sus puños, atacan a su oponente entre ambos con el deseo de vencer. Esquivando sus ataques, su oponente toma distancia y guardando sus espadas les propone hacer el combate parejo cargando contra ellos nuevamente. Con una gran habilidad en combate cuerpo a cuerpo, los golpea sin piedad. Reconociendo sus habilidades, pero al no compararse a las que él tiene, los vence dejándolos en el suelo agobiados y frotando sus extremidades lastimadas. Los espectros quedan de rodillas en el suelo, donde se retorcían de dolor al perder el combate.

\<Ezequiel\>	"¿Quién eres?"
\<Nero\>	"¿Qué eres?"
\<Hombre\>	"Me llamo Lionexus y soy un espectro igual que ustedes".
Nero\>	"¿Cómo puedes moverte tan rápido?"

<Lionexus>   "Es una larga historia… Todo a su momento. Vamos pónganse de pie necesito hacerles algunas preguntas. ¿Quien se antoja de una copa de vino?"

<Ezequiel>   "No es un mal día para empezar a beber vino, en este lugar todos los días parecen estar cerca del último".

Cansados y deseando algo de alcohol con varias preguntas por hacerse, los espectros llegan a la taberna, tomando asiento la mesera les reconoce y les atiende.

<Mesera>   "¿Que se les ofrece? ¿Comida?"
<Nero>   "No esta vez".
<Lionexus>   "Trae una jarra de vino por favor".
<Mesera>   "Enseguida".

Con rapidez, la mesera busca la jarra de vino y reparte copas. Mientras los hombres platican de lo que ha sucedido y planean realizar.

<Lionexus>   "Bien, ¿cómo puedo comenzar? Soy el líder de una revolución, si se puede decir".
<Ezequiel>   "¿Revolución?"
<Lionexus>   "Sí".
<Nero>   "¿Qué planeas con eso?"
<Lionexus>   "Lo único que deseamos la mayoría de los espectros… Regresar a casa".
<Ezequiel>   "Suena bien. ¿Cuál es el progreso?"
<Lionexus>   "Por ahora los demás y yo".
<Nero>   "¿Hay otros unidos a tu causa?"
<Lionexus>   "No muchos, conocieron a tres de ellos… Arol, Dinorha y Marco. Por desgracia escuché también que fallecieron lamentablemente".
<Nero>   "¿Estabas espiándonos?"
<Lionexus>   "No, digamos que gritaron su brindis muy fuerte".
<Ezequiel>   "Lo lamento, ¿los conocías?"
<Lionexus>   "Sí, los encontré y no se negaron a ser parte de esto. Peleamos con tantas criaturas que no puedo creer que la Chimera los venciera".
<Nero>   "Es algo complicado habían tantas emociones en esa batalla".
<Lionexus>   "¿Cómo cuales?"
<Nero>   "Marco murió a manos de un espectro"…
<Lionexus>   "¿Cómo era?"

\<Ezequiel\>	"Sus facciones no eran del todo humanas estaba como que cambiando, tornándose como en reptil".
\<Lionexus\>	"Cobra, los envié a buscarlo para interrogarle".
\<Nero\>	"¿Interrogarle?… ¿Por qué?"
\<Lionexus\>	"Algo me dice que no planea algo bueno y eso ha enfurecido a enemigos muy peligrosos. ¿Estaba solo?"
\<Ezequiel\>	"En el momento de encontrar a Dinorha y los demás sí, pero…"
\<Lionexus\>	"¿Pero?"
\<Ezequiel\>	"Cuando llegué aquí habían otros, no recuerdo sus nombres, pero hablaban de unos amuletos, estaban buscando unos amuletos".
\<Lionexus\>	"Entonces creo saber quien los encamina".
\<Nero\>	"¿Quién?"
\<Lionexus\>	"Todo a su tiempo… Regresen al hotel, descansen un poco y crucemos el lago, debemos reunirnos con los demás y contarles lo que ha sucedido".
\<Ezequiel\>	"Entendido".

Terminando la jarra de vino se marchan de la taberna y regresan a la pensión. Los espectros hacen caso por la seguridad y confianza de quien les acompaña; pensando en no volver, siendo tratados con la misma hospitalidad. Regresan a la habitación y cayendo rendidos nuevamente por el cansancio del entrenamiento y las copas de vino, duermen para recuperar fuerzas, mientras que Lionexus espera afuera sin planes de seguir bebiendo, esta vez preocupado por lo que pueda suceder al no sentirse seguro por quienes se interesa en proteger.

Capítulo VI

ARCÁNGELES DE LO OLVIDADO

Un cielo cubierto por árboles, se muestra resplandeciente luego de que empujadas las ramas y el descenso de cientos de hojas muestran a una mujer. Cerrando sus enormes alas, que manipulaban el aire a su llegada, camina por el lugar donde se defendieron los espectros con la Chimera. Observando los alrededores, ve los cadáveres en el suelo y entre ellos su guardián. Caminando hacia la criatura:

<Mujer>   "Pude sentir tu dolor, pero sé que diste la mejor pelea leal amigo… ¿Quién te habrá hecho esto?"

Acariciando la melena de la única cabeza restante sobre el torso.

<Mujer>   "Te prometo que caerá aquel que te haya otorgado este destino, vengaré tu muerte mi leal guardián".

La mujer levantada se voltea y reconociendo el desastre por toda la sangre derramada, camina entre los restos de Arol hacia el cuerpo de Marco.

<Mujer>   "¿Qué tendremos en la mente de este espectro?"

Colocando su mano sobre la frente, los ojos de Marco se abren con un destello de color esmeralda. Observando los últimos momentos de vida del espectro, ve que el mismo no se enfrentó a su guardián y que él encontró la muerte de manos de otro de los suyos.

<Mujer>   "Será esto posible, se matan entre ellos... Pero, ¿Por qué?"

Quitando la mano sobre el espectro, el cuerpo se torna en arena haciéndose parte del entorno.

<Mujer>   "Bien, ese del suelo está hecho pedazos tal y como el enigma que llevo en mi mente. ¿Qué más debo saber?... Sólo quiero un rostro para vengar a mi guardián".

La mujer se da con el descanso eterno de un espectro sobre la coraza de un árbol. Caminando hacia la misma se agacha frente a ella, coloca la mano sobre su frente y comienza a ver sus últimos momentos de vida. Observando su guardián en acción y cómo fue que ella perdió la vida.

<Mujer>   "Interesante".

Sin despegar la mano de su frente, la mujer acerca su rostro al de la difunta y depositando su aliento entre la boca de la fémina, Dinorha abre sus ojos y comienza a respirar de forma alterada. Al recuperar el aliento después de varias horas de haber dejado su cuerpo, con poca visibilidad y recuperando lentamente su visión, da vueltas observando a la mujer que se encuentra agachada frente a ella.

<Dinorha>   "¿Thryanna?"
<Thryanna>   "Bienvenida, ahora necesito que me digas a donde se dirigían los que mataron mi guardián".
<Dinorha>   "No lo sé".
<Thryanna>   "¿Cómo que no lo sabes? Todos pelearon juntos contra mi guardián".
<Dinorha>   "Ellos llegaron momentos antes de que la Chimera apareciera".
<Thryanna>   "Mientes. ¿Por qué alguien que no te conoce, se va a unir a una batalla que no es la de él?"
<Dinorha>   "No has pensado que era a tu guardián a lo que nos enfrentábamos. ¿Quién pelearía solo contra ella? Todos los que han pasado solos por estos bosques han sido presa fácil para ella. ¿A conveniencia de quien? ¿Tuya?"
<Thryanna>   "¿Quién te has creído que eres?... ¿Cómo te atreves a hablarme de esa manera? He matado a miles como tú... Una más no hará la diferencia".

\<Dinorha\>	"Adelante… No hará la diferencia. Ya estaba muerta y sé dónde volveré, muy cómodo el lugar".

Thryanna la abofetea sin pensarlo, sin sentir nada más que desesperación por como los espectros han fortalecido su fe y esperanza entre ellos, recuerda de aquel que dio muerte a su compañero y le cuestiona.

\<Thryanna\>	"Pero ustedes se matan entre ustedes no son más que una plaga que sólo se interesa por sobrepasarse unos a otros y sin importar a quien le pisotean la cara".
\<Dinorha\>	"Si pudiera lo casaría hasta mi último aliento sólo para al final darle lo que se merece y vengar la muerte de Marco".
\<Thryanna\>	"¿Tanta importancia tenia para ti? ¿De qué vale si ya habías muerto? ¿Cómo es posible que tu mente guarde tan indestructible rencor?"
\<Dinorha\>	"Jamás entenderás las almas de nosotros los humanos, como ustedes suelen llamarnos, espectros".
\<Thryanna\>	"Alteraron nuestro mundo al llegar aquí, son intrusos y de ser necesario, acabaré con cada uno de ustedes".
\<Dinorha\>	"¿Por qué no podemos existir? Sólo buscamos la manera de regresar a nuestro mundo, regresar a casa con las personas que amamos".
\<Thryanna\>	"¿Amor? Esa palabra es tan peligrosa como el filo de una espada… No existe tal sentimiento".
\<Dinorha\>	"Sí existe, que no puedas nunca saber lo que es, es una historia distinta".
\<Thryanna\>	"Lo dices por el beso que se negaba a morir contigo, ese que tuviste antes de que tu alma dejara tu cuerpo".
\<Dinorha\>	"¿Cómo sabes eso?"
\<Thryanna\>	"Te traje devuelta… ¿No?, digamos que leí varias páginas del libro de tu subconsciente, una de esas páginas me dejó saber que no buscan nuestros amuletos. Bien, pero ese Arol, pobre digamos que no supo cómo lidiar con sus deseos reprimidos".
\<Dinorha\>	"¿Qué hiciste con él? ¿Dónde está?"
\<Thryanna\>	"Creo que por todas partes, pero si de algo sirve, su alma salió a buscarte".

Reflejando burla sobre su rostro, Dinorha sin importar mucho lo que pueda suceder, levanta su rostro orgulloso y tirando saliva en la cara de Thryanna le recalca:

\<Dinorha\>	"No pude ver cómo vencieron tu guardián, pero quedan guerreros dignos y si algo lamentaré perder, será como acaben contigo y los demás Angements".

Thryanna se levanta ignorando las amenazantes palabras. Se voltea para dejar el espectro a la misericordia del bosque. Alejándose del cuerpo, Dinorha sigue maldiciendo su familia, Thryanna se detiene y le advierte.

\<Thryanna\>	"No tienes por qué morir de sed dejando escapar tu saliva con tan alarmantes palabras".
\<Dinorha\>	"Escucha Arcángel de la tierra, tú y tus hermanos caerán uno a uno de ser necesario para que aquellos conocidos como espectros, puedan regresar a donde pertenecen".
\<Thryanna\>	"Nadie tocará mi familia ¡NADIE!"

Thryanna agarra una de las ramas del árbol donde reposa Dinorha tornando sus ojos verde esmeralda. Dinorha empieza a sentir como el árbol comienza a temblar. Sin poder moverse resucitada por Thryanna, cuyo único propósito era el sacarle información, ve como la tierra a su alrededor comienza a agrietarse, tembloroso el tronco la hace resbalar hasta colocarla en el suelo completamente.

\<Thryanna\>	"¿Asustada humana?"
\<Dinorha\>	"¡NO! No te tengo"...

Levantadas velozmente las raíces del árbol, perforaron como espadas sumamente filosas todos los órganos vitales del espectro dando una muerte al instante negando la posibilidad de que pudiera volver a utilizar su voz.

\<Thryanna\>	"Te advertí que tu tono no guardaba ningún respeto hacia lo que soy, un ser superior a tu especie espectro".

Soltando la rama que utilizó para controlar el árbol y matar a Dinorha, Thryanna preocupada, algo confundida por algunas de las palabras comentadas por el espectro y lo que alcanzo a ver en su mente.

\<Thryanna\>	"¿Pudiste haber sido tú? No es posible... Vi como aquel espectro te eliminó casi frente a mis ojos pero de que existen guerreros dignos eso lo sé... Tú eras uno de ellos, pero porque esta mala corazonada, algo no anda bien. Debo reunirme con los demás, debo obtener el consejo de nuestro padre".

Thryanna abriendo sus enormes alas, toma altura y con gran velocidad vuela por encima de sus dominios del bosque hasta llegar a una planicie donde escombros de lo que alguna vez fue un enorme castillo, se encuentran esparcidos por el lugar. En el centro una gran torre, donde ella se dirige con tanto afán, aterrizando en la cima, un arcángel la esperaba.

\<Arcángel\>	"Thryanna hermana, ¿a qué se debe tu visita? No hace mucho que te fuiste".
\<Thryanna\>	"Tenemos problemas Kayriel, más de los que pensabas".
\<Kayriel\>	"¿De qué tipo?… ¿Los espectros encontraron los amuletos?"
\<Thryanna\>	"No estoy segura".
\<Kayriel\>	"¿Cómo que no estás segura? Vienes a toda prisa… Algo seguramente no andaba bien y me dices que no estás segura".
\<Thryanna\>	"Estoy frente a tus ojos… ¿No? En ese caso no creo que los espectros hayan encontrado los amuletos… Si no estuviera muerta".
\<Kayriel\>	"¿Entonces?… ¿Qué te tiene disgustada?"
\<Thryanna\>	"Se hacen fuertes".
\<Kayriel\>	"¿Les tienes miedo?… Fuertes dices, ellos no son más que una plaga de afortunados, ¿Qué te hace pensar que están más fuertes ahora?"
\<Thryanna\>	"Vencieron a mi guardián".

Kayriel abre sus ojos con asombro y molesto le cuestiona.

\<Kayriel\>	"¿Qué?… ¿Cómo has dicho?"
\<Thryanna\>	"Buscando mi amuleto por mis dominios, volé por los arboles y sentí un fuerte dolor en la cabeza. Luego en mi mente escuchaba fuerte y claro el sufrimiento de la Chimera. Dejé de sentir y sabia que algo andaba mal, fui a verificar y al llegar me encontré con mi guardián cortado en cuatro pedazos".
\<Kayriel\>	"¿Cómo puede ser eso posible?"
\<Thryanna\>	"No lo sé… Pero lo vi".
\<Kayriel\>	"Entonces debemos invocar a nuestro padre, necesitas saber quien lo hizo. ¿No es así?"

Thryanna comienza a caminar hacia adentro de la torre, antes de entrar por completo le comenta:

\<Thryanna\>	"Sí, no descansaré hasta que el que haya hecho esto pague por lo sucedido".

<Kayriel>   "No te culpo, adelántate, llamaré a los demás".
<Thryanna>   "Deberías… No sé qué te detiene".

Molesta lo deja para hacerles el llamado a sus hermanos, Kayriel cierra sus ojos y con su mente alcanza la de sus hermanos.

<Kayriel>   "Hermanos regresen a mí con urgencia, algo amenaza a nuestra familia".

Sin pasar mucho tiempo, fuertes aleteos se escuchan cerca de la enorme torre. Frente a Kayriel, caen en reverencia tres arcángeles que elevando sus cabezas, descansan sus miradas sobre aquel que ha hecho el llamado.

<Kayriel>   "Ziul, Leyra y Satarian".

Levantándose caminan hacia Kayriel y le preguntan curiosos el motivo de la urgencia.

<Ziul>   "¿Qué te inquieta Kayriel?"
<Kayriel>   "A mí la curiosidad con la que llegan, es su hermana Thryanna quien ha tenido un fuerte presagio".
<Leyra>   "¿Los espectros han encontrado nuestros amuletos?"
<Kayriel>   "No, pero se hacen fuertes".
<Satarian>   "Fuertes, no son fuertes, son débiles cobardes, los pocos que quedan allá en nuestro mundo, intrusos escondidos para guardar el poco aire que le llena los pulmones".
<Ziul>   "Sí hermano, Satarian tiene razón esos espectros no son más que una molestia desde que llegaron a este mundo".
<Kayriel>   "Eliminaron al guardián de Thryanna".

Todos abren los ojos sorprendidos, excepto el que carga los labios de donde salió tan alarmante noticia.

<Leyra>   "Pues han encontrado los amuletos, ningún espectro podría alcanzar fuerza suficiente como para lograrlo".
<Ziul>   "Kayriel mencionó que no los habían encontrado".
<Kayriel>   "Eso me dijo Thryanna, lo mismo pensé, pero me dijo que no, que no los habían encontrado".
<Satarian>   "¿Entonces cómo es posible que hayan eliminado al guardián sin ese poder?"
<Kayriel>   "Thryanna vio que están trabajando juntos".
<Ziul>   "¿Con cuál propósito?"

\<Leyra\>	"Al llegar era creíble, recuerdan lo asustados que corrían para salvarse de nosotros, con en el pasar del tiempo, la desesperación los llevó a matarse los unos a los otros por la búsqueda de poder por nuestros amuletos. ¿Por qué ahora se unen? ¿Para el mismo fin, para tener más posibilidades de encontrarnos y vengarse de nosotros?"
\<Kayriel\>	"Eso no lo sabemos con certeza, pero si todo esto incomoda a Thryanna debemos actuar con cautela".
\<Satarian\>	"Nos has llamado para invocar a nuestro padre".
\<Kayriel\>	"Es la única forma, Thryanna necesita de su consejo".
\<Ziul\>	"Entonces no tenemos mucho tiempo. Vayamos y levantemos al creador".

Los Arcángeles entran a la torre para ayudar a su hermana. En el interior la misma los esperaba para comenzar con la invocación. En una enorme habitación, se colocan dispersados en donde serían los filos de una estrella. Cerrando sus ojos, Kayriel comienza a divulgar palabras antiguas, lengua que sólo ellos arcángeles pueden entender, con el coro de sus hermanos para seguir con el ritual. Los arcángeles comienzan a brillar con el poder elemental que guardan en su aura, nace un camino iluminado creando una estrella, acompañada cada punta entre medio con el símbolo del elemento en dirección hacia la derecha por el arcángel a su izquierda. En el medio un pentágono y del centro emerge una silueta haciéndose cada vez más visible con cada palabra mencionada por los Arcángeles. Los arcángeles terminan su oración en lenguas y abriendo sus ojos, admiran de la presencia de su padre y creador. Caen arrodillados ofreciendo reverencia mientras que su padre les pregunta el motivo de su presencia.

\<Creador\>	"Hijos míos puedo sentir la inquietud con la que he sido invocado. ¿Qué es lo que necesitan saber?"
\<Kayriel\>	"Padre Vicarius, los espectros han atacado a nuestra familia".
\<Vicarius\>	"¿No creen que era de esperarse siendo ustedes quienes los han cazado desde que llegaron?".
\<Thryanna\>	"Han eliminado a mi guardián".
\<Vicarius\>	"Entonces sólo quieres el nombre de quien asesinó a tu guardián para vengarte… ¿No es así?"
\<Thryanna\>	"Es lo justo padre".
\<Leyra\>	"Sí, debemos acabar con todos y cada uno de ellos".
\<Vicarius\>	"¿Se sienten amenazados? Escúchense, buscando justicia con sangre, no fue ese su motivo de estar aquí".
\<Satarian\>	"Ellos atacaron primero, sólo estamos respondiendo a su primer golpe".

\<Vicarius\>	"Y no se han detenido para recordarles el motivo de estar aquí, era mantener la tregua entre humanos y arcángeles, no casarlos y darles muerte como animales".
\<Kayriel\>	"Ellos no son los humanos que solíamos proteger. Los espectros no son de este mundo y no deben mantenerse en el mismo".
\<Vicarius\>	"Kayriel eres el líder entre tus hermanos, sabio, inteligente y el más consiente de todos, has mantenido a tus hermanos sanos y salvos por generaciones y ahora la sangre te ha cegado".
\<Ziul\>	"Padre, ellos irrumpieron con el balance, sabemos que buscan hacerse aún más fuertes y no podemos permitirlo".
\<Vicarius\>	"Te refieres a los amuletos, no creo que tengan suerte en encontrarlos, no lo han logrado ustedes, ¿No es así?"
\<Thryanna\>	"¿Por qué trabajan juntos ahora?... ¿Por qué después de matarse entre ellos por tantos años?"
\<Vicarius\>	"Thryanna... Hija, tu guardián es tu verdadero motivo de venganza. El matar a quien hizo tan semejante daño, no traerá paz a tu interior".
\<Kayriel\>	"Sólo queremos saber dónde se encuentran los responsables que hicieron esto".
\<Ziul\>	"Sí, danos la ubicación, déjanos ayudar con la venganza de Thryanna".
\<Leyra\>	"Logrando darle muerte a estos espectros aliviaremos cualquier inquietud que nos atormente e impediremos que estos logren obtener nuestros amuletos".
\<Vicarius\>	"Hijos míos por favor detengan la ira que emerge de dentro de ustedes. Kayriel, todos, aclaren sus mentes y abran sus ojos, recuperen la visibilidad. Deben comprender el motivo por el cual fueron creados. No era sostener un poder con cadenas sobre su cuello sino mantener el equilibrio brindando nada más que paz entre ustedes y los habitantes de esta dimensión".
\<Kayriel\>	"Padre jamás tendremos paz si no acabamos con todos los espectros que cayeron a esta dimensión como estrellas fugases y que buscan con afán aquel gran poder que sosteníamos en nuestros cuellos. Este mundo peligra de no tener la suerte de encontrarlos a tiempo".
\<Satarian\>	"Sí Padre, Kayriel tiene razón. No podremos mantener o devolver el equilibrio sino eliminamos esos espectros para dar con nuestros amuletos y reparar el daño causado por los mismos, por esos intrusos".

\<Ziul\>	"Según Thryanna, los espectros no tienen los amuletos, pero este espectro debe saber su ubicación para motivarlo a seguir luchando y esta vez venciendo al guardián de nuestra hermana".
\<Vicarius\>	"No lo saben, al igual que ustedes de eso estoy muy seguro".
\<Satarian\>	"Sólo danos la ubicación, nosotros nos encargaremos de hacerle todas las preguntas necesarias".
\<Leyra\>	"Les sacaremos la verdad acabando con toda esta guerra entre humanos y arcángeles de una vez y por todas, obteniendo paz de la lucha, ganándola nosotros al final".
\<Ziul\>	"Hemos luchado dando muerte a miles de espectros impidiendo que se apoderen de nuestros amuletos, no podemos correr el riesgo de que estos, ya aun más poderosos rivales, se logren apoderar de ellos".
\<Kayriel\>	"Ahí se verá perdida del todo cualquier oportunidad y con ella la esperanza de recuperar el equilibrio y brindar la paz".
\<Vicarius\>	"Sólo les advierto, el que desea con muchas ganas encontrar algo, tiene éxito al final y tú Kayriel has protegido a esta familia por mucho tiempo. La sangre derramada te ha cegado completamente, tu afán por el poder puede ser la llave a la puerta de la muerte".
\<Kayriel\>	"Tonterías Padre... Sólo dame la ubicación de esos tan peligrosos espectros y déjame darle a esta familia una vez más lo que necesita: valor y motivación para lograr alcanzar la paz".

Vicarius observa cargando en su interior un sentimiento de dolor por lo avariciosos y peligrosos que se han tornado sus arcángeles, observando a cada uno de ellos mira fijamente a Kayriel. Decepcionado, mantiene su mirada firme en Thryanna, cerrando sus ojos inclina su cabeza hacia arriba y absorbiendo los elementos de los arcángeles, hace sentir la fusión de todos en la habitación. Al finalizar abre sus ojos y les hace saber lo que buscan.

\<Vicarius\>	"Hijos, los causantes de la muerte de la Chimera se dirigen a Sicodelia, ya están muy cerca de la ciudad".
\<Thryanna\>	"Entonces iré por ellos"

Abriendo sus alas al saber la ubicación de los espectros, Thryanna planea salir de inmediato.

\<Vicarius\>	"¡Thryanna espera!"
\<Thryanna\>	"¿Qué sucede padre?"

\<Vicarius\>	"Deja que tus hermanos se encarguen".
\<Thryanna\>	"¿De qué hablas padre? Esta es mi batalla, mi venganza".
\<Kayriel\>	"Sí, ella debe acabar con la vida de ellos. No tiene sentido que seamos nosotros, aunque no negaré mi asistencia en el lugar, la acompañaré".
\<Vicarius\>	"No Kayriel, ve con Ziul".
\<Leyra\>	"¿Qué hay con nosotros?"
\<Vicarius\>	"Tú y Satarian, vallan a la aldea de Lefir, junto al Valle del Silencio".
\<Satarian\>	"¿Con qué motivo padre? Ese lugar está vigilado por el guardián de Leyra, no tiene sentido ir cuando los asesinos que buscamos se dirigen a Sicodelia".
\<Vicarius\>	"No cuestiones mi palabra".
\<Satarian\>	"Lo lamento".
\<Vicarius\>	"Vallan a la aldea y acaben con las vidas de los espectros que se encuentran en dirección a la misma, Leyra estará más que complacida y tranquila".
\<Leyra\>	"¿Qué encontraré en esa aldea padre?"
\<Vicarius\>	"Los espectros en busca de los amuletos, espectros que han asesinado a otros espectros para beneficio de ellos mismos".

En la mente del Arcángel de la tierra se muestra un recuerdo del rostro de un espectro mencionando su nombre en voz baja, cerrando sus puños con coraje.

\<Thryanna\>	"¿Liuzik?"
\<Kayriel\>	"Entonces ya todo está hablado, Thryanna aguarda aquí, vendremos con buenas noticias, entre ellas la cabeza de aquel que te robó la paz hermana".

Caminando al salir de la habitación abriendo las alas Kayriel y Ziul emprenden vuelo hacia la Ciudad de Sicodelia.

\<Vicarius\>	"Vayan a impedir la captura de los amuletos arcángel del aire y la sombra".
\<Satarian\>	"Sí padre".
\<Leyra\>	"Sí padre".

Dejando la habitación y emprendiendo a completar la misión encomendada por su padre.

\<Thryanna\>	"Parece mentira padre, traje la información y como quien reparte un rumor, me quedo aquí de brazos cruzados

	mientras mis hermanos toman mi propia justicia sobre sus manos".
\<Vicarius\>	"Hija tú no eres quien solías ser. Por tal razón hice que tus hermanos se fueran primero, de todas maneras eras tú quien necesitaba invocarme de primera intención".
\<Thryanna\>	"Sí, pero para saber dónde estaba el que mató mi Chimera".
\<Vicarius\>	"¿En realidad crees que eso es lo que buscas?… ¿Piensas que caeré en la mentira que llevas dentro haciéndote débil como tus hermanos?"
\<Thryanna\>	"¿A qué te refieres?"
\<Vicarius\>	"Vamos Thryanna, sólo tienes una oportunidad de dejar salir la verdad y de que sea contestada, para ser invocado necesito cinco arcángeles, pero para mantenerme en este cuarto necesito más que uno".
\<Thryanna\>	"¿Qué quieres saber?"
\<Vicarius\>	"¿Cómo se sintió?"
\<Thryanna\>	"¿Cómo se sintió qué?"
\<Vicarius\>	"Vamos hija no me trates como si no supiera. Sólo quiero que salga de ti, que lo reconozcas".
\<Thryanna\>	"No sé a lo que te refieres".
\<Vicarius\>	"Amor Thryanna, me refiero al amor que existió en ti, ustedes no fueron creados para sentir tan poderoso sentimiento sin embargo tus hermanos y tú lamentablemente fueron corrompidos por uno menor".
\<Thryanna\>	"No importa padre, de igual manera ese sentimiento murió con el espectro a manos de otro espectro".
\<Vicarius\>	"Ha sí, el que mencionaste en voz baja para que tus hermanos no se dieran cuenta, ¿Cómo era que se llamaba? Liuzik… ¿No?"

Thryanna contesta la pregunta de su padre, abre sus alas y se voltea para salir de la habitación. Va con coraje por la verdad que la corrompe y se la come por dentro… Enojada por saber que el único amor de su vida fue asesinado por otro espectro y porque este seguía con vida. Ni el poder de recuperar su amuleto le aliviaría el dolor que causó este espectro y sentenciado por Thryanna a la muerte, lo perseguiría cazándolo para vengar a su amado.

\<Vicarius\>	"Thryanna tranquila no te vayas. Tengo algo muy importante que decirte, una misión que te sanará la inquietud y sed de venganza, teniendo otra oportunidad de corregir tus errores… Hija".

\<Thryanna\>	"Nada de lo que haga cambiará lo sucedido, sin importar a quien mate o deje vivir traerá a Lionexus de vuelta".

Deja caer una lágrima por su rostro y sus enormes alas para guardar. Se voltea hacia su padre, quien la abraza reconociendo que de sus hermanos, es la única que puede traer el equilibrio y volver a mantener la tregua entre arcángeles y humanos.

\<Vicarius\>	"Hija tú eres vida, por eso cargas el aura de la Tierra, contigo sólo hay vida y más vida con todo lo que ofreces para el beneficio del hombre y animales que habían en tus alrededores".
\< Thryanna\>	"Sí, eso sentí al enamorarme, al encontrar a aquel espectro y criarlo cuidarlo hasta enamorarme. Junto a él y otros espectros, que él creyó leales a mantener la paz. Pero hasta que uno se rebeló y le quitó la vida para buscar los amuletos y acabar con nosotros".
\<Vicarius\>	"¿Por qué no le salvaste? Pudiste hacerlo".
\<Thryanna\>	"Lionexus me impidió involucrarme, dijo que él se encargaría, Liuzik se adelantó y con otros espectros unidos a su causa, se rebeló contra Lionexus matándolo casi frente a mí".
\<Thryanna\>	"Traté de salvarlo, pero ya no era él, ya Lionexus se había ido".
\<Vicarius\>	"¿A quién trajiste?... A alguien levantaste del suelo Thryanna".
\<Thryanna\>	"No lo sé, quien se levantó me odiaba por no hacer lo que me pidió, quien se levantó seguramente mató a mi Chimera y viene a vengarse de cada uno de nosotros, padre lo siento".
\<Vicarius\>	"Tranquila Thryanna. Tu información me ha convencido más de lo que ya pensaba y ahora sé que realmente eres tú quien traerá la paz a esta dimensión".
\<Thryanna\>	"¿A qué te refieres padre?"
\<Vicarius\>	"De la verdad, ha llegado el momento de que uno de mis hijos sepa la verdad".
\<Thryanna\>	"¿Qué verdad?"
\<Vicarius\>	"Hicieron bien su trabajo por décadas, pero era demasiado fácil, orgulloso de ustedes... Sí, pero tenía que ponerlos a prueba una última vez y ahí fue cuando fallaron".
\<Thryanna\>	"¿Qué hiciste padre nos traicionaste?... ¿De qué prueba hablas?"
\<Vicarius\>	"Abrí la dimensión para dejar entrar muchas de las almas corrompidas del mundo de donde nuestro creador llegó".

\<Thryanna\>	"¿Te refieres a Shagga? Él no es sólo más que un mito, no existe y de ser así, sólo tú podías dar con él y lo que necesitaba".
\<Vicarius\>	"Así es, por eso callé durante todo este tiempo de su existencia".
\<Thryanna\>	"¿Qué más has callado padre? ¿Sabes dónde están nuestros amuletos?"
\<Vicarius\>	"Sí".

Thryanna abre sus ojos sorprendida, dolida por el secreto que su padre ha mantenido oculto todo el tiempo en el cual ella y sus hermanos desesperados han buscado sus amuletos.

\<Vicarius\>	"Lo lamento, pero lo hice por su bien, si tus hermanos obtienen ese poder olvidarán por completo el motivo de su existencia y jamás acabará la guerra, sólo le darán comienzo a una era de dolor y sufrimiento y regresará la maldición de Shagga a este mundo, debes entender".
\<Thryanna\>	"Pero padre, ¿en qué pensabas? Si esos espectros dan con nuestros amuletos, nos eliminarán y se apoderarán de nuestro mundo. Traerán el sufrimiento que Shagga quería evitar al crearnos".
\<Vicarius\>	"Tienes razón, pero ya tus hermanos no tienen remedio. Ya jamás podrán ver el camino, sólo si sabes la verdad recuperarás el poder necesario para salvarnos a todos Thryanna".
\<Thryanna\>	"¿Dónde están los amuletos?"
\<Vicarius\>	"Por tu pérdida eres la primera en enterarte, tu amuleto ha estado frente a ti todo este tiempo, tu amuleto está en el corazón de tu guardián".
\<Thryanna\>	"¿Cómo dices?"
\<Vicarius\>	"Al traer a los espectros a este mundo le quité los amuletos para ver si con la mitad de su poder podían mantener su motivo y respetar a los humanos sin importar su procedencia".
\< Thryanna\>	"Padre, si es cierto lo que dices, no sólo nos quitaste la mitad de nuestro poder si no que trajiste aquí a nuestro mundo almas corrompidas para ponernos a prueba… Sólo para saber si podías mantener la FE en nosotros. Aún si faltaba todo nuestro poder… Si aún así podíamos mantener el equilibrio en la dimensión".

\<Vicarius\>	"Sí, pero no tienes tiempo debes irte, vuelve al lugar donde encontraste el cadáver de tu guardián y dentro de su interior saca tu amuleto. Recupera todo tu poder y has caer en cuenta a tus hermanos".
\<Thryanna\>	"No debo. Una vez lo recupere, le haré saber a mis hermanos la verdad y recuperando los amuletos recobraremos la paz".
\<Vicarius\>	"No Thryanna, debes entender que para tus hermanos ya es demasiado tarde. Sólo tú puedes cambiar la balanza tanto en la guerra y en el amor que te atormenta".
\<Thryanna\>	"¿Por qué mis hermanos no pueden recuperar sus amuletos? … ¿Por qué?"

Vicarius colocando su mano sobre la frente de su hija le contesta la pregunta y la transporta sin tener mucho tiempo, al lugar donde reposa su guardián. Llegando arrodillada con sus ojos lagrimosos, se niega a aceptar la verdad que le dijo su padre. Se levanta, camina hacia la Chimera y arrancando el corazón de su pecho, lo abre por la mitad. Saca un colgante de color plateado el cual sostiene una esmeralda, cuyo poder la haría recuperar todas sus fuerzas. Thryanna, recordando los consejos y palabras de su padre, no coloca el pendiente en su cuello y lo guarda en un bolso de piel que cuelga en su cintura.

\<Thryanna\>   "Debo corregir mis errores y me urge dar contigo Lionexus".

Abriendo sus alas y dirigiéndose a la ciudad de Sicodelia para dar con aquel espectro del que fue dueño y aún sigue atormentando su corazón, esta vez con el poder en sus manos y la venganza corriendo por sus venas.

Capítulo VII

ESPADA CONTRA LA PARED

Recostado sobre la hamaca, observa el cielo que deslumbra con su atardecer. Cruzando sus pies y con sus brazos apoyando su cabeza, disfruta de tan hermoso acontecimiento. El mismo comienza a tornarse de color morado, como si la noche se anticipara y brincara su turno. Lionexus se intriga con lo que sus ojos se niegan a creer y sabiendo que no es algo bueno. Abandona la hamaca, entrando al hotel y preocupado, va con prisa al recepcionista.

\<Lionexus\>   "¿Dónde está la habitación de los espectros?"

El recepcionista asustado por la forma en que le exige la información. Tembloroso le contesta:

\<Recepcionista\>   "Cuatro cuarenta".

Sin agradecer por la urgencia del peligro que presencia, corre a la habitación de los espectros y abriendo la puerta con una patada. Los espectros se levantan de su siesta azorados".

\<Ezequiel\>   "Lionexus".
\<Nero\>   "¿Qué sucede?"
\<Lionexus\>   "Debemos irnos, rápido".

Detonaciones son escuchadas fuera de la habitación, comenzando a gritar los habitantes de la ciudad. Cogiendo sus armas, se preparan para salir de la situación.

\<Lionexus\>	"Debemos cruzar el lago. Tenemos que irnos, ahora".
\<Nero\>	"¿Son los Angements?"
\<Lionexus\>	"Sí".
\<Ezequiel\>	"¿Qué son ellos?"
\<Lionexus\>	"Arcángeles con el poder de controlar los elementos".
\<Nero\>	"¿Crees que estén aquí por nosotros?"
\<Lionexus\>	"De seguro, ya deben saber que mataste la Chimera".
\<Ezequiel\>	"¿Qué tiene eso que ver con ellos?"
\<Lionexus\>	"La Chimera con otros cuatro guardianes, protegían sus dominios".
\<Nero\>	"Entonces si lo que buscan es venganza, estamos en problemas".
\<Lionexus\>	"Definitivamente, pero no hay tiempo para charlar. Debemos irnos".

Los espectros salen rápido el hotel. Al salir observan cómo la ciudad se torna en llamas y sus caminos se inundan de agua. Haciendo que los habitantes no tengan donde esconderse y evitando que escapen, inundando su camino y demorándolos. Escabulléndose entre las casas se proponen llegar al embarcadero. En los aires, los arcángeles dejan caer su ira sobre la ciudad.

\<Kayriel\>	"Ustedes que le quitaron la vida a la Chimera, sabemos que están aquí. Muéstrense".

Los espectros permanecen ocultos tratando de encontrar la manera de cruzar sin ser notados. Estancados en un lugar donde la visibilidad en los cielos era mayor. Se detienen y planean cómo hacer.

\<Lionexus\>	"Maldición, debemos cruzar. El muelle no está muy lejos de aquí".
\<Nero\>	"¿Cómo haremos? Pueden vernos".
\<Ezequiel\>	"Intentemos de uno en uno".
\<Nero\>	"Si nos están buscando, al hacer eso nos haremos notar".
\<Lionexus\>	"No si utilizamos el caos que ellos han creado".
\<Ezequiel\>	"¿Haciendo qué?"
\<Lionexus\>	"Esperen a que venga un grupo de personas y se agrupan con ellos para cruzar".
\<Ezequiel\>	"No creo que funcione".
\<Lionexus\>	"No tenemos de otra, será sencillo. Miren, será de esta manera".

Utilizando un grupo de personas que pasaban buscando huir de la destrucción.

<Nero>	"¡Oye, espéranos!"
<Ezequiel>	"No Nero, espera al siguiente grupo. Tú sigues".
<Nero>	"Está bien".

Se mezclan entra la gente para pasar desapercibidos. Los arcángeles enfurecidos comienzan a atacar a la gente que corre en la ciudad.

<Ziul>	"¿Kayriel?... ¿Qué haces?"
<Kayriel>	"No tenemos de otra, estos espectros son sumamente peligrosos. No podemos dejarlos escapar".
<Ziul>	"Pero... ¿La tregua? Esto es demasiado arriesgado".
<Kayriel>	"Arriesgado será para nosotros que logren escapar".
<Ziul>	"Tienes razón, bueno. Viéndolo de otra manera no creo que haga mucha diferencia. Siguen siendo humanos... ¿Verdad?".
<Kayriel>	"Sí. Extermínalos a todos".

Lionexus observando cómo los arcángeles eliminan gente inocente, hombres, mujeres y niños, de su propia dimensión. Reconociendo que él y los demás espectros son intrusos en ese mundo. Entristecido.

<Lionexus>	"Sabía que era cuestión de tiempo, ya han ido demasiado lejos".

Son las palabras que se pasean por su mente engendrando furia e inundando sus ojos con lágrima, sin perder la concentración en lo que sucede.

<Nero>	"Lionexus, mira. Matan gente de su mundo, niños. Debemos hacer algo".
<Lionexus>	"No, ya es demasiado tarde. Seguiremos con el plan".
<Nero>	"¿Siempre has sido tan frío?"
<Lionexus>	"No, pero es lo que me ha ayudado a sobrevivir. Ya tomé una decisión incorrecta con Marco y los demás. No quiere forzarme a tomar otra".

Ezequiel, esperado la oportunidad de pasar como sus aliados. Aprovecha un grupo de personas más grande que pasa frente a él mezclándose para cruzar. Ziul, revuelve las aguas que inundan sus pies. Haciendo que rompan la formación separándolos desesperados por salvarse. Quedando Ezequiel en el medio al descubierto.

<Ezequiel>	"Maldición, esto no es bueno".
<Ziul>	"Los tengo, Kayriel. Allá".
<Lionexus>	"Corre".

Ezequiel, comienza a correr con dificultad al tener agua hasta medio cuerpo, cortando su velocidad. Kayriel arrojándole llamas de fuego, hierve el agua que lo rodea en cada intento fallido.

<Nero>	"Debemos hacer algo".
<Lionexus>	"No, yo lo haré. Traten de llegar al muelle no importa lo que pase".
<Nero>	"¿Intentas ser el héroe?"
<Lionexus>	"No es ser héroe, sé la manera de cómo ganarnos tiempo".
<Nero>	"Pero puedo ayudarte a pelear, los eliminamos sin tener que seguir escapando".
<Lionexus>	"Si fuera así de simple".
<Ezequiel>	"Ayúdenme, no se queden ahí parados".
<Lionexus>	"Un humano, no puede matar a un arcángel, a menos que tenga sus amuletos".
<Nero>	"Déjame ayudar".
<Lionexus>	"No, ve al muelle. Los alcanzaré".

Ezequiel tratando de no ser ultimado, saca sus armas cuando Ziul aterriza frente a él.

<Ziul>	"Esto será divertido, veamos si eres tan bueno como para vencerme a mi… Espectro".
<Lionexus>	"No te le enfrentes Ezequiel".

Sin tener más remedio, Ezequiel comienza a pelear contra el arcángel de agua. Lionexus se dirige hacia él, cuando Kayriel le aterriza de frente bloqueando por completo la oportunidad de ayudarle.

<Kayriel>	"¡Espectro insolente! ¿Para dónde crees que vas?"

Lionexus saca sus espadas para defenderse del arcángel de fuego y entra en una batalla por sobrevivir. Nero va corriendo hacia el muelle.

<Nero>	"Debemos volver, de lo contrario será el fin de Lionexus. Volvamos Ezequiel… ¿Ezequiel?".

Pensando que estaba siguiéndole el paso, Nero con un motivo mayor vuelve a socorrer a sus compañeros. Observa cómo pelean para sobrevivir y reconociendo las habilidades de Lionexus, confía en sus palabras sacando su enorme espada para atacar a Ziul y ayudar a Ezequiel. Nero ataca con gran rapidez al arcángel de agua, este traspasado por la espada, se hace líquido. Sorprendidos los espectros.

<Nero>   "¿Qué rayos?"
<Ziul>   "No pueden matarme, pero ustedes no corren con la misma suerte".

Ezequiel ataca y logra colaborar con Nero tal y como Lionexus les enseñó en su entrenamiento. Pero con la vida en juego y una ciudad destruyéndosele encima, van más allá de cada esfuerzo como en aquel combate. Siendo este real. Kayriel reconoce las habilidades de con quien se enfrentaba pero con el mismo propósito en mente: exterminarlos. No pierde el ritmo sobre su espada en cada ataque con deseos de sangre. Ezequiel dando lo mejor de él en la batalla, pierde su balance debido a la inundación donde combaten. Dada la oportunidad de Ziul para eliminarle y justo para dar un devastador golpe, Nero se detiene frente a Ezequiel parando aquel filoso tridente. Ezequiel recuperado, continúa dando pelea junto a Nero, pero a su alrededor comienza a crearse neblina debido a toda el agua que los rodea y los escombros que con fuego calientan la misma. Ahora con menos visibilidad, los espectros combaten entre la vida y la muerte. Tienen ventaja a los arcángeles al poseer dominio sobre los elementos. Enfocados en la batalla y el clima sin ser de ayuda, Nero logra alcanzar a Ziul dándole un corte letal y separándolo por su torso, cae en dos mitades sobre las aguas que los rodean.

<Nero>   "¡Ezequiel, lo logramos! Ahora vayamos al muelle. Dejemos que Lionexus se encargue del otro".

Ezequiel y Nero comienzan a esquivar los escombros llameantes que caen y bloquean su camino.

<Ziul>   "No tan rápido".
<Ezequiel>   "No es posible".

Levantándose su parte inferior el agua, comienza a correr formando su torso completando su ser nuevamente.

<Ziul>   "Les dije que no pueden vencerme".

Enfadado por el atrevimiento de haberlo dividido.

<Ziul>   "Me cansé de jugar con ustedes".

Ziul lanza su tridente hacia Ezequiel. Este queda paralizado por lo que sus ojos se niegan a creer y sorprendido espera el golpe.

<Nero>   "Muévete".

Empujando a Ezequiel, Nero es perforado por el Ataque.

<Lionexus>   "¡No! Les dije que no le enfrentaran, Ezequiel lárgate de aquí".

Ziul caminando sobre el agua, llega a Nero y empujando el tridente más a fondo, acaba con su vida.

<Ezequiel>   "¡NERO!"
<Ziul>   "No te desesperes, eres el siguiente".

Sacando el tridente de su difunto amigo y dirigiéndose hacia él, Ezequiel lo espera con furia y armas con derecho a todo. Con la neblina dentro de su mente, Ezequiel se enfrenta a Ziul buscando venganza. Kayriel combatiendo un contrincante que no titubea, trata de eliminar y acabarlo por completo. Lionexus reconoce que Ezequiel puede morir junto a sus planes de escapar del lugar donde ha perdido tantos amigos.

<Lionexus>   "No me queda de otra".

Comienza a emerger un aura de color esmeralda alrededor de Lionexus, adquiriendo un poder superior al de los arcángeles. Este logra golpear a Kayriel varias veces dejándolo aturdido.

<Kayriel>   "¿Qué es esto?".
<Lionexus>   "Ya es suficiente".

Patea a Kayriel en su estómago tan fuerte que le hizo salir volando hacia los escombros llameantes de un hotel y se lanza sobre él, dejándolo atrapado. Ziul descuidado y enfocado en eliminar a Ezequiel, toma su tridente para dar con un golpe devastador, teniendo al espectro entre la espada y la pared. Lanza su golpe, cuando el tridente junto con la mano que lo sostenía, salpica chorros de agua al salir volando y cicatriza el área rápidamente, dejándolo manco. Ziul sorprendido, es golpeado en el pecho por una patada de Lionexus. Este cae sobre el agua que controla, perdiendo el poder sobre la neblina que los rodea haciéndole desaparecer.

\<Lionexus\>	"Ezequiel, debes irte ahora. Yo me encargo de ambos".
\<Ezequiel\>	"¡Estas loco! Me quedaré a vencerlos junto a ti".
\<Lionexus\>	"No, debes irte".

Lionexus corre hacia Ziul para atacarle y así Ezequiel logre escapar. Ezequiel se apoya de su pierna derecha para ayudar a Lionexus vencer al verdugo de Nero, comienza a correr cuando el grito de un líder le detiene por completo.

\<Lionexus\>	"¡LÁRGATE!"

Este frustrado por no poder hacer nada, se voltea para seguir instrucciones. Se detiene junto al cadáver de su amigo, maestro.

\<Ezequiel\>	"No te dejaré quemar aquí, te sepultaré como lo que eres… Un humano".

Cargando el cadáver al hombro, se dirige hacia el muelle esquivando explosiones por el enorme fuego y destrucción que salen de la gran batalla. Lionexus testigo del acto de Ezequiel, se enorgullece y continúa combatiendo al poderoso arcángel de agua.

Por el poder que guardaba en silencio un espectro, Kayriel sale enfurecido de los escombros del hotel. Recordaba a su vez las palabras de su hermana, quien comentó que sus contrincantes se hacían más fuertes y trabajaban en equipo.

Ziul bloquea los ataques desesperados de Lionexus, quien busca mantenerse con vida al enfrentar al segundo arcángel en mando. Con su tridente, Ziul logra lastimar a Lionexus, mientras que el lider de los espectros no siente nada por la adrenalina de mantenerse con vida. El Arcangel dominate del elemento de Agua, brinca hacia atrás para distanciarse al ver que Kayriel se unirá en batalla.

\<Lionexus\>	"Aquí viene lo peor".
\<Kayriel\>	"Tomaste la decisión más estúpida del siglo".
\<Lionexus\>	"No les tengo miedo, si es lo que piensan… Para mí, el respeto ya lo perdieron… Así que vengan con todo".
\<Kayriel\>	"¿Qué respeto nos puede tener un espectro?"
\<Lionexus\>	"Lo que tengo entendido es que ustedes eran venerados como dioses. Pero hoy, por la desesperación de dar con quienes mataron al guardían de Thryanna, mataron niños inocentes de la dimensión que juraron proteger".

<Ziul>	"Incompetente, morirás".
<Lionexus>	"No moriré hasta que saque a mi grupo de esta maldita dimensión".
<Kayriel>	"Entonces serás el primero en irte. ¡Morirás!"

Ambos arcángeles, fuego y agua, se dirigen hacia él. Lionexus sostiene fuerte y firme sus armas y corre hacia ellos.

Bloqueando los ataques, contra ataca con todas sus fuerzas para no morir. Kayriel oberva su costado al descubierto y lanza un devastador ataque. Lionexus voltea, pateando a Ziul para que sea este quien lo reciba. Ziul lastimado por el ataque de Kayriel, brinca lejos de Lionexus para reponer y curar su herida; quedando Kayriel solo atacando al espectro.

<Ziul>	"Un movimiento astuto, utilizando la espada de mi hermano para hacerme daño".

Entrando nuevamente a la batalla, gira su tridente y lo detiene al golpear con suma deztreza sobre ambas espadas en defensa de su enemigo. En cada intento de ataque hacia el cuerpo de Lionexus, sin este tener la suerte nuevamente de mutilarlo. Kayriel observando que Lionexus bloquea los ataques del arcángel de agua, logra cortar varias veces la piel de Lionexus. Este no logra conseguir ataques devastadores, sólo lo mutila y observa una habilidad que no es humana y que le aventaja en batalla. El arcángel de fuego gira hacia atrás con sus alas extendidas para ganar distancia en la desventajosa y mortal batalla.

<Kayriel>	"Hermano, detente".
<Ziul>	"Podemos matarlo hermano".
<Lionexus>	"Sigue las instrucciones de tu hermano mayor Ziul, dame un momento".
<Ziul>	"¿Cansado?"
<Lionexus>	"Nunca".

Continúa bloqueando desesperantes ataques, estos sin tener éxito al ser uno contra uno y Lionexus trener un habilidad en batalla impresionante. Ziul, logra patear el pecho del espectro y lo hace girar hacia atrás; este reponiendo y con sus armas preparadas para contra atacar, los observa fija y letalmente al darlo todo para no caer en batalla a manos de los arcángeles de fuego y agua.

<Ziul>	"¿Qué sucede hermano?"
<Kayriel>	"Este espectro no es normal".

<Ziul>   "Cierto, sus habilidades en combate son impresionantes, pero ya paremos de jugar con él. Matemosle de una vez".

Lionexus abre sus ojos en asombro, algo cansado. Se da cuenta de que su batalla era un juego para los poderosos arcángeles. Comentando así mismo:

<Lionexus>   "¿Este es mi fin? Mi promesa a Thais y los demás que esperan por mi en la aldea de Martuverk".

Ziul prepara su tridente para dar un devastador ataque y culminar con el mortal duelo en el estadio llameante de lo que fue la hermosa ciudad de Sicodhelia. Kayriel pone su mano sobre el pecho de Ziuel.

<Kayriel>   "Detente y observa".
<Ziul>   "¿Qué quieres que observe? Lo voy a matar".
<Kayriel>   "Mira sus heridas, Ziul".

Ziul sorprendido al ver que las cortadas que ambos hermanos le crearon en batalla, se saturaban y curaban solas rapidamente.

<Ziul>   "Imposible".
<Kayriel>   "¿Ese poder no te es familiar?"
<Ziul>   "Todos nosotros podemos curarnos de esa manera".
<Kayriel>   "Al parecer debemos hablar con nuestros hermanos, la sinceridad no ha estado presente en nuestra familia por lo que estoy viendo".
<Ziul>   "¿Lo vas a dejar con vida?"
<Kayriel>   "Digamos que tiene suerte".

Observando a Lionexus, Kayriel se dirige a él con un tono de burla.

<Kayriel>   "Hoy es tu día de suerte espectro... Digamos que te extenderé el periodo de vida por la batalla que nos otorgaste, fue divertido. La próxima vez que nos encontramos... Morirás".

Los arcángeles abren sus alas y agitándolas con fuerzas, se alejan de los gritos y desolación de la ciudad de Sihodelia. Lionexus observa hacia los aires hasta que su visibilidad lo hace recuperar su tranquilidad, notando que sus enemigos se han marchado de una vez y por todas.

Ya en el muelle, Ezequiel acuesta al difunto sobre la barca y se sienta frente a ella para esperar a Lionexus. Sorprendido y atemorizado al no saber la suerte que acabó de ocurrir…

<Lionexus>   "Pensé que jamás se marcharían. No sé si alegrarme o preocuparme, pero sabía que algún día tus hermanos se darían de cuenta…Thryanna".

Lionexus logra llegar al muelle, agobiado por la batalla.

<Ezequiel>   "Pensaba que no llegarías".
<Lionexus>   "Yo también pensaba lo mismo".
<Ezequiel>   "¿Cómo alcanzaste tanta fuerza?"
<Lionexus>   "Es una larga historia, pero mereces saberla… Has peleado bien".
<Ezequiel>   "No lo suficiente, de lo contrario estaríamos los tres sentados en este mismo bote… ¿No crees?"
<Lionexus>   "Tienes razón, pero te explicaré con lo que te enfrentas. Debes estar confundido con todo lo que está sucediendo, pero hay que cruzar el lago".

Ezequiel comienza a remar y se propone dejar la destruida ciudad que deja llamas reflejadas sobre las oscuras aguas que lo rodean, alumbrando así parte de lo que se proponen navegar.

Luego de compartir y ver varias películas junto a su mejor amiga…

<Nina>   "Esa estuvo muy interesante, ¿Cuál quieres ver ahora Helena?"
<Helena>   "Pon la que quieras, siempre y cuando no sea de drama".
<Nina>   "Tú y tus depresiones, supéralo. Yo lo hice hace mucho tiempo atrás".
<Helena>   "Te refieres a tu pareja… De la que nunca hablabas. ¿El que te abandonó?"
<Nina>   "Tan dramática tú… Pero sí. Llevábamos varios años y de la noche a la mañana desapareció. Perdona que lo mencione… Pero igual que Ezequiel".
<Helena>   "¿Recuerdas su nombre?"
<Nina>   "Uno nunca olvida Helena, uno recuerda menos. Pero si me acuerdo…se llamaba Anton".
<Helena>   "¿Anton?"

<Nina>	"Sí, al igual que Ezequiel no paraba de jugar… Hoy día viven tan obsesionados de esos juegos de video que se olvidan de todo a su alrededor".
<Helena>	"¡Me lo dices! Recuerdo que ese era el mayor problema entre Ezequiel y yo. Defendía más jugar que cualquier otra cosa".
<Nina>	"Igual era en mi casa, recuerdo que Anton a todos sus personajes le ponía Nero. Estaba obsesionado con ese nombre".
<Helena>	"¿Nero? Ese nombre me suena. Pero son como niños en cuerpos de hombres".
<Nina>	"¿Cómo que el nombre de Nero te suena?"
<Helena>	"Creo que lo he escuchado antes, pero no importa… Seguramente fue en uno de los juegos de los cuales Ezequiel me mencionaba".
<Nina>	"Te entiendo, Anton me hacía lo mismo. Me hablaba de tantos personajes para ver si me ponía a jugar como él. Nunca le hice caso… Pero lo amaba como a nadie".
<Helena>	"Vaya, mira que trajo el recuerdo".

Comienzan a reír al recordar a sus parejas y la forman que pasaban o desperdiciaban su tiempo; según ellas pues no eran jugadoras como de quienes tanto se burlaban y a su vez aman en su recuerdo. Se proponen ver una película de comedia para no dejar pasar ese momento alegre que trajo su recuerdo. Nina se levanta para colocarla en el video. Sujetando su estómago, se voltea para hacerle saber a Helena de su dolor.

<Helena>	"Nina… ¿Estás bien? ¿Qué te ocurre?"

Nina cae al suelo tratando de aguantar el dolor en su estómago. Helena desesperada intenta ayudarla y al no tener éxito, llama a emergencias médicas. Respondiendo breve a la situación, una ambulancia llega a la casa. Iluminando el vecindario, esparce la curiosidad de los vecinos. Los paramédicos entran al hogar, se dirigen a Nina y abren la camilla mientras que cuestionan la testigo.

<Paramédico>	"¿Señora que ha ocurrido?"
<Helena>	"No sé, estábamos viendo películas y de repente cae al suelo sujetando su estómago, no podía hablar por el dolor".
<Paramédico>	"Entiendo".

El paramédico la sube a una camilla y la acomoda dentro de la ambulancia para llevarla al hospital.

<Helena>   "Déjenme ir con ella, por favor".
<Paramédico>   "¿Usted es familia directa?"
<Helena>   "No, pero es mi mejor amiga. Por favor".

Con sus ojos llenos de lágrimas grita súplicas y el paramédico sin tener de otra, la deja acompañar a su amiga.

<Paramédico>   "Adelante".

Cerrando las puertas de la ambulancia, los paramédicos se dirigen con prisa al hospital más cercano.

<Helena>   "¿Qué tienes amiga?... ¿Qué tienes?"

Sostiene la mano de Nina mientras que los paramédicos la ayudan a mantenerse estable y aliviar su enorme dolor. Ya en el hospital varias horas han pasado, mientras que la paciente es atendida de urgencia. Helena esperando en emergencias, palabras de apoyo llegan a sus oídos.

<Colvan>   "¿Helena?"
<Helena>   "Colvan".
<Colvan>   "¿Qué ha sucedido?"

Con un mucho sentimiento y miedo de que pase algo grave, preocupados.

<Helena>   "Es Nina, estábamos en casa y de repente cayó al suelo con
                  dolor... Todo fue tan de repente".
<Colvan>   "Tranquilízate... Por favor, todo saldrá bien. Sólo tenemos
                  que esperar".

Sentados en la sala. Helena más tranquila al contar con el apoyo de Colvan.

<Helena>   "¿Alguna noticia de Ezequiel?"
<Colvan>   "No, pero sigo buscando. No me daré por vencido hasta
                  encontrarle. Te lo prometo".
<Helena>   "Ya no tengo tanta fe como antes, ya han pasado dos meses
                  desde que desapareció, pero de igual forma no me gustaría
                  que pasara algo malo. Todos queremos siempre un final
                  feliz... ¿No es así?"
<Colvan>   "No pierdas tu fe, te aseguro que tendrás un final feliz. Sólo
                  sé paciente".

<Helena>   "Cada vez ser paciente se hace más difícil Colvan".

<Colvan>   "Te entiendo, pero es lo único que te pido, ten fe. Siempre cumplo mis promesas".

<Helena>   "De acuerdo".

Abrazando y buscando apoyo en su dedicado amigo.

<Colvan>   "Te tengo varias preguntas".

<Helena>   "Veamos en que puedo ayudar… Dime".

<Colvan>   "Recuerdas el juego que me diste como evidencia por la desaparición de Ezequiel".

<Helena>   "Sí recuerdo… ¿Por qué?"

<Colvan>   "En la mayoría de los casos en los que desaparecieron los sujetos, tenían un juego en la escena".

<Helena>   "¿Todos jugaban el mismo?"

<Colvan>   "No, eso es lo extraño. Pero todos son jugadores que al parecer pasaban bastante tiempo en eso".

<Helena>   "Tienes razón, Ezequiel jugaba mucho, pero trataba de alejarlo un poco, en lo que no tuve mucha suerte. De lo contrario estuviera aquí ahora".

<Colvan>   "Seguramente, pero es a lo que pude llegar. Al parecer todos eran jugadores. La mayoría con dominios en tecnologías o entrenamientos virtuales según los juegos. Deben haber sido secuestrados por la misma organización".

<Helena>   "No creo que al jugar aprendas utilizar un programa o algo en computadoras".

<Colvan>   "Puede ser, pero es un comienzo. Comenzaré por investigar las compañías que hicieron todos estos juegos alrededor de mis escenas".

<Helena>   "Entiendo, ¿pero por qué me cuentas esto?".

<Colvan>   "Para que veas que estoy haciendo todo lo posible por encontrar a Ezequiel y no descansaré hasta lograrlo".

<Helena>   "Gracias".

El médico que atendía a Nina, sale a atenderles a la sala en la cual esperaban.

<Doctor>   "¿Ustedes son Familiares de Nina?"

Ambos se miran y para saber su condición.

\<Colvan\>	"Sí soy su padre, ella es mi hermana doctor. ¿Cómo esta mi hija?"
\<Doctor\>	"Lamento informarle que Nina ha Fallecido".
\<Helena\>	"¿Qué?...Pero, ¿cómo?"
\<Colvan\>	"Sí, doctor. ¿Cómo ha ocurrido esto?"
\<Doctor\>	"Bueno, al llegar no tenía ningún rasguño".

Le realizamos varias radiografías, para saber de qué se trataba y tenía una hemorragia interna, como si le hubieran perforado con un tridente.

\<Helena\>	"¿Un qué?"
\<Colvan\>	"¿Un tridente?… Pero eso no existe… Es un arma mitológica, fantasía".
\<Doctor\>	"Lo mismo pensé. Lo siento, no pudimos hacer nada. Ya había perdido demasiada sangre… Lo lamento".

Dejándolos con la mala noticia regresa a trabajar.

\<Helena\>	"¡No…Nina!"
\<Colvan\>	"Lo siento Helena".

Capítulo VIII

EL OTRO ROSTRO DE LA MONEDA

Atravesando el valle del silencio, dos espectros en caballo son alcanzados por un tercero a gran velocidad. Deteniéndose lo esperan extrañados, para saber el porqué viene en la criatura que monta.

<Cobra>   "Sedge, Valgar… Les dije que los alcanzaría".

<Sedge>   "Eso entendía".

<Valgar>   "¿Qué rayos haces montando un unicornio? ¿Tienes deseos reprimidos de ser una princesa?"

<Cobra>   "Calla, no estoy de humor para tus bromas".

<Sedge>   "Sé que dijiste que nos alcanzarías. ¿Por qué tardaste tanto?"

<Valgar>   "Esperamos demasiado, al tardarte tuvimos que irnos. Sabes que no tenemos mucho tiempo para lo planeado incompetente".

<Sedge>   "Valgar, no digas más".

<Valgar>   "Lo lamento".

<Sedge>   "¿Cobra? ¿Por qué te demoraste?"

<Cobra>   "Luego de golpear al espectro que Liuzik me sugirió. Busqué el amuleto de Thryanna por sus dominios, cuando fui interceptado por tres espectros. Creo que andaban de tras de mí o del grupo. Tuve que enfrentarme a ellos, no me quedo de otra".

\<Valgar\>	"¿De otra?… Como si fueras persona de no meterte en problemas".
\<Cobra\>	"Bueno, se veía una batalla algo interesante. Tres contra mí. ¿Cómo podía dejar escapar esa oportunidad?"
\<Sedge\>	"¡Estás demente! ¿Lograste saber el por qué nos seguían?"
\<Cobra\>	"Ni idea, pero estaban bien dispuestos a llevarme con ellos".
\<Valgar\>	"¿Te amenazaron con la frase vivo o muerto?"
\<Cobra\>	"Sí, pero el que me amenazó, fue el que terminó muerto. Fue asombroso".
\<Valgar\>	"¡Rayos! ¿Por qué te tocan situaciones tan emocionantes?"
\<Sedge\>	"Ya fue suficiente. Seguramente ya saben que buscamos los amuletos de los Angements. No descansarán hasta detenernos… Ellos o los mismos Angements, debemos seguir. La aldea de Lefyr no está lejos. No tenemos más tiempo que perder, andando".
\<Valgar\>	"Vamos".
\<Cobra\>	"Arre".

Golpeando a su unicornio para tomar la delantera de sus compañeros sin estos perderlo de vista, llegan a Lefyr. Llegan a un lugar donde amarran sus trasportes. El Unicornio parándose en dos patas tumba a Cobra y patea a Valgar en el pecho haciéndolo caer al suelo. Forzado a llegar a ese lugar en contra de su voluntad, el unicornio cabalga fuera de la aldea para regresar a su habitad.

\<Valgar\>	"Maldito unicornio".
\<Cobra\>	"Creo que se ofendió con tu comentario de princesa".
\<Sedge\>	"Levántense, vamos a lo que vinimos. Busquen en toda la aldea y encuentren el amuleto de Leyra. Al ser este parte de sus dominios, debe estar aquí. Ya es hora de que alguien les haga pagar a esos arcángeles por todo el daño que nos han hecho. Quedémonos con sus dominios y venguemos a todos aquellos que han fallecido en esta guerra por poder. Ya es hora de que esos arcángeles dejen los cielos. Al conseguir los amuletos, otorgaré protección a cambio de riquezas a todo aquel que la pueda pagar".
\<Valgar\>	"El que no, perecerá".
\<Cobra\>	"¿Qué hacemos con los aldeanos?"
\<Sedge\>	"Improvisa".
\<Cobra\>	"Todo aquel que se meta en nuestro camino, probará los filos de mi espada".

Al terminar su búsqueda, dejan a Lefyr desolado. Sedge con cadáveres a su alrededor, frustrado al no encontrar lo que busca y con un vacío en su interior, se retuerce desesperadamente. Cobra caminando sobre los cadáveres camina hacia Sedge. Valgar girando rápidamente su lanza, la sacude para limpiarla y sigue su camino.

\<Cobra\>	"Esta es la búsqueda más divertida que he realizado".
\<Valgar\>	"Ni me lo digas".
\<Sedge\>	"¿Encontraron algo?"
\<Cobra\>	"Nada".
\<Valgar\>	"Nada".
\<Sedge\>	"Genial. ¿Dónde podrá estar este amuleto? Liuzik juraba que estaba en este lugar".
\<Valgar\>	"Al parecer no lo sabe todo".
\<Cobra\>	"¿Qué hay con él? ¿Es el líder ahora?"
\<Sedge\>	"Siempre lo ha sido. Su experiencia y ambición nos ha hecho los guerreros que hoy día somos".
\<Cobra\>	"Por eso, somos mejores guerreros. Es hora de sacarle los ojos como cuervos que somos".
\<Sedge\>	"No, no debemos irnos en su contra".
\<Valgar\>	"Tiene el mismo objetivo que nosotros y eso no es bueno. Si no lo traicionamos ahora, luego será demasiado tarde Sedge".
\<Sedge\>	"Entiendo, pero todo a su debido tiempo".
\<Cobra\>	"Esperaré ese día con ansias, ya que el no me inspira confianza. Además sería mucha gente para tan poco tesoro".
\<Valgar\>	"Sí, siendo más que cinco amuletos. Repartirlos entre nosotros sería mucho más fácil. Puedes quedarte con tres como líder Sedge. Dándonos uno a cada uno para proteger tus futuras causas".
\<Sedge\>	"De acuerdo, así será. Qué suerte que son parte de mi grupo. De lo contrario mi suerte estaría en el tiempo que me tomará encontrar los amuletos".

Los espectros ríen de sus futuros planes. Sedge notando que el silencio que los rodea no es normal, les hace saber inmediatamente.

\<Sedge\>	"Silencio".
\<Valgar\>	"¿Qué sucede?"
\<Sedge\>	"Hay demasiado silencio".
\<Cobra\>	"¿No será porque nos mandaste a callar y todo los demás de la aldea están muertos?"

\<Sedge\>	"No seas imbécil. Hay mucho silencio. Tengo un mal presagio. Debemos ocultarnos".
\<Valgar\>	"Se dé un lugar. Lo vi buscando el amuleto en aquella dirección. Vamos".

Corriendo al lugar, Valgar les señala un templo desolado.

\<Valgar\>	"Allí servirá".
\<Sedge\>	"Rápido entremos".

Entrando al templo, colocan obstáculos para bloquear las puertas. Cobra se sienta en el escalón en el altar, desenvaina su arma y espera por lo que pueda ocurrir. Mientras que Sedge camina de lado a lado, frente a él con su mano en el mango de su espada, listo para defenderse de lo que sea que lo esté inquietando. Valgar emocionado por lo que pueda pasar, camina de ventana en ventana, sin lograr alcanzar ver algo por la oscura noche que le roba la visibilidad. Gracias a la información que les otorgó su padre Vicarius, los Angements Leyra y Satarian aterrizan en Lefyr. Observando sólo cadáveres y charcos de sangre en una aldea donde por siglos debido a la tregua, Leyra protegió.

\<Satarian\>	"¿Qué ha sucedido en este lugar?"
\<Leyra\>	"Los espectros que nuestro padre nos informó que vendrían aquí. Eso fue lo que pasó. Han matado a todos para buscar mi amuleto".
\<Satarian\>	"¿Qué les haría pensar que se encontraría aquí?"
\<Leyra\>	"Ni idea ¿Lo habrán conseguido?"
\<Satarian\>	"Si nosotros no lo hemos encontrado, seguramente ellos tampoco. Llevamos mucho más tiempo en esta búsqueda hermana. Lo que han conseguido es realizar una enorme masacre".
\<Leyra\>	"Juré proteger a estas personas Satarian. Mira toda la sangre que se ha derramado, sangre inocente gracias a esos intrusos y su hambre por poder".
\<Satarian\>	"No te culpes. Los encontraremos. No deben estar lejos y haré que paguen. Te lo prometo".
\<Leyra\>	"Tengo otra idea en mente, ya que la venganza por las vidas arrebatadas en esta aldea, son culpa mía".
\<Satarian\>	"¿Qué tienes en mente?"
\<Leyra\>	"Primero debemos encontrarles para que pague, ahí es donde comprenderás".
\<Satarian\>	"De acuerdo".

Leyra teniendo el dominio sobre el elemento del aire, percibe que la corriente del mismo ha sido alterada en una dirección en específica.

<Leyra>   "Satarian, creo que siguen en Lefyr".
<Satarian>   "¿Siguen ocultos aquí? No es muy inteligente de su parte".

Satarian entendiendo que al sólo estar rodeados de cadáveres, habían dos caballos atados seguramente de quienes habían provocado la masacre.

<Satarian>   "Leyra, son dos espectros y sí, creo que siguen aquí en la aldea".

Señalando para que su hermana viera los caballos, caminan hacia los mismos y cortando sus sogas los golpean para que dejen la aldea y los espectros no tengan manera de escapar.

<Leyra>   "Bien, en ese caso. La suerte esta de nuestra parte".
<Satarian>   "Siempre lo ha estado".
<Leyra>   "Sígueme".

Caminando en la dirección en donde el viento fue alterado, los arcángeles llegan frente al templo con la mayor iluminación en toda la aldea y parados frente al edificio.

<Satarian>   "¿Se ocultan ahí dentro?"
<Leyra>   "Te diré en un momento… ¿Todas esas luces son por velas verdad?"
<Satarian>   "Seguramente".
<Leyra>   "Bien".

Leyra cierra sus ojos y se cubre con sus alas. Luego las abre y expande fuertemente creando una fuerte brisa hacia el templo, apagando gran parte de las velas en el lugar y sintiendo con la onda de viento a los espectros dentro de ella.

<Leyra>   "Los encontré".

Los espectros dentro de la iglesia, sienten esa fuerte brisa.

<Sedge>   "Eso no es normal, prepárense para lo peor".
<Cobra>   "Entendido".
<Valgar>   "Entendido".

Las puertas de la iglesia comienzan a ser golpeadas fuertemente. Descontrolando los nervios de Sedge y compañía, luego de varios golpes el silencio se apodera de la iglesia nuevamente. Valgar luego de haberse alejado de las ventanas, espera por aquello que en cualquier momento pudiese entrar. Se asoma nuevamente cuando de momento, un brazo rompe la ventana y lo agarra por el cuello. Sin esperarlo se sorprende y forcejea para tratar de soltarse. Mientras hace fuerza corta el brazo y se aleja de la ventana.

\<Valgar\>	"No se acerquen a las ventanas".
\<Cobra\>	"¿Qué sucede?… ¿Qué te sostenía?"
\<Sedge\>	"¿Qué viste?"
\<Valgar\>	"¡Son cadáveres! Están caminando los cadáveres de la aldea".
\<Cobra\>	"¿Todos los que matamos?"
\<Valgar\>	"Sí. Todos se dirigen hacia acá".
\<Sedge\>	"Entonces, los enviaremos al otro mundo de nuevo".

A su alrededor todas las ventanas de la iglesia comienzan a quebrarse, otras se rompen perforadas por brazos ansiosos por entrar a la iglesia. Los espectros listos para lo que sea, esperan por los cadáveres deseos de atacarlos. La puerta comienza a ser golpeada, esta fue tirada al suelo por la cantidad de cadáveres que la empujaban. Al entrar, los espectros intercambian miradas con los mismos, percatándose de que sus ojos son tan negros como la noche misma. Inestables al caminar pero deseosos por vengarse de quienes en primer lugar les arrebataron sus vidas, Valgar corre hacia ellos cortando todo lo que se le cruce a la rapidez de su arma. Cobra y Sedge lo siguen creando perímetro colocados al centro de la iglesia; rodeados, atacados desesperantemente y defendiéndose de cada uno de los que intentan matarles. Satarian entra a la iglesia y de la puerta ve como los espectros se defienden. Sedge se da cuenta de que el arcángel es quien los controla, pues este también tenía los ojos completamente negros.

\<Sedge\>	"Acaben con lo que falta, este es un encantamiento del arcángel de las sombras".

Los espectros dando todo lo que tienen, logran vencer toda horda de cadáveres a su alrededor, cayendo rendidos y agobiados por tal desventajosa batalla. Satarian reconociendo las destrezas de los espectros levanta su mano derecha y eleva del suelo todo cadáver.

\<Valgar\>	"Esto no puede ser cierto".
\<Cobra\>	"Debemos vencer al arcángel para poder salir de esta".

\<Sedge\>	"En ese caso debemos atacarle todos a la vez, corten las cabezas de estos enemigos. A través de sus ojos es que los puede controlar".
\<Cobra\>	"Cierto".
\<Valgar\>	"Entendido".

Levantándose y recobrando la ofensiva, cortan toda cabeza de los espectros que le hacen frente nuevamente. Acabando con los recursos de Satarian al no tener cuerpos para volver a levantar.

\<Satarian\>	"Impresionante".
\<Cobra\>	"Ahora es tu turno arcángel de las sombras".
\<Satarian\>	"Veremos de quien realmente será su turno".

Los espectros corren hacia Satarian pero son empujados a distancia por una onda de viento mucho más fuerte que la primera. Para su sorpresa, entra Leyra a la iglesia.

\<Valgar\>	"Maldición, no está solo. Son dos arcángeles".
\<Cobra\>	"Qué bueno que sabes contar".
\<Valgar\>	"No seas imbécil, lo que traté de decir. Es que no tenemos oportunidad".

Leyra camina y se detiene frente a su hermano con la vista hacia los espectros. Satarian se ríe de ellos y de la situación en la que se encuentran.

\<Leyra\>	"Qué bueno que lo reconozcas".
\<Satarian\>	"Qué irónico… ¿No? Que sean unos arcángeles quienes les quiten la vida en un lugar como este".
\<Sedge\>	"Entonces ven por ella".
\<Satarian\>	"Gusano, insolente. ¿Cómo te atreves?"
\<Leyra\>	"Satarian, detente. Este debe ser el líder. Yo me encargaré de él".
\<Satarian\>	"No, se atrevió a retarme y morirá por ello".

Abriendo sus alas se impulsa brincando por encima a Leyra para atacarle. Cuando su hermana con gran rapidez se posa en su camino, sin los espectros lograr ver cómo llega hasta ahí. Poniendo su mano en su pecho para tranquilizarlo, abriendo sus enormes alas frente a él para interrumpir el intercambio de miradas y su hermano ataque a Sedge. Platicando entre ellos en una lengua antigua que sólo los arcángeles pueden comprender.

\<Leyra\>	"Satarian, Ese espectro es mío. Encárgate de los otros dos".
\<Satarian\>	"¿Por qué estas tan interesada en él?"
\<Leyra\>	"Te dije que tengo un plan y él es parte. Pero debo enfrentarlo para saber si será útil para realizarlo".
\<Satarian\>	"¿Qué plan tendrás en mente para necesitar un espectro?"
\<Leyra\>	"Todo a su tiempo hermano y el tiempo caerá en sí mismo cuando esta batalla finalice".
\<Satarian\>	"De acuerdo".
\<Leyra\>	"Perfecto".

Levitan y vuelven a tocar suelo. Se voltean para enfrentar cada cual a sus rivales. Los espectros se sorprenden por la rapidez de los mismos y la suerte corriendo nerviosa dentro de su cuerpo.

\<Leyra\>	"Esperamos que no estén cansados, con el entrenamiento que Satarian creó para ustedes".
\<Cobra\>	"Lo usamos de calentamiento".
\<Satarian\>	"Eso está por verse".

El trío de espectros se une para enfrentarse a los arcángeles y así no correr con el destino de los cadáveres que les rodean. Los Angements planean hacia sus rivales para atacarlos sin piedad. Dando comienzo a una letal batalla por la sobrevivencia y las causas de cada bando. Con una fuerza envidiable, los arcángeles toman la ventaja de la batalla sin los espectros reconocerlo ante sí mismos. Satarian golpea a Cobra arrojándolo sobre escombros quedándose contra Valgar. Leyra por la rapidez del elemento que domina, golpea a Sedge sin compasión y sujetándolo por el cuello, le hace tirar su espada al suelo, inmovilizado. Valgar testigo del destino que corre su líder, arroja su lanza con fuerza, logrando perforar a Satarian contra la pared dándole ventaja para lanzarse contra Leyra y salvar a Sedge. Satarian fingió estar lastimado, comienza a burlarse y caminando hacia el frente deja la lanza pegada a la pared.

\<Valgar\>	"¿Cómo es posible?"
\<Satarian\>	"No puedes hacerme daño espectro, ninguno de ustedes pueden vencernos".

Cobra de vuelta a la batalla va corriendo hacia Satarian por la parte posterior sin este darse de cuenta y con su enorme espada lo divide a la mitad. Este sorprendido, es pateado en el pecho se separa de su torso y cae recostado de la pared. Desclavando la lanza de la pared y arrojándola a su dueño.

\<Cobra\>	"Búrlate de eso".

Luego de vencer el arcángel de las sombras, Cobra ayuda a Sedge levantarse del suelo, donde el mismo se sujetaba la garganta por la fuerza que Leyra ejercía sobre él.

\<Leyra\>	"Convencida".
\<Sedge\>	"¿Convencida?… ¿De qué rayos hablas?"
\<Leyra\>	"Pelean y se defienden muy bien. Además, la lealtad que te tienen tus hombres es admirable".
\<Valgar\>	"Vencimos a uno de ustedes y ahora nos elogias cuando sabes que eres la siguiente, no tienes escapatoria".
\<Cobra\>	"¿Esta es tu manera de pedir clemencia?"

Leyra baja su cabeza y con una sonrisa en sus labios, levanta orgullosa su mirada a los espectros.

\<Leyra\>	"Tan ignorantes… ¿En realidad creen que les tengo miedo? No están ni cerca de hacerme sentir algo similar. Miedo tenían ustedes antes de nosotros entrar por esas puertas. Pude sentirlo en la ráfaga de viento que utilicé para saber que estaban aquí. Ahora ni que por vencer a Satarian debo estar asustada. Se equivocan".
\<Sedge\>	"Entonces… ¿Qué es lo que quieres? ¿Qué es lo que te convence?"
\<Leyra\>	"Sabemos lo que buscan y al igual que nosotros no han tenido éxito. Nuestros amuletos".
\<Valgar\>	"El saber lo que nos proponemos, ¿qué tiene que ver con convencimiento?"
\<Leyra\>	"Al llegar a Lefyr y ver de lo que estaban dispuestos a hacer por poder y tener en sus manos los amuletos, me decidí en matarles. Pero viendo sus destrezas y habilidades en batalla, reconozco que puede ser un desperdicio salir de espectros como ustedes".
\<Cobra\>	"¿Con que fin?"
\<Leyra\>	"Simple mi querido intruso, que trabajen para nosotros para ayudarnos a buscar nuestros amuletos".
\<Valgar\>	"¿Nosotros? Todo los Angements nos matarían al encontrarlos. De que valdría vivir un poco más para tener el mismo destino".
\<Cobra\>	"Ese es su problema, no el nuestro".
\<Leyra\>	"Estamos cansados de buscar y no tener éxito. No les pasará nada, se los prometo. No mentiría en un lugar como

este. Además, no me interesa mucho la suerte de mis otros hermanos, sólo para mí y Satarian".

<Sedge>	"¿Satarian? Pero él está dividido por la mitad… Muerto".
<Leyra>	"No creo, volteen a ver… Está de maravilla".

Al voltearse, ven a Satarian levitado por sus Alas para aterrizar en su otra mitad, cicatrizando y uniéndose rápidamente.

<Satarian>   "¿Me extrañaron?"

Cobra le quita la espada a Sedge y junto a Valgar arrojan sus armas para clavarlo nuevamente en la pared. Logrando lo planeado con mucha rapidez para impedir que los atacara, Cobra con su espada apuntando firme la cabeza de Satarian para arrebatarla. Este arranca las armas de su cuerpo tirándolas a un lado y esquiva el ataque de Cobra. Devolviendo un fuerte puño a su estómago, lo atraviesa y le hace tirar su espada. Lo sube a una de las columnas del templo.

<Satarian>   "Tu sombra se ha cansado de seguirte y los tuyos nos seguirán a nosotros ahora".

Cobra trata de zafarse pero su dolor lo detiene y es Satarian quien lo golpea varias veces con su otro brazo fuertemente en el rostro. Utilizando su poder sobre las sombras, aparecen manos de las mismas agarrando y pasándose la espada de Cobra. Teniendo en mano la espada del espectro.

<Satarian>	"Creo que esto te pertenece".
<Cobra>	"Puedes quedártela".

Escupiendo sangre al rostro de Satarian. Este lamiendo, saboreando parte de la sangre que cae por su rostro, con una gran fuerza atraviesa la espada de Cobra en su garganta dejándolo colgado de la columna. Este ahogándose en su propia sangre, trata de quitarse la espada de su cuello y forcejea dejando de moverse perdiendo todas sus fuerzas en el intento, fallece.

<Valgar>   "¿Cobra?"

Leyra observa la masacre, Satarian camina hacia su hermana. Esta pone su mano sobre el hombro del mismo para reconocer su buen trabajo. Volteándose hacia los espectros, con una mirada sumamente intimidante.

<Leyra>   "Ahora, ¿en que estábamos?… ¡Ha! Sí, tenía una propuesta para ustedes. Sigue en pie. ¿Qué van hacer?"

\<Sedge\>	"Nos uniremos".
\<Valgar\>	"Nos uniremos".
\<Satarian\>	"Supuse su contestación, nadie quisiera terminar como el lagartijo que adorna las columnas de este templo... ¿Cierto?"

Los arcángeles con una sonrisa macabra entre sus labios.

\<Leyra\>	"De ahora en adelante, ustedes serán nuestros ojos en la Tierra y todo aquel que se una a ustedes en la búsqueda de nuestros amuletos, tendrá nuestra protección. Serán llamados Abandonados: súbditos de lo olvidado. Quienes se nieguen a la causa, la muerte será su destino".

Al terminar el pacto y ser creados los Forsakens, un ruido se escucha a las afueras del templo.

\<Leyra\>	"Alguien nos espía, nadie puede saber lo que se acordó en este templo".
\<Sedge\>	"Entonces vayan por él, son más rápido pueden volar".
\<Leyra\>	"No, seguramente no vio nuestros rostros. No podemos correr con esa suerte. Vayan a ustedes, hagan que se una a la causa. De lo contrario elimínenlo".
\<Valgar\>	"Será un placer, ya que por poco me eliminan a mí en esta noche".
\<Satarian\>	"Se escapa, vayan y atrápenlo".

Los Abandonados salen detrás del espía.

\<Satarian\>	"¿Leyra?... ¿Estás segura de lo que haces?"
\<Leyra\>	"Tranquilo, sólo me aseguro de que si encontrasen nuestros amuletos, no tengan miedo en entregárnoslo. Haciéndole confiar en nosotros con este pacto".
\<Satarian\>	"De ellos tener suerte y encontrarlos primero que nosotros... Cumplirás la promesa que le hiciste".
\<Leyra\>	"Puede ser, dependiendo el tiempo que se tarden y en el humor que me encuentre".
\<Satarian\>	"Entiendo que eso es un no".
\<Leyra\>	"Satarian, alguien tiene que pagar por las vidas de los aldeanos de Lefyr, mis dominios. Al ser ellos los culpables, pagarán. Sólo adopté la ventaja de que buscamos lo mismo. Al momento que tenga mi amuleto los eliminaré a todos

sin importar cuantos abandonados recluten. Para mi siguen siendo espectros".

<Satarian>   "Entiendo".

Saliendo del templo, abren sus alas dejando la Aldea de Lefyr, mientras que Sedge y Valgar corren detrás del espía.

<Sedge>   "Súbete a los techos y trata de adelantarte, lo seguiré para tratar de que se tope contigo".
<Valgar>   "Bien".

Siguiéndolo por los callejones de Lefyr, mientras que Valgar de techo en techo trata de interceptar su rumbo, el espía mira hacia atrás para saber cuánta ventaja le tiene a su perseguidor. Distraído, otro abandonados se posa frente a él y sin este darse cuenta, es golpeado con el palo de la lanza de Valgar. Cayendo al suelo algo desorientado, alcanzado por ambos para ser confrontado.

<Valgar>   "¿No sabías que escuchar conversaciones ajenas es de mal gusto?"
<Espía>   "Lo lamento, pasaba por la aldea y lo único que se escuchaba era la batalla en la que se encontraban, sólo quería ver de qué se trataba".
<Sedge>   "¿Qué más escuchaste?"
<Espía>   "No mucho, algo de un pacto, de amuletos, protección de los arcángeles. No mucho".
<Valgar>   "Casi nada, Sedge, diría que lo eliminemos ahora".
<Sedge>   "Espera, no sé quien seas, ni lo que buscabas. No veo que tengas miedo en que te confrontemos y tu vida este en juego".
<Espía>   "No les temo a ustedes, pero sé que había arcángeles dentro de ese templo. Juraba que eran ellos quienes me perseguían. Como les dije, sólo pasaba. Sea lo que sea, no me interesa. Quiero seguir mi camino".
<Sedge>   "¿Lograste ver quiénes eran los arcángeles que iniciaron el pacto?"
<Espía>   "No, como les dije sólo pasaba y no me interesa estar en ningún pacto".
<Valgar>   "Eso lo tuviste que haber pensado antes de ponerte a escuchar lo que no era asunto tuyo".

El espía patea la pierna de Valgar, haciéndole perder el balance. Este arrodillado frente a él, lo golpea con la cabeza haciéndole sostener su nariz para aguantar el dolor y la sangre que sale de la misma.

<Valgar>	"Este imbécil, me rompió la nariz, ahora si no hay oportunidad".
<Sedge>	"Valgar, detente. Mira amigo, no sé lo que buscas. Pero sabes lo que nos proponemos, así que no te queda de otra que unirte a nuestra causa. Además sea lo que sea que busques, te ayudaremos a encontrarlo de ser necesario. ¿Qué dices?"
<Espías>	"Bien, pero debo regresar a nuestro mundo, por mi hermana".
<Valgar>	"Genial, salimos de un patán para que se nos una otro".

Valgar sosteniendo su nariz con una mano y la otra sosteniendo el antebrazo de Sedge para levantarse del suelo.

<Sedge>	"¿Tienes un nombre?"
<Espía>	"Me llamo Ghorlaz".
<Sedge>	"Bienvenido a los Abandonados, Ghorlaz, has tomado una sabia decisión. Ahora volvamos por tu arma. ¿Qué es?"
<Ghorlaz>	"Un martillo".
<Valgar>	"Qué patético".
<Ghorlaz>	"Tus palabras no me alteraran aunque te mueras intentando. Pero si deseas puedo volverte a romper la nariz".
<Valgar>	"Sólo inténtalo".

Haciéndole frente para golpearle, Sedge metiéndose en el medio para aliviar la riña entre los dos.

<Sedge>	"Ya basta, empezaron por el lado equivocado. De tener algún diferencia, resuélvanla más tarde, no tenemos tiempo que perder".

Los Abandonados regresan por el arma de Ghorlaz y al verlo se impresionan al ser un martillo enorme y verse sumamente pesado.

<Valgar>	"¿Crees que vamos a pensar que esta es tu arma? No creo que puedas con eso".

Tratando de levantarlo con todas sus fuerzas sin poder.

<Ghorlaz>	"Hazte a un lado".

Levantándolo con una mano sin ningún problema y recostándolo de su espalda.

<Sedge>   "Asombroso, bien ahora que tienes tu arma, debemos cruzar el Valle del Silencio hacia la ciudad de Arkadia y la manera más cerca es a través del pantano de Drogo.

<Valgar>   "¿Entonces que esperamos?… A los caballos".

Se dirigen hacia los caballos pero observan que estos ya no están.

<Sedge>   "Creo que tendremos que caminar".

<Valgar>   "Fueron los Angements para que no escapáramos de la aldea seguramente".

<Ghorlaz> "Ventaja para mí, no tenía caballo. Andando".

<Sedge>   "De acuerdo, síganme".

Partiendo así hacia la ciudad de Arkadia antes de que se ponga el quinto sol en el cielo, para encontrarse con los demás y hacerle saber del pacto con los Angements.

Capítulo IX

AMARGA REALIDAD

Remando van en aguas mansas Ezequiel y Lionexus, aclaradas por las llamas que cubren a lo lejos la ciudad de Sicodelia y con la luna llena como testigo. Ezequiel con los ánimos caídos, por llevar frente al cadáver de un buen amigo y Lionexus agradecido por su presencia, vacío por el luto que deja quemándose al lado opuesto al que se dirigen por la pérdida de tres guerreros importantes en su causa.

\<Lionexus\>	"Ezequiel sé que debes estar tan confundido, Igual como yo lo estaba al llegar a este lugar".
\<Ezequiel\>	"Esos arcángeles destrozaron la ciudad y tenía un diferente concepto sobre ellos. ¿Qué rayos sucede en este lugar?"
\<Lionexus\>	"Tranquilo te explicaré, para empezar eso no son los ángeles que veneras en la tierra. Estos son conocidos como Angements, arcángeles con el dominio sobre un elemento en particular, son cinco".
\<Ezequiel\>	"¿Cinco?… ¿Pero no son más que cuatro elementos?"
\<Lionexus\>	"Sí, pero el quinto es el guardián de todos ellos, domina las Sombras".
\<Ezequiel\>	"¿Por qué nos atacaron?… ¿Qué les hemos hecho?"
\<Lionexus\>	"Saben que vencieron a la Chimera".
\<Ezequiel\>	"¿Qué tiene que ver eso con ellos? Además no tuvimos de otra. Esa bestia nos iba a matar a todos".

<Lionexus>	"Entiendo, pero ahora no descansarán hasta eliminarnos. Para ellos somos intrusos en esta dimensión y ahora que mataron la Chimera, se sienten más amenazados.
<Ezequiel>	"No entiendo nada de esto".
<Lionexus>	"Tranquilo, te contaré lo que sé y entenderás".
<Ezequiel>	"Escucho".
<Lionexus>	"Bien, para empezar esta es mi historia".

(Recuerdo de Lionexus)

"Varios años han pasado, pero al igual que tú llegué a esta dimensión sin saber el motivo. Solo… Escabulléndome pude sobrevivir de criaturas que están muy lejos de cualquier pesadilla que hayas tenido. Perdido en uno más de mis días en esta dimensión, escuché gritos corrí en dirección a los mismos. Oculto entre los arbustos, vi cómo los Angements vencían un grupo de humanos que le hacían frente. Todos se fueron excepto uno, Thryanna. Me negaba a creer como alguien con tal hermosura podía esparcir tanto miedo".

<Thryanna>	"Sé que estás ahí, puedo sentirte sobre la tierra y las hojas que sostienes para mirarme".

"Caminó hacia mí, cayendo sentado trataba de echar hacia atrás pero estaba tan asustado que apenas podía moverme. Arrodillada frente a mí, acarició mi rostro".

<Thryanna>	"No tengas miedo pequeño, no tienes culpa de la sangre que se ha derramado en este lugar".
<Lionexus>	"No, ¿No vas a matarme?"
<Thryanna>	"No creo que sea necesario, puedo sentir que tu propósito aquí no es el miedo que me lleva a matar a los tuyos".
<Lionexus>	"No entiendo a que te refieres".
<Thryanna>	"No te preocupes. Algún día me entenderás… ¿Morir es lo más que te asusta?"
<Lionexus>	"No sé por qué llegué a este lugar, no sé qué debo hacer. Sólo quiero volver a casa".
<Thryanna>	"Igual que muchos de los tuyos. Son las palabras que me dicen antes de dejar este mundo sin regresar a ningún otro. Lamentablemente no podemos tomar el riesgo de que encuentren los tesoros de los que fuimos despojados".
<Lionexus>	"Entonces si son las mismas palabras, ¿por qué no me matas?"
<Thryanna>	"Sabes, te siento diferente a los demás. Siento que esta vez esas palabras, saben a verdad".

\<Lionexus\>	"¿Qué pasará conmigo?"
\<Thryanna\>	"Tendrás la oportunidad de demostrar y esparcir tu verdad en los demás humanos, aquellos que no pertenecen a nuestro mundo".
\<Lionexus\>	"Si tus hermanos me encuentran acabarán con la oportunidad que me has dado".
\<Thryanna\>	"Es la carga con la que tendrás que correr, pero te daré un regalo para que te sirva desde este día".
\<Lionexus\>	"¿Qué regalo?"

"¡Un beso! Besó mi frente y para mi sorpresa esperando que la muerte me viniera a buscar, sabiendo que era un intruso, me perdonó la vida. Como si estuviera cansada de matar, abrió sus alas y se marchó. Desde entonces me sentía vigilado, cuidado por la naturaleza y sus cielos. Refugiado en sus dominios desde aquel momento, sentí que tenía que ayudar a los demás al correr con tanta suerte. No muy lejos de donde me escondía, la ira de la Chimera sentí. Corrí para ver de qué se trataba, humanos la confrontaban. Todos perecieron y al momento en que la bestia iba dar el golpe letal a un joven, me coloqué frente y la bestia detuvo su ataque. El joven sorprendido tomó distancia. La bestia rugió fuerte y luego se marchó sin hacerme daño. Seguro de mí y de la suerte que me abrigaba, entendí que era mi destino ayudar a mi gente. Volteando y preguntándole el nombre a aquel que le salve la vida. Contestándome Liuzik".

\<Lionexus\>	"El mío es Lionexus".
\<Liuzik\>	"¿Cómo has hecho eso?"
\<Lionexus\>	"No lo sé, pero al menos no te hizo daño".
\<Liuzik\>	"Sí gracias. ¿Ahora qué?"
\<Lionexus\>	"Podemos salvar a otros como nosotros".
\<Liuzik\>	"Podemos eliminar a los arcángeles y a los guardianes que matan a nuestra raza".
\<Lionexus\>	"No, podemos hacerle entender que esta guerra es sólo un mal entendido. Hacerle ver que matan gente inocente".
\<Liuzik\>	"¿Crees que funcionará?"
\<Lionexus\>	"Si, pude salvarte a ti. Juntos podremos salvar y probar lo que sea, ¿Qué dices?"
\<Liuzik\>	"Esta bien, pero si los arcángeles atentan con mi seguridad. Tendremos que defender a los nuestros haciéndole frente, peleando".
\<Lionexus\>	"De acuerdo".

Sonriendo el uno al otro, seguridad y confianza fue lo que encontramos ese día, nos hicimos grandes amigos. Otorgando liderazgo ayudamos a todos los que como nosotros se encontraban perdidos. Creado una revolución con el único propósito: encontrar la manera de escapar de esta dimensión haciéndoles caer en cuenta a los Angements que estaban equivocados.

(Presente)

\<Ezequiel\>	"¿Qué paso con Thryanna?"
\<Lionexus\>	"Sí, ya con varios espectros a nuestros favor, hicimos un campamento, ahí fue donde ella regresó".
\<Ezequiel\>	"¿Todos la vieron llegar? ¿Nadie temió por su seguridad?"
\<Lionexus\>	"No, sentí que el bosque me hablaba antes de que ella llegara. Dejándome saber donde esperarla. Ahí en la espera fue cuando la volví a ver".
\<Ezequiel\>	"¿Qué sucedió?"

(Recuerdo de Lionexus)

"Thryanna llegó planeando con sus alas frente a mí. En ese momento pude sentir una tranquilidad increíble".

\<Thryanna\>	"Saludos afortunado de mi suerte".
\<Lionexus\>	"Thryanna, ¿Qué sucede?"
\<Thryanna\>	"Felicitaciones es una de las cosas que traigo. Mis dominios no han dado problemas desde que te perdoné la vida".
\<Lionexus\>	"Es algo que ahora que no soy un niño, logré entender".
\<Thryanna\>	"Me doy cuenta. ¿Has comprendido el por qué te dejé con vida?"
\<Lionexus\>	"Sí, estás cansada de matar, estás cansada de buscar lo que era tuyo. Buscando otra forma de restablecer la paz en tu dimensión, ¿cierto?"
\<Thryanna\>	"Cierto, ahora que entiendes mi causa puedes hacerle saber a todos los que te siguen que mis bosques serán seguros".
\<Lionexus\>	"¿Estás dispuesta a mentirle a tus hermanos para darnos tiempo a salir de este lugar?"
\<Thryanna\>	"Les mentí al dejarte con vida en el pasado".

"Intercambiamos sonrisas, agradecido de la oportunidad, caminé hacia ella sin miedo. Dispuesto a demostrarle que el miedo de que tenga que acabar con mi vida se marchara de su interior. Levanté mi mano y acariciando su rostro me atreví hacer lo que ningún otro hombre hubiera pensado hacer debido a la guerra, la besé y ella envolviéndome entre sus alas me respondió el beso haciéndolo eterno. Envuelto en tan poderoso sentimiento, no me di cuenta de que había un testigo de nuestro prohibido amor. Con la oportunidad de acabar con la guerra entre mis brazos. Sin saber lo que paso por su mente, regreso al campamento".

<Liuzik>   "No puedo creerlo, esta es la razón por la cual los bosques te respetan. Los tienes comprados, ¿pero a cambio de qué? Planeas traicionarnos… ¿Entregarnos a los Angements?"

(Presente)

<Ezequiel>   "¿Cómo no pensaste en que podían seguirte?… ¿Luego que ocurrió?"

<Lionexus>   "Thryanna fue quien se dio cuenta y me dejó saber. No me importó porque podía explicarle luego. Sólo vivía el momento. Como mencioné, sólo vi la posibilidad de que la guerra terminara".

<Ezequiel>   "Continúa".

(Recuerdo de Lionexus)

"Luego del beso, ella depositó confianza en mí, haciéndome saber la razón para que la guerra diera comienzo".

<Thryanna>   "Lionexus, sé que me has leído desde que te di aquel beso en la frente. Fue algo que quise. Tenía que comprender de lo que ustedes los espectros son capaces".

<Lionexus>   "¿A qué te refieres? ¿Capaces de qué?"

<Thryanna>   "Comprendiste por qué estoy cansada, desilusionada, pero quiero que sepas el motivo de nuestra ira contra ustedes los humanos".

<Lionexus>   "¿Qué les hemos hecho?"

<Thryanna>   "Los cinco de nosotros teníamos un poder inalcanzable, al llegar el primer grupo de humanos a nuestro mundo, fuimos despojados de nuestros amuletos. Desde entonces sólo tenemos la mitad de ese poder y el motivo de esta guerra es para intimidar a todos aquellos espectros que se propongan encontrar nuestro poder perdido".

<Lionexus>   "¿Qué estás diciendo?… ¿Esta guerra es por poder? Asesinan a mi raza sólo por unos amuletos".

<Thryanna>   "Cualquier humano que consiga esos amuletos podrían igualar nuestro poder y matarnos. Quedándose con todos nuestros dominios, nuestro mundo. Debemos eliminar cualquier amenaza. Dando comienzo a tan desesperada

búsqueda hemos quebrado una tregua. Razón importante para nosotros los arcángeles con ustedes los humanos y los de nuestro mundo".

\<Lionexus\>   "¿Han matado la gente de su propio mundo?"

\<Thryanna\>   "Aún no, pero mis hermanos están tan desesperados, no tardará en llegar ese día".

\<Lionexus\>   "Quieres que salve todas las vidas posibles para impedir que llegue ese día".

\<Thryanna\>   "Así es… Demostrando tu causa podrías salvarlos sin hacerles saber qué pueden alcanzar. Impidiendo que cualquiera de ellos pueda encontrar nuestros amuletos, viendo que tienes de los mejores guerreros en tu campamento".

\<Lionexus\>   "Comprendo, pues tenemos mucho que hacer, desviando la atención de mi raza para que ustedes restablezcan la tregua entre humanos y arcángeles".

\<Thryanna\>   "Lionexus, Gracias".

"Contentos al lograr entendernos, hicimos una poderosa unión y para cerrar tan peligrosa prohibida tregua, utilizamos nuestros cuerpos. Por el amor que sentíamos el uno al otro y la vida".

(Presente)

\<Ezequiel\>   "¿De ahí viene la fuerza que tenías al enfrentarte a los Angements en Sicodelia?"

\<Lionexus\>   "Seguramente".

\<Ezequiel\>   "En aquel entonces… ¿Qué paso con Liuzik?, ¿Se molestó?"

\<Lionexus\>   "No me dejó saber su sentir, pero desde aquel día las cosas jamás volvieron hacer igual. La envidia, desconfianza se dejaban notar fácilmente cuando me habla. Cuando planeaba que hacer o a dónde dirigirnos. Esperando el día en que Thryanna volviera a parecer".

\<Ezequiel\>   "¿Para qué?"

\<Lionexus\>   "Matarla".

\<Ezequiel\>   "¿Cómo lo supiste?"

\<Lionexus\>   "Lo vi intentarlo".

(Recuerdo de Lionexus)

"El día que ella volvió, a verme. Liuzik esperaba el momento. Disimulando su envidia, para mantenerse cerca de mí. Haciéndome ver que era el momento de presentarlo con Thryanna para que fuese testigo de cómo iba la parte del trato. Donde yo mantenía mi raza de ojos cerrados básicamente para que se mantuvieran con vida. Para que los hermanos de Thryanna no los mataran. Llegando al lugar donde hicimos nuestro trato, esta vez Liuzik junto a mí, al llegar ella sitió su negatividad".

\<Thryanna\>	"Este no fue nuestro trato Lionexus. ¿Qué hace él aquí?"
\<Lionexus\>	"Tranquila, él es mi mejor amigo. Su nombre es Liuzik. Juntos hicimos el campamento y salvamos todas las vidas en él".
\<Liuzik\>	"Así es, vidas que ahora tú y tus hermanos quieren eliminar".
\<Lionexus\>	"No, Liuzik… ¿De qué rayos hablas?"
\<Liuzik\>	"No comprendes que este arcángel te está utilizando para matarnos a todos".
\<Thryanna\>	"Eso no es cierto, sólo es a ti al que debo matar. Envenenas mentes con tan alarmantes palabras".
\<Lionexus\>	"No Thryanna, aquí nadie va a morir. Sólo es cuestión de aclarar este mal entendido".
\<Liuzik\>	"No hay nada que aclarar. Debemos matarla Lionexus. Si no lo haces tú. Lo hago yo".
\<Thryanna\>	"No me queda otra opción. Lo siento Lionexus".
\<Lionexus\>	"Thryanna, no. No te metas. Este es un problema que sólo nosotros los humanos podemos aclarar. Mantente al margen".
\<Liuzik\>	"Lo siento, Lionexus. Es demasiado tarde tu mascota debe morir".

Dirigiéndose hacia ella con su arma para aniquilarla. Ella correspondiendo al mismo destino para eliminar al alarmante espectro. Viendo sólo más que un hombre confundido, mi amigo, me crucé en su camino siendo a mí a quien le atravesó con su odio, su arma. Sin dejarme caer al suelo por todo lo que juntos pasamos, por haberle salvado alguna vez la vida.

\<Liuzik\>	"¡NO! Lionexus… ¿Qué has hecho? ¿Por qué te metiste en el medio amigo?"
\<Lionexus\>	"Era la única manera de demostrar que ambos estaban equivocados y que sólo era un mal entendido… Lo siento".
\<Thryanna\>	"Mira lo que has hecho espectro".
\<Lionexus\>	"Thryanna, por favor no le hagas daño. Perdónalo".
\<Thryanna\>	"No puedo amor. Mira lo que su odio te ha hecho, gente como él son el miedo de mi raza si encontraran nuestros amuletos".

"Arrodillada frente a él, separándolos yo. Liuzik me pasó a los brazos de Thryanna, asustado y confundido logró separarnos hiriéndome".

\<Thryanna\>	"Lionexus, amor. Debo vengarme".
\<Lionexus\>	"Por favor amor, déjalo vivir. No te metas en los asuntos de los humanos".

"Mi amigo llorando, arrepentido y desesperado salió corriendo, dejando el campamento. Me vi abandonado por mi mejor amigo, traicionado y muriendo en los brazos de Thryanna".

(Presente)

\<Ezequiel\>	"¿Pero estas aquí?… No moriste".
\<Lionexus\>	"Amándome tanto se negó a dejarme ir. Me trajo de vuelta a la vida haciéndome inmortal para que jamás la dejara sola".
\<Ezequiel\>	"¿Te resucitó?… Tan poderosos son esos arcángeles".
\<Lionexus\>	"Sí, pero me enojé tanto que le dije que se marchara y que jamás volviera a cruzarse en mi camino. Haciéndole sentir un odio tan fuerte por su acción, manteniéndola alejada para siempre".
\<Ezequiel\>	"¿Qué pasó con Liuzik?"
\<Lionexus\>	"Jamás volví a saber de él".
\<Ezequiel\>	"Thryanna, hizo caso a tu sugerencia, al ver que sus hermanos fueron los que nos confrontaron en Sicodelia".
\<Lionexus\>	"Posiblemente".
\<Ezequiel\>	"Genial, era mejor no saber tu historia, ahora sé que moriré en pelea por causa de una pareja disfuncional".
\<Lionexus\>	"Eso no pasará, no mientras yo respire. Tranquilo".
\<Ezequiel\>	"Si la Chimera es el guardián de Thryanna, ¿por cuales otros cuatro debo preocuparme?"
\<Lionexus\>	"Los guardianes restantes son igual de temibles, mejor quédate en la ignorancia para que no pierdas el enfoque".
\<Ezequiel\>	"Sólo quiero saber con lo que me puedo encontrar. Quiero buscar la manera de regresar a Helena".
\<Lionexus\>	"Créeme, no querrás encontrarte con ninguno de los que restan".
\<Ezequiel\>	"Esas palabras me otorgan una curiosidad que traiciona mis nervios en primer lugar, gracias por dejarme saber que mi vida continúa en un mayor peligro".
\<Lionexus\>	"Mientras estés en este lugar tu vida se acuesta con el peligro, estos Guardianes, protegen cada uno de los dominios de los arcángeles en la tierra. Se dice que donde cayeron sus amuletos han matando a todo espectro que intente dar con el paradero de los mismos".

\<Ezequiel\>	"¿Cuán importantes son estos amuletos para ustedes?"
\<Lionexus\>	"¿Para nosotros y los que me sigue?… Ninguna importancia".
\<Ezequiel\>	"¿Entonces, por qué no paran en cazarlos?"
\<Lionexus\>	"Porque desconocen nuestro verdadero objetivo, el cual es escapar de esta dimensión".
\<Ezequiel\>	"¿No crees que es más fácil hacerle saber lo que se proponen que seguir escapando de ellos?… Háganle saber que no le interesan los amuletos y ya".
\<Lionexus\>	"No es tan simple, nos matarán nada más al vernos. No todos los espectros en esta dimensión buscan escapar. Algunos si están dispuestos a encontrar los amuletos para eliminarlos, vengar a quienes han caído por tan mal entendida guerra. Créeme los arcángeles sólo quieren acabar con cualquier amenaza que se interponga entre ellos y sus amuletos".
\<Ezequiel\>	"Estamos perdidos".
\<Lionexus\>	"No seas tan negativo, sabremos el motivo de estar aquí tanto como la manera de salir. Sólo es cuestión de fe… Sin ella, sí estás perdido".
\<Ezequiel\>	"Entonces a buscar la manera de regresar a casa".
\<Lionexus\>	"Ese espíritu y el coraje te llevarán de vuelta. Lo prometo".
\<Ezequiel\>	"Espero que no haya más pérdidas en el camino, Nero era un pedazo importante en este rompecabezas".
\<Lionexus\>	"¿Qué te hace pensar eso?"
\<Ezequiel\>	"De lo contrario no me hubiera topado con él para empezar. Agradecido el que me haya enseñado como empuñar una espada y defenderme".

Bajando su cabeza en lamento, Lionexus con una sonrisa reconoce la necesidad y admira la confianza de la amistad que es tan importante, en tal peligrosas circunstancias. Encajada la embarcación al otro lado del lago, se escucha un aullido por la enorme luna que resplandece sobre el lago. Un espectro le extiende el brazo a Lionexus para ayudarlo a salir del bote, el mismo contento de verle, con su otra mano le sostiene el hombro al poner su pie sobre la tierra.

\<Lionexus\>	"Drako, qué bueno poder volver a verte amigo".
\<Drako\>	"Lo mismo digo".

Mirando un cadáver en el bote y un espectro desconocido. Un lobo se pega al bote sin dejar bajar a Ezequiel y gruñe al desconocido.

\<Drako\>	"¿Dónde están los demás?"

Lionexus apenado, baja su cabeza.

<Lionexus>	"Lo siento, los otros no lo lograron".
<Drako>	"¿Qué sucedió?"
<Lionexus>	"La Chimera acabó con sus vidas".
<Drako>	"Pero, ¿tú estabas con ellos? ¿Cómo esto sucedió? La Chimera no te hace daño".
<Lionexus>	"No fui con ellos, Dinorha me convenció de que todo saldría bien y confié en su palabra".
<Drako>	"¿Confiaste? Tenías que ir con ellos. Sabías al peligro que se dirigían, también que la Chimera no les haría daño al estar junto a ti. Lo sabías".
<Lionexus>	"Lo lamento, ya te lo dije maldición. Sé que sus muertes son mi culpa. Pero no pude hacer nada, no pude".
<Drako>	"¿Quién viene contigo?"
<Lionexus>	"Su nombre es Ezequiel, se unió a nuestra causa".
<Drako>	"Akunox tranquilo".

Haciendo caso el lobo. Da la vuelta y respetando su manada se para junto a él.

<Drako>	"¿Le dejaste saber sobre la suerte que corre al seguirte?
<Lionexus>	"Sí".
<Drako>	"¿Qué hay con el cadáver?"
<Lionexus>	"Nero es su nombre, fue quien venció la Chimera".
<Drako>	"Imposible".

Abriendo sus ojos a la noticia y negando a creer semejante historia.

<Drako>	"Aún no puedo creerlo, pero sabes que esto no es bueno, lo sabes. ¿Verdad?"
<Lionexus>	"Sí, lo sé. Por eso no lo pude dejar".
<Ezequiel>	"¿A qué te refieres?"
<Drako>	"Te has convertido en la prioridad de los arcángeles, tienes suerte de haber encontrado a Lionexus. De lo contrario hubieras terminando calcinado junto a Sicodelia".
<Ezequiel>	"Qué suerte para mi entonces".
<Lionexus>	"Debemos seguir, Ezequiel ayúdame a sacar a Nero".

Sacan el bote del agua y cargan el cadáver recostándolo de sus hombros.

<Drako>	"¿Qué planean hacer con él? ¿Por qué no lo dejaron?"

\<Ezequiel\>	"Es un humano y como tal debe ser sepultado".
\<Drako\>	"Entiendo, lo lamento".
\<Lionexus\>	"Drako, ¿dónde están los caballos?"
\<Drako\>	"Más adelante, llegué hasta aquí al ver el humo que salía de Sicodelia, pensé que no lograrían cruzar".
\<Lionexus\>	"Comprendo. Debemos seguir, perdimos demasiado tiempo al ser emboscados en Sicodelia".
\<Drako\>	"¿Quiénes fueron?"
\<Lionexus\>	"Kayriel y Ziul".
\<Drako\>	"Poderosos, la suerte los ayudó a lograr escapar, no hay otra explicación para que lograran llegar hasta acá al enfrentar a esos dos".
\<Lionexus\>	"No creo que fuera suerte".
\<Drako\>	"¿De qué hablas?… Los dejaron ir".
\<Lionexus\>	"Se puede decir que sí, pero es algo más que suerte y no me da un buen presentimiento. Peleando contra ellos, de momento algo los enfureció tanto, que se marcharon. Mencionando claramente que volverán por nosotros, debemos regresar con los demás y alertarlos".
\<Drako\>	"Por supuesto".
\<Lionexus\>	"Ayuda a Ezequiel con el cuerpo, colóquenlo en aquel lugar".

Drako poniendo su hombro para que Lionexus dejara caer el cuerpo en él, sosteniéndolo.

\<Drako\>	"¿Dónde lo colocamos?"
\<Lionexus\>	"Recuéstenlo junto aquel árbol para comenzar".
\<Ezequiel\>	"¿Es aquí donde lo enterraremos? No creo que sea seguro. Puede que esos arcángeles vuelvan".
\<Lionexus\>	"Regresarán, pero no enterraremos a Nero".
\<Ezequiel\>	"¿A qué te refieres?"
\<Drako\>	"¿Cómo dices?"
\<Lionexus\>	"Háganme caso, recuéstenlo sobre aquel árbol. Por favor".

Ambos van al árbol y colocan el cadáver según lo advertido.

\<Ezequiel\>	"¿No entiendo? ¿Qué planeas hacer?"
\<Drako\>	"Creo saber lo que planeas y te pido que no lo hagas".
\<Lionexus\>	"Es necesario, no tenemos de otra".
\<Drako\>	"¿Por qué él? Pudo haber sido cualquiera de nosotros. Incluso Dinorha, Marco o Arol… ¿Por qué él?"
\<Lionexus\>	"No tenemos tiempo, no podemos cruzar".

\<Drako\>	"Sólo lograrás enfadar a quien te dio tan poderoso regalo, piénsalo. Quédatelo y úsalo para mantenernos con vida a los que seguimos junto a ti".
\<Ezequiel\>	"¿De qué rayos están hablando?"
\<Drako\>	"De que Lionexus malgastara la única ventaja que tenemos, eso es lo que sucede".
\<Lionexus\>	"No sé si es una ventaja ahora mismo y mucho menos después de que los arcángeles me dejaran ir. Creo que notaron mi regalo y necesitamos guerreros como Nero. Podremos ser invisibles ante cualquier arcángel. Quedándome con este poder Thryanna logrará encontrarnos y no será como antes. Ya no somos aliados, comprende".
\<Drako\>	"Bien, pero ten mucho cuidado... Regresará con pocas preguntas, pero una verdad que no será fácil de digerir".
\<Lionexus\>	"Lo sé, de camino a Martuverk le diré la verdad. Lo prometo".
\<Drako\>	"Pues hazlo".
\<Ezequiel\>	"¿Qué vas hacer Lionexus?"
\<Lionexus\>	"Hazte a un lado Ezequiel, vigilen que nadie venga".

Lionexus coloca sus manos sobre el pecho del cadáver. Cerrando sus ojos, se concentra y sus manos comienzan a iluminarse de un color fosforescente. Aura visible como neblina comienza a penetrar el pecho del difunto, cicatrizando sus heridas lentamente.

\<Ezequiel\>	"¿Qué rayos?"
\<Drako\>	"Silencio, vigila que nadie venga. Puede que tome algo más de tiempo".

Nero con varios órganos perforados por el tridente de Ziul, Lionexus se esfuerza más haciendo brillar sus ojos en una poderosa concentración, dejando todo su poder penetrar el pecho Nero. Desvanecida por completo la claridad, Lionexus cae inconsciente por agotamiento.

\<Drako\>	"¿Lionexus?"

Corre hacia él y sentándolo junto a Nero, espera su recuperación abofeteándolo y tirándole agua en el rostro. Nero abriendo sus ojos, ve una silueta junto a él y otra que se acerca hacia él.

\<Ezequiel\>	"Tranquilo amigo, todo saldrá bien".
\<Nero\>	"¿Ezequiel?"
\<Ezequiel\>	"Sí, soy yo Nero, que susto nos diste".

\<Nero\>	"¿Qué sucedió?"
\<Ezequiel\>	"Tranquilo, cierra los ojos, descansa y recobra tus fuerzas. Ya te llegará una explicación amigo mío".
\<Nero\>	"No… Siento haber descansado lo suficiente. Ayúdame a ponerme de pie".

Extendiendo su brazo a su fiel amigo. Poniéndose de pie, se voltea y ve a Lionexus recostado del mismo árbol que él.

\<Nero\>	"¿Qué le sucedió?… ¿Estará bien?"
\<Drako\>	"Estará bien, es sólo cuestión de tiempo el cual no tenemos".
\<Nero\>	"¿Quién eres tú?"
\<Drako\>	"Mi nombre es Drako, estamos del mismo lado, este es mi más confiado amigo, su nombre es Akunox".
\<Nero\>	"¿Un lobo?"
\<Drako\>	"No hay compañero mejor, lo entenderás cuando llegue el momento".
\<Nero\>	"Si lo dices… Aunque por mascotas entendía cuidar por perros o gatos".
\<Drako\>	"En nuestro mundo sí, pero al llegar aquí no hay porque ser tan aburridos. Además la lealtad que obtienes de un animal como este te hace más fuerte al enfrentarte a criaturas de esta dimensión".
\<Nero\>	"Como quieras, sólo trabaja en que no nos coma al descuidarnos".
\<Drako\>	"Si empieza por ti, cuando termine lo haré razonar para que perdone a los otros".
\<Nero\>	"Gracias".
\<Lionexus\>	"Ya basta, debemos seguir nuestro camino, a los caballos. Drako, te seguimos".
\<Drako\>	"Bien, Akunox. Ve al frente. Ustedes, síganme. No están muy lejos".

Los espectros en caminados por Drako, llegan a los caballos y sin más demora parten hacia la aldea de Martuverk, siguiendo a Akunox el cual va a toda velocidad. Galopeando hacia la aldea, el líder de los espectros muy pensativo sigue el rastro de Akunox. Aunque su mente no sigue el paso. Bajando poco a poco la velocidad, Lionexus se detiene. Todos paran con él.

\<Ezequiel\>	"¿Qué sucede Lionexus?"
\<Drako\>	"¿Por qué te detienes?"
\<Lionexus\>	"Lo lamento".

\<Nero\>	"¿Qué lamentas?"

Drako, recordando el sacrificio realizado por el Líder, sabe a qué se refiere. Diciéndose así mismo.

\<Drako\>	"No le digas ahora Lionexus, es muy pronto".

Lionexus fijando su mirada a Nero, baja su cabeza y volviéndole a mirar a sus ojos.

\<Lionexus\>	"Discúlpame".
\<Nero\>	"¿De qué hablas?… ¿Qué te disculpe de qué?"
\<Lionexus\>	"Lamento que las cosas hayan tenido que ser de esta manera, al traerte de vuelta".
\<Ezequiel\>	"¿Qué te sucede?… Fue lo mejor que pudo haber sucedido. No cargar con el peso de que haya muerto, Literalmente".
\<Nero\>	"Sí, ahora podré ayudar a encontrar la manera de salir de esta dimensión junto a todos ustedes. Gracias".
\<Ezequiel\>	"Sí, no sabía que podías traer a la gente de vuelta a la vida".
\<Drako\>	"Silencio, dejen a Lionexus hablar. Lo que va a decirles es muy importante".
\<Lionexus\>	"Si lo ven de esa manera, es porque ustedes no comprenden el sacrificio que fue realizado. No sólo por mí, sino por ti Nero".
\<Nero\>	"Explícate".
\<Lionexus\>	"Mi poder fue otorgado por el enemigo".
\<Ezequiel\>	"¿Thryanna?"
\<Lionexus\>	"Cierto, pero ese poder de dar vida. Sólo podía ser utilizado una sola vez. Para resumir un poco la historia, me lo otorgaron para tener vida eterna, para seguir viviendo un sentimiento similar… Vivir un amor eterno.
\<Nero\>	"¿Qué tiene que ver todo esto conmigo?"
\<Lionexus\>	"Todo aquel que cae a este mundo, posee un vínculo con otra persona en nuestro mundo, por ejemplo… Tú. ¿Cuál era tu razón para regresar a casa?"
\<Nero\>	"Mi novia por encima de cualquier otra cosa".

Lionexus al escuchar tan dedicadas palabras baja su cabeza en lamento.

\<Lionexus\>	"Me lo imaginaba, por tal razón es que te pido disculpas. Fui Egoísta con la situación en la cual nos encontramos, necesitando guerreros como tú. También mi desesperación por salir de ese poder con el cual Thryanna podría

<table>
<tr><td></td><td>encontrarme, encontrarnos a todos y eliminarnos. Al apreciar tus destrezas en batallas para el beneficio de todos los que queremos salir de esta dimensión, por eso te traje de vuelta. Sin importarme mucho cuales fueran esas consecuencias".</td></tr>
<tr><td><Ezequiel></td><td>"¿Las cuales fueron?"</td></tr>
<tr><td><Nero></td><td>"Sí, demonios dime ya que fue lo que sucedió y déjate de tantos rodeos Lionexus".</td></tr>
<tr><td><Lionexus></td><td>"Al tu morir en Sicodelia tu Novia Murió Contigo".</td></tr>
</table>

Abriendo sus ojos sorprendido, Nero se niegan a creer.

<table>
<tr><td><Nero></td><td>"¿Cómo puede ser eso posible?... ¿Nina? ¿Nina murió? Ella ni siquiera sabe lo que está sucediendo en este lugar. A los peligros que nos enfrentamos.</td></tr>
<tr><td><Lionexus></td><td>"Lo sé, pero ese es el vínculo del que te hablé. Aquello que más te une a esa persona que espera por ti en nuestro mundo, así sea amor, amistad, incluso que sienta aprecio por tu ser, muere contigo".</td></tr>
</table>

Ezequiel, con un rostro de pánico. Sosteniendo su pecho confortando el corazón que se acelera bajo su piel, observando a Lionexus sin palabras. Analizando con problemas la amarga realidad en la que se encuentra y debe sostener sobre sus hombros, comentando así:

<table>
<tr><td><Ezequiel></td><td>"¿Helena?"</td></tr>
</table>

Nero alterado sin creer tan dolorosas palabras, señala a Lionexus sin respeto alguno.

<table>
<tr><td><Nero></td><td>"¿Y tú sin saber lo que yo sentía? ¿Lo que yo pensaba? Te atreviste a tomar tan importante decisión sin saber las consecuencias".</td></tr>
<tr><td><Lionexus></td><td>"Por tal razón te pedí disculpas antes de contarte la verdad y sabiendo que eso no bastará. La motivación para traerte de vuelta fue gracias a Ezequiel. No te quiso dejar en Sicodelia, sin embargo yo me confundí tanto con el enemigo que me sentía parte de este mundo, pero no. Soy humano. Al igual que ustedes y de no ser por ustedes jamás volvería a caer en razón. Por eso te necesito junto al grupo Nero".</td></tr>
<tr><td><Nero></td><td>"Ya no sé qué contestarte, me siento decepcionado, ¿con que razón lucharé por salir de aquí?... ¿Cuál será mi motivación?... Ahora soy yo quien se siente perdido".</td></tr>
</table>

\<Drako\>	"Deja que nosotros te guiemos. No volverás a caer en batalla mientras estés junto a nosotros".
\<Nero\>	"Ya de qué vale, si no hay un motivo para levantarme del suelo. Un sentimiento que te ayude a escapar del mismísimo infierno".

Ezequiel cabalga hacia él y apoyando su mano sobre su hombro.

\<Ezequiel\>	"Lamento mucho tu pérdida, pero gracias Lionexus te tenemos junto a nosotros de nuevo, nos da esperanzas. No te rindas… De seguro encontrarás un motivo para luchar sin superar el amor que sentías por Nina. No la olvides, no fue tu culpa ni la de nadie aquí presente. Utiliza ese sentimiento de ira que sostiene ahora mismo tu alma para luchar junto a nosotros. Te necesitamos hermano".
\<Nero\>	"Ezequiel, tú tienes a Helena y ahora yo no tengo nada. ¿Puedes tan siquiera comprender eso? Es un sentimiento de pérdida que no conoces porque no lo sufres, hermano".
\<Ezequiel\>	"¿Helena? Ella no está aquí, pero la FE que compartimos me da ganas de seguir luchando. Cuando hablamos por primera vez estabas más perdido de cómo te sientes ahora y por la pérdida de espectros, personas de nuestro mundo como los que te rodeamos ahora mismo. Te di la motivación de renacer a Nina para que lucharas. No soy quien para hacerte borrar ese amor que le tienes. Inclusive, entiendo y por tal razón es que no quiero volver a perderte. Guarda tu recuerdo y fortalécete para luchar y encontrar la manera de escapar de esta dimensión. Porque tú eres mi puente para regresar con Helena. No permitas que los cimientos que le sostienen, se vengan abajo amigo mío… ¿Qué dices?… ¿Martuverk?"
\<Nero\>	"Necesitaré una espada".
\<Lionexus\>	"La forjaré yo mismo al llegar a la aldea, mejor que la que te abandonó en Sicodelia".
\<Drako\>	"Entonces, andando. Ya todo está hablado. Akunox muéstranos el camino hacia Martuverk".

Seguido por los espectros, Akunox aúlla fuertemente y comienza a correr en dirección a la aldea. Así… Con un poderoso vínculo que los une como guerreros y portadores de esperanza.

Capítulo X

AGUAS TURBIAS

Una mujer adulta, se encuentra entretenida en su cocina preparando la cena. Desconcentrada, interrumpida por el timbre en la puerta que persistente no deja de sonar. Deja lo que con tanto amor prepara.

<Selena>   "Un momento por favor… ¿Quién podrá ser?"

Enjuagando sus manos las limpia y se dirige a la puerta. Abriendo la misma sorprendida por la visita, rápido demuestra hospitalidad al ser la hija quien le otorga tan inesperada visita.

<Selena>   "¿Helena?"
<Helena>   "Mamá".

Abrazándola sin dejarla abrir bien la puerta del hogar.

<Selena>   "Vaya, vaya… ¿Cómo has estado mi vida?"
<Helena>   "Ahora un poco mejor, te extrañé mucho mamá".
<Selena>   "Hablas como si nunca tuvieras comunicación conmigo y hablamos casi todas las noches mi niña. No te quedes ahí parada, pasa. Esta siempre será tu casa".
<Helena>   "Sí, pero no es fácil por todo lo que estoy pasando, gracias por tu comprensión".

Entrando y cerrando la puerta, Helena acomoda sus pertenencias a un lado. Viendo Selena que trae varias maletas consigo.

\<Selena\>	"¿Alguna noticia acerca de Ezequiel?"
\<Helena\>	"Ninguna madre, por eso vine. Para saber si podía quedarme en la casa. Aquella casa tan vacía me está volviendo loca con tantos recuerdos de él rebotando de pared en pared".
\<Selena\>	"No hay ningún problema, esta siempre ha sido tu casa mi amor. Anda sube y guarda tus cosas, luego baja para que me ayudes a preparar la cena".
\<Helena\>	"Gracias mamá, por siempre apoyarme. Enseguida bajo".

Helena sube las escaleras, contenta por la calidad de compañía en estos tiempos tan desesperantes al no tener noticias de su amado. Una vez arriba entra a su antigua habitación y un recuerdo de nostalgia la impacta, brindándole conformidad. Haciéndole recuperar gran parte de la fe perdida en aquella casa tan vacía. Luego de guardar todas sus pertenencias, Helena baja para ayudar a su madre a preparar la cena.

\<Selena\>	"Qué bueno que llegaste. Desde que tu padre murió esta casa no ha sido la misma. Por suerte yo no me dejo morir. Él no hubiera querido que dejara de ser feliz aún así me faltara. No es que no lo extrañe, pero siendo feliz, sé que él lo es donde quiera que esté. Siento que me cuida de esa manera. ¿Me entiendes?"
\<Helena\>	"Completamente. Qué lástima que no pueda pensar así de Ezequiel. Sabiendo que está desaparecido. Uno puede lidiar con la muerte cuando sabemos que al ella escoger la persona que se va a llevar, por la enfermedad que tenga o la negligencia que realice tentando a la misma. Incluso cuando te escoge de cierta forma uno puede lidiar con eso. ¿Pero cuando alguien está desaparecido?… Ese sentimiento de vivir en la espera, sin saber que noticia te impactará luego. Es mucho pero… Madre".
\<Selena\>	"Hija, no te deprimas. Ánimo, no pierdas la FE. Él aparecerá y todo será como antes. Ya verás, Ezequiel es bueno y de seguro buscará la manera de regresar a casa. Ya lo verás. Ahora sécate las lágrimas, lávate esas manos y ayúdame a terminar esta riquísima cena. Te sentirás aún mejor cuando la pruebes".
\<Helena\>	"De acuerdo".

Helena en dirección a lavar sus manos, pierde el conocimiento y cae desmallada.

<Selena>   "¿Helena?"

Su madre desesperada por lo ocurrido la sostiene, levantándola del suelo colocando su cabeza sobre su falda. Abofeteándola suavemente, preocupada por lo que pueda sucederle trata de despertarla. Sin éxito, quita el delantal y lo coloca como soporte bajo la cabeza de su hija. Corre al teléfono para llamar a emergencias médicas y dando su ubicación, espera socorro para su hija. Selena insistente trata de despertarla sin tener éxito. La desesperación por la espera la consumía.

Al llegar la ambulancia los paramédicos se estacionan frente al hogar y comienzan a golpear la puerta para dejar saber sobre su llegada.

<Selena>   "¡Entren! Está abierto. Estamos en la cocina. Por favor ayúdenme".

Los paramédicos atienden rápidamente a Helena tomando las debidas precauciones y cuestionario de rutina.

<Paramédico>   "¿Cómo sucedió esto?"
<Selena>   "No sé, estábamos cocinando y de repente cae desmallada".
<Paramédica> "La joven parece de alguna enfermedad o alergia a los alimentos utilizados".
<Selena>   "No, preparábamos su comida favorita. Jamás había pasado por esto".

Acomodan a Helena en una camilla y la dirigen a la ambulancia.

<Paramédica> "Venga, puede acompañarla".
<Selena>   "¡Gracias! Espere un momento, buscaré las llaves y apagaré la estufa".
<Paramédica> "Apúrese".

Selena entra a la casa, apagando la estufa, coge sus llaves y cerrando las puertas de la casa se monta en la ambulancia hacia el hospital más cercano. Al llegar al mismo, Selena en la sala de emergencia espera noticias, ya pasando varias horas. Se le acerca una enfermera.

<Enfermera>   "¿Usted es la madre de Helena?"
<Selena>   "Sí. ¿Qué ha pasado con mi hija?"
<Enfermera>   "Se le ha asignado un cuarto y está con el doctor esperando por usted, sígame".

<Selena>   "Adelante".

Siguiendo a la misma, llega a la habitación donde se encuentra su hija. Es recibida por el doctor, el cual le explica la condición por la que pasa Helena.

<Doctor>   "Buenas tardes".

<Selena>   "Doctor, ¿qué tiene mi hija?"

<Doctor>   "Su hija tuvo un colapso nervioso. Esto se debe al estrés y exceso de preocupaciones. Le pregunto, ¿su hija está expuesta a alguno de estos términos?"

<Selena>   "Sí, a ambos. Su esposo fue secuestrado y aunque la policía trabaje en ese caso, llevamos meses sin noticias positivas a cerca de su paradero".

<Doctor>   "Lamento escuchar eso, entonces eso explica la razón por la cual su hija se desmalló. Tanta presión logró que su sistema nervioso colapsara por completo, haciéndola caer inconsciente".

<Selena>   "¿Pero estará bien? ¿Cuánto tiempo estará inconsciente?"

<Doctor>   "No se preocupe, ya está tranquila. Ahora mismo está dormida. Es bueno que la deje descansar, también percibo que ella no ha descansado suficiente, notándose algo agotada y deshidratada. Esto es bueno para que se recupere por completo".

<Selena>   "¿Puedo quedarme junto a ella en lo que despierta?"

<Doctor>   "Seguro. No hay problema. Otra cosa que es muy importante que sepa".

<Selena>   "¿Si doctor?"

<Doctor>   "Debe impedir que su hija vuelva a pasar por esto, ya que uno de los motivos que multiplican estos síntomas tal como el stress, es que Helena está embarazada".

<Selena>   "¿Embarazada? ¿Cómo es esto posible si Ezequiel esta desaparecido?"

<Doctor>   "Bueno, ambos somos algo adultos y sabemos cómo eso funciona".

Emocionada, sonrojada la madre de Helena, no toma el comentario ofensivo ni hostil. Cuando ambos comienzan a reír, por la excelente noticia que el doctor le acaba de ofrecer.

<Selena>   "No, no es eso. ¿Cuántos meses tiene mi hija?"

<Doctor>   "Al parecer tiene como unos cuatro meses aproximadamente".

<Selena>   "¿Cuatro meses?… ¿Pero si no tiene ni un poco de barriga?"

\<Doctor\>	"Todo embarazo es diferente, y al ella estar pasando por tanto estrés es posible que sin saber que está embarazada, esto complique la manera de ella alimentarse. Por eso necesito de su ayuda.
\<Selena\>	"Comprendo, al menos decidió quedarse en mi casa hasta que demos con el paradero de su esposo".
\<Doctor\>	"Excelente, bueno. Ya mi trabajo aquí terminó. Con algo de descanso ella se pondrá bien sólo como le dije, déjela descansar. Hágale saber usted la noticia. Felicidades".
\<Selena\>	"Gracias, voy a ser abuela".
\<Doctor\>	"Así es, muchas felicidades. Ahora si me permite, debo retirarme".
\<Selena\>	"Adelante y gracias doctor".
\<Doctor\>	"De nada, con su permiso".

El doctor se retira de la habitación dejando la futura abuela en los cuidados de su hija. Al pasar varias horas Helena comienza a despertar. Selena sentada a su lado en la espera de ese momento.

\<Helena\>	"¿Mamá?... ¿Qué ha sucedido? ¿Dónde estamos?"
\<Selena\>	"En el hospital, caíste desmallada mientras cocinábamos y aquí estamos. Los doctores te ayudaron y me pidieron que no te interrumpiera el sueño".
\<Helena\>	"¿Hay algo malo conmigo?"
\<Selena\>	"No hija mía, no hay nada malo. Sólo que el estrés hizo que tuvieras un colapso nervioso. Todo se debe a la preocupación por Ezequiel, pero no te culpo. Ahora me tienes a mí. Te cuidaré y no estarás sola hasta que den con su paradero... Te lo prometo mi vida".
\<Helena\>	"Gracias. Sabes... Tienes razón, me he preocupado demasiado. Hasta no podía dormir bien debilitándome física y mentalmente. Debo tener un poco más de fe, además él sabe cuidarse. Todo saldrá bien".
\<Selena\>	"Así es, anímate. Tengo una noticia que darte, la misma hará que te motives a no volver a perder la FE mi niña".
\<Helena\>	"¿Qué noticia, madre?"
\<Selena\>	"Voy a ser Abuela".
\<Helena\>	"¿En serio? Pero... ¿Yo soy tu única hija?"
\<Selena\>	"Cierto".
\<Helena\>	"¡Dios mío! Voy a ser mamá".
\<Selena\>	"¡Sí! Felicidades amor".

Emocionadas, lloran, ríen y se abrazan fuertemente, reconociendo a su vez que es la mayor bendición para reducir el sentimiento de soledad que tanto las atormenta. Helena algo desolada, deseando que Ezequiel esté a su lado durante este importante momento, recuerda sobre su amor y no puede contener sus lágrimas.

Utilizada la tarde para el descanso de la futura madre. El doctor da la orden de alta, ya viéndola recuperada del todo. Llegando a la casa de su madre, entran al hogar y cerrando la puerta encierran el heredado fruto para expandir sus raíces.

Con la información que le otorga Vicarius. Thryanna busca a su guardián, se descompone. Arrodillada frente a él, clava su puño por la herida que le arrebató la vida y arrancando su corazón, observando el mismo.

<Thryanna>   "¿Serán verdad tus palabras padre?… ¿O sólo es uno más de tus juegos?"

Divide el corazón por la mitad, entre su sangre sumergida, una cadena sosteniendo una piedra del corte esmeralda, brilla entre el rojo líquido. Saca la hermosa piedra.

<Thryanna>   "Era cierto, mi amuleto. Padre… ¿Por qué?"

Levantándose del suelo limpia la sangre que arropa su amuleto y sin colocarlo para alcanzar su máximo poder nuevamente, lo guarda en un bolso, sobre su cinturón.

<Thryanna>   "Si me pongo el amuleto mis hermanos notarán mi poder. Debo llegar a Sicodelia, necesito hablar con Lionexus antes que mis hermanos sepan la verdad".

Abriendo sus Alas, se impulsa fuerte para salir a gran velocidad a la ciudad de Sicodelia. Volando sobre la ciudad se da cuenta de que la misma ha sido completamente destruida, desolada. Aterrizando entre los escombros de la gran ciudad, camina entre las aguas que inundan gran parte de la misma. Observando cadáveres de todas las edades flotando en las aguas, la gran mayoría calcinados.

<Thryanna>   "¿Qué ha ocurrido en este lugar? ¿Esto no es obra de los espectros?… ¡Imposible! Sólo mis hermanos pudieron hacer semejante daño y estas personas no son espectros. Son la gente que juramos proteger. Están fuera de control... Como mencionaste padre, la búsqueda de poder los ha cegado por completo".

Decepcionada de sus hermanos, decepcionada de sí misma y por todas las vidas que por la misma idea arrebató, camina entre los cadáveres. Tropezando con una enorme espada sumergida en las aguas. La levanta y aturdida, reconoce el arma que le quitó la vida a su guardián. Clavándola en la tierra con fuerza, reconoce que aunque le brinde dolor tenerla a su lado, no planean dejarla en los escombros de la ciudad. La guarda y con ella decide confrontar la verdad en el corazón de quien la sostuvo y los espectros que le acompañan.

<Thryanna>   "Los espectros que fueron atacados aquí, de seguro lograron escapar y más si Lionexus se encuentra con ellos... ¿Para dónde habrán huido?"

Levantando su vista observa un bote al otro lado del lago. Nace en ella un sentimiento de esperanza y sumerge una sonrisa entre sus labios.

<Thryanna>   "No sé cómo lograron escapar de mis hermanos. No me espera nada bueno. La única aldea en esa dirección es Martuverk. ¡Debo asegurarme!"

Colocando sus manos en la tierra, hace sus ojos de color esmeralda brillar... Alcanzando un máximo nivel de concentración.

<Thryanna>   "Hijos míos, levántense y atiendan el llamado de su Madre Tierra. Vayan a Martuverk y detengan de cualquier manera necesaria a los espectros que allí se encuentren. Mantengan su posición hasta que yo me revele frente a ellos".

Abriendo sus ojos, se pone de pie. Observando el bote abandonado al otro lado, nota cómo emergen de la tierra detonaciones de rocas, levantando cortinas de arena en diversas áreas. Escuchando gritos salvajes por las criaturas que con su conjuro trajo a la vida. Gritos que se disminuyen mientras las criaturas se adentran en el bosque, en dirección a Martuverk. Thryanna dejando sus hijos con la tarea que les encomendó, levanta la espada y de un salto, sale de las aguas. Levitando sobre las mismas llega al muelle del cual partieron los espectros. Volviendo a enterrar la espada en el suelo, se voltea a lo que queda de una gran ciudad, ciudad que era su destino proteger. Ciudad por la cual sus hermanos quebraron la tregua entre arcángeles y humanos sin el consentimiento de toda la familia, sin importarle las consecuencias dadas por la búsqueda desesperada de poder.

<Thryanna>   "Lamento mucho lo sucedido. Todos ustedes merecen descansar en paz. No lejos de la ciudad que amaban sino honrando lo que nos hacía diferentes. Merecen el honor de ser sepultados como lo que siempre fueron sin importar cuán real decían los espectros que eran…Para mí, siempre fueron reales los humanos de mis tierras, de mi mundo".

Cerrando sus ojos con lágrimas que bajan inquietantes de los mismos, levanta sus manos haciendo temblar fuertemente la tierra que rodea la ciudad. Grietas se expanden, absorbiendo todo charco de agua y a su vez arrastrando con la misma toda muralla y edificio de Sicodelia. Creando un enorme cráter donde cae la enorme ciudad, uniendo sus manos lentamente, comienzan a controlar la tierra que rodea la ciudad para tapar el hueco. Sepultando la ciudad de Sicodelia, abre nuevamente sus ojos, observando un enorme terreno vacío por completo.

<Thryanna>   "¡Adiós!"

Volando por los dominios de Thryanna, Ziul observa un lugar algo destruido y aterriza a inspeccionar. Recordando la desesperación de su hermana al invocar a Vicarius, reconoce que es ahí donde se dio la batalla con el guardián de su hermana. Caminando más adelante, encontrándola descomponiéndose y con el pecho desgarrado.

<Ziul>   "Por eso es que Thryanna se enfureció tanto, su guardián fue hecho pedazos y después padre quiere que restablezcamos la paz, mientras que los espectros atacan sin compasión todo lo que esté relacionado a nosotros. Nunca habrá tregua, todos deben ser exterminados de este mundo".

Camina hacia la bestia inspeccionando la misma. Se da cuenta de que el pecho fue abierto después de la batalla y que un órgano fue arrancando de su interior. Mira al suelo observando un rastro de sangre que se aparta de la criatura. Siguiendo el mismo, encuentra su corazón partido a la mitad. Lo toma entre sus manos para ver de qué se trata y queda preocupado sin entender el porqué de la situación.

<Ziul>   "¿Alguien ha buscado en el interior de este corazón?… Pero, ¿con que motivo?"

Siendo el culpable de la inundación de Sicodelia, Ziul siente como el agua que se encontraba en la ciudad desaparece rápidamente. Sabiendo que la inundación invocada por el mismo se tardaría al menos cuatro soles sobre el cielo para secarla por completo desvaneciendo el hechizo.

<Ziul>   "¿Cómo es posible?… ¿Thryanna?"

Sin pensarlo mucho se eleva, saliendo a toda prisa hacia la ciudad para ver de qué se trata y de ser cierta su inquietud, confrontar a su hermana por orden de Kayriel.

Atravesando un letrero de Bienvenida, los espectros llegan a la aldea de Martuverk, a paso moderado sin llamar la atención de los aldeanos de la misma.

<Drako>   "Caballeros, bienvenidos a la humilde aldea de Martuverk".
<Ezequiel>   "Espero estemos seguros aquí, donde quiera que vamos ha sido sorpresas tras sorpresas".
<Lionexus>   "Eres buscado por los Angements, te a consejo que no bajes la guardia".

Llegan a unos postes donde amarran los caballos. Uno de los aldeanos se acerca hacia ellos, Nero algo alarmado y desconfiado por todo lo que le ha sucedido sale algo ofensivo.

<Nero>   "¿Qué deseas, anciano?"
<Anciano>   "No busco problemas, sólo… Sólo quiero hablar con Lionexus".
<Lionexus>   "Tranquilo Nero… Baja la guardia. Él es Isaac. Líder de la aldea.
<Isaac>   "Sí Nero, lamento haberte asustado".
<Nero>   "Piensa lo que quieras anciano, ya sólo quiero irme de este maldito mundo y tú Lionexus, me debes una espada".

Alejándose del grupo, se adelanta a caminar solo por la aldea muy pensativo.

<Ezequiel>   "¿Nero? ¡Espera!"

Tratando de seguirle, es aguantado por Drako.

<Drako>   "Déjalo caminar, necesita pensar amigo. Dale su tiempo, se pondrá bien".

\<Ezequiel\>	"Eso espero. Isaac disculpa a Nero no se le ha hecho fácil estar en este mundo".
\<Isaac\>	"No te preocupes, al igual que todos, será bueno que camine pero no debe dejar la aldea solo. Ya los bosques no son tan seguros como solían ser".
\<Drako\>	"Entendemos. Akunox, síguelo. No lo pierdas de vista, evita que deje la aldea".

Akunox aúlla para dejar saber que entendió su tarea. Gruñendo sus dientes se voltea y se va tras Nero.

\<Ezequiel\>	"¿Lionexus?"
\<Lionexus\>	"¿Sí?"
\<Ezequiel\>	"¿Isaac es un espectro como nosotros? ¿También es un intruso en esta dimensión?"
\<Lionexus\>	"No, el es un humano de esta dimensión".
\<Ezequiel\>	"¿Es buena idea quedarnos aquí sabiendo que los Angements nos persiguen?"
\<Lionexus\>	"No estaremos mucho tiempo, sólo buscaremos a los demás. Cargaremos algunos suministros y buscaremos otro lugar para acampar".
\<Ezequiel\>	"Comprendo".
\<Lionexus\>	"Isaac, ¿dónde están los demás?"
\<Isaac\>	"Donde siempre acostumbran a esperarte, en la taberna de la aldea".
\<Lionexus\>	"Al parecer tienes un mal concepto de mí, pero bueno. De igual manera debemos buscarlos. Hay cosas lamentables e importantes que informarles. Andando".

Caminando en dirección a la taberna, Isaac se muestra algo preocupado.

\<Isaac\>	"¿Lionexus? Mencionaste que planeas abandonar la aldea".
\<Lionexus\>	"Sí, Isaac. Ya no es seguro que nos quedemos en este lugar. Agradezco el sacrificio al permitirnos hospedarnos en tu humilde aldea, amigo".
\<Isaac\>	"Pero los arcángeles no les harán daño si se mantienen ocultos aquí".
\<Lionexus\>	"Lo lamento pero mi decisión es final, debemos irnos para impedir que esta aldea sea destruida por ellos como lo fue Sicodelia".
\<Isaac\>	"¿Cómo dices?… ¿Los Angements destruyeron Sicodelia?"

\<Ezequiel\>	"Sí y con ella toda vida que habitaba la enorme ciudad. No tuvieron ni un poco de compasión en destruir a los suyos".
\<Isaac\>	"Pero, pero eso es imposible de creer. Ellos tienen una tregua con nosotros de protegernos, no destruirnos".
\<Drako\>	"Al parecer esa tregua fue hecha añicos por los mismos que juraron mantenerla".
\<Isaac\>	"Esto es tan difícil de creer, ¿entonces?... Con más razón deben quedarse".
\<Lionexus\>	"No sería justo, sé que el trato era seguridad por hospedarnos aquí, debido a estos tiempos de guerra. Los Angements nos persiguen y no tardarán en llegar a esta aldea. Pueden destruirla si nos quedamos aquí, por eso nos iremos. Es por el beneficio de los tuyos Isaac. De ser así todo saldrá bien. Créeme".
\<Isaac\>	"Bueno, es tu elección. Al llegar con tu compañía hemos disfrutado de la tranquilidad. Tal y como solíamos hacerlo antes que comenzaran esta guerra".
\<Drako\>	"Por eso debemos irnos. Para encontrar la manera de terminar con esto, volver a casa y devolverles la paz que les fue arrebatada".
\<Isaac\>	"Pues, les deseo la mayor de las suertes. No se preocupen y lleven todo lo que necesiten para su beneficio".
\<Lionexus\>	"Le agradezco Isaac, de corazón".
\<Isaac\>	"No hay de que, el agradecimiento es mutuo amigo mío. Bien hemos llegado, a la taberna. Si me disculpan debo informarles a mis aldeanos. Así tomar las debidas precauciones para no tener nada que lamentar durante su ausencia, aquí en la aldea".
\<Lionexus\>	"Bien pensado, hasta luego".

Dándole la mano se despide del anciano agradecido por su hospitalidad. El mismo reconociendo la importancia de los espectros y mayor aún, la carga que llevan para completar lo que sus supuestos dioses fallaron por ambición... Por el poder. Regresando a su manada, Akunox trae con él a Nero.

\<Ezequiel\>	"¿Te sientes mejor? ¿Todo bien?"
\<Nero\>	"Podría estar mejor pero fue una decisión que no estaba en mis manos tomar. De todas maneras, discúlpenme por el comportamiento de hace un rato".
\<Drako\>	"No te preocupes, no tienes por qué darnos explicaciones de cómo te sientes. Porque ya entendemos, tranquilo. Anda, te invito una copa de Vino".

\<Nero\>	"Eso vendría bien".
\<Lionexus\>	"Pues que esperamos, Drako invita".
\<Drako\>	"No te emociones, se lo decía sólo a Nero y que el mismo no se acostumbre. No todos los días te le escapas a la muerte y de paso digieres lo que a él hicieron comer".
\<Nero\>	"No te preocupes, tratemos de dejar eso en el pasado, por mi bien, por favor".
\<Lionexus\>	"No hay problemas".
\<Drako\>	"Así será, anda sígueme".

Entrando a la taberna, Akunox se emociona y atravesando por los pies de los espectros, corre hacia los brazos de una mujer sentada junto a la barra.

\<Drako\>	"Akunox no de nuevo... ¡Zoe cuidado!"
\<Zoe\>	"Akunox".

Esta se baja a recibirlo y este brincando sobre ella, la tira hacia atrás, lamiendo su rostro con desesperación y agrado.

\<Zoe\>	"¡Ha! Tranquilo, lobo lindo. El lobo más valiente de todos. Te extrañé tanto, has vuelto con mamá".

Acariciándolo y buscándole juego muy contenta de verle.

\<Drako\>	"Sobre todo... Créelo".

Terminando de jugar al recibir a Akunox, Zoe se levanta y caminando hacia Drako y compañía.

\<Zoe\>	"Tranquilo Drako, en tu interior sabes que ese lobo, a fin de cuentas me quiere más a mí que a ti".
\<Drako\>	"Sigue soñando".
\<Zoe\>	"Sólo bromeo contigo, siempre tan alterado y a la defensiva. No te lo quiero quitar. Sé que es tu amigo fiel. Diría que tienes más instintos animales que él, especial cuando de celos se trata".
\<Drako\>	"Sólo lo cuido de la manera que él lo ha hecho por mí, todo este tiempo".
\<Zoe\>	"Sí, sí... Ya sé el cuento. ¿Necesitas unos violines?"
\<Lionexus\>	"Ya basta ustedes dos, siempre es lo mismo".
\<Zoe\>	"Lionexus".

Corriendo hacia él, lo abraza. Contenta por volverle a ver. Él le corresponde el mismo y observando con preocupación, una mujer que se encontraba sentada junto a Zoe al momento de ellos entrar a la taberna.

<Zoe>   "¿Lionexus? ¿Dónde están Dinorha y lo demás?"

Lionexus baja la cabeza y sin tener que hablar nada más ella entiende que no lo lograron. Sin embargo la mujer se levanta y con sus ojos llorosos se detiene frente a él. Este sin palabras. La mujer lo abofetea con la mayor de sus fuerzas sin recibir ninguna queja de su parte. Zoe se le acerca y la abraza por la espalda para tratar de tranquilizar su ira. Esta dejándose abrazar.

<Zoe>   "Thais, cuánto lo siento".
<Thais>   "Tú no lo sientas, porque no ha sido tu culpa. Sino la de este".

Descontrolada sin lastimar a Zoe, se escapa de sus brazos con sus ojos cegados por lágrimas. Comienza a golpear el pecho de Lionexus, este recibiendo cada golpe merecido por la decisión que arrebato las vidas de sus compañeros.

<Thais>   "Te advertí que ese plan era una estupidez, te lo dije. No
               me hiciste caso. Por secuestrar un espectro, perdimos tres
               compañeros. Perdí a mi hermana por tu estúpida idea...
               ¡Maldito! Dinorha, se me fue por tu culpa".

De rodillas frente a él, llora desconsoladamente la pérdida de su hermana. Lionexus levantándola del suelo y reconociendo la mala decisión que tomó, la abraza brindándole apoyo. Ese apoyo de líder que siempre lo ha caracterizado, reconociendo el odio que pueda nacer del corazón de Thais, por su pérdida. Por aquella decisión que tomó un amigo, líder y al igual que ellos, humano.

Los demás, sin palabras al ser testigo de lo sucedido, respetan y les dan un tiempo para que se acepten mutuamente y así poder continuar su travesía.

<Drako>   "Nero, creo que te debo un trago".
<Nero>   "Este sería el mejor momento creo".
<Drako>   "Pensándolo mejor, los invito a todos. Síganme, sentémonos
               en la barra".
<Zoe>   "Después de ti".

Ezequiel y compañía toman asiento en la barra. Lionexus se lleva a Thais a caminar y arreglar sus diferencias, con la compañía de Akunox que como cualquiera de ellos, sufre las pérdidas de su leal manada.

\<Zoe\>	"Entonces… ¿Drako? ¿Quiénes son tus nuevos amigos?"
\<Drako\>	"Ambos vinieron de Sicodelia con Lionexus. Este es Ezequiel y el grandulón se llama Nero".
\<Ezequiel\>	"Saludos".
\<Nero\>	"Saludos".
\<Zoe\>	"Es lamentable que nos conozcamos en esta situación sumamente triste, los humanos que perdimos eran grandes personas".
\<Ezequiel\>	"Eso se puede entender y también lo lamentamos, pero esa mujer…Thais. ¿Perdió algo más que amigos al parecer?… Estaba destrozada".
\<Zoe\>	"Sí, su hermana. Se llamaba Dinorha".
\<Ezequiel\>	"Lo lamentamos mucho".
\<Drako\>	"No te lamentes, todos hemos sufrido pérdida en el camino, sólo hay que guardar el sentimiento para que sus muertes no sean en vano".
\<Ezequiel\>	"Cierto. Con lamentarnos no lograremos salir de este mundo. Tenemos que seguir adelante".
\<Zoe\>	"Vaya, Lionexus se dio con un par de héroes de regreso. ¡Genial!"
\<Drako\>	"Zoe, no empieces con tus sarcasmos. Están del mismo lado, sabes que necesitamos toda la ayuda posible".
\<Zoe\>	"Lo sé, sólo bromeo. Me gusta saber cuán volátil puede ser la gente, en especial si son nuevos en el grupo. Cada quien tiene una línea y me gusta marcarla bien para saber hasta dónde llegar sin inquietar a ninguno del grupo".
\<Drako\>	"Al parecer no te sale eso con mucho. Algo me dice que la mía nunca la has encontrado".
\<Zoe\>	"Tú eres un caso diferente".
\<Drako\>	"Qué suerte la mía".

Riendo todos menos él, volteándose al cantinero y suspirando, aceptando el comentario con una leve sonrisa.

\<Drako\>	"Cantinero, otra ronda de copas de vino".
\<Cantinero\>	"Enseguida".
\<Drako\>	"Bien".

Mientras que los espectros platican y se conoce a su manera, Thais busca junto a Lionexus un poco de aire. Caminan por la aldea para sentirse mejor, observando cómo los jóvenes y niños juegan en armonía. Mujeres y hombres comparten sus quehaceres sin ningún tipo de superioridad de ningún sexo.

Lionexus admirando tanta paz al igual que Thais, se le para frente y secando sus lágrimas.

\<Lionexus\>	"Thais, de poder regresar el tiempo, acompañarlos sería mi prioridad para traerlos a todos con vida".
\<Thais\>	"Pero Lionexus... ¿Por qué los dejaste ir solos? ¿Por qué los abandonaste?"
\<Lionexus\>	"Lo siento mucho, sólo confié que podían lograrlo".
\<Thais\>	"Siempre has confiado en nosotros... En nuestras destrezas y habilidades en batalla. ¿A qué te refieres?... Porque en realidad no tiene sentido".
\<Lionexus\>	"Dinorha, me hizo confiar que podían lograrlo. Que era como quitarle un dulce a un niño".
\<Thais\>	"¿Quién les quitó la vida? ¿Cobra?"
\<Lionexus\>	"No, La Chimera".
\<Thais\>	"Pues como tú mismo sabes, eso era un niño que tu, sólo tú podías controlar. Sin que nadie, en especial mi hermana, saliera lastimada".
\<Lionexus\>	"Sé perfectamente que de haber ido con ellos, esto ni hubiera sucedido, pero ella no quería comprometerme. Ya que entrarían buscando a Cobra por los dominios de Thryanna".
\<Thais\>	"Ella fue quien comenzó esta guerra".
\<Lionexus\>	"No, creía que nos ayudaría a terminarla, pero las cosas no salieron como acordado por el malentendido de Liuzik".
\<Thais\>	"Lo sé, pero no fuiste tú el que perdió".

Arrodillándose frente a ella, le muestra lo arrepentido que está. Con varios sentimientos repitiéndose en su ser, deteniendo el rencor que se muere por expandirse y con odio cargar su nombre por sus venas. Se arrodilla frente a él fortalecida.

\<Thais\>	"Te perdono, porque estamos en guerra. A pesar de que la carga que llevas te hace más fuerte, necesitas tu revolución. Todo aquel que cree como yo en lo que juraste encontrar, el camino de vuelta a casa".

Depositando un beso tibio en su mejilla, le demuestra lealtad seguido de un fuerte abrazo de confianza que les fortalece su ser para juntos levantarse del arenoso suelo, dejando cualquier sentimiento negativo sobre él. Abrazándose aún más fuerte, por el perdón que se hace presente en ambos. Sentimiento que sin importar cuán grande sea la guerra, es cargado por los humanos que planean sobrevivirla, escaparla.

\<Lionexus\>	"Regresemos con los demás, debemos prepararnos para irnos".
\<Thais\>	"¿Dejamos Martuverk?"
\<Lionexus\>	"Sí, esta aldea corre peligro. Los Angements no tardarán en buscarnos en ella, ya que Ezequiel y Nero vencieron el guardián de Thryanna".
\<Thais\>	"Entonces, andando".

Devuelta en la taberna, Lionexus compite con el bullicio que se dispersa. Akunox lo nota algo ajorado y le ayuda aullando fuertemente para así llamar la atención de la gente y a su vez guarden absoluto silencio.

\<Lionexus\>	"Gracias, Akunox. Drako y compañía… Deben prepararse para dejar Martuverk de inmediato".
\<Drako\>	"Esos eran los planes, ya escucharon todos. Isaac nos permitió coger todo lo que sea necesario para nuestro nuevo campamento".
\<Zoe\>	"Pero ¿por qué nos vamos?… ¿De qué me perdí?"
\<Thais\>	"Se te explicará en el camino, pero debemos irnos. Vamos".

Todos dejan la taberna. Al salir algo ajorados, se dispersan al buscar lo necesario a su paso. Mientras que Drako y Lionexus llegan a los caballos para prepararlos y guardar lo que sus compañeros proveen. Al pasar algo de tiempo mientras se preparan, un niño sale del bosque. Su ropa ensangrentada, cojeando mal herido. Dirigiéndose a ellos en busca de ayuda por el dolor que lo atormenta. Los espectros corren a socorrerle.

\<Zoe\>	"¡Pobre! ¿Qué te ha sucedido?"

Zoe preocupada corre al niño y se arrodilla frente a él. El mismo cayendo sobre su falda sin poder hablar.

\<Thais\>	"¿Qué le habrá sucedido? ¿Vieron cuánta sangre lleva en su ropa? Verifica que no tenga ninguna herida".

Zoe comienza a rebuscarle sin encontrar nada.

\<Zoe\>	"No tiene ni un rasguño, esta sangre no es de él".
\<Lionexus\>	"Hace un rato lo vi jugando con otros niños, a lo mejor es los que estaba con él. ¿Alguien vio por qué área llego a la aldea?"
\<Ezequiel\>	"No".
\<Nero\>	"De andar con otros niños debemos dispersarnos y buscarlos".

<Ezequiel>   "Tienes Razón".

Akunox mirando al niño se altera gruyendo sus dientes y posteándose a la defensiva hacia él. Sin demora alguna Drako percibe la negatividad que su lobo le comparte. Saca una pistola de pólvora que guarda en su cinturón y la dispara en la frente del niño matándole. Los demás espectros se molestan y se le tiran encima a forcejear, para que guarde la pistola pensando en lo peor.

<Thais>   "¿Qué te sucede? ¿Por qué lo mataste?"
<Drako>   "¡Suéltenme! ¡Suéltenme!".

Forcejeando con sus compañeros. Zoe abrazando al pobre niño.

<Drako>   "Zoe, mira bien lo que sostienes en tus brazos".

Decepcionada de la acción de Drako, mira al niño y se percata de que lo que tiene entre sus brazos es un Gremian. Asustada lo empuja alejándola de ella.

<Zoe>   "Que asco".

Alrededor de la aldea, se comienza a escuchar chillidos irritantes.

<Lionexus>   "Más Gremians".
<Nero>   "Genial, estas criaturas son las que faltaban para mejorar mi día".
<Lionexus>   "Todos los aldeanos, entren a sus hogares".

Feroces criaturas comienzan a invadir la aldea. Ignorando a los habitantes de la misma interesados en los espectros comienza a rodearlos. Posicionados los espectros de la forma de un heptágono, preparándose para entrar en batalla y proteger sus vidas. Nero saca las cuchillas que guarda en la parte posterior de su cinturón.

<Nero>   "Aquí me serviría de mucha ayuda la espada que me debes Lionexus".
<Lionexus>   "No lo esperaba, aún te la debo. Sólo mantente con vida".

Desesperadas las criaturas comienzan a correr hacia ellos.

<Drako>   "No se separen mucho, traten de mantener esta formación para cuidar de las espaldas de todos".

<Ezequiel>   "De acuerdo".

Siendo él, el primero en hacerle frente al primer Gremian que se trata de acercar. Emocionado por pelear y defender a su compañía por la promesa a Nero y de no permitir nunca otro más caer junto a su espada y escudo. Defendiendo su posición, los espectros acaban con la primera oleada de criaturas que se les enfrentan. Akunox con gran agilidad acaba con las criaturas que tratan de atacar su manada por desapercibida, protegiendo lo que es importante para él... Defendiendo a los espectros con todos y cada uno de sus sentidos salvajes.

<Drako>   "Eso es Akunox, los Gremians no tienen oportunidad alguna contra nosotros".
<Thais>   "Calla, observa".

Haciendo caso, observa como las criaturas vencidas se convierten en capullos.

<Ezequiel>   "Esto, no se ve nada bien".

Al romperse cada uno de ellos. De los mismos, salen dos criaturas de mayor tamaño corriendo hacia los espectros.

<Lionexus>   "Sepárense, sin bajar la guardia. Acaben con los Gremians de mayor tamaño.
<Ezequiel>   "Les dije que eso no podía ser nada bueno".
<Zoe>   "No pierdan su concentración, elimínenlos de igual manera".

Esquivando cada golpe, los espectros se agotan y dan la ventaja a las criaturas... Las cuales siguen multiplicándose por cada una vencida. Encontrándose rodeados por criaturas de gran tamaño, contraatacan sin temor y sin miedo a rendirse ante las mismas. Lionexus corre hacia las criaturas de mayor tamaño, haciéndoles caer, antes que emerjan aún más grandes Gremians.

<Lionexus>   "Ya son demasiado fuertes, agrúpense".

Estos haciendo caso a su líder, vuelven a crear espalda con espalda.

<Lionexus>   "Caballeros y damas, de este ser nuestro fin, para mí fue todo un honor haber peleado junto a ustedes".

Los espectros siguen haciéndoles frente aún cuando las criaturas los rodean por completo. Los Gremians, comienzan a chillar aún más fuerte que cuando llegaron. Los espectros sueltan sus armas y caen arrodillados al suelo mientras cubren sus oídos por tan molestoso ruido. Mirando hacia el suelo buscando desesperados como no escuchar tan molesto sonido, observan que una sombra les pasa por encima, aterrizando frente a ellos por el llamado de sus hijos los Gremians, Thryanna.

<Lionexus>   "Esto no se podía poner mejor".
<Thryanna>   "Tanto tiempo sin saber de ti y aún así me guardas reverencias".
<Lionexus>   "Eso nunca pasará y lo sabes".
<Thryanna>   "Cómo veo, tu odio hacia mí es algo que se mantiene intacto".
<Lionexus>   "Y seguirá intacto si no cumples nuestros tratos".
<Thryanna>   "Rencor, un sentimiento que debilita al ser humano".
< Lionexus>   "¿Qué sabes tú de nosotros? ¡Nada!"
<Thryanna>   "Sé más de lo que crees, gracias a ti. No lo olvides".
<Lionexus>   "Si vienes a matarnos, entonces empieza por mí. Déjalos ir a ellos".
<Thryanna>   "No vengo a pelear con ustedes, traigo información importante".
<Thais>   "No creo que sea buena idea escucharle, Lionexus".
<Thryanna>   "No creo que tengan otra opción, además es muy importante".
<Lionexus>   "Siempre hay otra opción… En este caso la muerte".

Levantando sus armas del suelo y corriendo hacia ella para atacarle, los Gremians se alteran y salen en defensa de su madre.

<Thryanna>   "No se metan, esto es entre él y yo".

Esquivando los golpes al intento de agredirle.

<Thryanna>   "Ya es suficiente".

Empujándolo con fuerza, este cae sobre los demás espectros que aún se encuentran arrodillados sobre el suelo. Este se levanta rápido, haciéndole frente nuevamente. Demostrándole que no le tiene ningún temor.

<Thryanna>   "No soy tu enemigo".
<Lionexus>   "¿Cómo creerte? Cuando nuestro pasado no me permite confiar en ti".
<Thryanna>   "Ya no se trata de nosotros, sino de lo que siempre te ha importado… Ellos, tus preciados espectros".

\<Lionexus\>	"Humanos, los que me siguen. Aquellos que quedan vivos por la guerra absurda que tú y tu familia nos han hecho luchar sin saber lo que realmente queríamos".
\<Thryanna\>	"Lo siento".
\<Lionexus\>	"Sólo, queremos regresar a casa, y ustedes nos eliminan como plagas. Sólo por miedo a que le quitemos su poder perdido… ¿Qué dijiste?"
\<Thryanna\>	"Dije que lo sentía".
\<Lionexus\>	"¿Cómo creerte?"

Sacando una enorme espada y la arroja, clavándola frente a Nero.

\<Nero\>	"¿Mi espada?"
\<Lionexus\>	"¿Qué con eso?"
\<Thryanna\>	"Devolverle el arma, a quien con ella le quitó la vida a mi guardián, sin rencor. Es un sentimiento que tú me hiciste entender. Es mi manera de hacerles saber que quiero luchar junto a ustedes poniendo un arma en manos de lo que en el pasado pensé era mi enemigo".

Volteándose ante los Gremians.

\<Thryanna\>	"Vuelvan a la tierra donde pertenecen hijos míos".

Estos obedeciendo a su madre, se voltean y se adentran en el bosque.

\<Lionexus\>	"¿Hicieron un buen trabajo? ¿Tú los enviaste?"
\<Thryanna\>	"Así es, tenía que retenerlos de encontrase en Martuverk de cualquier manera necesaria".
\<Thais\>	"Trataron de matarnos, todo el tiempo".
\<Thryanna\>	"Bueno, necesitaba hablar con Lionexus solamente. Creo que no pensé en su compañía al enviarlos".
\<Zoe\>	"Que bien. Lionexus, ¿qué planeas hacer?
\<Lionexus\>	"¿Cuán importante es la información que me tienes, Thryanna?"
\<Thryanna\>	"Tan importante como que mis hermanos deben estar buscándome, pero debemos hablar a solas".
\<Thais\>	"No, Lionexus puede ser una trampa. Que hable frente a todos".
\<Lionexus\>	"Tranquila, no creo que pase nada. Ustedes sigan preparando las cosas para irnos. Tal vez con esta información, sabré a donde exactamente dirigirnos y no sólo para proteger a Isaac y sus aldeanos".

<Ezequiel>   "Bien, ya todos escucharon, denle a Lionexus algo de privacidad".

Empujando al grupo para realizar la orden de su líder, Nero se levanta, desclava su ara del suelo y guardándola sobre su espada.

<Nero>   "Gracias, Thryanna. Lamento lo de tu guardián, trató de mataros".
<Thryanna>   "No te preocupes. La Chimera cumplió bien su propósito".
<Nero>   "No entiendo, pero bien. Ya estamos a mano, creo".

Volteándose y alcanzando a los demás, quienes se dirigen a terminar de preparar los caballos. Thryanna voltea a mirar a Lionexus.

<Lionexus>   "¿Y bien? ¿Qué es tan importante?"
<Thryanna>   "Aquí no es seguro hablar, conozco un lugar más privado".
<Lionexus>   "Llévame a él, para saber de una vez de qué se trata".
<Thryanna>   "¿Me dejas llevarte?"
<Lionexus>   "¿No hay otra manera?"
<Thryanna>   "Así será mucho más rápido, confía en mí".
<Lionexus>   "De acuerdo".

Thryanna se pega a Lionexus y sosteniéndolo por la cintura, abre sus alas y se lo lleva para dejarle saber una verdad que otorgará esperanzas a su revolución.

Capítulo XI

AMBICIÓN

Lionexus sigue a Thryanna para saber el porqué ella como enemigo, se posa frente a él y compañía y les perdona la vida. Todo por traer información que les traería esperanzas a pesar del gran número de batallas perdidas. El espectro siguiendo al arcángel, observa una gran cascada frente a ellos; admirando la misma, sigue a Thryanna sin cuestionarle.

<Thryanna>   "Este lugar está bien, al menos que quieras algún otro lugar en esta área".
<Lionexus>   "Mencionaste que tus hermanos están buscándote".
<Thryanna>   "Seguramente, sí".
<Lionexus>   "En todo caso deberíamos ocultarnos en la cueva debajo de la cascada, de dar rondas por aquí podrían encontrarnos".
<Thryanna>   "Tienes razón, entonces sígueme".

Ambos entran a la pequeña cueva que se forma debajo del agua que cae de la cascada. Se voltean y sus miradas se cruzan… Manteniéndose fijamente una con la otra. La indiferencia, la misma guerra hace de sus cuerpos murallas impenetrables. Con la maldición de sobrevivir tan injusta guerra sobre sus hombros, Lionexus se muestra impaciente enterrando el pasado con todo el orgullo. Sumamente preocupado por la seguridad de los suyos, reclama la verdad que se oculta debajo de la lengua de Thryanna. Esta se encuentra aterrada por la ira que cambia el rostro del humano que ama, lidiando con el desprecio por años, manteniendo una promesa que su corazón se negaba a cumplir. Viendo hoy redención, atada de una leve cantidad de confianza, se lanza con todo para cambiar por esta vez, el miedo que sólo ella como arcángel siente por un humano.

\<Lionexus\>	"Puedes comenzar a hablar. ¿Qué información me traes?"
\<Thryanna\>	"Nuestro padre nos ha traicionado".
\<Lionexus\>	"Se llama justicia, por todo el daño que hemos sufrido siendo cazados por ustedes".
\<Thryanna\>	"Nos tendió una trampa y caímos como tontos en su juego".
\<Lionexus\>	"Vaya, al menos hay alguien que puede hacerle pagar todo el daño que nos han causado a nosotros los humanos. O, ¿debo utilizar espectros?"
\<Thryanna\>	"No seas sarcástico o puedes terminar muerto junto con tus preciados humanos".
\<Lionexus\>	"De acuerdo. ¿Qué más te dijo tu padre? ¿Por qué te confió a ti?… Persona que según lo que puedo percibir, también fue traicionada".
\<Thryanna\>	"Mi padre reconoció en mí un sentimiento que sólo los humanos pueden sentir, amor. Sabiendo lo que tuvimos confió la información más que en mí. Mi padre, ya no confía en ninguno de mis hermanos".
\<Lionexus\>	"Muy sabio tu padre, ya que tus hermanos son un grupo de lunáticos adictos del poder. Espera un momento… ¿Te dijo donde podías encontrar los amuletos?"
\<Thryanna\>	"Sí, todo este tiempo los amuletos han estado ocultos dentro del corazón de nuestros propios guardianes".
\<Lionexus\>	"Y acaso… ¿Él fue el que les quitó los amuletos de primera intención?"
\<Thryanna\>	"Sí, quería saber si podíamos mantener la tregua con los humanos, trayéndolos de otra dimensión y así probar si la ambición los llevaría a hacer lo que sea por poder. Desafiando a los dominantes de esta dimensión, nosotros los Angements, esparcimos el miedo a ser exterminados… Por esto juramos proteger a los humanos aunque sean de otro lugar, ya que los amamos por ser creados al igual que nosotros, pacíficos y sin interés de eliminarnos, no podían ser corrompidos. Ustedes los de afuera, se matan entre ustedes para adquirir poder".
\<Lionexus\>	"Pero no todos somos así, hay personas justas. No todos son unos locos hambrientos por poder".

\<Thryanna\>	"Pero la mayoría le ha dado a mis hermanos el ejemplo equivocado, dándole el motivo para exterminar a todo humano que desafié su paz dejándoles saber que es un intruso de este mundo.
\<Lionexus\>	"Lo que en realidad no entiendo es el motivo de tu padre para hacerles semejante prueba absurda. Ha creado una guerra entre ambas razas. ¿Con qué propósito al final?… La primera vez que te vi, tu rostro reflejaba cansancio del peso que llevabas. Como si tu alma era obligada por tus manos a hacer algo que realmente no entendías y tampoco sabías el por qué. Lo sentí injusto. Forzada a hacer lo que otros hacían, tus hermanos".
\<Thryanna\>	"Mi familia. ¿No es acaso lo que cualquier miembro haría por respaldar a su gente? En este caso, mi sangre. De juzgar a alguien comienza por ti, sintiendo al igual que tú, un amor que podía llegar alcanzar la tregua entre ambos lados y preferiste a tu raza. La misma que te quitó la vida frente a mí. En ti vi esperanza… Fe de que las cosas podían cambiar al tratarme con gentileza, al amarme cuando muchos de los tuyos me temían o desafiaban. Por amor te devolví la vida, regresando con desprecio y odio a cambio de mi sacrificio. Prefiriendo a aquel espectro que actuó con cobardía ante sus acciones, me pediste que lo dejara escapar".
\<Lionexus\>	"Y te lo agradezco. Incluso todo lo que admiras en mí. Pero entiende que este amor es imposible y de seguir con vida, el espectro que perdonaste por desafiar nuestro amor en aquel entonces, vive con su conciencia en su contra".
\<Thryanna\>	"Me alejé de ti, odiándome a mi misma por no obedecer mi corazón en aquel entonces. Dejándote por orgulloso, dándote la oportunidad de que jamás te preguntaras cómo hubiera sido el tomar una decisión egoísta. Estamos en la misma guerra, pero esta vez conociendo lo que realmente quiero sin preguntarme qué hubiera pasado y sin poder regresar a casa sin sentirme culpable por ello, regresando a ti. Reconociendo que tu corazón es el único lugar seguro, donde dejaré mi vida de ser necesario, peleando junto a ti por tu causa".

Acercándose a Lionexus le extiende sus brazos para abrazarle. Este la aguanta para impedir contacto y algo indignado rechaza el intento de su abrazo. Thryanna bajando su cabeza, deja caer lágrimas al suelo. Se envuelve algo con sus alas mostrándose frustrada y cae de rodillas en el suelo. Lionexus se voltea para no verla en tan humillante posición.

<Lionexus>   "Thryanna, no llores. Te amé de la misma manera que me amas tú. Me alejé de ti aprovechando la traición de Liuzik porque entendí que mi gente no entendería nuestro amor. No me siento orgulloso de haberte abandonado, de haber tratado de odiar. Porque esa acción me costó amigos, en mi intento por sobrevivir. Guerreros cayeron en combates por muchas de tus criaturas, tu guardián y con el poder que me habías otorgado pude haber hecho algo para salvarles. Por tratar de alejarme, por ellos ayudarme a estar lejos de ti, se sacrificaron en combate. Por mi, por mi orgullo de no necesitarte a ti o a lo que jamás dejé de sentir por ti".

Lionexus se voltea y arrodillado frente a ella, le levanta el rostro. Ve con sus ojos lagrimosos, cómo bajan las lágrimas por el rostro del arcángel que ama. Limpiando las mismas y acercándose a sus labios lentamente, Thryanna le sigue el ritmo dejándole caer un beso que le quemaba los labios por mucho tiempo. Esta abrazándolo fuerte y arropándolo con sus enormes alas, continúa besándolo.

<Lionexus>   "Si los que me acompañan pueden salir de este lugar con vida, cumpliendo así la promesa que les hice, me quedaré junto a ti".

<Thryanna>   "¿Lo dices en serio? ¿Estarías dispuesto a abandonar tu derecho de regresar a casa, quedándote a mi lado?"

<Lionexus>   "Estoy dispuesto, luego de que mi gente sea salvada, encontraremos la manera de poder estar juntos para siempre".

<Thryanna>   "Yo sé la manera".

<Lionexus>   "Bien, pero como mencioné, cuando los que pelean a mi causa sean salvos".

<Thryanna>   "Entiendo, en ese caso para asegurar nuestro pacto te doy más que mi amor. Te entrego la otra parte de mi corazón".

Sacando de la mochila en su costado su amuleto y ofreciéndoselo humildemente sin nada que perder. Confiando en él completamente.

<Lionexus>   "¿Tu amuleto?… Thryanna no tienes por qué darme tu amuleto. Es tu fortaleza y puede ayudar que lo utilices por completo en algún momento del camino".

<Thryanna>   "Tranquilo, no me lo puse por no olvidar lo que soy, por no borrarte de mi ser al recuperar tanto poder. Además, sólo mis hermanos pueden dañarme, así aseguraré nuestro juramento teniendo por qué luchar sin miedo a perder".

Este levanta su mano confiado de la muestra de confianza que le otorgan y sosteniendo el amuleto, observa su hermosura y el mismo resplandor en los ojos de Thryanna. Lo guarda en su bolsillo.

<Thryanna>   "¿Qué haces? Póntelo para que seas más fuerte y te vuelvas eterno como yo, amor".

<Lionexus>   "Espera. Gracias por tu ofrenda, así te demuestro que no todos los humanos desean semejante poder, pero quiero luchar junto a los míos como lo que soy, un humano. Su Líder".

Thryanna con una sonrisa orgullosa entre sus labios, abre sus alas y con una rodilla en el suelo le muestra lealtad a Lionexus mirándolo fijamente a los ojos

<Thryanna>   "Entiendo, pues en ese caso, serás mi líder. Protegeré y lucharé junto a los tuyos, no sólo por lo que siento, sino porque creo en ti y tengo fe… Lionexus".

Lionexus estirándole su mano.

<Lionexus>   "Ven, ponte de pie. Regresemos con los demás".

Salen de las alteradas corrientes que chocan con las rocas de la cascada. Las aguas siguiendo la corriente río abajo, desembocan en el lago cerca de lo que fue la gran ciudad de Sicodelia. Ziul al seguir el rastro de su hermana y al sentir que utilizará su poder para sumergir la ciudad en la tierra, se detiene sobre las aguas de la bahía. Utilizó sus poderes de dominio del agua para escuchar toda la información que se le dijo a Lionexus.

<Ziul>   "¿Cómo has podido hacernos esto Thryanna? ¿Cómo puedes amar a un humano y abandonar a tu familia con tanta facilidad? De igual manera… Gracias por decirme dónde poder encontrar mi amuleto. Recuperaré mi poder y te haré pagar por tu traición. Kayriel estará orgulloso de mí".

Enojado, sale volando hacia la costa donde su guardián se encuentra para confrontarle y recuperar su amuleto. Lionexus de vuelta a Martuverk, algo le concierne. Thryanna se percata y mostrándose con la mayor disposición por ayudarle, le cuestiona el motivo de su inquietud.

<Thryanna>   "¿Qué te sucede? ¿Qué te tiene tan pensativo?"

<Lionexus>   "Pensaba en lo que me contaste, algo me tiene un poco confundido es todo".

<Thryanna>	"Sólo pregunta lo que sea, veamos si te puedo ayudar".
<Lionexus>	"Bien. Sólo pensaba… Si sabes dónde están los amuletos, ¿por qué no matan a los guardianes y recuperan su poder?"
<Thryanna>	"No se puede, tenemos un vínculo demasiado fuerte con nuestros guardianes. Además, el amuleto está dentro de su corazón. De nosotros mismos quitarles el amuleto, sería un suicidio. Sólo si un humano los vence, es la única manera de recuperar nuestro amuleto y no nos afecte o nos mate".
<Lionexus>	"Entiendo. Bueno, al menos eso nos da la ventaja para controlar a tus hermanos. Siendo nosotros los únicos que sabemos su verdadero paradero".

Los espectros en la espera de su líder, lo ven regresar a Martuverk de manos de Thryanna.

<Thais>	"Te tardaste mucho tiempo. ¿Puedes decirnos la información que te trajo el arcángel?"
<Lionexus>	"Thryanna, de ahora en adelante, llámenla por su nombre. Está de nuestro lado, les contaré… No disponemos de mucho tiempo. Debemos dejar la aldea y llegar a la ciudad de Arkadia".
<Drako>	"¿Arkadia?… Esa ciudad está a tres días de aquí, al menos que crucemos el pantano de Drogo".
<Lionexus>	"Así es, un atajo sumamente rápido".
<Zoe>	"¡Estás loco! Ese pantano está repleto de ogros, orcos, troles y criaturas mucho peores que con las que peleamos antes de que llegara Thryanna".
<Thryanna>	"Como Lionexus comentó, ya estoy de su lado. Si alguna criatura que esté bajo mi poder les atacara, yo me encargaré. No tendremos ningún problema".
<Zoe>	"¿Qué nos dices del hechicero que vive en ese pantano?"
<Thryanna>	"¿Drogo? Créanme… No tendremos problemas. Es un viejo amigo, daremos con él y nos dirá cómo conseguir la salida del pantano. Es la única manera de salir de ahí. Es un laberinto.
<Ezequiel>	"Genial, no tenemos tiempo que perder y nos meteremos en un maldito laberinto".
<Nero>	"Entonces andando… Ya estamos listos para dejar la aldea".
<Lionexus>	"Perfecto adelántense, iré a despedirme de Isaac por su hospitalidad. ¿Thryanna?"
<Thryanna>	"¿Sí?"
<Lionexus>	"¿Puedes hacernos un favor?"

\<Thryanna\>	"El que sea, tú sólo pregunta".
\<Lionexus\>	"Esta aldea era protegida a cambio de hospedaje y comida por nosotros. Ya que la guerra está a unos niveles descontrolados, ¿puedes hacer que los Gremians protejan los alrededores para que los humanos que la habitan se sientan seguros?"
\<Thryanna\>	"No hay problema".

Cerrando sus ojos, Thryanna llama a los Gremians, estos obedeciendo el propósito por el que fueron invocados nuevamente, hacen vigilia para la seguridad de la aldea de Martuverk. Lionexus llega a la casa del líder a despedirse.

\<Isaac\>	"¿Lionexus?"
\<Lionexus\>	"Sí, Isaac".
\<Isaac\>	"¿Qué sucede amigo?"
\<Lionexus\>	"Nada, sólo quería despedirme y dejarte saber lo agradecido que estoy por habernos permitido el que nos quedáramos aquí… Sabiendo el peligro al que te exponías".
\<Isaac\>	"No hay problema, no me arrepiento".
\<Lionexus\>	"Gracias. Thryanna utilizó sus Gremians para brindar seguridad a la aldea. De todos modos es parte de la tregua que una vez juró llevar".
\<Isaac\>	"Así es y te lo agradezco, te deseo la mejor de las suertes en tu camino".

Lionexus agradecido de muchas maneras por la hospitalidad de Isaac, se despide del mismo con un fuerte abrazo, dejando la aldea de Martuverk con un arcángel aliado y sus leales guerreros. Todos estos adentrándose en el bosque en busca del hechicero Drogo.

Kayriel devuelta en la torre, se adentra en busca de su hermana Thryanna para reclamarle el por qué un humano tiene poderes de los que le pertenecen. Mientras este busca en la torre, a la misma llegan Leyra y Satarian buscando a su hermano mayor. Ambos entran y lo encuentran rebuscando desesperado cada rincón de la torre.

\<Satarian\>	"¿Kayriel? ¿Qué te sucede?"
\<Leyra\>	"¿Podrías tranquilizarte?"
\<Kayriel\>	"Thryanna nos ha ocultado algo, algo de suma importancia como la preferencia de un humano ante nuestra familia".
\<Leyra\>	"¿Estás seguro de lo que dices?"

\<Satarian\>	"¿Cómo puedes pensar eso?"
\<Kayriel\>	"Vi el poder de regeneración en manos de un humano, cual utilizó para enfrentarse contra Ziul y yo".
\<Leyra\>	"¡Imposible! ¿En qué rayos pensaba Thryanna?... No sólo tememos de que encuentren nuestros amuletos... Para colmo, ¿ella se pone a otorgarle poderes para que sean utilizados en nuestra contra?"
\<Kayriel\>	"Temo lo peor, debemos encontrarla lo antes posible".
\<Satarian\>	"Definitivamente, ¿Ziul?"
\<Kayriel\>	"Nos separamos para buscarla. Cualquier información que tengan deben reportarla lo antes posible".

Aterrizando en la arenas de la playa, Ziul mira las aguas y cierra fuerte sus puños bajo un sentimiento de ira, traición. Comienza a caminar sobre las aguas, donde se detiene observando pasivamente buscar aquietarse en las saladas aguas del océano. En ese momento de tranquilidad, comienza a sentir la presencia de su guardián frente a él. El mar comienza a agitarse fuertemente, del mismo comienza a salir una enorme serpiente marina, conocida como Leviatán. Quien llegó al sentir en su ser, la inquietud de su otra mitad, su amo. Ziul queda diminuto frente a su guardián al este levantarse por completo. Va salpicando enormes cantidades de aguas alrededor del arcángel; moviéndolas a su alrededor sin hacer que este pierda su balance, sumamente concentrado y con un sólo propósito en mente.

\<Leviatán\>	"Ziul, ¿qué información puedo ofrecerte? He sacrificado cada espectro que se adentra en tus dominios como ofrenda ante tu grandeza, amo".
\<Ziul\>	"Como siempre lo has hecho, leal amiga".
\<Leviatán\>	"Siento un aura negativa en tu interior, no has venido para saber cuán controlados tengo los mares ante los intrusos".
\<Ziul\>	"Así es, he venido por lo que me pertenece. Lo que llevas dentro de tu corazón".
\<Leviatán\>	"¿Con que ya lo sabes?"

Este asombrado por lo que el guardián acaba de contestar, se indigna por completo.

\<Ziul\>	"¿Sabes lo que llevas dentro todo este tiempo?"
\<Leviatán\>	"Sí, Vicarius nos dio la orden de mantener silencio, reconociendo las consecuencias".

Pasando entre los árboles tres espectros se esconden observando la presencia de ambas criaturas sobre el agua.

<Liuzik>	"Manténganse ocultos y salgamos de aquí, si nos ven, no tendremos suerte de salir con vida de esta playa".
<Eira>	"¿Ese no es Ziul?"
<Noa>	"Sí, pero se ve algo molesto, le reclama a su guardián".
<Liuzik>	"¿Qué demonios estará sucediendo?"
<Eira>	"Debemos irnos, por favor vayámonos de aquí".
<Liuzik>	"Espera, quiero saber de qué se trata todo esto".
<Noa>	"No creo que sea buena idea Liuzik, pero si te quieres quedar busquemos un lugar más seguro, un poco más lejos… ¿Qué opinas?"
<Liuzik>	"Está bien".

Cambiando de lugar, continúan siendo testigos de la disputa entre el arcángel y su guardián. Llegando hasta unos arbustos playeros cerca de una cueva marina.

<Liuzik>	"Aquí está bien, de igual manera no logramos escuchar nada. Pero quiero saber de qué se trata todo esto".
<Eira>	"Bien, si algo sale mal, nos adentramos en esa cueva sin mirar atrás".
<Liuzik>	"De acuerdo".
<Noa>	"De acuerdo, hagan silencio".

El guardián molesto por las intenciones de Ziul, ruge ante su desafiante presencia.

<Ziul>	"Estuve todo este tiempo en la búsqueda de lo que me ocultabas y conociendo mi motivo, preferiste la orden de mi padre que la de aquel que durante todo este tiempo de guerra, sintió tus mismas inquietudes y celebró tus victorias con orgullo defendiendo mis dominios".
<Leviatán>	"Todo puede mantenerse así, ya somos lo suficientemente poderosos, es lo único que tu padre quería que vieran. No necesitan más poder para mantener la tregua con los humanos, la cual por recuperar lo que llevamos dentro del corazón desean… Sus amuletos".
<Ziul>	"Silencio, no se hable más. Devuélveme lo que me pertenece".
<Leviatán>	"Me temo que no será así de simple, yo venero lo que se me fue otorgado, vida… Me niego a entregártela".

\<Ziul\>	"Guardián incompetente, en ese caso tendré que matarte para quitarte lo que por naturaleza es mío".
\<Leviatán\>	"No te sugiero tratar de matarme, si caigo por tu mano… Ambos caeremos en batalla. Somos sólo uno, sería un suicidio".
\<Ziul\>	"¡Mientes! Ya no creo nada de lo que puedas decirme… ¡Muere!"

Este agarrando fuerte su tridente se lanza con fuerzas hacia la serpiente marina.

\<Leviatán\>   "Mátanos a ambos por poder".

Esta ruge y con su garra derecha lo golpea haciéndole estrellarse varias veces sobre la superficie del agua rebotando en la misma. Este aguantándose, con coraje se impulsa de las aguas para alcanzar otro ataque rápidamente en dirección a la bestia. Esta ataca al arcángel con varios tentáculos que se estiran de su estomago.

\<Ziul\>   "Esta vez no".

Esquivando y desgarrando cada uno de ellos con su tridente. Al momento de impactar el pecho la bestia lo sostiene con su garra izquierda.

\<Leviatán\>   "¡Te tengo!"

Comenzando a apretarlo fuertemente, este sin demostrar dolor mira hacia la bestia desafiándola y riéndose, se comienza a tornar en líquido, escabulléndose de sus garras mezclándose con las aguas de mar. Dos enormes olas se forman en la costa aplastando y golpeando fuerte la bestia, salpicando muchas gotas de aguas por la enorme cantidad de agua que utilizó. El ataque como distracción, le hace reconocer que el agua no le haría ningún daño al guardián. Este se logra parar sobre la cabeza del guardián y comienza a golpearlo con el tridente. El guardián buscando cómo quitárselo de encima, trata de golpearlo con varios tentáculos y busca agarrarlo con sus enormes garras. Ziul esquivado cada intento de ellos, continúa clavando su tridente sobre su cabeza. La bestia ruge por la desesperación de no poder lograr quitárselo de encima.

\<Leviatán\>   "Puedo acabar contigo de un bocado, pero eso te haría las cosas demasiado fáciles con un mismo fin".

La serpiente se sumerge en las aguas arrastrándolo con él. Este teniendo las alas abiertas se le hace difícil poder esquivarse en las profundidades.

Aprovechando la desventaja, comienza a pasar rápido sobre él, atropellándolo en cada pasada y aturdiéndolo por las corrientes.

<Ziul>   "Eres buena, pero no olvides de dónde sacaste tus dotes".

Tornándose en líquido nuevamente, utiliza las corrientes que deja para mezclase con el resto del agua y lograr zafarse de tan fuertes golpes. La serpiente buscando a Ziul, es levantada con gran fuerza sacándola sobre las aguas. Arrojada a la costa, se posa firme sobre la arena mirando hacia las aguas en la espera de cualquier ataque del arcángel.

<Ziul>   "Veamos si eres tan hábil fuera del agua".

Este comienza a levantar filosos pedazos de piedras cubiertos en agua para poder controlarlos y los lanza contra la bestia. Esta destroza gran cantidad de ellos con sus tentáculos pero sin tener para donde moverse, es impactada por muchos de ellos y comienza a gritar de angustia y dolor.

<Ziul>   "No eres tan ruda ahora... ¿Verdad?"
<Leviatán>   "Detente, nos matarán a ambos".
<Ziul>   "Lo dices para que tenga piedad y esa palabra sabes que está
                muy lejos de todos mis pensares".
<Leviatán>   "Si continúas, te matarás tu mismo".
<Ziul>   "¡Cállate!"

Kayriel y compañía dejan el interior de la torre y en la cima ve a lo lejos la enorme serpiente sobre la costa.

<Kayriel>   "¿Leviatán?"

Escuchando un rugido de lamento, perciben que la misma se debilita rápidamente. Esforzando su vista ve que Ziul es quien la desafía.

<Leyra>   "¿Acaso ese no es Ziul?"
<Kayriel>   "¿Qué rayos hace? Rápido vayamos a detenerlo".

Todos abren sus alas y avanzan para calmar a su hermano rápidamente. Ziul tratando de romper el pecho de la misma y esta con algo de fuerzas restante, lo golpea alejándolo de su corazón. Se hace hacia atrás y creando una gran ola, la arroja sobre la debilitada bestia. La ola impide la visibilidad de la serpiente marina. Ziul aprovechando la ventaja alcanzando una gran velocidad, penetra su pecho traspasando la coraza y sale por su espalda con el corazón de la bestia sobre el filo de su tridente. Esta gritando sus últimos suspiros de vida, cae sobre las arenas de la playa y gran parte de la flora que rodea la misma. El arcángel dominante del agua, vence a su guardián y aterriza sobre las arenas de la playa. Alejándose del enorme cadáver, comienza a desgarrar el corazón y premio de su victoria. Comienza a debilitarse rápidamente al esgarrarlo en mitades, admirando la hermosura de un zafiro.

<Ziul>   "Al fin te encontré".

Sin esperar, lo coloca sobre su cuello.

<Ziul>   "¿Qué sucede?"

Agarrando su lado derecho del pecho y cayendo arrodillado en el suelo, se debilita aún más por el inmenso dolor.

<Ziul>   "No me siento más fuerte, siento que estoy muriendo".
<Kayriel>   "¿Ziul?"

Impidiendo que cayera de frente contra la arena de la playa, logra aterrizar frente a él para sostenerlo. Sus hermanos fueron testigo de cómo sus alas se descomponen y se mezclan con la arena. Su piel se hace más pálida, endureciéndose, quebrándose emergiendo agua de las heridas. Observando ocultos a distancia.

<Liuzik>   "Creo que ya es hora de irnos de aquí".
<Noa>   "Buena idea".
<Eira>   "Síganme, vayamos a esa cueva".

Testigos de lo ocurrido, los arcángeles se percatan de su presencia mientras escapan.

<Leyra>   "¿Espectros? Rápido Satarian. Vayamos tras ellos".

Abren sus alas, molestos por los intrusos testigos de la batalla de su hermano Ziul.

<Kayriel>   "Deténganse, déjenlos. De todas maneras no creo que salgan con vida de ese lugar. Nosotros tenemos otro problema aun peor. ¿No lo pueden ver?"
<Satarian>   "Lo lamentamos".
<Leyra>   "Lo lamentamos".

Bajando sus alas y volteándose a escuchar las últimas palabras de su hermano.

\<Kayriel\>	"¿Ziul? Hermano… ¿En qué demonios pensabas?"
\<Ziul\>	"Tenías razón… Thryanna. No sólo ella, nuestro padre también nos ha traicionado".
\<Leyra\>	"¿De qué rayos hablas?… ¿Cómo que nuestro padre nos ha traicionado?"
\<Kayriel\>	"Silencio. Déjenlo hablar, Ziul. ¿A qué te refieres con eso?… ¿Qué tiene que ver nuestro padre en todo esto?"
\<Ziul\>	"Él fue quien nos despojó de los amuletos".
\<Satarian\>	"¿Cómo dices?"
\<Ziul\>	"Sí, todo era una prueba y fallamos. Juramos proteger los humanos de esta dimensión. Al ser igual que nosotros, él nos despojó de los amuletos trayendo humanos de otra dimensión los cuales dispuesto a todo, podían corromperse con mayor facilidad. Fallamos cuando la ambición por recuperar nuestro poder nos cegó por completo. Haciendo que quebráramos nuestra tregua con los humanos al defenderles, sin importar que clase de humanos fuesen".
\<Kayriel\>	"Eso no puede ser posible".
\<Ziul\>	"No te miento, esta es mi prueba".

Saca su amuleto, el zafiro, de su cuello y lo coloca sobre la mano de su hermano. Este mirándolo completamente sorprendido.

\<Leyra\>	¿Tu amuleto?… ¿De dónde lo sacaste?"
\<Ziul\>	"Están ocultos en el corazón de cada uno de nuestros guardianes".
\<Satarian\>	"Estás diciendo que todo este tiempo, los amuletos estaban frente a nuestras narices".
\<Ziul\>	"Sí, nuestro padre lo planeó todo. Él fue el que utilizó los amuletos para crear las criaturas que llamamos guardines".
\<Kayriel\>	"Entonces, sería fácil obtener los que restan ahora. Podemos encontrarlos recuperar los amuletos y cobrar venganza con nuestro padre".
\<Ziul\>	"Eso no puede ser posible, el guardián antes de matarle, me confesó a lo que me atenía: de matarle, sería mi propio fin. Los guardianes no pueden ser eliminados por nuestra propia mano".
\<Kayriel\>	"¿Por qué no te detuviste entonces?"
\<Ziul\>	"Eran tantos secretos, que honestamente ya no sabía qué creer".

Leyra y Satarian se miran, aprovechando la información obtenida.

\<Leyra\>	"Kayriel, debemos avisarle a los guardianes. Ziul tu caída no será en vano. Te lo prometemos".
\<Kayriel\>	"Vayan, alerten a los guardianes restantes".
\<Satarian\>	"Entendido".
\<Leyra\>	"Por supuesto".

Ambos dejando a sus hermanos solos en la costa, dirigiéndose a toda prisa hacia los dominios de Leyra donde vigila su guardián.

\<Leyra\>	"Bien, tenemos la ventaja. Le diremos a los abandonados dónde encontrar los amuletos y lo que deben hacer. Luego de eso los matamos, acabaremos con Thryanna y el resto de los intrusos, de esos insoportables espectros".
\<Satarian\>	"Es una lástima tener que traicionar a nuestros guardianes. Pero todo está permitido en la guerra, más aún cuando de alcanzar la grandeza se trata, la victoria".

Kayriel con su hermano preferido, muriendo en sus manos.

\<Ziul\>	"Kayriel, Thryanna se unió con los espectros que peleamos en la ciudad de Sicodelia. Los prefirió a ellos, haciendo que mi corazón se palpitara, aún más rápido por el dolor".
\<Kayriel\>	"Es mi culpa, lo lamento".
\<Ziul\>	"¿Cómo pudimos permitir que nuestra familia se rompiera tan fácilmente? Fuimos demasiado tercos".
\<Kayriel\>	"Siempre hicimos lo correcto a mi entender. Sólo traté de defender y mantener esta familia con vida… Lo lamento".
\<Ziul\>	"Restablece la tregua, por favor. Demuéstrale a nuestro padre que estaba equivocado".
\<Kayriel\>	"Cuánto lamento mi incompetencia".
\<Ziul\>	"Promételo".
\<Kayriel\>	"Lo haré, te lo prometo".

Ziul con una sonrisa en sus labios, orgulloso del líder que siguió hasta su fin, se convierte en arena sobre sus manos y desintegrándose alrededor de Kayriel. El Arcángel dominante del elemento de fuego, traicionado por su propia raza, cierra sus puños con coraje cubriéndolos en fuego.

\<Kayriel\>	"Thryanna".

Grita enloqueciendo, lleno de ira por la pérdida de su hermano preferido. Haciéndose con un nuevo y único propósito de vengar la muerte de Ziul. Poniéndose de pie, cubriendo todo su cuerpo en llamas provocadas por la ira, abre sus enormes alas y controlando su poder aquieta las llamas. Vuela a toda prisa a la ciudad de Arkadia para interceptar allí a Thryanna y compañía. Los espectros adentrados en la cueva, siguen corriendo de los arcángeles que los vieron en la playa.

<Liuzik>   "Despacio, creo que los perdimos".
<Noa>   "No los perdimos, creo que nunca nos siguieron. De lo contrario ya estuviéramos muertos".
<Liuzik>   "En ese caso este lugar está muy oscuro tengamos precaución".

Atravesando la misma, su vista se aclara lentamente, haciéndolos ver algo mejor en la oscuridad.

<Eira>   "Aún sigue muy oscuro, ¿dónde estamos metidos?"
<Noa>   "Debe ser una de esas cuevas donde desemboca las corrientes marinas de la bahía".

Mirando mientras caminan, observan varios cuerpos y esqueletos en etapa de descomposición.

<Liuzik>   "No somos los únicos que han utilizado este atajo".
<Eira>   "Ya está baja, no veo nada prácticamente. Tratemos de encontrar algo que podamos usar de antorcha".
<Liuzik>   "Sepárense, no se alejen mucho. Busquemos algo que podamos encender".
<Noa>   "De acuerdo, cuidado donde pisan. No sabemos a dónde nos pueden llevar estos túneles de agua".
<Eira>   "Puede que alguno de esto cadáveres tenga algo para iluminar".
<Eira>   "Sí, este tiene una lámpara y verifiquen los demás".
<Noa>   "Este tiene otra, que suerte".
<Liuzik>   "Verifiquen de vez si cargan algo de combustible adicional para las lámparas. No sabemos cuán profunda puede llegar a ser esta cueva para llegar al otro lado".
<Noa>   "Podríamos encender los esqueletos para iluminar aún más el camino, así sabremos por donde hemos pasado sin perdernos".
<Liuzik>   "Cierto, hagámoslo".

Encendiendo y continuando con la búsqueda para iluminar el lugar, un hermoso sonido comienza a ser escuchado por los espectros. Proveniente de uno de los pozos de agua que les rodea.

<Eira>   "¿Qué produce tal sonido?"
<Noa>   "Es la voz de una mujer".

Liuzik enamorado de tan precioso sonido, comienza a dirigirse al mismo. Este haciéndose más fuerte y más hermoso para él.

<Eira>   "¿Liuzik? ¿Liuzik?... ¿A dónde vas?"
<Noa>   "Esto no es bueno, Eira prepárate para lo peor".
<Eira>   "Vaya, si sabes cómo alarmar a la gente".
<Noa>   "¿Liuzik?"

Su líder, enamorado de la voz de la mujer, sigue su rastro sin importarle nada más. Arrodillado frente a un pozo de agua, observa que del mismo comienza a salir una mujer. Liuzik inmovilizado por su voz se niega a creer sus encantos.

<Noa>   "¡Me lo imaginé! Una sirena. ¡Liuzik despierta!"

La sirena continúa su hermosa melodía para evitar que este recuperara el sentido y estirando ambos brazos, trata de agarrarlo. Noa y Eira corren hacia él para evitar que fuese agarrado.

<Eira>   "Liuzik, despierta maldita sea. No dejes que te abrace".

Este sin poder entender, sin tener oídos para nada más que la hermosa melodía que lo tiene apresado, queda inmovilizado por completo. Noa, lamentando la situación saca uno de sus cuchillos, lo lanza hacia él y utiliza su gran puntería para sólo rosarlo sin lastimarlo. Este despierta del hechizo, viendo frente a él una Sirena de piel morada, podrida, una nariz larga, cubierta con varias verrugas, cabello canoso y capilares quebrados, tornando sus ojos de color rojo sangre. Abre su boca al sonreír, dejando ver varias filas de dientes sumamente filosos; extiende sus brazos con sus uñas largas, rotas y amarillentas.

<Liuzik>   "¿Qué rayos te hizo?"
<Sirena>   "Ven a mí, se mío para siempre".
<Eira>   "Liuzik, aléjate".

Este escuchando, viendo lo que lo atormenta y aún sin poderse mover, está a punto de ser atrapado por la sirena, la misma echándose hacia atrás para coger impulso y llevárselo. Eira corre rápido hacia Liuzik para golpearlo con su hombro y lograr impulsarlo lejos de la carga e intento de la sirena sumergirlo, haciéndolo sólo ella. Esta emerge del agua, molesta con las damas y por haberle quitado a su presa.

\<Liuzik\>	"Gracias".
\<Noa\>	"Debemos escapar".
\<Liuzik\>	"No creo que nos permita hacer eso, ninguno de los que nos rodean ha corrido con esa suerte".
\<Eira\>	"En ese caso eliminemos este monstruo".

Saliendo de las aguas con un gran tamaño, la sirena se posa alarmante frente a ellos.

\<Sirena\>	"¿A quién le dices monstruo?... Todos morirán. Sólo me alimento de los hombres y torno en mis hijas las mujeres, pero esta vez haré una excepción. Me los comeré a todos".
\<Liuzik\>	"Pues lucharemos con todo".

Cuadrándose para enfrentar a la sirena.

\<Liuzik\>	"Eviten acercarse a los posos de agua, no sabemos cuántas más de estas criaturas estén debajo del agua".
\<Eira\>	"Entendido".
\<Noa\>	"Entendido".

El trío corre hacia la sirena. Esta agarra rocas y pedazos de esqueletos, lanzándolos los desconcentra de la carga brincándoles por encima. Atacando al azar, hiere a Eira en su brazo izquierdo y se sumerge en uno de los pozos de agua a sus espaldas.

\<Liuzik\>	"Eira, ¿te encuentras bien?"
\<Eira\>	"Es sólo un rasguño, no bajen la guardia".

La sirena brinca nuevamente para repetir su ataque, esta vez por su parte posterior. Noa se voltea y lanzando tres cuchillos a gran velocidad, logra perforar dos de ellos en la parte de su cola. La sirena grita por el impacto y se sumerge nuevamente en los pozos que le rodean.

\<Noa\>	"El mismo truco dos veces... No".

La sirena comienza a sangrar por las heridas provocadas por los cuchillos de Noa, haciendo que montones de burbujas comiencen a salir de todos los pozos. Saliendo del pozo, se arrastra hacia los espectros para atacarlos. Eira es golpeada y alejada de su compañía. Todos observando que las burbujas en los pozos de aguas aumentan.

<Liuzik>	"¿Qué rayos sucede?"
<Eira>	"¿Qué son todas estas burbujas?"
<Sirena>	"Son mis hijas, el olor de la sangre al mezclarse con el agua las atrae, en pocos momentos será su fin".
<Liuzik>	"Pues esos pocos momentos es lo que tenemos para eliminarte... ¡Noa, ahora!"

Esta lanzando varios cuchillos nuevamente a la sirena, quien los esquiva, acostándose en el suelo rápidamente. Aprovechando su flexibilidad, utilizando su piel babosa se arrastra como una serpiente para meterse en otro de los pozos.

<Sirena>	"Pero tu vienes conmigo".
<Liuzik>	"¿Eira?"
<Eira>	"¡Ayuda!"

Agarra a Eira con su cola halándola hacia ella. Esta forcejeando dentro del agua, logra zafarse de la cola de la sirena. Rápido comienza a subir a la superficie. Liuzik y Noa la esperan para socorrer, pero ya en territorio enemigo, la ventaja es de la sirena. Esta nada hacia ella, clavando garras en sus caderas y volviéndola a sumergir dentro del agua. Eira en el intento para zafarse nuevamente de las garras de la sirena, comienza a agarrarse desesperadamente de todo lo que hubiese en superficie. Lastimándose aún más con el filo de las rocas hacia la profundidad. Ve cómo varias sirenas hambrientas se dirigen hacia ella. La sirena se la lanza para ofrecerla a sus hijas como comida; estas despedazándola pocos segundos como pirañas. Preocupados, Liuzik y Noa buscan a su compañera en los pozos, pero sólo encuentran pedazos de la que una vez, caminó junto a ellos.

<Noa>	"¡No! ¡Eira!"
< Liuzik>	"Noa, aléjate de los pozos. Espera que vuelva a salir".

Comienzan a salir varias sirenas para atacar. Noa y Liuzik luchan con cada una y la sirena madre viendo como estos matan a sus crías, sale a tratar de agarrar a Liuzik brincando del pozo aún más alto que los intentos anteriores.

<Sirena>	"Te advertí que serías mío. ¡Muere!"

Noa lanza sus filosos cuchillos y logra clavarlos en los ojos de la sirena madre. La misma desesperada por no poder ver.

<Liuzik>   "Excelente puntería Noa, no bajes la guardia. Encárgate de las hijas".
<Sirena>   "¿Qué me han hecho? Les juro que los mataré. Vengan a mi".
<Liuzik>   "Así es como todos los hombres que asesinaste tenían que verte, con los ojos cerrados. ¡Bestia asquerosa!"

En su desesperación por agarrar a quien tanto la hace enojar, comienza a tumbar los pilares que sostienen la cueva. Liuzik aprovechado la desventaja de la sirena.

<Liuzik>   "Esto es por Eira. ¡Maldita!"

Atacando rápido, esquivando y desesperada por saber lo que la rodea, despojan a la sirena de su cabeza. Esta agonizando, comienza a moverse por todos lados aún más hasta dejar de moverse. Noa y Liuzik continúan esquivando y atacando las sirenas pequeñas que los desafían. Un fuerte temblor comienza a sentirse.

<Noa>   "¿Y ahora qué?"
<Liuzik>   "Coge alguna antorcha del suelo, debemos salir de aquí inmediatamente. Todo se vendrá abajo en cuestión de segundos".
<Noa>   "Te sigo, ¿pero hacia dónde?"
<Liuzik>   "Sólo sígueme, corre".

Esquivando las sirenas y huyendo de la cueva que se propone aplastarlos, Liuzik ve una luz al final del túnel.

<Liuzik>   "¿La ves? ¡Hacia allá, rápido!"

Noa siguiendo a su líder, mira hacia atrás y observa que las hijas enfadadas de la difunta sirena, los siguen para alcanzarlos; estas sólo piensan en vengar a su madre.

<Noa>   "Corre y no mires hacia atrás".

Ambos aligeran su paso por la adrenalina de no morir aplastados, alcanzando de un brinco la salida fuera de la cueva que va cayendo. Noa se voltea por el impulso y logra ver que un brazo de una de las sirenas se quedó extendido entre las enormes rocas que ya están en el suelo.

\<Noa\>	"Vaya eso estuvo cerca".
\<Liuzik\>	"Sí, es una lástima. Perdimos a Eira".
\<Noa\>	"De la peor manera, pobre Eira".
\<Liuzik\>	"Pero tenemos que seguir, debemos informarles a Sedge y los demás de lo que fuimos testigos".

Poniéndose de pie, se sacuden el polvo y enprenden camino a la ciudad que logran ver a lo lejos.

Capítulo XII

SUERTE Y MUERTE

Con ambos tobillos tornearse al sumergirse en el lodo, cada vez más profundo en la densidad del peligroso pantano, los espectros guiados por Thryanna se dirigen a los dominios del Hechicero Drogo.

<Ezequiel>	"¿Thryanna?"
<Thryanna>	"¿Sí?"
<Ezequiel>	"¿Para qué tenemos que confrontar al hechicero?"
<Thryanna>	"Según la información que me confió mi padre, debemos dar con nuestro creador Shagga. Es el único que sabe cómo salir de este lugar. Para empezar, él creó esta dimensión".
<Ezequiel>	"Entonces, si el creó esta dimensión… ¿Por qué no lo buscamos a él directamente y tenemos que buscar a Drogo?"
<Thryanna>	"Cuando creó esta dimensión, sólo éramos nuestro padre y nosotros. Nadie volvió a saber de él, incluso nosotros los Angements".
<Thais>	"¿Qué tiene que ver Drogo en todo este rollo?"
<Thryanna>	"El mismo Shagga le otorgó los poderes para no ser rastreado, ya que el mismo era el dominio sobre todo los elementos. De quedar algún dominio de los elementos en él, de pasar lo que sucede hoy, nosotros no hubiéramos podido encontrarle para dar enseguida con el paradero de los amuletos y con ellos restablecer el orden".

\<Ezequiel\>	"Entonces, Drogo nos dirá su ubicación".
\<Thryanna\>	"Exacto".
\<Zoe\>	"¿Cómo estás tan segura de que nos ayudará?"
\<Drako\>	"¿Sí? ¿Cómo puedes estar tan segura?"
\<Thryanna\>	"No todo ustedes han pasado por aquí, ¿verdad?… No sólo nos ayudará, se verá obligado a hacerlo".
\<Lionexus\>	"Si acertamos la adivinanza, de tener suerte al contestarla, nos dirá lo que necesitamos saber y hasta el camino para llegar a Arkadia".
\<Drako\>	"¿Si contestamos mal?"
\<Thryanna\>	"Nos matará".
\<Drako\>	"A lo que le temía. Siento que la muerte misma camina junto con el grupo".
\<Ezequiel\>	"No sabías nada de esto con todo lo que hablas de Thryanna, ¿Lionexus?"
\<Thryanna\>	"¿Le has hablado a todos de mí?"
\<Lionexus\>	"Eso no viene al tema, y no… No sé todo lo relacionado con los Arcángeles, Ezequiel".
\<Ezequiel\>	"Comprendo".

Mientras que los espectros platican adentrados en las oscuras aguas, cortando toda liana a su paso para abrir camino en el pantano. Se escuchan sonidos de sus alrededores. Los espectros en conjunto detienen su paso para saber de qué se trata.

\<Voz\>	"¿Quién atraviesa mi hábitat inquietando mi ser?"
\<Lionexus\>	"Mantengan silencio, creo que es el hechicero".
\<Voz\>	"Su visibilidad es escasa mientras que otro disfruta de la mayor visión, superando su audición cuando los mayores ruidos le hurtan la paz a la oscuridad. Apoderándose de los cielos al llegar su momento".
\<Thryanna\>	"¿Drogo? ¿Eres tú?"
\<Drogo\>	"¿Thryanna?"

Saliendo de su escondite, un anciano sale a la visibilidad de los espectros y compañía. Mirando fijamente a Thryanna. Alegre pero a su vez extraño pensar por la compañía que posee.

\<Drogo\>	"Sí, eres tú. ¿Qué haces con espectros?"
\<Thryanna\>	"Es una historia un poco complicada, pero necesitamos tu ayuda urgente".

\<Ezequiel\>	"La contestación a esa adivinanza, ¿era un gato que ve como las aves en la noche?"
\<Drogo\>	"Qué bueno que vienes con ellos Thryanna".

Ignorando la contestación de Ezequiel, se voltea para que todos le sigan. Comenzando a caminar tras del hechicero, mientras que él y Thryanna, platican.

\<Drako\>	"Imbécil, la contestación era un murciélago. De haber venido solos, nos hubiéramos muerto por ser tan idiota".
\<Ezequiel\>	"Qué bueno que sólo lo pensé, lo iba a gritar".
\<Zoe\>	"Qué bueno que no lo hiciste, mejor sigue sólo pensando a lo que salimos de esta dimensión, por favor".
\<Drogo\>	"¿Ya sabes toda la verdad, cierto?"
\<Thryanna\>	"No cuestionaré por qué me preguntas eso, pero sí, mi padre me contó todo. Por eso me urge tu ayuda. Necesito encontrar a Shagga para salvar junto a él, lo poco bueno que nos queda. Estos espectros han luchado por regresar solamente a sus hogares. Esta guerra sólo ha sido un malentendido".
\<Drogo\>	"No del todo, porque yo me he enfrentado a espectros con intenciones de hacer daño. Es esa la verdadera razón para que tú y tus hermanos quieran eliminarlos".
\<Thryanna\>	"Tienes algo de razón, pero no estoy orgullosa de todo lo que he realizado junto con mi familia. Por eso… Aunque esta sea una decisión en contra de mi propia sangre, ayudaré a estos espectros a regresar a casa".

Llegando a su hogar, Drogo abre la puerta y con hospitalidad le deja pasar a todos. Los espectros incómodos, por las condiciones en las que se encuentra el abandonado lugar, se muestran impacientes por seguir su propósito.

\<Drogo\>	"De saber la verdad, se están dirigiendo a la ciudad de Arkadia".
\<Thryanna\>	"Así es, pero mi padre no me dijo exactamente donde poder encontrar a Shagga, sólo que se encontraba en alguna parte de la ciudad. No fue hasta que los espectros mencionaron este atajo y conmigo a su lado, sabía que no correrían ningún peligro. Además tú eres el único que puedes saber la ubicación exacta de Shagga".
\<Drogo\>	"Así mismo es. Se encuentra en las áreas más antiguas y abandonadas dentro de la ciudad para mantenerse oculto".
\<Lionexus\>	"¿Cómo sabes toda esta información?"

\<Drogo\>	"¿Este es Lionexus, cierto?"
\<Lionexus\>	"Al parecer, no era el único que habla de mi pasado.
\<Thryanna\>	"Como dijiste hace un rato, no viene ahora al caso".
\<Drogo\>	"De igual manera, sé todo esto porque no lo he dejado tan solo como lo hicieron sus creaciones ya una vez creadas y con un propósito. Lo he visitado y por palabras de él, se mantuvo oculto para no ayudar en la guerra a quienes no lo procuraron en los tiempos de paz".
\<Thryanna\>	"Es algo que lamento mucho, pero es hora de cambiar todo eso".
\<Drogo\>	"Entonces, no esperes más. Ve, encuéntralo y salva a estos espectros y a los que se ocultan por miedo y el mismo propósito".
\<Thryanna\>	"Eso haré, Drogo".

Todos dejando el pequeño hogar, adentrados nuevamente en el pantano, son guiados por Thryanna para dar con el paradero del creador de los arcángeles y esa dimensión, Shagga.

Los Abandonados atravesando el valle del silencio, se topan con un grupo de espectros que pelean para sobrevivir con una bestia enorme, la cual evade sus ataques planeando sobre los cielos. La misma eliminando gran cantidad de espectros por cada vez que se lanza contra ellos. El trío se acomoda para alcanzar ver la batalla.

\<Valgar\>	"¿Qué diantres es eso?"
\<Sedge\>	"Sin duda es el guardián de Leyra, el Grifo".
\<Valgar\>	"¿Tenemos que pasar por ahí?"
\<Ghorlaz\>	"No es necesario, podemos evadirlos porque está distraído con su batalla".
\<Sedge\>	"No deberíamos".
\<Ghorlaz\>	"¿Qué planeas?"
\<Sedge\>	"Si recuerdas la conversación de la que fuiste testigo, debemos reclutar a todos los espectros que nos encontremos en el camino y como verás ahí, hay una gran cantidad de ellos".
\<Ghorlaz\>	"¿Qué te hace pensar que se van a unir a nosotros? Cuando sólo somos tres y mira cuantos son allá abajo".
\<Sedge\>	"Si le ayudamos a vencer al guardián, no tendrás de otra".
\<Valgar\>	"¿Pretendes amedrentar a todos esos? Con Ghorlaz funcionó porque sólo era uno, pero ahora estamos muy lejos de tener el mismo éxito Sedge".

\<Ghorlaz\>	"Valgar tiene razón. Además escogí estar con ustedes porque fui testigo de lo que hablaron los arcángeles con ustedes. No creo que ese grupo te pueda creer, nadie lo haría. ¿Los Angements de nuestro lado?... ¿Protegiéndonos para buscar sus amuletos?"
\<Valgar\>	"Sí Sedge, no creo que nos crean".

Observando como el Grifo elimina cada intento de posibilidad, para que los arcángeles les perdonen la vida, un guerrero en batalla sobre sale entre todos, haciendo enfadar la bestia al arrojarle dinamitas. Llamando la atención de la misma sobre todos los que lo rodean, los espectros tratan de escapar del Grifo, mientras que este esquiva la bestia y comienza a eliminar a todo espectro que se le cruza en frente. El mismo empuja para que el guardián lo agarre.

\<Sedge\>	"¿Qué se propone ese? Mira a aquel espectro".
\<Valgar\>	"¿Cuál? ¿El de las hachas?"
\<Sedge\>	"Sí".
\<Ghorlaz\>	"¿Qué con él?"
\<Sedge\>	"No parece ser aliado de nadie a su alrededor, miren como los empuja hacia el guardián".
\<Valgar\>	"¿Qué tiene eso de especial? Debemos irnos. ¿Cómo planificas ayudarlos con ese dándole de comer a los que tratan de matar al Grifo?"
\<Sedge\>	"No, espera. Entraremos en la batalla y reclutaremos a ese solamente".
\<Ghorlaz\>	"¿Al más demente? ¿Tan desesperado estás?"
\<Sedge\>	"Cállense, harán lo que yo les diga. Si es pelear, pelearán. ¿Acaso quieren morir a manos de los Angements?"
\<Valgar\>	"No"
\<Ghorlaz\>	"Ni de ellos ni de ustedes, es la opción que no escogí al encontrármelos recuerda".
\<Sedge\>	"Pues en ese caso, entraremos en esa batalla y ayudaremos a esos espectros, todo aquel que sobreviva será un Abandonado".

Desenvainando sus armas corren con gritos de guerra a la batalla contra el guardián de Leyra. Se mezclan entre las masas que combaten por su vida. Esquivan los ataques de la bestia para adentrarse entre el grupo de espectros que se dispersa como hormigas revueltas, aquellos que temen morir y aquellos que siguen tratando de vencer a la bestia reconocen que es la única escapatoria al estar en sus dominios. No hay donde ocultarse y los pies dejan de ser ligeros por el terreno arenoso del valle.

\<Sedge\>	"Ghorlaz allá esta el espectro. Acércate a él... No permitas que el guardián se lo coma".
\<Ghorlaz\>	"Entendido".
\<Sedge\>	"Valgar, mata a todos los que se interpongan en que reclutemos a ese espectro en específico. La mayoría no son más que un grupo de cobardes inútiles".
\<Valgar\>	"No hay problema jefe".

Haciendo caso de las órdenes de Sedge, los Abandonados se disponen ayudar en el exterminio del guardián con el fin de ganarse el respeto del pirómano. Quien se da cuenta de la llegada del trío y reconociendo su eficiencia se muestra incómodo con su presencia.

\<Piromano\>	"¿Qué demonios hacen?"
\<Sedge\>	"Te vimos a distancia desafiar el guardián".
\<Piromano\>	"Aléjense, ¿no ven que le doy de comer a mi mascota?"
\<Ghorlaz\>	"¿Qué?"
\<Piromano\>	"No se metan en el medio mientras que lo trato de alimentar o también serán su cena como todos los que me han tratado de detener".
\<Ghorlaz\>	"¿Estás loco? Esta no es tu mascota. Es el guardián de Leyra, el arcángel que domina los vientos".
\<Sedge\>	"Ghorlaz, tiene razón. No puedes alimentarla con explosivos; de unirte a nosotros su verdadera dueña te perdonará la vida".
\<Piromano\>	"No necesito el perdón de nadie... ¿Por qué debería unirme a ustedes de igual manera?"

Acercándose a ellos, Valgar esquiva a los espectros que lo empujan y eliminando a quienes roban sus intentos para abundar en la conversación.

\<Valgar\>	"Porque si logras sobrevivir al guardián y no te unes, nosotros te mataremos".
\<Piromano\>	"Eso suena más negociable".
\<Sedge\>	"No hay por qué llegar a esos términos".
\<Piromano\>	"Me parece bien. Además, con todos los espectros que le ofrezco la mascota de quien quiera que ella sea, no se avanza abastecer... ¡Cuidado!"

El Grifo de picada entre el grupo, muerde el martillo de Ghorlaz llevándolo junto con él. Ghorlaz forcejea para quitar el martillo del pico de la bestia, está tratando de agarrarlo con sus patas delanteras. El Abandonado se impulsa dejando el martillo en el pico de la bestia, cayendo sobre tierra nuevamente.

<Ghorlaz>   "Odio las alturas, si me haces subir nuevamente te lamentarás".

La bestia suelta el martillo para gritar, volteando hacia los Abandonados. En dirección a ellos, pone sus cuatro patas abriendo sus garras para agarrar al espectro que le arrojaba dinamita, este esquivando el ataque. Desprendiendo con sus garras la mochila donde carga sus dinamitas.

<Piromano>   "¡No! Mis dinamitas no. Ahora esto se pone más personal".

La bestia voltea para cargar otro ataque, arrojando el bulto lejos de su dueño para que no la vuelva a molestar con sus detonaciones. Sedge corre hacia el guardián lanzando un ataque con su enorme catana. La bestia esquivando el mismo con un giro que la desprendió de varias de sus plumas sin alcanzar su carne, chilla y observa a quien también se muestra desafiante. Por el ataque, este se voltea con gran agilidad para agarrar a quien por poco la hiere. Valgar le tira con su lanza atrayendo la visibilidad de la bestia por completo, al tener que evadir su ataque, le hace retroceder de sus intenciones sobre su líder. Ghorlaz corre a su martillo y levantándolo de las arenas donde cayó clavado, se dirige hacia la bestia, la cual aún paso más ligero, se dirige a la misma persona, el piromano. Este reconociendo las intenciones de Ghorlaz, comienza a correr en su dirección y justamente cuando iban a cruzarse, este voltea para seguir con la vista al guardián. Dándole la oportunidad a Ghorlaz que se trepe sobre la misma. El Grifo con peso sobre él, desiste del piromano y comienza a volar en círculos realizando acrobacias para quitarse a Ghorlaz de encima, este sin ninguna opción que dejar su martillo y sostenerse del plumaje del guardián. Para que este no lo tire desde la altura que alcanza. Al regresar, Ghorlaz se lanza y la bestia se voltea para agarrarlo.

<Ghorlaz>   "No puede ser".

El guardián se dirige hacia él a gran velocidad. Valgar corre hacia Sedge para hacer calzo y ser impulsado hacia Ghorlaz y así poderlo ayudar a esquivar el ataque; todos caen sobre la arena. El Grifo se dirige hacia ellos nuevamente, Valgar se detiene haciéndole frente con su lanza en mano. Moviendola, le hace tomar distancia a la bestia para que sus aliados se recuperen de la caída. El guardián con sus ojos clavados en ellos y ve al piromano con su bolsa de dinamitas. Corriendo hacia él, le lanza dos cargas lastimando sus alas y haciéndola caer revolcándose del suelo.

<Sedge>   "Bien, ahora es nuestra oportunidad".

Levantándose y sobre la misma, comienzan a atacarla lograndola perforar. Mientras que el ataque de ambos continúa sin ceder, la bestia se esfuerza en el intento por recuperarse. Ghorlaz mirando para saber donde cayó su martillo, corre a recuperarlo. Con su arma particular en mano, va hacia sus compañeros. Brincando sobre la espalda de Valgar, se vuelve a trepar sobre la bestia. El guardián con la molestia del peso de Ghorlaz sobre sus hombros, con algo de fuerza comienza a emprender vuelo. Sin alcanzar mucha altura, trata de voltearse.

<Ghorlaz>   "Te dije que lamentarías el hacerme sufrir turbulencias, fenómeno volador".

Este levantando su enorme martillo y dejándolo caer con gran fuerza, sobre la cabeza del Grifo, le hace caer quebrando sus enormes alas, estrellándolo sobre las arenas del valle. Ghorlaz toca tierra nuevamente luego de pararse por último en su cabeza, se baja de la bestia.

<Sedge>	"Bien hecho, Ghorlaz".
<Valgar >	"La próxima vez, usa a Sedge de escalera".
<Ghorlaz>	"No seas envidioso, porque tú no acabaste con ella, teniendo la gloria sobre la batalla".
<Valgar>	"Sí, lo que sea. Cualquiera pudo haberla eliminado, si ya estaba bastante lastimada gracias a que le lanzaron explosivos sobre sus alas".
<Ghorlaz>	"No molestes, te salvé el pellejo".
<Valgar >	"Olvídalo, sólo fue suerte".
<Sedge>	"Hagan silencio ustedes dos, parecen niños. Por cierto espectro… ¿Cómo te llamas?"
<Piromano>	"Me conocen como Spider".
<Sedge>	"Bien, Spyder. Yo soy Sedge, aquel es Valgar y el del martillo es Ghorlaz. ¿Qué dices? ¿Te unirás o morirás? Nos conocemos como Abandonados".
<Spyder>	"Hicimos muy buen equipo contra la bestia que odiaba el intento por ser alimentada. Creo que me uno a ustedes, de seguro habrá más bestias para alimentar. La segunda opción

	si no recuerdo mal, es la muerte… Ahí paso. Entonces sí, seré un Abandonados".
\<Sedge\>	"Excelente".

Los espectros que les rodean, sobreviviendo al ataque del Grifo y sin amenaza alguna comienzan a retirarse.

\<Valgar\>	"Oye jefe, ¿acaso no tienes un discurso que dar? Creo que la audiencia se comienza a retirar".

Este observa la partida de los demás, coge aire y en el momento de decir su discurso para agrandar su ejército y beneficiar a los arcángeles. Lo retiene y mirando a quienes lo rodean.

\<Sedge\>	"No, mejor no. Creo que por el momento sería lo mejor mantenernos así. De lo contrario llamaríamos mucho la atención y sería demasiado obvio para los arcángeles que no saben de la tregua que nos hizo llamar Abandonados.

\<Spyder\>	"¿De verdad hicieron una tregua con los Angements?"
\<Valgar \>	"Sí".
\<Spyder\>	"¿No les dio miedo, pararse sobre el enemigo y llegar a ese acuerdo?"
\<Ghorlaz\>	"Digamos que no creo que hubieran muchos términos a escoger, ya que los únicos para ser un Abandonados eran sí o muere".
\<Spyder\>	"Ya veo".
\<Sedge\>	"Bien, debemos seguir. Quedamos en encontramos con Liuzik al quinto sol sobre los cielos y van cuatro. Debemos adentrarnos en los pantanos de Drogo para poner el tiempo a nuestro favor. De lo contrario pensarán que no lo logramos y se marcharán sin el resto del grupo".
\<Valgar\>	"Entonces, andando".
\<Spyder\>	"¿El grupo es más grande? ¿Todos son hombres?… ¿No hay chicas?"
\<Valgar\>	"¿Qué te importa eso? Pero si te motivaría para que comiences a caminar… Hay dos chicas en el grupo. Así que comienza a andar".
\<Spyder\>	"De acuerdo, pero esperen. Déjeme despedirme de mi mascota".
\<Ghorlaz\>	"Seguías con el estúpido pensar que el Grifo era tu mascota. Está muerta no volverá a tener hambre imbécil".

<Spyder>   "Sólo es para despedirme".
<Sedge>   "Apresúrense".

Spyder, coloca una dinamita en el pico de la bestia y un nuevo cigarrillo en su boca. Encendiendo la mecha con el mismo fósforo con el que prende su afán por desplazar humo de su boca.

<Spyder>   "Yo ustedes me alejo".

Metiendo la dinamita más profundo sobre la cabeza del difunto guardián.

<Sedge>   "Estás loco".

Corren todos para ponerse a cubierto. Detonando la dinamita se esparcen plumas y pedazos de carne quemados a su alrededor. Los Abandonados se ponen de pie para ver lo que queda de la misma.

<Valgar>   "¿Qué rayos? ¿Por qué gastas tus provisiones de esa manera?"
<Ghorlaz>   "Sí, entiendo que eso fue algo innecesario".
<Spyder>   "Son mías, como les mencioné, era para darle de comer por última vez, no sé si para donde vaya pueda conseguir alimento".
<Sedge>   "No perdamos más el tiempo. Andando".

Observan cómo llueven plumas del guardián y los órganos de la bestia dispersados. Sedge ve un brillo que emerge de uno de los órganos y dirigiéndose hacia él.

<Sedge>   "Esperen un momento".
<Valgar >   "¿Ahora qué sucede?"
<Sedge>   "Sólo esperen".

Llegando al trozo de carne quemado de donde emerge tan resplandeciente brillo.

<Sedge>   "¿Este es el corazón?… ¿Por qué tanto brillo?"

Esgarrando el mismo y observando que el brillo aumenta drásticamente, contempla un diamante sostenido por una cadena de plata.

<Sedge>   "¿Qué demonios?"

Sacando el mismo dejando caer el corazón, comienza a limpiarlo.

\<Valgar\>	"¿Qué es eso que brilla tanto Sedge?"
\<Sedge\>	"Vengan todos, vean esto de cerca".

Los Abandonados rodean a su líder, viendo en sus manos el hermoso diamante.

\<Ghorlaz\>	"¿Eso es lo que creo que es?"
\<Sedge\>	"No cabe duda, es el amuleto de Leyra".
\<Valgar \>	"¿Dónde lo conseguiste?"
\<Sedge\>	"Estaba dentro del corazón del guardián".
\<Valgar \>	"¿Cómo puede ser eso posible?... ¿El corazón de los guardianes es el amuleto de los arcángeles?"
\<Spyder\>	"Por más loco que digan que estoy, para mí eso no tiene ningún sentido".
\<Sedge\>	"Estoy tan perdido como todos ustedes".
\<Ghorlaz\>	"Póntelo y veamos a ver qué pasa".

Sedge coloca el amuleto sobre su cuello, su piel se ilumina y emergiendo humo de sus ojos, comienza a gritar desesperado al ver cómo sus manos brillan. Sus compañeros lo sostienen para hacerle tranquilizar. Este convirtiéndose en humo y librándose del forcejeo de los seis pares de brazos que lo sostenían, reaparece sacado su gran espada y agitándola a una velocidad y agilidad diez veces mayor de lo acostumbrado.

\<Sedge\>	"Esto es sorprendente, miren cuán rápido soy".
\<Valgar\>	"Jefe, sólo ten cuidado".
\<Sedge\>	"¿Cuidado?... ¿Tienes miedo?"
\<Valgar\>	"No es eso, sólo que es algo nuevo en su cuerpo y no sabe lo que pueda suceder".
\<Sedge\>	"No es nuevo, ya es mi cuerpo. Ghorlaz, atácame con tu martillo".
\<Ghorlaz\>	"No, no lo haré".
\<Sedge\>	"Tranquilo, sólo quiero demostrarte algo".
\<Ghorlaz\>	"Bien, aquí va".

Levanta su martillo y con gran fuerza lo lanza contra Sedge, este esquivando el golpe sin moverse. Convirtiendo en humo por donde impactaría el mismo hasta que deja su cuerpo al atravesarlo.

\<Spyder\>	"Eso es algo bueno, al parecer adquiriste los poderes del guardián. La mitad perdida que buscaba la dueña".

\<Valgar\>	"Veamos cuan cierto sea tu inmortalidad".

Cogiendo su lanza y sin darle tiempo a Sedge para evadir, la clava en el estomago de su líder. Este abriendo sus ojos grandes, sorprendido. Al rato de no sentir ningún tipo de dolor, la arranca de su estómago y se la lanza a Valgar. Este sosteniéndola sin problemas aclara su incredulidad. Sedge comienza a reír por el poder que posee y reconociendo el paradero de los amuletos.

\<Valgar \>	"¿Sedge? Ahora que sabemos dónde están los amuletos... ¿Qué harás?"
\<Sedge\>	"¿Qué haré? No haré nada".
\<Ghorlaz\>	"¿Cómo que no harás nada? Ellos sabrán que el guardián de Leyra murió".
\<Sedge\>	"¿Qué con eso? Ellos nos crearon para buscar sus amuletos, entregárselos y eso haremos... ¿No?"
\<Valgar\>	"¿Le entregarás el amuleto a Leyra? ¿Verdad?"
\<Sedge\>	"No los esperaremos aquí, cuando se presenten frente a nosotros de nuevo, les daré el amuleto".
\<Valgar\>	"Bien, es el único boleto que tenemos para mantenernos con vida"
\<Sedge\>	"Y se mantendrá así, ahora vámonos. Tenemos que llegar Arkadia. Liuzik necesita saber lo que descubrimos".

Los Abandonados se dirigen a Arkadia. Luego de caminar varias horas, llegan a los bordes que dividen los dominios de Leyra y Thryanna. Teniendo de frente un tenebroso pantano que se proponen a cruzar para llegar a la ciudad de Arkadia, los Abandonados se adentran en el pantano y observan a Sedge algo preocupado.

\<Valgar \>	"Sedge, llevamos horas caminando y no has dicho ni una sola palabra... ¿Qué te sucede?"
\<Sedge\>	"Cambié de parecer ".
\<Ghorlaz\>	"¿En relación a qué?"
\<Sedge\>	"No le entregaremos el amuleto a Leyra".
\<Spyder\>	"Lo sabíamos, ¿qué otra cosa te roba la paz?"
\<Ghorlaz\>	"Cállate Spider, eso nos roba la paz a todos nosotros".
\<Spyder\>	"¿De verdad?"
\<Valgar\>	"¿Qué planeas a fin de cuentas Sedge?... ¿Por qué no le quieres dar el amuleto para que nos deje vivir como acordaron?"

\<Sedge\>	¿De verdad les creíste? ¿De verdad cree que si le das el amuletos te perdonarán la vida?"
\<Valgar \>	"Ellos lo juraron, Ghorlaz estuvo allí y fue testigo de lo que de sus bocas juraron. Con presentimientos, pero estuvo allí a su manera claro esta".
\<Ghorlaz\>	"Gracias Valgar, imbécil. Pero Sedge tiene un punto, prometieron que si les dabas los amuletos, perdonarían a los que se unieran a la causa de los Abandonados y eso nos incluye ayudar a tomar decisiones".
\<Sedge\>	"Tenemos el amuleto, tengo la fuerza para detenerla y ellos no lo saben. Esa es nuestra ventaja".
\<Valgar\>	"Entiendo, pero son dos arcángeles y de seguro no vendrán separados".
\<Sedge\>	"Estoy consciente de eso, sólo necesito que me apoyen".
\<Ghorlaz\>	"¿Por qué te esmeras en quedarte con algo que no te pertenece? Pero tienes razón, fue algo estúpido de nuestra parte confiar que nos perdonarían al entregarles su poder. Siendo esto la razón para la guerra".
\<Spyder\>	"Entonces… ¿Cómo planeas vencerlos?"
\<Sedge\>	"Sólo aprovechemos la ventaja de tener el amuleto. También manténganse alejados de mí, quédense juntos cerca de Satarian hasta que les dé la señal".
\<Valgar \>	"Bien, siempre que no me mate como mató a Cobra, cualquier plan funcionará para mí".
\<Sedge\>	"Es lo que tengo en mente más que nada. Vengaremos su muerte y nadie saldrá herido, lo prometo. Una vez reunidos con Liuzik y los otros les diremos lo que sabemos para matar los otros guardianes y apoderarnos de los amuletos restantes para acabar con la amenaza de los arcángeles de una vez y por todas".
\<Ghorlaz\>	"Entonces no bajen la guardián, Leyra y Satarian no tardarán en confrontarnos. Ya que Spider tiró la carnada".
\<Spyder\>	"Más bien, la hice caer por todos lados".

Comenzando a reír todos a la vez, mientras cortan las enredaderas, mueven los troncos y esquivan las arenas movedizas que les rodean. Se adentran al pantano. Planeado por el valle del Silencio, los creadores de los Abandonados.

Leyra percibe que su guardián se debilitó y luego de unos minutos, volvió a sentirlo normal. Curiosa por lo que sucede y por la información que les brindó su difunto hermano Ziul.

<Leyra>	"Algo ocurrió con mi guardián, rápido sígueme en esta dirección".
<Satarian>	"Vamos".

Cambian el rumbo hacia el lugar donde el guardián fue vencido. Al llegar, se detienen en el aire y mirando alrededor, ven un montón de cadáveres y entre ellos el guardián de Leyra hecho pedazos.

<Satarian>	"¿Qué rayos pasó aquí?"
<Leyra>	"No tengo idea, pero mira mi guardián".

Comenzando a bajar lágrimas por su fiel amigo vigilante de sus dominios.

<Satarian>	"Reventaron sus entrañas por todos lados hermana".
<Leyra>	"Puedo notar eso... ¿El corazón?"
<Satarian>	"Rápido búscalo".

Comenzando a volar alrededor de lo que queda del Grifo, buscando y revisando los órganos que fueron desprendidos de su cuerpo. Frustrado por no dar con lo que buscan, comienzan a inquietarse.

<Leyra>	"Esto no puede estar pasándome... ¿Dónde rayos está el corazón de mi guardián?"
<Satarian>	"Por acá, lo encontré".

Leyra contenta, vuela hacia su hermano para verificar el contenido del mismo.

<Satarian>	"Está vacío".
<Leyra>	"¿De qué hablas? Imposible".
<Satarian>	"No te miento, toma. Ve por tus propios ojos".

Leyra toma el corazón en sus manos y esgarrándolo aún más, desesperada busca en su interior sin encontrar nada. Satarian observa que unas huellas sobre la arena se dirigen hacia el pantano de Drogo.

<Leyra>	"¿Qué sucede?"
<Satarian>	"Seguramente fueron los Abandonados".
<Leyra>	"¿Cómo puedes estar tan seguro?"
<Satarian>	"Mira esas huellas. Del corazón se dirigen hacia el pantano de Drogo. El que fue, sabe dónde encontrar el resto y deben

	estar en dirección a Arkadia. El paso más rápido es el pantano".
\<Leyra\>	"Entonces los espectros del Templo en Lefyr… ¿Ya tienen en su poder mi amuleto?"
\<Satarian\>	"Abandonados… Sí. Seguramente ya tienen tu amuleto".
\<Leyra\>	"Esto no es bueno, ya saben la verdad. Seguramente ya lo usaron y con mi poder me matarán, nos matarán a todos Satarian".
\<Satarian\>	"Tranquilízate".

Abofeteándola para tranquilizarla, luego la coge por sus hombros y en un tono bastante alto se dirige hacia ella.

\<Satarian\>	"Tranquilízate, ¿con que facilidad tu olvidas? ¿Acaso no recuerdas que esta fue la tregua que acordamos? Los dejamos vivir para que encontraran nuestros amuletos y nos los entregaran".
\<Leyra\>	"Tengo tanto mido de morir, Satarian".
\<Satarian\>	"Escúchate, eres un Angement no estás sola. Si se resisten a entregar lo que nos pertenece, los mataremos como acordamos y como quiera tendrás a fin de cuentas lo que te pertenece".
\<Leyra\>	"Sí, somos dos. No tendrán oportunidad contra nosotros. Ya pasamos por esto y los vencimos en aquel viejo Templo desolado… ¿Verdad?"
\<Satarian\>	"Cierto".
\<Leyra\>	"Entonces vayamos al pantano, recuperemos mi amuleto".

Ambos abriendo sus alas y tomando altura, se dirigen hacia el pantano de Drogo para saber del paradero del amuleto del arcángel de viento.

Los Abandondados en el corazón del pantano, se detienen al sentir una inquietante presencia.

\<Valgar \>	"Intruso, muéstrese".

Oculto a la visibilidad de los Abandonados

\<Drogo\>	"Ustedes son los intrusos, estos son mis dominios".
\<Sedge\>	"Sólo queremos atravesar los pantanos en dirección a Arkadia".
\<Drogo\>	"Así no es cómo acostumbro a llevar las cosas en mi pantano".

<Sedge>   "¿Qué pretendes?"

Mostrándose frente a los Abandonados, Drogo se hace visible.

<Drogo>   "Sólo contesten, si aciertan los dejaré pasar. De lo contrario
                   este rostro es el único que verán".
<Spyder>   "Vaya, vaya. Al parecer esa propuesta está de moda en estos
                   tiempos de guerra".
<Sedge>   "Mira anciano, no tenemos tiempo para preguntas. Hágase a
                   un lado".
<Drogo>   "El viento suele llevárselas, pero en realidad no puede
                   cargarlas, siendo una mas filosa que cualquier espada".
<Ghorlaz>   "Palabras, la contestación a esa adivinanza es palabra".

Drogo escuchando a Ghorlaz, pero ignorando su intento. Comienza
a halar el aura positiva que se encuentra en el lugar. Percibiendo en los
Abandondados que tiene de frente, negatividad. Un Aura oscura con las
peores intenciones.

<Sedge>   "Gnomo decrépito, Ghorlaz acertó su estúpida adivinanza.
                   Hágase a un lado y no nos moleste".
<Drogo>   "Lamentablemente estás en lo correcto y es una pena que
                   estés en el bando incorrecto. Lo siento".
<Ghorlaz>   "¿A qué te refieres?"
<Drogo>   "Tú más que nadie lo sabes, lugar incorrecto en el peor
                   momento. Contestaste bien, pero su grupo no puede dejar
                   este pantano con vida, sus intenciones son malignas".

Cargando el palo que sostiene y elevándolo mientras su punta adquiere
toda el aura que absorbió, lo golpea fuertemente contra el suelo. Comienza a
temblar la tierra.

<Drogo>   "Ya que saben el secreto que atormenta la mente de mi señora
                   Thryanna y tienen en su poder el amuleto de Leyra".
<Sedge>   "¿Cómo sabes eso?"
<Drogo>   "Mueran".

Emergiendo de la tierra esqueletos armados, con escudos y espada.

<Sedge>   "No se descuiden, encárguense de los esqueletos".

Desvainando su espada y dirigiéndose con una gran velocidad hacia su enemigo, quien se mofa del intento por el ataque. Protegido por una esfera de energía detiene por completo el ataque de Sedge. Este sin rendirse continúa forcejeando para romper la esfera de energía.

<Drogo>   "No podrás vencerme espectro".

Un esqueleto en dirección a Sedge levanta la espada para acabar con él. Valgar, se recuesta de su espalda e impulsándose de la misma patea al esqueleto. Protegiendo su líder.

<Valgar >   "No te esmeres, busca otra manera de atacarlo".
<Sedge>   "No. Atravesaré este campo de fuerza… Así sea por encima del hechicero, para salir de aquí".

La esfera comienza a quebrarse mientras que Sedge comienza a gritar ejerciendo mucha más presión. Los Abandondados eliminan cada esqueleto que se les enfrenta sin problema. Confiados del gran poder que posee su líder, van eliminando cada uno de los esqueletos malditos que continúan emergiendo de la tierra y forjándose de los pedazos que se encuentran regados en el suelo.

<Ghorlaz>   "Acaba con él ya, Sedge".
<Spyder>   "Son demasiados".

Corriendo hacia ellos, para hacerle ganar tiempo a Sedge y que este logre romper el campo de fuerza que protege a Drogo. Sedge tornando sus ojos blancos, grita descontroladamente aún más fuerte, hace que su espada lograra perforar la esfera de energía, perforando el corazón de Drogo. Dentro de la esfera, ráfagas de viento se forman por la presión que Sedge utilizó en el ataque. El hechicero comienza a despedazarse y junto a él, los esqueletos se descomponen y caen al suelo, cediendo en sus persistentes ataques.

<Valgar >   "¿Ya?"
<Ghorlaz>   "Sí, creo que lo venció".

Volteando a ver, Spyder se dirige a quien continúa atacando el hechicero, sin poder soltar tan poderoso ataque, trata de sacar la catana de la esfera de energía que protegía al anciano.

\<Spyder\>	"Oye anciano… ¿Quién se hizo primero?… ¿El huevo o la gallina?"

Explotando en una enorme radiante luz desapareciendo frente a todos ellos.

\<Spyder\>	"Sí, eso pensé. Ni quienes crean adivinanzas tienen la contestación para eso".

\<Valgar \>	"Ese hechicero, sí que era fuerte".
\<Sedge\>	"Que esto no nos detenga. Hay que seguir".

Reuniéndose para seguir su camino a la ciudad de Arkadia, Spyder ve que una sombra pasa por sus pies, mirado rápido a los cielos.

\<Spyder\>	"Tenemos compañía".
\<Ghorlaz\>	"¿Qué mas ahora?"

Aterrizando frente a ellos, los arcángeles de Viento y Sombra.

\<Spyder\>	"Angements".
\<Sedge\>	"¿Por qué las cosas tienen que ser así de complicadas?"
\<Leyra\>	"¿Mira con quien nos topamos?"
\<Sedge\>	"¿En realidad nos topamos aquí o nos estaban siguiendo?"
\<Satarian\>	"No importa, tenemos algo importante que decirles".
\<Valgar \>	"¿Y eso es?"
\<Leyra\>	"Sabemos dónde encontrar nuestros amuletos".
\<Sedge\>	"¿Entonces nos matarán porque ya no, nos necesitan?"
\<Leyra\>	"No… ¿Cómo puedes pensar así de nosotros? Ese no fue el plan que acordamos".
\<Sedge\>	"¿Entonces?… Si ya saben dónde buscar sus amuletos… ¿Por qué no los buscan ustedes mismos?"
\<Satarian\>	"Eso no puede ser posible".
\<Ghorlaz\>	"¿Por qué no?"
\<Leyra\>	"Nuestros amuletos están en los corazones de los guardianes que protegen nuestros dominios".
\<Sedge\>	"En ese caso vayan y mátenlos y cojan lo que les pertenece de vuelta".
\<Satarian\>	"Nuestros guardianes no pueden morir por nuestra mano, por eso confiándoles esta información… Sabrán dónde buscar".
\<Sedge\>	"Entonces, ¿habrá que empezar por el guardián de Leyra?"

<Leyra>   "Eso es lo que quería preguntarles, mi guardián está muerto, pero mi amuleto desapareció. ¿Saben cómo eso pudo haber pasado? Ustedes cruzaron mis dominios. ¿No se dieron cuenta?"

<Sedge>   "Sí, pero ya estaba muerto. Ese no es nuestro problema. Seguiremos buscando y de saber, te lo entregamos".

Sedge se voltea dándole la espalda al enfadado arcángel dominante del elemento del viento.

<Leyra>   "Maldito humano. ¿Cómo te atreves a hablarme así y luego darme la espalda?"

Corriendo hacia él para agarrarlo por el cuello, Sedge se voltea a gran velocidad con su espada desenvainada. Leyra observando sobre su cuello el hermoso diamante, amuleto colgando a la gravedad de ese veloz ataque que sólo podía ofrecerle a Sedge. Sorprendida, abre grande sus ojos mientras que su cabeza era desplazada de su humeante cuello.

Mientras la cabeza del arcángel de viento daba vueltas en el aire, el resto del cuerpo comenzó a expulsar humo. Su hermosura se quebró rápidamente y se tornó en una neblina que se fue dispersando entre la tierra.

<Sedge>   "Sujétenlo".

Satarian quedó sorprendido por la muerte de su hermana frente a sus ojos. Los reflejos para escapar se retrasaron a llegar a su cerebro, mientras era despojado de sus armas por Valgar y Spyder. Ghorlaz lo golpea en la espalda fuertemente con su martillo, haciéndole caer frente a Sedge.

<Satarian>   "¡Leyra, no!… ¿Por qué?"

El arcángel caído comienza a hablar en lenguas antiguas, al terminar los observa con sonrisa burlona.

<Sedge>   "¿Le temes a la muerte después de todo? ¡Patético! Este será tu fin y quiero que sepas que esto es por Cobra".

Atravesando su espada por su espalda, perfora su corazón. Este comienza a brotar un líquido de color obscuro por cada orificio de su forma humana, mientras que su piel, comenzaba a romperse y tornándose en sombra; difuminándose, desvanecida sobre las arenas del pantano. Dando muerte a los creadores de sus mayores miedos y preocupaciones.

<Valgar>   "Y eso es cómo sacarse un gran peso de encima".

<Ghorlaz>   "¿Entonces? ¿Seguimos para Arkadia o nos podemos separar ya que eliminamos a quien nos amedrentaban?"

<Sedge>   "Negativo, esto no ha terminado. La guerra todavía no acaba. Todavía quedan tres arcángeles que debemos eliminar y sabemos que ellos aunque quiera sus amuletos, no pueden conseguirlos por ellos mismos. Así que nosotros les ganaremos la carrera. La ciudad de Arkadia está protegida por el guardián de Satarian. Así que no sólo iremos a decirle lo que sabemos a Liuzik, obtendremos otro amuleto para poner la balanza de la guerra a nuestro favor y la muerte de estos arcángeles es la mayor prueba".

<Valgar>   "Seguiremos siendo Abandondados?"

<Sedge>   "Así es y con la muerte de quienes nos obligaron a ser creados. Será el mensaje para quienes se interpongan a que nos apoderemos de esta dimensión; dando muerte a todos los espectros junto a sus guardianes".

Todos sus compañeros levantando sus armas y con una rodilla sobre el suelo juran lealtad a su líder, Sedge.

<Sedge>   "Levántense y sigamos, Arkadia nos espera".

Estos levantándose del suelo y siguiendo a Sedge, continúan cortando todo lo que les impide avanzar para salir, dejar el tenebroso pantano atrás y llegar a la gran ciudad de Arkadia.

Capítulo XIII

DESEO REPRIMIDO

Los espectros, entrando por las enormes puertas de la ciudad de Arkadia, ven una gran multitud de humanos que la habitan. Pasando entre la multitud, quienes observan con mucha curiosidad, un arcángel les acompaña a los espectros. Ignorando esto aunque se presten algo confusos no se alertan para mantener el ambiente de la ciudad pacífica. Thryanna, comienza a sentir un leve dolor y sosteniendo su pecho con gran tristeza, siente como el aura de Drogo desaparece de su alma; siendo una de las criaturas que protege, vigilante uno de sus dominios.

\<Thryanna\>	"¿Drogo?"
\<Lionexus\>	"¿Thryanna? ¿Te encuentras bien?"
\<Thryanna\>	"¡Drogo! Creo que fue eliminado de esta dimensión".
\<Lionexus\>	"Lo lamento mucho. Sé que era uno de tus súbditos. Uno de los más poderosos. Maldita guerra, al menos te confió la ubicación de Shagga. Él sabe que podemos lograr salvar a todos estos humanos, gracias a que lo percibió en tu ser. Si tú le hiciste creer en que nos salvarías, su muerte no debe ser en vano. Estamos en guerra y lamentable, sufrió el destino de quienes se lo merezcan".
\<Thryanna\>	"Fui tan estúpida, Lionexus. Cuánta muerte, sólo por ayudar a mis hermanos a alcanzar el poder supremo".

\<Lionexus\>	"No pienses más en eso, ya eres quien siempre debías haber sido. Anímate, lo lograremos".

Está enamorada. No sólo de las palabras que la animan a seguir, sino que también de quien su corazón pertenece. Palabras que la hacen recuperar su aliento, sosteniendo la mano de Lionexus, camina entre los habitantes de Arkadia. Invencible y concentrada en ayudar a hacer la diferencia. Dirigiéndose junto a los demás espectros a las afueras de la enorme ciudad. Recurerda la ubicación del hechicero Shagga, según la información otorgada por Drogo. Bastante alejados de la civilización, los espectros alcanzan ver una vieja cabaña de madera.

\<Ezequiel\>	"Observen hacia allá".
\<Thais\>	"Debe ser ahí".
\<Zoe\>	"Evidentemente, de toda la civilización. De toda esa gente, tuvimos que atravesar la ciudad entera para venir hasta la cabaña más repugnante. Seguramente está repleta de insectos asquerosos".
\<Nero\>	"No creo que sea para tanto".
\<Ezequiel\>	"Lo que sí sé Zoe, si todos piensan como tú, sería el mejor lugar para esconderse".
\<Zoe\>	"Muy gracioso, primero muerta que esconderme en un lugar como ese".
\<Lionexus\>	"Silencio".
\<Nero\>	"Entremos".
\<Drako\>	"Esperen, no tan rápido. Debemos revisarla primero, Akunox revisa el perímetro. Aúlla si alguien se aproxima".

Akunox aúlla confirmando que entendió el plan de Drako y se marcha para inspeccionar el perímetro de la cabaña. Luego de pasar algo de tiempo, Akunox regresa para dejar saber que no hay nadie en los alrededores.

\<Drako\>	"Bien hecho, sigue vigilando mientras entramos a la cabaña".

Este se aleja del grupo para comenzar a dar vueltas en los alrededores de la vieja cabaña. Los espectros junto a Thryanna se dirigen a la misma y tocan la puerta sin hacer mucho escándalo. Ezequiel espera alguna señal de hospitalidad.

\<Ezequiel\>	"Parece que no hay nadie".
\<Nero\>	"Entremos de todos modos para verificar".

Mueven la cerradura y se dan cuenta de que está cerrada.

\<Ezequiel\>	"Perfecto, tanto caminar para nada. Está cerrado y no hay ningún hechicero en este lugar".
\<Lionexus\>	"Nero, tira la puerta".
\<Nero\>	"Esta bien, háganse a un lado".

Este coge impulso, se lanza hacia la puerta y golpeando la misma fuertemente, la derriba. Al enderezar sus hombros, observa un viejo órgano formado por huesos.

\<Nero\>	"Eso no se ve agradable".
\<Zoe\>	"¿Está formado con huesos?"
\<Drako\>	"Eso parece".
\<Ezequiel\>	"¿De quién?"
\<Lionexus\>	"No viene al tema, vinimos por el hechicero. Todos atentos".
\<Thryanna\>	"No había necesidad de tirar la puerta, podía manipular la madera para abrirla sin necesidad de romperla".
\<Ezequiel\>	"Sí, lo hubieras mencionado desde un principio".
\<Thryanna\>	"Lo siento, olvídenlo. Entremos".

Thryanna pasando por quien hechó la puerta abajo, comienza a rebuscar el lugar. Mientras que todos los demás espectros comienzan a entrar en la cabaña. Verificando el lugar, no encuentran rastro del hechicero. Thryanna abriendo una de las puertas, ve un anciano sobre una cama sin apenas poder moverse.

\<Thryanna\>	"¿Shagga?"

El anciano sobre la cama, la observa con sus ojos llorosos. Atemorizado de quien apenas puede ver o reconocer su voz.

\<Thryanna\>	"¿Shagga? ¿Eres tú?"

Con voz débil y temblorosa, se dirige hacia ella.

\<Shagga\>	"Sí, ¿Quien anda ahí? ¿Drogo? ¿Eres tú?"
\< Thryanna\>	"No, soy Thryanna".
\<Shagga\>	"¿Thryanna? ¿Mi elemento de tierra?"
\<Thryanna\>	"Así es, soy yo, tu creación".
\<Shagga\>	"¿Qué haces aquí? ¿Vienes con Drogo?"
\<Thryanna\>	"No".

Entrando en la habitación, Lionexus y compañía acomodándose alrededor de la cama.

\<Shagga\>	"¿Espectros? ¿Qué haces aquí?"
\<Thryanna\>	"Ellos necesitan tu ayuda Shagga, todos la necesitamos".
\<Shagga\>	"Mírenme, no puedo ni ayudarme a mí mismo, ¿Dónde está Drogo?"
\<Thryanna\>	"Drogo, no lo logró. Fue asesinado".
\<Shagga\>	"No, ¿fueron los espectros verdad? No valoran nada. No respetan la vida ajena queriendo apoderarse de todo lo que ven".
\<Thryanna\>	"Estos que me acompañan, no. Estos seres merecen ser salvos. No debes mantenerlos atrapados aquí. Shagga por favor, necesitan tu ayuda. Debemos ver a mi padre y tú eres el único que puede hacer que aparezca frente a nosotros".
\<Shagga\>	"No creo que pueda ayudarte. Si vieron el estado de las afueras de la cabaña, notaron que la vegetación está muerta, al Drogo robarle la vida para prolongar la mía. Dándome fuerza vital para mantenerme con vida en esta etapa tan patética en la que me encuentro".
\<Thryanna\>	"¿Cómo acabaste así de anciano? ¿Por qué no? Si tocas la melodía que usaste para crear a nuestro padre, ¿verdad?"
\<Shagga\>	"Tan pronto deseé que fueran creados. Su padre me transportó a esta dimensión junto a mi deseo de que fuese creada. Comencé a envejecer más rápido de lo normal".
\<Lionexus\>	"Pero no todos los humanos deben ser juzgados por las acciones de los demás".
\<Shagga\>	"Lo sé, fue un error haber deseado algo fuera de mi control. Cegado por la ira de quienes me rodeaban en aquel entonces".
\<Lionexus\>	"Ira que heredaron sus creaciones. A diferencia de usted que lo tenía todo, ellos por tener todo el poder han matado tanta gente inocente. ¿Acaso lo que queda de humanidad en usted no lo hace sentir lástima? No desea buscar la redención".
\<Thryanna\>	"Sí Shagga, podemos encontrarla al ayudar a estos humanos".
\<Shagga\>	"¿Están dispuestos a perdonar mis acciones?"
\<Lionexus\>	"Créame, el perdón no será suficiente al ayudarnos. La armonía de saber que hizo la diferencia aunque sea al final, lo hará encontrar la paz que siempre quiso que hubiera, hechicero".
\<Shagga\>	"Vaya, ningún humano me había reconocido. No como me has llamado espectro, fue la razón por la que me vi cegado por el odio a crear esta dimensión. Otorgando sufrimiento a quienes ignoraban lo que más aman. A quienes están

dispuestos a dar su vida por quienes entran a esta dimensión. Ignorando sus vínculos más poderosos por pasatiempos que sólo dañan tal compañía. Ese regalo que la vida les ofreció, viéndose aquí obligados a entenderlo y luchar por recuperarlo".

<Thryanna>   "Todas las vidas que junto a mis hermanos quitamos, son parte de una venganza a quienes ni te conocían. Una masacre a generaciones que no sabían lo que sucedía".

Apenado por sus actos mientras su creación le reclama, moribundo el hechicero se sienta sobre la cama y mirándola con tristeza por las decisiones que lo llevaron a crear tal dimensión.

<Shagga>   "Lo lamento, acepto que obré mal, que mi deseo al entregar todo mi poder no fue la decisión correcta Thryanna. Sólo los creé y después de eso, tu padre mantuvo junto a ustedes la tregua entre los humanos de esta dimensión, protegiendo la misma por décadas. Esa fue la intensión verdadera para crear esta dimensión. Escapar de la destrucción de la mía, de mi mundo en aquel entonces. Una vez creado, empezando por tu padre Vicarius, fui olvidado, echado a un lado por quienes me sentía orgulloso al crear. Siendo Drogo el único que se ofreció a ayudarme. Drogo una criatura de tus dominios. Un súbdito de quien se supone, se preocupara más por mí, tú Thryanna, tú. Sin embargo ese Anciano, fue quien viajaba a diario para mantenerme con vida. ¿Para qué? Ahora me pregunto míralos ahora, enloquecidos sin causa. Son peores que los mismos espectros a quienes tanto les temen. Todo por conseguir unos amuletos".

<Thryanna>   "Yo también lo siento. Pero escúchate, queda ira dentro de ti, esta vez por nosotros tus preciadas creaciones".

El arcángel camina por el borde de la cama, sentándose sobre la misma. Abraza al hechicero, el cual sorprendido sin apenas poder moverse, lentamente levanta sus brazos y devuelve el mismo. Siendo este acto el necesitado para que la esperanza se apodere del odio dentro de él. Esparciendo energía de la naturaleza misma, haciendo recuperar el físico al anciano. Restableciendo su exterior, Shagga rejuvenece. Thryanna deja de abrazarlo y frotando su rostro con gentileza.

<Thryanna>   "Todo lo que hicimos, es pasado ahora y estos humanos nos necesitan Padre. Hagamos la diferencia".

Shagga sonriente, por la obra de su creación y de la manera en cómo se dirige hacia él, la abraza nuevamente. Orgulloso, levantándose de la cama, mirando a los espectros que lo rodean sonrientes por su recuperación, ve brillar esperanza.

<Shagga>   "De acuerdo, vengan conmigo".

Dejando la habitación, se dirigen a la sala donde ve la puerta desprendida de su lugar, sobre el suelo.

<Shagga>   "¿Qué sucedió aquí?"
<Nero>   "No se preocupe por eso, la repararé".
<Shagga>   "No te preocupes, sólo me sorprendió verla tirada ahí, sólo ponla en su lugar debemos tapar la entrada".

Sentándose en su órgano de huesos comienza tocar la melodía.

<Thryanna>   "¿Invocarás a mi padre?"
<Shagga>   "Así es, silencio. Es lo único que puede hacer que ellos salgan de esta dimensión".

Comenzando a tocar en aquel viejo órgano de huesos, una melodía hermosa sutil y penetrante. Luego de varios intentos, nada sucede. Continúa tocando la misma, cuando los espectros comienzan a verse confundidos. Desesperados al ver que no sucede nada.

<Ezequiel>   "¿Qué sucede? ¿No veo que pase nada?"

Shagga detiene el sonido que provocan sus manos sobre el órgano, volteándose hacia los espectros.

<Shagga>   "Lo siento, no puedo lograrlo".
<Thryanna>   "¿Pero te recuperarse? ¿Cierto?"
<Shagga>   "Sí, pero no tengo mi poder. Lo ofrecí a Vicarius para que los creara a ustedes".
<Lionexus>   "¿Entonces? ¿Qué podemos hacer ahora?"
<Shagga>   "Hay otra opción".
<Thryanna>   "¿Cuál?"
<Shagga>   "Entiendo que al encontrarme ya sabes toda la verdad. ¿Respecto a tus amuletos y su ubicación?"
<Thryanna>   "Así es mi padre me confesó todo".

\<Shagga\>	"Entonces, la única forma seria recuperar los amuletos con ellos tocaré la melodía y funcionará".
\<Lionexus\>	"Pero eso implica en luchar contra los guardianes de los arcángeles, eso pondrá las vidas de mis compañeros en riesgo".
\<Shagga\>	"Entiendo, pero es la única forma".

Lionexus, saca de su bolsillo, el amuleto de Thryanna y ofreciéndolo al hechicero. Todos sorprendidos por el acto arriesgado de ofrecer tanto poder por la desesperación de ayudarlos a regresar a casa. Thryanna apoyado la causa, para que el hechicero lo mantenga a salvo. Este sin mostrarse interesado en el.

\<Shagga\>	"No, quédatelo... Sólo no funciona de nada. Deben estar todos juntos para volver a tocar la melodía para invocar a Vicarius".
\<Thryanna\>	"En ese caso guárdalo nuevamente, Lionexus. Lo necesitaremos".
\<Lionexus\>	"Será mejor que sólo vayamos nosotros, Thryanna".
\<Ezequiel\>	"¿Bromeas? Iré con ustedes. No me quedaré de brazos cruzados cuando mi destino está en manos de otro. Ayudare a luchar esos guardianes".
\<Nero\>	"Son peores que la Chimera, Ezequiel".
\<Ezequiel\>	"No soy el mismo que luchó con aquella bestia gracias a ti y a Lionexus. No irá sin mí".
\<Drako\>	"Ahórrate el discurso de héroe. Todos iremos".
\<Zoe\>	"¿Todos? Yo puedo quedarme aquí y proteger al hechicero".
\<Thais\>	"Zoe, ¿acaso tienes miedo?"
\<Zoe\>	"No es eso, sólo que no sería bueno dejarlo solo, cuando de él dependemos para salir de esta dimensión".
\<Lionexus\>	"Zoe, no es una mala idea".
\<Shagga\>	"No se preocupen por mí, tal vez no tenga el poder para invocar a Vicarius pero puedo defenderme solo. Estaré bien, Zoe puedes ir con ellos".
\<Zoe\>	"Gracias anciano por ayudar a tomar decisión que no te perjudican".
\<Shagga\>	"De nada, sólo quiero ayudar".
\<Zoe\>	"Inténtalo menos".
\<Shagga\>	"Sé que pueden lograrlo. Si Thryanna confía en ustedes, yo también lo haré".
\<Lionexus\>	"Bien, vámonos el guardián más cercano a Arkadia es el de Satarian".

<Thryanna>   "Puedo rastrearlo con sólo pisar tierra. No puedo sentirlo, sólo su amo, Satarian es quien puede hacerlo".

<Nero>   "Con rastrearlo bastará, andando".

Ya fuera de la cabaña y colina abajo, los espectros regresan a mezclarse a la ciudad de Arkadia. Liuzik y Noa, quienes habían llegado horas antes por el otro lado de la ciudad, salen de uno de los hoteles donde descansaron por la difícil situación a la que se enfrentaron al atravesar aquella peligrosa cueva marina. Caminando entre los habitantes, buscan mercader de armas para restablecer los cuchillos perdidos en el combate de Noa.

<Liuzik>   "Noa, creo que allá veo algunos cuchillos de combate en venta".

<Noa>   "Te sigo".

Llegando al mercader que además de vender diversas armas, también medicinas y vendas para cualquier tipo de condición y heridas.

<Noa>   "Creo que deberíamos comprar medicinas y vendajes".

<Liuzik>   "Compra sólo lo necesario, no te cargues en peso. Esperemos a Sedge y los otros. No creo que tarden mucho".

<Noa>   "Igual no sabemos en las condiciones que vengan. Así podemos atenderlos y no perder tiempo descansando en hospedajes de quinta".

<Mercader>   "Tengo lo que buscan, al mejor precio".

<Noa>   "¿Con quién compites? No hay nadie vendiendo armas en ningún lado más que aquí. ¿Cómo sabes que tienes los mejores precios?"

<Liuzik>   "Tranquila".

<Mercader>   "Sí, hágale caso a su compañero. Controle su temperamento. Sólo pida lo que necesite y le daré un precio que no se negará en pagar".

<Noa>   "¿Cuánto por los cuchillos?"

<Mercader>   "Bueno, esos tienen una elaboración de las mejores por el herrero. Se las daré por cien libras de oro".

<Noa>   "¿Qué? ¿Cien libras? ¿Cuál sería su precio más bajo, si tu vida depende de eso?"

Acercándose al codicioso mercader, lo sujeta por el cuello y sacando uno de sus filosos cuchillos, le apunta al pecho. Enojada por quien le da los precios más altos, reconociendo que no son del área y aprovechándose de los tiempos de guerra y gran venta de armas por la misma.

\<Liuzik\>	"Espera, no se preocupe. Sé que es muy caro. Pero no queremos problemas".
\<Mercader\>	"Dígaselo a ella".
\<Liuzik\>	"Noa, bájalo".

Esta molesta y sin remedio, lo suelta de la peor manera y tirándolo a uno de los mostradores de artículos en su espalda. El hombre sostiene su cuello por la fuerza que provocó la mujer en su garganta.

\<Liuzik\>	"Dele lo que ella pide, yo le pagaré".
\<Noa\>	"Necesito siete de ellos, maldito avaro".

Este atemorizado, pone los cuchillos frente a Noa. Alejándose rápido, tomando distancia de la alterada fémina.

\<Liuzik\>	"Tenga, debería considerar bajar sus precios, digamos que hoy tuvo suerte".

Arrojando una bolsa de monedas sobre la mesa, el mercader rápido la coge, alejándose de la vista de ambos y volteándose para restablecer sus provisiones. Observan un grupo de espectros que pasan frente a ellos. Liuzik alzando su voz para llamar la atención de todos ellos.

\<Liuzik\>	"Vaya, esto sí que no me lo esperaba".

Se detienen y voltean a ver de quien se trata. Quien los guía, se detiene y dirige a Liuzik.

\<Lionexus\>	"¿Liuzik?"
\<Liuzik\>	"¿Estás vivo?"
\<Lionexus\>	"Así es".

Liuzik con una desafiante sonrisa, no confía en ellos y saca su espada. Noa respalda el estado alarmante de su líder.

\<Liuzik\>	"En realidad no debo estar sorprendido, cuando evidentemente las cosas no han cambiado para ti".

Observando a Thryanna quien le sujeta la mano, acompañándolo.

<Lionexus>   "No vuelvas a cometer el mismo error. No dejes que la confusión se apodere de ti nuevamente, cuando por fin podemos arreglar las cosas entre nosotros amigo".

El grupo de Lionexus desvaina sus armas e intercambian miradas desafiantes por defender a su causa, reconociendo como enemigos.

<Lionexus>   "Esperen, no le hagan daño".

<Liuzik>   "¿Me llamas amigo?… Cuando no supiste defender esa palabra. Aliándote con el enemigo quienes mataron a tantos de los de nuestra raza injustamente".

<Ezequiel>   "No te hagas la víctima. Sentías celos por lo que Lionexus logró, encontrar la paz a su manera con el supuesto enemigo, amándolo. Apoderado por tu envidia en el pasado. Llenándote de odio para destruir la oportunidad de acabar con la guerra en aquel entonces".

<Noa>   "Cuidado cómo te refieres a él, puedo clavar un cuchillo antes de que vuelvas a abrir tu boca muchacho".

<Lionexus>   "Tranquilos, Liuzik no hay necesidad de pelear. Mis intenciones son las mismas desde que te conocí. Encontrar la manera de salir de esta dimensión. Juntos, unidos podemos lograrlo".

<Liuzik>   "Tus intenciones para mi cambiaron, al ver cómo pasabas tiempo con el enemigo".

<Thryanna>   "Ese es el problema de ustedes. En primer lugar, actúan sin saber. Lionexus jamás perdió la fe en ti, hasta que me hizo ceder a conocerte. Hablando orgulloso de la confianza que le brindabas, viéndote como su hermano. Cedí a conocerte y dejarte saber los secretos de mi familia para poder ganar ventaja. Me arriesgué, los distraje para hacerles ganar tiempo, pero mataste toda esperanza. Escapando como un cobarde".

Cerrando sus puños, baja la cabeza. Comenzando a caer gotas saladas de sus ojos sobre el suelo. Sin la fuerza para mirarlos nuevamente a los ojos, Lionexus camina varios pasos acercándose a él, colocando su mano sobre su hombro.

<Lionexus>   "Se me dio otra oportunidad, aceptándola confundido. Rechazando a Thryanna por perdonarte, cuando habías escapado y sin saber de ti por mucho tiempo. Pero míranos, frente a frente. ¿Qué dices? ¿Nos acompañas?"

Este levanta una mirada a los ojos de quien lo llama amigo, lleno de odio. Sin superar el rencor que cargó por tanto tiempo sin entender su dolor, enloquecido. Clavando su espada en el estómago de Lionexus, forzándola a entrar lentamente, mientras sus ojos lagrimosos ven cerrar los de Lionexus.

<Ezequiel>   "¡No!… Maldito".

Noa le arroja rápido un cuchillo haciéndolo caer al suelo de golpe, penetrando su boca en dirección al cerebro.

<Noa>   "Te advertí que hablaras con propiedad".
<Drako>   "No puede ser".

En busca de su pistola de pólvora, siente un cuchillo perforar su pecho hacia su corazón, disparando el arma sin sacarla del cinturón. Akunox brinca hacia Noa para atacarla. Al Liuzik darse cuenta, empuja el cadáver de su espada y la levanta para atravesar el cuello del lobo que se dirigía a Noa. Quien sin distracción al ataque canino, lanza tres cuchillos paralelos acabando con las vidas de Nero, Zoe y Thais, sin darles oportunidad de moverse por la agilidad en que manipula las filosas navajas. Al matarlos, la tierra tiembla dividiéndose y caen en una oscura apertura que se cierra rápido. Aplastada por las rocas en su interior, Liuzik escucha el eco de gritos desesperados mientras encuentra su muerte bajo tierra. Parado desafiante frente a Thryanna corre hacia la misma lanzando un ataque frontal con su espada. Perfora su pecho gritando aún más al ver cómo ella es inmune a sus continuos ataques, invencible. Mirándolo con lástima, enfadada al ver como mataron a su amor frente a sus ojos sin reaccionar, queda confundida al ser testigo de cómo rechazaron la vida esparciendo muerte entre quienes se disponían ayudar. Agarrándolo por el cuello, lo levanta por completo del suelo y deja caer su arma. Forcejeando sobre las manos del arcángel para tratar de zafarse.

<Thryanna>   "¿Cómo pudiste?"
<Liuzik>   "Se lo merecía, de tener la fuerza lo haría contigo también. Así podrán amarse en un lugar lejos del que habito".
<Thryanna>   "Esto no tenía nada que ver en tu contra. Me has quitado todo".
<Liuzik>   "Hablas por mí, pero en ese caso ya estamos iguales".
<Thryanna>   "No, todavía no".

Apretando fuerte su cuello, coloca su otra mano sobre su pecho, contagiándolo con un letal veneno. Viendo como su piel se endurece tornándose de un color morado, este grita sus últimos alientos, mientras sin fuerzas muere en manos de Thryanna.

<Thryanna>   "Ahora sí, estamos iguales".

Arrojándolo sobre el suelo junto al cadáver de su amado. Su cuello quebrado se inclina hacia el rostro de Lionexus, encontrando la muerte por el peor de los deseos reprimidos y con una sonrisa grabada en su cara. Sin importar de quien lo eliminara, se fue otorgando un deseo sincero de esperanza. Una oportunidad de corazón a quien él jamás pensó que no se la merecía. Abriendo los ojos sorprendido, escuchando tal sugerencia repetirse.

<Lionexus>   "¿Qué dices? ¿Liuzik? ¿Nos acompañarás?"

Este aclarando su mirada, limpiando sus lágrimas. Guarda su arma y abrazando a Lionexus. Sin palabras contesta su petición.

<Ezequiel>   "Esto es algo bueno".
<Thryanna>   "Así es, no sabes el orgullo que me da verlos juntos nuevamente".
<Ezequiel>   "Viniendo de ti, que fuiste la verdadera razón de la disputa. Te entiendo".
<Thryanna>   "Sí".
<Drako>   "Bueno, señoritas. Ya esta bueno de repartirse tanto amor. Tenemos un guardián que encontrar".
<Noa>   ¿De qué hablas? ¿Irán a cazar un guardián?"
<Thais>   "Así es, ellos llevan en su corazón el amuleto de los arcángeles".
<Liuzik>   "Eso es cierto, vi como el arcángel de agua peleaba contra su guardián".
<Thryanna>   "¿Ziul?"
<Noa>   "Sí".
<Liuzik>   "Así es, luego de vencerlo por alguna razón cayó sin fuerzas. No creo que siga con vida. Rápido que cayó sobre la arena llegaron otros tres arcángeles".
<Thryanna>   "Mis hermanos. Lionexus, debemos darnos prisa. Ya deben saber toda la verdad, no tenemos tiempo que perder".

Cayendo frente a todos ellos, el arcángel Kayriel se posa frente a Thryanna. Clavando su espada en su pecho. Todos los espectros son impulsados hacia atrás, por la fuerte honda de viento que el Arcangel de fuego al caer de los cielos provocó, asustados al ver de quien se trata. Sin embargo quien recibe el ardiente acero en su ser, lo mira asustada, mientras comienza a perder fuerzas.

\<Kayriel\>	"Ya hiciste demasiado… ¡Traidora!"
\<Thryanna\>	"Kayriel".
\<Kayriel\>	"Pensaste que jamás te encontraría, aquí tienes lo que te mereces por traicionarnos. Muere como lo hizo Ziul, gracias a tus secretos con nuestro padre".
\<Thryanna\>	"No lo entiendes hermano".

Sobando su rostro, amándolo. Sin alternativas al proponerse salvar los espectros por el amor que siente por Lionexus.

\<Thryanna\>	"Estos espectros son inocentes, ignorantes del poder que perdimos. No merecen la muerte por nuestras manos".
\<Kayriel\>	"Mientes, tu existencia se basa en mentiras solamente. Prefieres ayudar a estos intrusos que confiarle la verdad a tu propia familia, eres tú quien jamás entendió".

Lionexus a espalda del arcángel, dispuesto sin miedo a separarlo de su amada, corre hacia él. Quien riéndose de tal acto heróico, crea un círculo de fuego a su alrededor. Impidiéndole su entrada.

\<Lionexus\>	"Déjala ir, enfréntate a mí".
\<Kayriel\>	"Esto no es asunto tuyo espectro. No seas impaciente, tú hora llegará luego de asegurarme de que muera mi supuesta hermana".
\<Ezequiel\>	"No le hagas daño, sólo intenta ayudarnos a salir de esta dimensión".
\<Kayriel\>	"La única forma de lograr eso, yo se las daré… Muerte".
\<Lionexus\>	"Suéltala".

Colocando el amuleto de su amada sobre su cuello, asimilando sus poderes, brinca a las llamas ardientes atravesándolas. Sujetando a Kayriel, colocando sus espadas cruzadas bajo su garganta.

\<Lionexus\>	"Suéltala o te mueres".
\<Kayriel\>	"No ganas nada con eso, ya cobré venganza. Ya no hay nada que puedas hacer para salvarla".
\<Lionexus\>	"No me interesa, sólo déjala ir".
\<Kayriel\>	"De acuerdo".

Cerrando sus ojos, hace crecer las llamas a su alrededor, invocando a su guardián. Las cenizas por el círculo llameante se enloquecen para cegar a los espectros a su alrededor. Empuja el cuerpo moribundo de Thryanna desapareciendo las llamas, distrayendo a Lionexus. Golpeándolo para zafarse, brinca agitando sus alas y planea sobre el enorme dragón para montarlo. Thais corre hacia Thryanna, recostándola sobre su falda. Sujetado fuerte la herida, tratando de detener la hemorragia de trementina.

<Thais>   "Aguanta Thryanna, Zoe ayúdame. Sujeta de ese lado".

Zoe arrodillándose frente a Thryanna. Sosteniendo la parte posterior de la herida.

<Zoe>   "¿Qué es esta cosa tan pegajosa?"
<Thryanna>   "Mi sangre".

El guardián montado por su amo. Planea sobre los espectros mofándose del acto de gentileza que le prestan al arcángel de tierra.

<Kayriel>   "Thryanna, a lo que has llegado. Ser cuidada por el enemigo… Patético".
<Ezequiel>   "No te saldrás con la tuya".
<Kayriel>   "Creo que ya lo hice, no soy quien está a punto de morir y no tengo un dragón sobre mi cabeza".

Acariciando la piel del dragón, abre sus alas y tornando sus ojos en llamas. Señala a los espectros y con furia.

<Kayriel>   "Haz que ardan".

El dragón creando una fuerte y poderosa llama de fuego, dirige su aliento llameante a los espectros bajo su sombra. Lionexus corre hacia ellos con el amuleto de Thryanna sobre su cuello. En el centro de todos crea una enorme esfera de tierra y rocas cubierta por un aura de color esmeralda. Protegiendo a todos de las ardientes llamas.

<Lionexus>   "No podrás salirte con la tuya Kayriel. Haré lo que sea por detenerte. Esto no se quedará de esta manera".
<Kayriel>   "Me muero de miedo. No importa el poder que tengas, para mí siempre serás un simple intruso, un espectro y tratar de detenerme será aligerar tu muerte".

\<Drako\>	"Sólo queremos salir de esta dimensión, no nos interesa nada que tenga que ver con ustedes. ¿Acaso eso es tan difícil de entender?"
\<Kayriel\>	"Puede que tengas razón, pero ya es demasiado tarde".
\<Nero\>	"¿Qué planeas?"
\<Kayriel\>	"No el error que cometió mi hermano Ziul, suicidándose por poder. Pero tendré mi amuleto eso se los aseguro y cuando lo tenga haré arder esta dimensión como la intensidad del sol. Destruiré haciéndolo estallar cuando el núcleo de la tierra no soporte el calor. Resistiendo el mayor calor, seré yo el único que sobreviva a tal explosión".
\<Liuzik\>	"Te quedarás flotado en el espacio, sin oxígeno no podrás lograr nada".
\<Thryanna\>	"Así es Kayriel, flotarás en una cárcel lamentándote de la peor de tus decisiones".
\<Kayriel\>	"Puede que tengan razón, pero puedo caer en otro planeta donde seré líder con mí poder al máximo. De caer en el sol, lo explotaré haciendo que todos los planetas se congelen. Me da igual, ya no me importa. Sólo quiero esparcir sufrimiento y para eso hay mil maneras".

Lionexus ignorando, le da la espalda al dragón domado por Kayriel y se dirige hacia Thryanna, a quien coge en sus hombros mientras que Thais y Zoe mantienen la herida presionada. Sin fuerza y herida, observa un hermano enloquecido perdido y consumido por la venganza y el odio reconociendo, el porqué su padre le confió al verlo de esa manera, el secreto sobre los amuletos. Habiendo ella encontrado un poder mayor: el amor. Apoyada por los que en un pasado fueron sus enemigos.

\<Thryanna\>	"Lo siento, Kayriel".
\<Kayriel\>	"¿De qué hablas?"
\<Thryanna\>	"No sé lo que planees, pero te perdono. Lamento no haberte dicho la verdad, sólo estaba confundida. Pero te amo, hermano. Me alegra que hayas sido tú el que acabara con mi sufrimiento. Con una vida falsa al perder la promesa que le hicimos a estos seres".
\<Kayriel\>	"¿Qué rayos te pasó? ¿Estos seres? ¿Te refieres a la tregua?"
\<Thryanna\>	"Así es, estos seres son humanos, tales como los que solíamos proteger antes que nuestro padre enviara la tentación. Me eliminaste cuando se suponía que me ayudarías a defenderlos".
\<Kayriel\>	"Silencio, estás agonizando y de paso sólo dices estupideces".

\<Lionexus\>	"Ya Thryanna, no hables. Sólo te debilitarás".
\<Thryanna\>	"No importa amor. Sólo quiero despedirme. Kayriel, gracias por dejarme mantener mi promesa intacta, encontrando redención al revivir la tregua que quebraste encontrando la muerte y protegiendo a estos humanos".
\<Lionexus\>	"Ya, eso es suficiente. No hables más. Todo saldrá bien amor".

Kayriel, aún más enloquecido por las palabras que le hizo reconocer Thryanna. Grita por el dolor que las mismas le causan, desbaratado su mente. Volando sobre la ciudad, el dragón comienza a sentir su ira. Con el dragón compartiendo tal fuerte sentimiento, comienza a quemar todo en la ciudad, haciendo arder en llamas Arkadia. Rugiendo el dragón se alejan de la ciudad dirigiéndose a su guarida.

\<Zoe\>	"Se ha vuelto loco, matará a todos los habitantes del lugar".
\<Ezequiel\>	"No es la primera vez que lo hace".
\<Drako\>	"Debemos detenerlo".
\<Lionexus\>	"Así es, pero necesito que lleven a Thryanna con Shagga. Él podrá mantenerla con vida a lo que lidiamos con él. Si no llegamos, al menos hicimos lo posible".
\<Nero\>	"Yo la llevo".
\<Zoe\>	"Te acompañaré".
\<Lionexus\>	"Bien, Liuzik ven conmigo subiremos al volcán. Tenemos que detenerlo".
\<Liuzik\>	"Sólo mantenme con vida. Yo no tengo un amuleto como tú".
\<Lionexus\>	"No te preocupes. No dejaré que te pase nada".
\<Liuzik\>	"Eso no me convence, pero de igual manera no te dejare ir solo".
\<Ezequiel\>	"Yo quiero ir con ustedes, puedo ayudar".
\<Lionexus\>	"Sé que puedes ayudar, pero prefiero que te quedes aquí. Necesito que junto a Thais y Drako. Ayuden a todos los aldeanos que puedan. No tienen culpa del coraje de Kayriel. No podemos permitir que mueran quemados".

Drako se dirige a su fiel amigo y acariciando su torso, le exige cooperación.

\<Drako\>	"Akunox, ve con Zoe y Nero. Protégelos".

Akunox se muestra algo inconforme con la petición de su líder, haciéndolo saber con gestos y rugidos de desagrado.

\<Drako\>	"Vamos amigo, Zoe necesitará de tu ayuda. Házlo por ella, ayúdala a mantener a Thryanna segura. Es lo menos que podemos hacer por Lionexus... Akunox por favor".

Dándole palmadas y acariciando su cabeza, este ruge para demostrar que fue convencido. Adelantándose a proteger a quien serán escoltados por tan leal canino.

\<Ezequiel\>	"Entonces, tranquilo. Salvaremos a todos los que podamos en la ciudad".
\<Liuzik\>	"Noa, quédate con ellos".
\<Noa\>	"Estás loco, quiero ir contigo. Ustedes dos no podrán contra el guardián y el arcángel por su cuenta".
\<Liuzik\>	"No nos subestimes, sólo deséanos suerte la necesitaremos".
\<Noa\>	"No si me dejaran ir con ustedes".
\<Ezequiel\>	"Parece que alguien se le subieron los humos".
\<Noa\>	"Esa es otra cosa por la que no quiero quedarme Liuzik".
\<Liuzik\>	"¿Cuál?"
\<Noa\>	"No lo soporto, es un bocón".
\<Liuzik\>	"Sólo compórtate, ayúdalos en lo que necesiten. No tardaremos".
\<Lionexus\>	"Vamos debemos irnos".

Dándole un beso a su amada, golpeando el hombro derecho de quien la sostiene.

\<Lionexus\>	"Aguanta mi amor. Protégela con tu vida Nero. Zoe dile a Shagga que le devuelva un poco de esperanza tal y como ella lo hizo por él".
\<Zoe\>	"Comprendo, eso haremos".

Alejándose del grupo, dividiéndose a los respectivos destinos. Lionexus y Liuzik suben montaña arriba hacia la guarida del dragón. Nero con Thryanna en sus brazos, guiado por Zoe, se dirigen de vuelta a Shagga para protegerlo y salvar a Thryanna. Mientras que Ezequiel y compañía se proponen salvar a los ciudadanos de la ciudad al detener el incendio que se esparce en Arkadia.

Observando la intensidad del incendio, Sedge y los llamados Abandondados caminan hacia la ciudad montando unos caballos que hurtaron a las afueras del pantano.

<Sedge>	"¿Qué sucedió?"
<Valgar>	"¿Liuzik y los demás?"
<Sedge>	"Demonios prisa".

Aligeran el paso, cuando comienzan a tener problemas al cabalgar. Se detienen por un terremoto que se siente cada vez más.

<Ghorlaz>	"¿Ahora qué sucede?"

Volteando a mirar para ver de qué se trata.

<Spyder >	"¿De quién es esa mascota que se aproxima? Se ve hambrienta".
<Sedge>	"¿De qué mascotas hablas?… Demonios es el guardián de Satarian?"
<Ghorlaz>	"Él no estaba pidiendo clemencia, se estaba comunicando con su guardián".

Dirigiéndose a ellos una gran bestia conocida como el Cerberus. Un perro de tres cabezas.

<Sedge>	"Rápido debemos llegar a Arkadia".

Los Abandonados comienzan a cabalgar más ligero, escapando de la enorme bestia que se aproxima a un mayor paso.

<Valgar>	"No llegaremos, está por alcanzarnos. Tienes el amuleto de Leyra, enfréntalo y sálvanos".
<Sedge>	"No, sería demasiado arriesgado, lo enfrentaremos junto con los otros en Arkadia".
<Ghorlaz>	"Pero esa ciudad está en llamas".
<Sedge>	"Así es, lo usaremos a nuestro favor. Cabalguen más rápido. Lo mataremos para quitarle el amuleto.
<Spyder>	"Así no se ve, se siente como si estuviéramos escapando".
<Ghorlaz>	"Sólo cállate y aligera el paso".

Los espectros encomendados a ayudar a los humanos en la ciudad, teniendo todo bajo control. Salvando a todos los que estaban atrapados en las llamas, le pide de favor que abandonen la ciudad con cuidado por la parte posterior. Todos asustados haciendo caso a los espectros por su propio beneficio.

\<Ezequiel\>	"Creo que ya podemos ir con Lionexus a ayudarles".
\<Noa\>	"Eso es lo mejor que has dicho en todo el día".
\<Thais\>	"Me parece bien, justo. Andando".

Se dirigen al lugar donde Liuzik y Lionexus comenzaron a subir la montaña hacia el volcán. Cuando la tierra en la ciudad, comienza a temblar.

\<Drako\>	"¿Qué sucede?"
\<Ezequiel\>	"Un terremoto".
\<Drako\>	"No me digas".
\<Thais\>	"¿Qué lo provoca?"
\<Noa\>	"Creo que es aquello que se aproxima por allá".

Volteando a ver, un enorme perro de tres cabezas. Levanta una gran cortina de polvo mientras corre hacia la ciudad.

\<Drako\>	"Creo ver caballos, la bestia sigue caballos".
\<Noa\>	"Son Sedge y los otros".
\<Thais\>	"Sí, son de mi grupo debemos ayudarlos".
\<Thais\>	"¿Sugieres que luchemos con ese guardián?"
\<Noa\>	"No tenemos alternativa. No dejará salir a ninguno con vida. Además es lo que ustedes iban hacer de primera intención, cazar guardianes".
\<Thais\>	"Sí, pero…"
\<Noa\>	"Pues aquí viene uno".

Al entrar los caballos montados por los Abandondados.

\<Drako\>	"¡Ahora!"

Thais lanzando una flecha atada con una soga larga.

\<Thais\>	"Rápido… Noa, Drako ayúdenme a mantenerla firme".

Esperada por Ezequiel del otro lado, quien la arrancó rápido y atándola a una de las vigas en el extremo de su posición. Al entrar el guardián, esta pierde el equilibrio, enredándole las piernas frontales en la soga, estrellándose en uno de los edificios que tenía en frente.

\<Thais\>	"Así se hace".
\<Noa\>	"No ha terminado, sólo hicimos que se enoje más".

El Cerberus recobrando su altura, mirando los espectros a su alrededor, aprieta sus dientes fuertemente enfadado. Los espectros dejan los caballos temerosos por la bestia y el fuego a su alrededor.

\<Noa\>	"Sedge, ya era hora que llegaran".
\<Sedge\>	"Tuvimos varios percances en el camino".
\<Nero\>	"De igual forma las cosas no cambian para nosotros, todo ha sido problemas desde que nos dividimos en el bosque de las hadas".

El guardián corre hacia ellos y tirando mordisco, se propone comerlos, estos escondiéndose de la bestia, la cual destruye todo lugar donde ve que se adentran para tenerlos.

\<Noa\>	"¿Cómo se les ocurre traer esa bestia aquí?"
\<Sedge\>	"Fue él quien nos siguió, creo que Satarian al morir le encomendó que nos siguiera".
\<Noa\>	"¿Satarian está muerto?"
\<Nero\>	"Así es y Leyra también. Sedge los venció".
\<Noa\>	"¿Cómo? ¿Quiénes son estos dos? ¿Dónde está Cobra?"
\<Sedge\>	"Cobra no lo logró, pero basta de preguntas. ¿Dónde está Liuzik?"
\<Noa\>	"Subió al volcán, fue a ayudar a un tal Lionexus a detener a Kayriel. Quien se volvió loco. Planea conseguir su amuleto y hacer volar esta dimensión estallando el planeta entero".

La bestia rompe el edificio donde se ocultaban. Todos se dividen para ocultarse del agresivo guardian.

\<Thais\>	"¿Que podemos hacer? Es demasiado alto".
\<Ezequiel\>	"Creo que tengo una idea".
\<Drako\>	"Si es otro comentario de los tuyos, no creo que sea el mejor momento".
\<Ezequiel\>	"Silencio, ¿Thais? ¿Hay más soga como la que usamos para tirarlo?"
\<Thais\>	"Así es, la conseguí en una bodega. Hay por montones".
\<Ezequiel\>	"Bien, consigue varias y trata de que no estén enredadas. Sube a un lugar alto y lánzalas a la bestia. Así podremos atacarla desde arriba haciéndole difícil poder atraparnos".
\<Thais\>	"Bien pensado".
\<Drako\>	"¿Dónde quedo yo?"

\<Ezequiel\>	"Te dejé la mejor parte. Te toca distraerla para que se olvide de Thais quien lo enfadará al clavarle varias flechas".
\<Drako\>	"Me hubiera quedado callado".
\<Ezequiel\>	"Andando, yo te ayudaré a distraerlo".

Se proponen llamar la atención del guardián. Mientras, Thais busca las sogas para buscar altura. Los Abandondados miran el plan de los espectros y se mantienen ocultos.

\<Ghorlaz\>	"Se han vuelto locos".
\<Noa\>	"Sí, son unos inútiles… En especial el del pelo rizo. Lo que habla son puras payasadas".
\<Sedge\>	"Debemos irnos".
\<Spyder\>	"¿Qué? ¿Acaso no era tu plan vencer el guardián aquí?"
\<Sedge\>	"Primero debemos vencer el dragón de Kayriel. No puedo permitir que Liuzik se apodere de él".
\<Ghorlaz\>	"¿Abandonarás a estas personas? Necesitan nuestra ayuda".
\<Noa\>	"Ellos no querían ayudarlos a ustedes en primera instancia, fui quien les convenció al saber que eran ustedes los perseguidos por el guardián".
\<Valgar\>	"Ghorlaz, no me digas que te creció una conciencia".
\<Sedge\>	"Debemos irnos ahora".

Ghorlaz se voltea a los Abandondados y corriendo a socorrer a quienes llaman la atención del guardián, levanta su martillo golpeando la bestia en una de sus patas haciéndola caer de lado. Thais alcanzando a ver así el otro lado desde su posición. Perforando varias flechas con sogas atadas a ellas.

\<Nero\>	"Siempre supe que era un cobarde".
\<Spyder\>	"No parece ser un cobarde".
\<Nero\>	"No ayudes".
\<Spyder\>	"Más cobardes nos vemos nosotros, planeando en dejarlo".
\<Sedge\>	"Sólo iremos a buscar el amuleto de fuego. Luego los ayudaremos. Eso, si cuando volvamos están con vida".

Sale corriendo montaña arriba hacia el volcán y se detiene volteando a los Abandondados.

\<Sedge\>	"Vengan, los necesitaré".
\<Noa\>	"Claro, no me quedaré aquí ni loca. Mis intenciones eran ayudar a Liuzik".

\<Spyder\>	"Estoy con ustedes. ¿Quién es Liuzik?"
\<Noa\>	"Olvídalo".
\<Spyder\>	"¿Entonces por que iremos a ayudarlo?"
\<Sedge\>	"Cierra la boca, andando. ¿Valgar?"
\<Nero\>	"Sí, también iré".

El guardián ve al grupo de espectros agruparse para escapar de él, los mismos a los que Satarian le había pedido eliminar. Valgar va hacia el grupo que se dirige a la colina. El Cerberus corre hacia ellos. Sin la rapidez suficiente para escapar, Valgar es golpeado por una de sus garras, separándolo del grupo.

\<Sedge\>	"¿Valgar?"

Valgar cae mal herico cerca de los espectros que valientemente lo desafiaban.

\<Sedge\>	"Que se pudra, ya no sirve de nada".
\<Spyder\>	"Nadie puede sobrevivir un ataque así, debe estar muerto".

Comienzan a subir la colina ignorando la situación de Valgar, quien queda con Ghorlaz y los demás, desangrándose por la cortada que le produjo las garras de la bestia. Se presiona la herida arrastrándose para ocultarse y sin poder hacer fuerza en sus piernas.

\<Ghorlaz\>	"¿Valgar? ¿Te encuentras bien?"
\<Valgar\>	"Vete al infierno".
\<Ezequiel\>	"Qué modales".

Thais al lograr clavar las flechas exitosamente como Ezequiel le sugirió, se reúne con los demás espectros.

\<Ezequiel\>	"Bien hecho Thais".
\<Drako\>	"¿Ahora qué?"
\<Ezequiel\>	"Subirlo, pero alguien debe distraerlo. Tú… ¿Hombre martillo? ¿Cómo te llamas?"
\<Ghorlaz\>	"Ghorlaz"
\<Ezequiel\>	"Bien, ¿crees que puedas distraerlo?"
\<Ghorlaz\>	"No hay problema".
\<Drako\>	"Entonces a escalar".

El Cerberus cae distraído por quien lo golpeó. Ghorlaz aprovecha para meterse debajo de él y así golpear el resto de sus piernas. Ezequiel y compañia suben por las cuerdas que Thais le clavó en su espalda y la perforan con las armas que llevan consigo. El grupo busca balancearse para no morir en la caída o ser devorados por la misma. Valgar quien se continúa arrastrando para ocultarse y no morir devorado por el guardian, clava sus dedos en el terreno… Impotente, débil, desangrándose por la letal herida. Siente una piedra en la mano que sostiene la tierra.

<Valgar>   "¿Qué rayos?"

Sacando la arena que la cubre, ve un hermoso zafiro sostenido por una cadena de plata.

<Valgar>   "¿Será un amuleto?"

Mirando a su alrededor con mucho dolor, disimulando para que nadie se dé cuenta de su hallazgo.

<Valgar>   "Sí, es… Podré mantenerme con vida. Pero no pueden vérmelo puesto. Ya sé".

Sosteniendo el mismo, lo mete en su boca y con dificultad, logra tragarlo. Viendo sus manos comenzar a tornarse pálidas, tornándose con un color azulado.

<Valgar>   "¿Qué sucede?"

Aguantando su estómago y colocándose en posición fetal, comienza a gritar por el dolor que emerge de su interior. Ghorlaz, escucha los gritos y se distrae de llamar la atención del guardián.

<Ghorlaz>   "¿Valgar? ¿Estás bien?"

Este ignorándolo, sigue con su dolor por el acto de desesperación al tragarse el collar. Siendo el amuleto de Ziul, se levanta del suelo y su piel comienza a rasgarse mostrando escamas. Sus retinas se tornan oscuras, cambiando la forma de sus ojos al reflejar el color del amuleto de zafiro, poniendo sus pupilas palidas. Sus codos se estiran hacia atrás deformes, tornándose en aletas. Saliéndole escamas entre sus manos y piernas y con dientes sumamente afilados. Mira fijamente a los ojos de Ghorlaz asimilando el físico a su entorno del leviatán, guardián de los dominios de Ziul.

<Valgar>   "Sí Ghorlaz, estoy perfectamente bien".

Con una sonrisa maléfica en su mayor esplendor, amedrenta a quien lleva en sus manos un firme y enorme martillo. Distraído por la bestia, el Cerberus atrapa a Ghorlaz en su boca.

<Ezequiel>   "El guardián tiene en su boca a Ghorlaz".

Thais arroja una de las sogas que tiene en su espalda hacia la cabeza que sostiene a Ghorlaz, clavando la misma en su cráneo. Los tres halan la cuerda para levantar su cuello, haciendo que esta no lo suelte, pero lo trague sin masticarlo junto con su enorme martillo.

<Thais>   "Santo cielos, se lo comió. No pudimos salvarlo".
<Drako>   "El guardián no lo masticó, eso hubiera sido peor".

Ghorlaz en su interior baja por la garanta de la bestia con vida. Abriendo sus piernas cayendo el martillo entre medio.

<Ghorlaz>   "Perfecto, cuando mejor hago las cosas. Peores salen".

Ya dentro del estómago de la bestia, Ghorlaz se levanta y comienza a sentir calor, pues los jugos gástricos comienzan a producirse para eliminar el supuesto alimento que ha entrado en él.

<Ghorlaz>   "Debo salir de aquí".

Levantando su martillo, comienza a golpear los órganos de la bestia para hacerle una mala digestión.

<Ghorlaz>   "No soy un buen alimento. Sácame de aquí bestia asquerosa".

Continúa golpeando con su martillo todo lo que ve a su paso. Ezequiel y compañía observan que alguien le hace frente al guardián.

<Drako>   "¿Quién rayos es ese?"
<Thais>   "Se ve como un pez enorme".
<Ezequiel>   "Sea lo que sea, no se ve amigable".

Valgar parado frente al Cerberus y con el poder del amuleto, domina la lengua de los arcángeles y la utiliza para dirigirse al guardián.

<Valgar>	"Escúchame, este será tu fin. Te arrancaré el corazón llevándome lo que llevas en su interior para aumentar tan grandioso poder".
<Cerberos>	"Si logras vencerme, no puedes ponerte otro amuleto. Morirás humano".
<Valgar>	"No te creo y cómo puedes ver ya no soy un humano".

Levantando ambas manos, manipulando el elemento de agua, hace caer un gran diluvio sobre la ciudad de Arkadia. Apagando las llamas que maltrataban la misma, hace inundar las calles para beneficio propio. Los espectros observan cómo una gran ola de agua se adentra por encima de los muros de la ciudad de Arkadia.

<Drako>	"Esto no puede ser bueno".
<Thais>	"Miren cómo sube el agua. El Cerberus no podrá moverse tan rápido ahora".
<Ezequiel>	"Seguramente, es lo que planea".

Kayriel, siente como las llamas provocadas por el dragón son extinguidas.

<Kayriel>	"¿Cómo es posible? ¿Tanta agua sólo puede ser causada por Ziul? ¿Su amuleto?"

Kayriel busca el amuleto donde con tanto celo, guardó. Sin tener éxito, recuerda que quizá lo perdió al escapar de Lionexus cuando montaba su dragón en Arkadia.

<Kayriel>	"Debo recuperarlo".

Abre sus alas para salir a buscarlo y quitárselo a quien lo tenga en su poder.

<Lionexus>	"No tan deprisa".

Sin poder salir a recuperarlo, mirado a quienes lo procuran con enojo.

<Liuzik>	"Ya sabemos todo lo de los amuletos. Si te vas, mataremos a tu dragón y luego a ti. A menos que hagas algo para evitarlo".
<Lionexus>	"Si la opción es eliminarnos, no se te hará fácil. Pagarás por el daño que le causaste a Thryanna".

\<Kayriel\>   "Esto no tomará tanto tiempo, humanos insignificantes.
                    Pagarán por su insolencia".

Valgar frente al Cerberus y con una ciudad inundada, obtiene ventaja.
Dirigiéndose hacia la bestia a gran velocidad, se desliza sobre las aguas y la
golpea, arrancando cada parte que sus filosas garras. Adolorido y desesperado,
el Cerberus queda inmovilizado por la cantidad de agua que lo rodea. Ghorlaz
en su interior se encuentra inestable por cómo se mantiene en pie el guardián
en el exterior. Continúa golpeando el mismo para salir mientras que los
jugos gástricos ya están por alcanzarle. Una gran cantidad de agua entra a
su estómago, calmando los ácidos. Tratando de sobrevivir, se sostiene de las
paredes del estómago pero pierde su enorme martillo en el acido.

\<Ghorlaz\>   "Estoy perdido, ha llegado mi fin".

Los espectros se arrojan al agua. Nada buscando un nivel alto para
observar la masacre hacia el Cerberus; atorada por lo que una vez fue un
espectro, Valgar.

\<Thais\>   "Debemos hacer algo".
\<Drako\>   "Pero si tenemos que matar al guardián de todos modos, que
                    él lo haga por nosotros".
\<Ezequiel\>   "¿Y quién lo vencerá?"
\<Thais\>   "Así mismo es, no podemos quedarnos de brazos cruzados".
\<Drako\>   "Para esta ciudad tener murallas tan altas, de seguro debe
                    haber algún desagüe".
\<Ezequiel\>   "Sí, eso es. Separemos y activemos el desagüe".
\<Thais\>   "No hay desagües para que el agua no se acumule".
\<Ezequiel\>   "¿Entonces como impiden inundaciones en las lluvias más
                    fuertes que tardan en ceder?"
\<Thais\>   "El terreno es árido y la forma en las rocas están colocadas,
                    hace que el agua no se acumule".
\<Drako\>   "Tu teoría no me convence en estos precisos momentos".
\<Thais\>   "No seas imbécil, ahora mismo sucede sólo porque Nero creó
                    más agua de la que el terreno puede sostener. Dejando caer,
                    una enorme ola por encima de las murallas. En Arkadia no se
                    había visto tal cosa".

Tardándose en encontrar tal solución, Valgar nota su presencia y
viéndolos como enemigos, deja al guardián desangrase en las aguas donde
apenas se puede mover. Dirigiéndose hacia los espectros.

<Thais>	"Nos vió, ahí viene".
<Drako>	"No se separen, creo saber cómo hacer salir el agua".
<Ezequiel>	"Ya no hay tiempo, debemos escapar de Valgar. el Cerberus está muriendo… Rápido trepémonos en el tejado. Donde el agua no alcanza y la movilidad será nuestra ventaja.

Haciendo caso del plan de Ezequiel, logran subir al techo donde observaban la masacre.

| <Valgar> | "¿Intentan detenerme? Los mataré". |

El guardián sin apenas poder nadar por las cortaduras que Valgar le produjo, muere ahogado y torna el agua de un color extraño. Ghorlaz en el interior, continúa batallando por sobrevivir, al escuchar como el corazón de la bestia comienza a palpitar más despacio.

| <Ghorlaz> | ¿La vencieron? Ya que está de lado, sólo tengo que subir a su boca para salir de aquí". |

Valgar se defiende contra el trio de espectros que se encuentra sobre el tejado. Sin lograr alcanzar a golpear a ninguno, se molesta.

| <Valgar> | "No se confíen… Podrán luchar bien, pero su destino será el mismo al final". |
| <Ezequiel> | "No sin antes dar lo mejor de nosotros". |

Valgar molesto por tan desafiantes palabras contra su nuevo poder, logra sostener a Thais por el cuello mientras patea a Ezequiel y con el otro brazo, golpea a Drako. Se propone dar fin a la vida de Thais, cuando comienza a sentirse inmovilizado.

| <valgar> | "¿Qué me pasa?" |

Parado sobre sombras provocadas por la luna, Ghorlaz lo golpea fuertemente con su martillo. Valgar suelta a Thais, haciéndola caer de rodillas en el suelo.

| <Thais> | "¿Cómo has escapado?" |

Dice sorprendida mientras se aguanta el cuello. Alzando la mirada, ve un collar que sostiene una piedra Ónix, sobre su cuello.

\<Ghorlaz\>	"Digamos que fue suerte, háganse a un lado. Yo me encargaré de él".
\<Valgar\>	"Con que te apoderaste de mi amuleto de las sombras, traidor".
\<Ghorlaz\>	"Traidor se les llama a los que fueron aliados".
\<Valgar\>	"Entonces eres un cobarde, te uniste a los Abandonados por no tener la valentía de encontrar la muerte a las afueras de la Aldea de Lefyr".
\<Ghorlaz\>	"Sólo utilicé a los verdaderos cobardes y creo que es hora de acabar con nuestro deseo reprimido".
\<Valgar\>	"Entonces te daré la muerte de la manera más dolorosa".
\<Ghorlaz\>	"No creo que sea esa la historia por darse en este lugar".
\<Valgar\>	"Silencio".

Haciendo levantar las manchadas aguas, le hace caer hacia la inundación que acabó con el guardián de Satarian. Valgar adentrándose de clavado, golpea a Ghorlaz haciéndole despojarse de su arma.

\<Ezequiel\>	"Debemos ayudarlo".
\<Thais\>	"Drako, ¿cómo pensabas sacar el agua?"
\<Drako\>	"De la misma manera que llegamos al problema, podemos salir del".
\<Ezequiel\>	"¿Y esa forma es?"
\<Drako\>	"Debemos abrir la puerta de la ciudad nuevamente para que salga el agua, no creo que sea la única. Ustedes dos encárguense de la que cerramos para tratar de dejar el guardián afuera. Yo buscaré la otra y las bajaremos al mismo tiempo".
\<Ezequiel\>	"El agua saldrá de la ciudad a gran velocidad. Bien pensado".
\<Drako\>	"Ver tanta agua junta me pone nervioso, la detesto".
\<Thais\>	"¿A qué viene eso?"
\<Drako\>	"Olvídalo, debemos darnos prisa".
\<Ezequiel\>	"Bien".
\<Thais\>	"Sí, andando".

Bajándose de los tejados, se dirigen a las enormes puertas de la ciudad de Arkadia para eliminar el agua que la arropa. Estos luchan con el sube y baja de los niveles del agua que se mece entre las estructuras. Por otro lado, Valgar contunúa su lucha contra Ghorlaz.

\<Valgar\>	"Eso no servirá de mucho aquí, estás en mis dominios".

Se sumerge y lo lleva con él. Apoderándose de la oscuridad que lo rodea bajo el agua, utiliza sombras para crear brazos con garras enormes para golpearlo. Quitándoselo de encima, Ghorlaz sube a la superficie para tomar aire. Valgar manipula el agua a su alrededor para convertir los mismos brazos, que ahora, se han convertido en tiburones.

<Ghorlaz>   "No podré vencerlo con toda esta agua".

Viendo que los espectros que se dispuso a ayudar en el pasado, se habían marchado.

<Ghorlaz>   "¡Bien! Les ayudo y me dejan solo contra este imbécil. Seguramente pensaron que me las arreglaría sin problemas".

Los espectros, buscan desesperados la manera de ayudar a Ghorlaz, siendo Drako el único en encontrar la forma de iniciar el desagüe de la ciudad.

<Drako>   "Lo encontré, espero que los otros hayan llegado a la puerta".

Ezequiel y Thais encuentran una rueda de madera, por la cual pueden bajar la enorme puerta de entrada a la ciudad.

<Thais>   "Es como una válvula. Espero que Drako haya llegado".
<Ezequiel>   "Rápido Thais, debemos girarla".

Poniendo esto en práctica, comienzan a girar la rueda y abren la puerta, dando inicio al desagüe de la ciudad. Drako escucha la puerta moverse.

<Drako>   "Lo lograron".

Repitiendo el proceso, hacen bajar la puerta posterior de la ciudad, por donde desciende gran cantidad de agua. Las calles limpian de las manchadas aguas mescladas con sangre.

<Ghorlaz>   "El agua comienza a bajar, eso sí ayudará".

Valgar siente como toda el agua que manipulaba, desciende al igual que los tiburones que trataban de alcanzar a su contrincante. Ghorlaz rápidamente se libera de la trampa y los tiburones caen al suelo moribundos como todo animal fuera de su habitad. Siente que su cuerpo no puede obedecerlo, inmovilizado.

<Valgar>   "No puede ser".

Valgar corre tratando de huir, pero sus pies son atrapados por las sombras. Ghorlaz comienza a golpearlo varias veces lleno de ira, por las tantas veces que falló. Viendo su martillo en el suelo, mientras que Valgar busca la manera de soltarse, lo levanta y manipulando las sombras que los rodea, hace que la oscurdad le diriga su enorme arma hacia la mano, que no sujeta el cuello de su contrincante. Levantando el mismo al arrojar a su enemigo al suelo ya este debilitado.

<Valgar>   "No lo hagas, amigo. Al parecer empezamos por el peor de
                 los lados. Dame una oportunidad".

Levantando su enorme martillo sobre su cabeza.

<Ghorlaz>   "No pareces una persona que dé segundas oportunidades".
<Valgar>   "Pero tu sí, vamos no hagas esto".
<Ghorlaz>   "No debo arriesgarme, ahora no depende sólo de mí. Debo
                 proteger a estas personas".
<Valgar>   "Pero los acabas de conocer, nosotros hemos peleado juntos".
<Ghorlaz>   "Pero ellos comparten el mismo deseo que yo, escapar de
                 aquí. También tienes razón en algo".
<Valgar>   "Perdóname".
<Ghorlaz>   "Hemos peleado juntos. Pero mírate, mírame… Te he vencido".
<Valgar>   "No, Ghorlaz… ¡NO!"

Dejando caer su martillo sobre la cabeza de Valgar, la destroza con varios golpees para asegurar que no sobreviva. Sin saber el motivo de sus acciones, los espectros se dirigen a Ghorlaz quien con tanta ira continúa golpeando a Valgar; se lanzan sobre él.

<Ezequiel>   "Ya es suficiente".
<Drako>   "Sí grandote, contrólate. Ese comportamiento no inspira
                 confianza en ti".
<Ezequiel>   "Así es, mucho menos el que él era de tu grupo y nosotros no
                 te conocemos".

Ghorlaz controlado por los espectros. Deja caer su martillo, volteándose hacia ellos.

<Ghorlaz>   "Lo lamento. Es que no nos llevábamos bien".
<Thais>   "No me lo tienes que jurar, te creemos".

\<Ghorlaz\>	"Me uní a ellos porque la otra opción era la muerte. Cuando mi interés es salir de esta dimensión. Tuve que fingir, haciendo lo mismo que ellos para lograr encontrar una salida".
\<Ezequiel\>	"Pues creo que esa salida, somos nosotros".
\<Ghorlaz\>	"Eso parece".
\<Thais\>	"Cuidado".

Para sorpresa de todos, Valgar se levanta y se detiene detrás de Ghorlaz para lanzar un ataque. Sin lograr alcance, su pecho es atravesado por la mano de Ghorlaz, quien sostiene el amuleto dentro de su corazón. Valgar abre sus ojos con gran asombro, soportando el dolor causado por el hecho de que su peor enemigo, sostiene su corazón en sus propias manos. Cerrando sus ojos a la vida, Ghorlaz arranca de su interior el amuleto. Cayendo Valgar muerto sin opciones de escapársele de la muerte.

\<Ghorlaz\>	"Sabía que regresaría, es uno de los poderes que te dan los amuletos. La capacidad de soportar los más letales golpees".
\<Ezequiel\>	"¿De verdad?"
\<Ghorlaz\>	"Así es".
\<Drako\>	"¿Cómo sabes eso?"
\<Ghorlaz\>	"El líder de los Abandonados".
\<Thais\>	"¿Abandonados?"
\<Ghorlaz\>	"Sí, son espectros que fueron llamados por los mismos arcángeles, para que buscaran sus amuletos a cambio de perdonarles la vida. Peleando con el guardián de Leyra, Sedge el que dice llamarse nuestro líder, de apoderó del amuleto de Leyra y planea matar con él a Liuzik para quedarse con los amuletos restantes".
\<Ezequiel\>	"No puede ser, Lionexus corre peligro".
\<Ghorlaz\>	"Así es. Sedge pretende eliminar a Liuzik para ser el primero al mando del grupo que solían ser. Matará a Lionexus para quedarse con los amuletos y dominar esta dimensión".
\<Thais\>	"Debemos ayudarlos".
\<Ezequiel\>	"No. Regresa con Shagga y que Ghorlaz te acompañe.
\<Drako\>	"¿Qué? ¿La enviarás con ella? ¿Cómo sabes que podemos confiar en él lo acabamos de conocer?"

Ghorlaz baja su cabeza y retirando el ensangrentado amuleto que lleva sobre su cuello, lo ofrece a Thais.

| <Ezequiel> | "Con ese gesto se ganó mi confianza". |
| <Thais> | "Sí es algo noble, pero mejor quédatelo. Sólo sígueme, que asco". |

Con rostros de desagrado, al estar uno manchado en sangre y el otro sudado por la batalla que se dio en el lugar, hacen un acuerdo.

| <Drako> | "Iré contigo Ezequiel". |
| <Ezequiel> | "Bien, entonces vamos no tenemos tiempo que perder". |

Estos suben la colina hacia donde se dirigió Kayriel y los espectros aliados que lo perseguían. Thais en dirección a la cabaña de Shagga, va paso ligero seguida por Ghorlaz con dos de los amuletos en sus manos.

Capítulo XIV

PASIÓN

Una peligrosa batalla, no sólo por el entorno a unas temperaturas muy altas, sino forjando en ardientes llamas promesas de hierro. Siendo esta la única oportunidad de regresar el honor de su familia, Kayriel junto a su guardián, se enfrentan al odio que empuña las armas de ambos espectros con quienes se enfrentan. Kayriel quien confiado de que estos guerreros no tienen ninguna posibilidad, aún así que uno de ellos carga con el amuleto de su hermana Thryanna. Los espectros atacan al arcángel de fuego sin mostrar ningún miedo; el dragón arrojándoles fuego. Lionexus le detiene haciendo barreras de aura color esmeralda utilizando el amuleto de su amada. Liuzik lucha con fe a su compañero, reconociendo que da todo lo que tiene para alcanzar poderes más allá de lo entendible. Concentrándose en atacar a Kayriel y confiando su vida a la protección de Lionexus contra tan temible guardián, se siente desesperado porque los espectros muestren una falla para calcinarlos y devorarlos.

<Kayriel>   "Es una lástima que contrincantes con habilidades como las de ustedes, tengan que ser arrebatadas a manos de la muerte".

Alarmando a su guardián por la batalla que le ofrecen los espectros.

<Kayriel>   "Arrójale todo el fuego que puedas, nunca sedas hasta que sea yo quien salga de las llamas".

El dragón inhala gran cantidad de azufre a su alrededor, exhalando enormes llamas de fuego hacia los enemigos de su amo. Lionexus levanta enorme pedazos de rocas para cubrir a ambos de las persistentes llamas.

\<Lionexus\>	"Son demasiado fuertes".
\<Liuzik\>	"Continúa, yo puedo detenerlo. El dragón en algún momento dejará de lanzar fuego".

Este abre orificios en su espalda para continuar entrando aire para jamás ceder su aliento llameante.

\<Kayriel\>	"Tonto, jamás podrán detenerme. ¿Acaso piensas que puedes apagar las llamas del infierno si provocas a los demonios que habitan el mismo?"
\<Lionexus\>	"Liuzik, hazte para atrás y sígueme".
\<Liuzik\>	"No, yo puedo enfrentarlo. Lo detendré como hiciste con la Chimera el día que me salvaste… Te lo debo".
\<Lionexus\>	"NO… No es lo mismo. No lo enfrentes, te matará".

Lionexus usando todas sus fuerzas para impedir que ambos mueran calcinados por las llamas que arroja el dragón, se mantiene inmóvil mientras se concentra para sostener el ataque. Kayriel atacando a Liuzik sin piedad alguna, aprovecha la ventaja de que Lionexus no puede cuidarlo del aliento de dragón y de su furia al mismo tiempo. Tan poderoso este sentir en Kayriel, que su afán por arrebatar la vida de Liuzik se hace placentero.

\<Lionexus\>	"Ven junto a mí, Liuzik".

Este sin escuchar las alarmantes palabras de aquel tan desesperado amigo, lucha contra Kayriel con lo mejor de él. Hace lo posible para que su líder, a quien en el pasado defraudó, se sienta orgulloso aunque sea en un momento de vida o muerte… Sacrificio.

\<Kayriel\>	"Eres mío".

Le corta la mano que sostenía su espada, ésta a su vez cicatrizando el corte por las llamas que cubren la espada que produjo tan letal corte. Liuzik observa triste y con decepción a Lionexus por no poderle ser de mucha ayuda; sin lágrimas en sus ojos, pues estas se evaporaban por el inmenso calor.

\<Lionexus\>	"¡NO!… ¡Liuzik!"

Mira a aquel amigo que le brindó el aliento de continuar y la motivación de ayudar a otros como ellos.

<Kayriel>   "No grites Lionexus. Eres el siguiente".

Liuzik con su mano restante, volteándose a Kayriel lo golpea en la cara con todas sus fuerzas.

<Lionexus>   "Rápido ven a mí, tu herida sanará".

Corriendo hacia él para su vida prolongar.

<Kayriel>   "¿Cómo te atreves? Gusano insolente".

Este en dirección a su amigo, es alcanzado por las llamas del guardián, donde su piel comienza a quebrarse por el intenso calor que lo arropa. Escuchándose gritos de agonía y desesperación al tratar de apagar el fuego que lo agobia. Momentos tristes que a la velocidad de la luz se torna en coraje, alimentando el odio en Lionexus. Kayriel le había arrebatado todo lo que le daba ganas de seguir, luchar y mantenerse vivo. Camina hacia el cuerpo en llamas que pelea por tratar de seguir disfrutando de la vida. Kayriel sin respeto a quien observa, lo sostiene por su cuello levantándolo del suelo.

<Lionexus>   "Déjalo ir, no lo toques".
<Kayriel>   "¿Qué importancia tiene? Ya lo que queda de él son sus nervios temblorosos al despedirse".
<Lionexus>   "Suéltalo, por favor".
<Kayriel>   "Claro, será un placer".

Arrojándolo hacia el vacío a su lado donde el líquido ardiente de la lava desintegra los restos en segundos. Lionexus ve a Liuzik desaparecerse, sin poder despedirse u sin poder honrarle un sepelio como se merecía; sin importar las discordias o malos momentos. Siendo este un momento triste en que su mejor amigo se desvanece para siempre.

<Lionexus>   "Pagarás por esto, por las vidas importantes que me has arrebatado Kayriel".
<Kayriel>   "Podrás amenazarme todo lo que gustes, pero las acciones son quienes darán paz a tu conciencia, a tu alma. Siendo tú quien me arrebató más de lo que pude haberte quitado yo a ti, espectro".

Kayriel aligera su caminar en dirección a Lionexus, quien continúa tratando de que el aliento de dragón no lo alcance.

<Kayriel>   "Reúnete con tu amigo".

Lionexus, sin necesidad de mantener protegiendo a quien perdió su vida a manos de Kayriel, lanza las rocas al dragón para distraerlo. Rocas que se destruyen por el poderoso aliento llameante.

<Kayriel>   "Eso no sirve de nada, su aliento jamás cederá".
<Lionexus>   "Sólo te distraía a ti".

Cubierto por el poder del amuleto de su amada con sus espadas desvainadas, espera al atacante. Esquivando el ataque de Kayriel, corta ambas alas y pateándolo, lo aleja. Kayriel ve como tal cortadura sana rápidamente por el poder que carga el espectro. El dragón, observa que más espectros llegaron a la cima donde se desata la batalla. Por medios telepáticos, Kayriel se comunica con su dragón.

<Kayriel>   "No permitas que se unan a este espectro. Mantenlos alejados
                   o será nuestro fin".

Lionexus ve que el dragón detiene su aliento de fuego, y se retira. Volteándose a ver, tres espectros a lo lejos donde se dirige el enorme dragón.

<Lionexus>   "Ustedes, cuidado con el dragón".

Esquivando el ataque de la espada de Kayriel, recibe un golpe en el estómago. Con ambas espadas detienen el perseverante ataque de su enemigo haciendo sonar las hojas de acero. Al mirarse fijamente a los ojos, Kayriel moviendo su cabeza negándole el intento de dejar saber su ubicación.

<Kayriel>   "No arruines la fiesta, tú y yo la estamos pasando de
                   maravilla".

Mientras ambos esquivan ataques y chocan sus espadas, los Abandonados observan a su alrededor sin encontrar a quien buscan.

<Noa>   "¿Dónde está Liuzik?"
<Sedge>   "Dijiste que estaba en la cima. Aquí estamos y no logro ver
                   nada. Este calor es insoportable".
<Noa>   "Te juro que lo vi subir con el tal Lionexus".

\<Sedge\>	"Yo no logro ver nada".
\<Noa\>	"No tengo por qué mentirte, además estoy preocupada por él. No me interesa saber por qué razones lo buscas".
\<Spyder\>	"Miren, allá hay alguien peleando con el arcángel de fuego".

Todos mirando hacia allá, observan la batalla.

\<Noa\>	"Ese es el tal Lionexus".
\<Sedge\>	"¿Entonces donde está Liuzik?"
\<Noa\>	"Ni idea, sé lo mismo que tú".
\<Spyder\>	"Cuidado".

Volteando a ver un enorme dragón que se lanza sobre ellos, buscan ocultarse en las rocas que les rodean.

\<Sedge\>	"Perfecto, es el guardián de Kayriel".
\<Noa\>	"¿Perfecto? Nos comerá vivos".
\<Sedge\>	"Tal vez a ti sino te cubres bien, yo no tengo por qué temer".

Caminando hacia la vista del dragón, busca en su bolsillo y saca el amuleto de Leyra. Colocando el mismo sobre su cuello. Asimila enorme poderes a los del guardián dueño del mismo. El dragón arrojándole llamas de fuego corre hacia él. Este desapareciendo a una gran velocidad, mueve su enorme espada lanzando ataques sobre las llamas que se le aproxima y alimentándola con vientos, devuelve llamas más poderosas contra el guardián; estas sin hacer daño alguno. Corre hacia el dragón e intenta golpearlo sin tener éxito, pues su piel era tan gruesa como las rocas que le rodea.

\<Sedge\>	"Penetrar esta cosa es imposible".
\<Spyder\>	"Creo que puedo ayudar. Sólo distráelo a lo que me acerco lo suficiente para hacerla volar en pedazos".
\<Noa\>	"Bien, te avisaré. Sedge la gran parte depende de ti".

Brincando frente a los ojos de la bestia para llamar su atención.

\<Sedge\>	"Dense prisa, aún tengo este amuleto no parece ser de mucha ayuda contra él".
\<Spyder\>	"Así es, el viento alimenta al fuego, pero si logran distraerlo lo suficiente, podré explotar la capa de roca que protege su piel. Así podrás herirlo Sedge".
\<Sedge\>	"Hago todo lo que puedo, sólo dense prisa".

Noa corre visible a los ojos de la bestia, la misma viendo a un enemigo vulnerable. Presa fácil se lanza tras ella. Rompiendo rocas y murallas de piedra a su paso.

\<Noa\>	"Ya me sigue, ya me sigue… Como quiera que te llames, hazla estallar ahora".
\<Spyder\>	"No alcanzo a acercarme lo suficiente, necesito un poco más de tiempo".
\<Noa\>	"No lo tendrás. En el tiempo que resta para que lo logres, yo no estaré con vida. Date prisa".

Spyder corre hacia el guardián por la parte posterior mientras enciende varias dinamitas con el cigarrillo que sostenía e sus labios.

\<Spyder\>	"¡Ahora! ¡Has que se detenga!"

Noa brincando para ocultarse al lado de la última roca donde el guardián la vio esconderse, llama su atención haciéndole pensar que sigue escondida en ella. Lanzando cuchillos a resonar en las rocas, el dragón se laza sobre ella sin encontrar su presa. Explotando varios puntos sobre su espalda, Sedge y Spyder logran ver la piel que era cubierta por aquella dura coraza que cae rota sobre el suelo.

\<Sedge\>	"Ahora las cosas serán diferentes".

Se lanza hacia ella y clava su enorme espada sobre uno de esos puntos débiles que fueron expuestos por las dinamitas que arrojó Spyder. El dragón expresa el daño gritando por el dolor que le hace sentir la hoja de acero que entró en su piel; mostrándose aún más agresivo contra los humanos que lo desafían.

Estos esquivando su furia en ataques y alejados de las llamas que respira.

\<Kayriel\>	"¿Lo han herido? ¿Mi guardián?… Debo ayudarle, seguramente uno de esos lleva alguno de los amuletos de mis hermanos caídos. No puedo permitir que él o alguno de ellos, se apodere de mi amuleto… Moriría".
\<Lionexus\>	"No te dejaré ni tan siquiera acercarte".
\<Kayriel\>	"Hazte a un lado, no puedo permitir que un humano se apodere de mi amuleto".
\<Lionexus\>	"¿Ya tan rápido das tu dragón por muerto? ¿O acaso es tu plan? Dejarlo morir para no sentir la culpa de ser quien arranque su corazón para beneficio propio".

\<Kayriel\>	"Cállate, tus palabras son tan vacías como las esperanzas de que puedas vencerme".

Kayriel corre hacia donde se escuchan los gritos del guardián. Lionexus apareciendo frente a él, lanza un ataque con dos espadas. Kayriel detiene el ataque, tan fuerte que lo hecha hacia atrás, impidiéndole el paso a su guardián.

\<Lionexus\>	"Vacía debe estar tu alma, al utilizar a tus hermanos para alcanzar el poder supremo. Thryanna quien confundida hizo y sufrió cada consecuencia. Que junto a tu familia fue forzada a seguir por el amor de hermanos. Por ser solidaria".
\<Kayriel\>	"Cierra tu maldita boca intruso".
\<Lionexus\>	"No necesito hablar más, reconociendo que tú mismo has matado a cada uno de tus hermanos, destruyendo tu familia sin una gota de esperanza a restablecer la tregua por la cual fueron creados".

Kayriel agrandando la llama que cubre su espada. Corre hacia Lionexus. Perdido en cada corte que esas palabras le hacen a su corazón. Encontrado sus espadas en defensa del mismo, su rostro deja caer fuertemente su aliento.

\<Kayriel\>	"Amaba a mi familia, tanto que lo que quería era protegerla. No me digas que fui yo quien los mató. Lo que buscaba era alcanzar el poder para todos y con eso restablecer la tregua con los humanos. Eliminando junto a todos mis hermanos los intrusos débiles, humanos que son adictos al pecado y a la tentación. Aquellos que no valen nada… Dispuestos a matar hasta su amigo más cercano por saber qué es poder".
\<Lionexus\>	"¿Quién te ha dado el derecho de juzgarnos?… Cuando ustedes han matado al que se les pare enfrente sin derecho a juicio, sin conocer sus intenciones o el motivo de estar en esta dimensión".
\<Kayriel\>	"Tal vez tengas razón, pero con tu muerte, yo ganaré redención. Otorgándole un mejor juicio a mis hermanos caídos por la sangre de Vicarius".
\<Lionexus\>	"¿Piensas matar a tu padre?"
\<Kayriel\>	"Dejó de serlo desde el momento en que confió la verdad en Thryanna. Utilizándome como una marioneta. Pasando por alto que fui yo quien protegía esa familia, quien está dispuesto a todo por mantener el honor de cada uno de ellos

aún así su patética tregua se halla quebrado con intenciones del amor por él, más tarde fuera restablecida".

Este torna sus ojos del color de las llamas que les rodean y manipula el fuego que emerge de la candente lava a su alrededor. Hace crecer sus alas nuevamente, totalmente restablecidas. Levitando en ellas patea a Lionexus en el pecho alejándolo de él y agita sus enormes alas para socorrer a su guardián. Lionexus cae a distancia sobre sus pies balanceados, sin perder la postura desafiante a su contrincante. Tornando sus ojos de un color esmeralda levanta las rocas que flotan en la lava y reposan a su alrededor, lanzándolas hacia Kayriel; este vuela y evade gran cantidad de ellas. Lionexus rompe la cubierta de lava con su espada y tras ella, golpea a Kayriel haciéndolo volver al suelo, esta vez estrellado sobre el mismo. Levantándose con un rostro cambiado por la ira que se apodera de él, se limpia de los pedazos y escombros de piedra que lo cubren. Lionexus, aterrizando lentamente sobre el suelo, luego de tan desesperante ataque y con una sonrisa en su rostro, hace sus ojos brillar

Alcanzado la cima, rodeados de enormes huevos.

\<Drako\>	"¿Son de dragón?"
\<Ezequiel\>	"Dudo mucho que una gallina suba tan alto para poner en estos climas tan cálidos".
\<Drako\>	"No seas idiota, de igual forma debemos estar cerca".
\<Ezequiel\>	"Posiblemente, aligera el paso. Nos necesitan".

Corren y esquivan el campo repleto de huevos para alcanzar la cima luchar junto Lionexus.

A las afueras de la ciudad de Arkadia, Nero y Zoe llegan a la cabaña de Shagga. Debido a la situación, la desesperación de Nero entregarle Thryanna a Shagga, lo hace golpear la puerta con una patada. Esta al no estar fija cae al suelo. Shagga sorprendido por la manera en que llegan alarmados, ve el arcángel de tierra inconsciente en sus brazos.

\<Shagga\>	"¿Qué sucedió? ¿Que tiene Thryanna?".
\<Zoe\>	"Fue atacada por Kayriel, necesita su ayuda".
\<Shagga\>	"¿Kayriel? Pero… Bueno. Rápido recuéstenla sobre la cama".

Nero la acuesta en la misma y le pide a Shagga que se encargue del resto.

\<Shagga\>	"¿Cómo sucedió esto? ¿Por qué Kayriel la atacó? Son hermanos".

\<Nero\>	"Al escoger ayudarnos a nosotros. Kayriel no la perdonó, reconociendo el acto como traición".
\<Shagga\>	"¿Dónde están Lionexus y los demás?"
\<Nero\>	"Fueron tras Kayriel. Luego de atacar a Thryanna, confesó sus intenciones de destruir esta dimensión haciéndola estallar al recuperar el poder de su amuleto".

Shagga concentrándose mientras es informado por Nero, coloca su mano sobre la frente de Thryanna. Aliviando el dolor, sana las heridas leves. Sin tener la fuerza suficiente para cicatrizar las profundas.

\<Shagga\>	"Ya no puedo hacer más con el poco poder que me queda. Rápido tráeme algo para detener la hemorragia".

Nero desesperado buscando a su alrededor, no encuentra nada.

\<Nero\>	"¿Zoe?, trae por favor un manto... Algo para detener la sangre".
\<Zoe\>	"Enseguida".

Con rapidez encuentra un manto y entra en la habitación, donde Thryanna convulsiona en manos de Shagga.

\<Shagga\>	"Rápido la perdemos".
\<Zoe\>	"Pensé qué los Angements no pueden morir"
\<Shagga\>	"Sólo pueden enfrentar la muerte por la mano de sus hermanos, padre o humano que obtenga sus amuletos adquiriendo su poder".
\<Nero\>	"Eso aclara el por qué su afán por impedir que los intrusos encontraran sus amuletos. Tienen miedo a encontrar su muerte".

Shagga corta el manto en pedazos y lo coloca en las heridas de Thryanna.

\<Shagga\>	"Necesito que me dejen a solas con ella".
\<Nero\>	"¿Estás seguro? ¿No hay otra cosa que podamos hacer para ayudarle?"
\<Shagga\>	"No se preocupen, haré lo que pueda para mantenerla con vida. Esperen afuera".

Los espectros confiando en que solo él puede ayudar a Thryanna, abandonan la habitación esperando cerca del órgano de huesos.

\<Zoe\>	"¿Crees que lo logren?"
\<Nero\>	"Thryanna le dio ánimos para seguir y hacer la diferencia. Dudo mucho que él se dé por vencido en ella".
\<Zoe\>	"Entiendo, espero que Lionexus estén bien".
\<Nero\>	"Pienso de la misma manera".

Estos sin más remedio que sentarse a la espera de que las situaciones a su alrededor mejoren.

\<Zoe\>	¿Cómo conociste a Lionexus?"
\<Nero\>	"Observaba como entrenaba a Ezequiel, luego de eso se ofreció en pelear contra ambos como parte del entrenamiento, así Ezequiel sabría lo que es pelear e equipo"
\<Zoe\>	"Tu historia es similar a la mía. Sólo que para eso ya sabíamos pelear. Mi grupo era algo grande incluyendo a Thais, Dinorha, Marco y Arol. Peleábamos por sobrevivir contra un inmenso Trol. Teniendo habilidades y destrezas en el campo de batalla, pero la criatura era demasiado poderosa. En eso Lionexus se unió al combate para ayudarnos. Solo y enojado, desató una ira contra aquella bestia de la naturaleza. Luego de varios días en el grupo. Nos reveló la historia acerca de Thryanna y lo que estaba dispuesto hacer por nosotros. En un par de días lo reconocimos como nuestro líder".
\<Nero\>	"¿Cómo llegó Drako?"
\<Zoe\>	"Se presentó varios días luego de llegar a la aldea de Martuverk, junto con el Lobo que siempre lo acompaña".
\<Nero\>	"¿Akunox?"
\<Zoe\>	"Sí".
\<Nero\>	"Ya veo… En realidad lo único que tengo es la compañía de Ezequiel. De alguna manera vi a su pareja".
\<Zoe\>	"¿Su pareja entró a esta dimensión? ¿Cómo? ¿Dónde está?"
\<Nero\>	"Desvaneció momentos después de haberlo traído en sus brazos. Creo que se trasportó a esta dimensión por un sueño".
\<Zoe\>	"No creo que eso sea posible, se necesita más que un sueño para llegar aquí otra vez, de ser cierto algún vínculo o algo".
\<Nero\>	"Un vínculo tan fuerte como un embarazo, crees que en los momento donde la vi… ¿Estuviera embarazada?"
\<Zoe\>	"Posiblemente, eso tendría mayor sentido".
\<Nero\>	"Entonces, es mejor no dejarle saber a Ezequiel nuestra duda"
\<Zoe\>	"El amor es el vínculo más poderoso en esta dimensión. ¿Tú vives por alguien? ¿Por eso tu afán de regresar a casa, cierto?"

Nero bajando su cabeza, se levanta de su asiento y mirando hacia fuera por donde la puerta esta desprendida, mantiene su silencio.

\<Zoe\>	"¿Todo bien? ¿Qué te sucede? ¿Dije algo malo?"
\<Nero\>	"No tengo nadie por quien volver".
\<Zoe\>	"Eso es imposible".

Mirándolo sorprendida.

\<Zoe\>	"A alguien debes tener, ¿tu hermana? ¿Tu pareja? ¿Tu madre o padre? No creo que para alguno de ellos, quien sea te tiren al olvido sin importarles nada… Imposible".
\<Nero\>	"Había alguien, pero esa persona ya no está con vida".
\<Zoe\>	"Al ser ese tú vínculo, si esa persona no está. ¿Cómo puedes estar con vida? Lionexus nos explicó todo acerca de esta dimensión. Aquel que muera, la persona que más se preocupa por ti o te ama con todo su corazón, muere en el mundo real".

Nero levantado su mirada y con sus ojos llenos de lágrimas, la mira fijamente a los ojos y con una tristeza difícil de arrancar, pegada a su alma.

\<Nero\>	"Me lo dijo luego de resucitarme".

Abriendo sus ojos sorprendida y con su voz con problemas al expresarse hacia él.

\<Zoe\>	"¿Cómo que te resucitó? ¿Cómo fue eso posible?"
\<Nero\>	"No tengo idea, lo último que recuerdo fue haber peleado con un arcángel que manipulaba el agua".
\<Zoe\>	"¿Ziul?"
\<Nero\>	"No sé, no recuerdo su nombre, pero según Lionexus, me mató en Sicodelia. Ezequiel no quiso dejar mi cadáver quemarse en lo restos de la ciudad. Lionexus reconociendo este acto. Utilizó poderes sobre mí, poderes que según él, fueron otorgados por Thryanna".
\<Zoe\>	"Nos contó sobre la relación con Thryanna, pero jamás habló de tener poderes de ella".
\<Nero\>	"Dijo que al utilizarlos en mí, se habían ido para siempre. Usándolos completamente para poder resucitarme".
\<Zoe\>	"Comprendo, sabes… Cuánto lo siento".

\<Nero\>	"No estábamos saliendo, eso es lo que no me puedo explicar. ¿Cómo pudo perder su vida por la mía cuando me llegó mi momento? Siendo ella la única que muriera al yo regresar por el hechizo de Lionexus".
\<Zoe\>	"La verdadera razón es que todavía te amaba. Guardando ese poderoso sentimiento dentro de su corazón. Al llegar tu hora, ella se preocupaba por ti compartiendo el mismo destino".

Nero cae al suelo arrodillado. Zoe entristecida por la confesión que dejó salir por dolor, observa gran gentileza y sufrimiento. Camina hacia él y abrazándolo le comparte un poderoso sentimiento de solidaridad. Akunox entra en la puerta posteándose hacia la misma. Rugiendo hacia el acto de Zoe hacia Nero celoso de su comportamiento.

\<Zoe\>	"No seas tonto Akunox, sabes que eres muy importante para mí".

Extendiendo su mano al lobo, lo abraza y cobija bajo sus brazos. Una gran silueta de sombra se deja ver ante la mirada de Nero en el suelo. La misma se propone entrar a la cabaña. Nero empuja a Zoe a un lado para ponerla a salvo; esta sin saber de qué se trata. Nero toma su enorme espada y la lanza contra quien se propone entrar a la cabaña. La defensa desmantelada por un fuerte ataque, haciendo la espada volar hacia afuera de la cabaña. Nero cerrando su puño por el calambre que esto provocó en su mano, se lanza sobre quien le arrebató su espada. Lanzandose sobre el individuo, aclara su mirada y observa a una mujer que se posa frente a él.

\<Thais\>	"Tranquilo Nero, somos nosotros".

Este cayendo al suelo al ellos evadirlo. Zoe y Akunox salen de la cabaña a ver de qué se trataba todo el asunto. Akunox a la defensiva contra quien carga ese enorme martillo.

\<Zoe\>	"¿Qué está pasando?"
\<Thais\>	"Tranquila Zoe. Akunox soy yo".

Akunox continúa rugiendo sus dientes alarmado por el individuo.

\<Thais\>	"Tranquilo, este es Ghorlaz. Está de nuestro lado".
\<Ghorlaz\>	"Saludos, discúlpenme por haber hecho que se asustaran".

Levantando a Nero del suelo.

\<Nero\>	"No te preocupes, estos tiempo son un poco difíciles".

Sacudiéndose del césped sobre su ropa caminando a recoger su espada.

\<Thais\>	"¿Dónde está Shagga?"
\<Zoe\>	"En la habitación, tratando de mantener a Thryanna con vida. Necesito verlo".
\<Zoe\>	"Adelante".
\<Thais\>	"Ghorlaz ven conmigo".

Entrando ambos a la cabaña, Nero suspira y mira a Zoe, ella devolviendo el gesto pensado que pudo haber sido peor. Tocan la puerta de la habitación donde se encuentra Shagga. La misma se abre luego de varios golpes para hacer saber de su interés en pasar.

\<Shagga\>	"No he terminado, sus heridas son muy graves".
\<Thais\>	"Puede que esto ayude, Ghorlaz muéstrale".

Levantando su mano. Dejándole ver los amuletos a Shagga.

\<Shagga\>	"¿Los amuletos Onix y Zafiro?"
\<Thais\>	"¿Crees que los puedas utilizar para sanarla?"
\<Shagga\>	"El único que puede sanarla del todo es su padre Vicarius, Kayriel dejó una herida de muerte. Con esto puedo cicatrizar las heridas. Pero el fuego que produjo el ataque seguirá secándola por dentro. Necesitamos con urgencia los amuletos restantes".

\<Thais\>	"Eso depende de Lionexus y los otros".
\<Ghorlaz\>	"¿Thais? ¿Quieres que vaya al volcán para ayudarlos?"
\<Thais\>	"No, esperemos que todo esté bien. Ezequiel y Drako van de camino ayudarles. Enviar más gente, sería demasiado arriesgado".
\<Shagga\>	"Si me permiten… Deben esperar junto a los otros afuera. Me colocaré los amuletos para ayudar a Thryanna. No puedo ser interrumpido, mucho menos distraído".
\<Ghorlaz\>	"No hay problema".
\<Thais\>	"Vamos Ghorlaz, esperemos afuera".

Salen de la habitación, cierran la puerta y con ansias esperan.

\<Zoe\>	"¿Todo bien?"
\<Thais\>	"Esperemos… Recuperamos dos de los amuletos en Arkadia".
\<Zoe\>	"¿Qué? ¿Lucharon contra dos guardianes?
\<Ghorlaz\>	"No, sólo con uno, pero un espectro llamado Valgar. Encontró el amuleto de zafiro. No sabemos el porqué, utilizándolo se convirtió en un monstro".
\<Zoe\>	"¿Eso es lo que sucede cuando te lo pones?"
\<Ghorlaz\>	"No, tuve que ponerme el de Satarian para lograr vencerlo. No me paso nada, Valgar asimiló las facciones del guardián de agua, el leviatán, creo que es lo que sucede si lo tragas. Sería abusar de su poder".
\<Zoe\>	"Comprendo".
\<Nero\>	"¿Ezequiel y los otros? ¿Dónde están?".
\<Thais\>	"Junto a Drako fue a ayudar a Lionexus".
\<Nero\>	"Espero que regresen sanos y salvos. Todo depende de ellos ahora".
\<Thais\>	"Eso es así, sólo esperemos que regresen bien".

Atada de brazos mirando por la ventana de la cabaña hacia la cima del volcán. Alcanzando la misma, Ezequiel junto a Drako se detiene al ver un enorme dragón atacar a tres espectros. Viendo entre ellos a su mejor amigo, combatir el mismo.

\<Ezequiel\>	"¿Diego?"
\<Diego\>	"¿De qué hablas?, vivimos por Lionexus".

Sedge, escuchando el grito de su pasado, se voltea a mirar, sin perder de vista a su enemigo. Su capucha se cae, descubriendo su Rostro. Identificando la duda. Haciendo la duda, verdad".

\<Sedge\>	"Aléjate Ezequiel, ya no soy lo que solía ser. Te metes en el medio y no dudaré en matarte".
\<Ezequiel\>	"¿De qué hablas?, podemos ayudarte a vencer esa enorme bestia".

El dragón identificando dos nuevos contrincantes en batalla, se dirige a ellos. Los espectros, esquivando la misma, corren para cubrirse de sus intentos salvajes por comérselos, esgarrarlos o quemarlos con sus infernales llamas de fuego. Quien acompañó a Ezequiel a subir la colina, queda perdido por la negación de Sedge a sus palabras de ayuda. Cerrando sus ojos mueve en negación su cabeza haciéndole saber su inquietud a Ezequiel.

\<Drako\>	"Aquel que sueles llamar amigo, no creo que sea buena idea ayudarle. Si intenta matarte, yo te defenderé... lo mataré... Eres uno de los nuestros Ezequiel".
\<Ezequiel\>	"Tranquilo, no creo que intente hacerte daño. Lo conozco desde hace tiempo, entró a esta dimensión un día antes que yo. Nadie puede cambiar en tan poco tiempo".
\<Drako\>	"No creo que sea el tiempo lo que lo hiciera cambiar. Puede ser un sentimiento de envidia hacia lo que sea que tuvieras.
\<Ezequiel\>	"Imposible".

Corre hacia Sedge para ayudarlo a atacar el Dragón. Este se voltea y lo ataca, impidiéndole acercarse al guardián.

\<Sedge\>	"Este no es tu problema, te advierto que te alejes".
\<Ezequiel\>	"¿Qué rayos te sucede? ¿Te has vuelto loco?"
\<Sedge\>	"Nadie me impedirá que me apodere del amuleto que lleva ese Dragón en su corazón, ni tú tan siquiera".
\<Ezequiel\>	"¿Qué importancia tiene? No te pertenece. Debemos quitárselo para poder regresar a casa".
\<Sedge\>	"¿Regresar?"
\<Ezequiel\>	"Sí, junto a quienes amamos. Volver a casa con Helena. Eso es lo que más deseo".
\<Sedge\>	"Siempre tan patético, por años has tenido todo lo que he deseado. Sin tan siquiera mostrar señales de competencia hacia mi persona. Yo sin obtener nada de lo que regala la vida y no fuiste apto de mantener tantas cosas buenas, ahora te demostraré que siempre seré mejor que tú. Quitándote la vida, me quedaré con todo lo que eras y jamás apreciaste".
\<Drako\>	"Ezequiel, cuidado".

Sedge lanzándose hacia Ezequiel con un ataque letal utilizando la velocidad del amuleto. Ezequiel suelta su espada impresionado, negándose a creer que su amigo intenta matarle por motivos de envidia. Colocando su escudo para cubrirse de toda mala intención, recibe un devastador ataque, lanzándolo hacia atrás fuertemente; dando vueltas sobre el suelo rocoso. El dragón atacando a Sedge impide que continúe atacando a Ezequiel, siendo este su enemigo de la misma manera.

\<Noa\>	"¿Sedge? ¿Qué te sucede?... Necesitamos toda la ayuda posible para acabar con esta bestia".

El Dragón descontrolado rompiendo todo a su alrededor, quema y arroja llamas donde se encuentran los espectros. Estos cubriéndose de las rocas en el entorno.

<Spyder>   "Necesitamos toda la ayuda posible, no puedes eliminar estos espectros Sedge".

Corriendo a Ezequiel, quien lentamente se pone de pie, sorprendido por el ataque de Sedge.

<Drako>   "¿Ezequiel? ¿Te encuentras bien?"
<Ezequiel>   "Estoy bien, ¿mi espada?"

Viéndola distante, Drako recostando sus fuerzas sobre su rodilla para salir a buscarla. Detenido por la mano de Ezequiel sobre su hombro.

<Ezequiel>   "No te preocupes, yo me encargo".
<Drako>   "¿Estás loco? No sólo el dragón intentará matarlos, el que dices que es tu mejor amigo lo logrará si te descuidas"
<Ezequiel>   "No me importa, vinimos por Lionexus... ¿Verdad? Quién sabe la ayuda que necesite en estos momentos, ve y encuéntralo. Ayúdalo por favor... Drako".
<Drako>   "¿Pero?... ¿Ezequiel?"
<Ezequiel>   "Confía en mí, estaré bien. Ya sé qué esperar de ese lugar. Nada me impedirá vencer lo que se me cruce enfrente. Así sea el dragón o Sedge".

Drako asintiendo con su cabeza, orgulloso de quien ha caminado a su lado, en su grupo para encontrar la solución. La manera de escapar de esta maldita dimensión.

<Drako>   "Suerte amigo mío, la necesitarás".

Ezequiel, parándose del suelo camina a su espada. Levantándola y cerrando fuerte su puño al sostenerla.

<Ezequiel>   "Sólo yo puedo moldear su cabeza haciéndolo recobrar la razón".
<Drako>   "¿De no lograrlo?"
<Ezequiel>   "No es esa una opción, es mi amigo. Ahora ve. Encuentra y ayuda a Lionexus".
<Drako>   "De acuerdo".

Abandondando el área de batalla, Drako en dirección a encontrar a su líder, Lionexus.

\<Sedge\>	"Spyder, continúa arrojándole dinamita al pecho. Así perforaré el mismo para sacarle el corazón".
\<Noa\>	"Eso es muy arriesgado. Lo devorará".
\<Spyder\>	"Así es. Distráelo. Así lograrás alcanzar su corazón por la espalda".
\<Sedge\>	"No. Haz lo que te digo".

Ezequiel, entrando en el combate contra el guardián, se postea junto a Spyder y Noa.

\<Ezequiel\>	"Vaya inspiración le das a tus amigos. Me imagino cuán conformes están que seas su líder, arriesgando sus vidas. Utilizándolas como lo hiciste conmigo".
\<Sedge\>	"Si piensas hacer algo productivo, comienza por cerrar tu boca y atacar el guardián. Pero… No te confíes. El no es tu único enemigo en esta batalla Ezequiel".
\<Noa\>	"Ya basta ustedes dos, necesitamos acabar con este dragón lo antes posible".
\<Spyder\>	"Eso intentamos".

El dragón buscando a los ocultos, arroja fuego para hacerlos salir o morir en el intento. El suelo inestable comienza a ceder.

\<Spyder\>	"La tierra se abre. ¡Cuidado!"

Estos tambaleándose sin perder de vista la ubicación del guardián. Sedge utilizando el amuleto de viento, corre hacia la bestia para atacarla sin piedad. Frustrado al su poder no tener mucho efecto contra el guardián, continúa atacándola con más enojo, buscando herirla lentamente por los orificios que Spyder le provocó al arrojarle dinamita.

\<Sedge\>	"Caerás y ese poder será mío".

Ezequiel observando la desesperación de su mejor amigo, corre hacia él para ayudarle tratando así de cambiar su mente. Ataca las patas del guardián y esta sin sufrir daño, reconoce el intento del humano. Trata de aplastarlo en su intento de hacer daño.

\<Sedge\>	"No te entrometas, el amuleto será mío".

\<Ezequiel\>	"Sólo quiero ayudarte, quédate el amuleto. Eso demuestra que mis intenciones son sólo ayudarte. A pesar de lo que pienses… Eres importante".

El dragón arroja fuego al suelo para quemar a Ezequiel. Este cubriéndose con la coraza de piedra que cubre su pierna, aprovecha el ángulo donde se aproxima la llama de fuego. Sedge sobre la cabeza del guardián, logra alcanzar su ojo, reventando el mismo e interrumpiendo el ataque contra Ezequiel. El guardián gritando en agonía por el ataque recibido.

\<Noa\>	"¡Lo han herido! Si le reventamos el otro ojo será nuestro. Debo acercarme más".
\<Spyder\>	"Lo distraeré arrojándole más dinamita".
\<Noa\>	"No, podrías lastimar a Sedge o al otro".
\<Spyder\>	"Al diablo con ellos, no importamos nada para Sedge. Pretendía que me arriesgara para el beneficio propio. Ya está tan obsesionado como los arcángeles por conseguir el poder".
\<Noa\>	"Sólo procura distraerlo, no dinamitas".
\<Spyder\>	"Es la manera más fácil sin ser alcanzado".
\<Noa\>	"No me importa, encuentra otra forma".

Spyder corre frente al guardián para llamar su atención. Buscando el ángulo para que Noa pueda realizar su estrategia.

\<Noa\>	"Si logra llamar su atención al punto de que su ojo esté expuesto, el guardián será nuestro".

Esta corriendo al lado contrario al de Spyder, busca alcanzar ver el ojo del dragón.

\<Sedge\>	"¿Ahora que planean estos dos? ¡Noa no lo distraigas! Puedo acabar con su otro ojo, sólo dame tiempo".

Noa continúa corriendo hasta lograr ver el blanco. Saca varios de sus cuchillos para lanzarlos, pero un declive en la tierra hace desprender el suelo donde se encuentra.

\<Noa\>	"¡No! Ayúdenme".
\<Sedge\>	"¿NOA?… Maldición".

Sedge corre hacia ella para tratar de ayudarla, pero Noa está por caer a un abismo donde la espera un ardiente pozo de lava ardiente. Gritando asustada por el dolor que la llevará a su muerte, distrae al hambriento dragón quien se lanza tras ella y sin dejarla caer, la atrapa y la devora. El dragón se adentra en el pozo de lava, al voltear, se asoma y agitándo de izquiera a derecha el agonizante cuerpo, se enfoca en los espectros que invaden su territorio. Los observa intimidantemente, dejándoles saber que uno por uno obtendrán el mismo destino. Al masticar el cuerpo de Noa, esparse enormes chorros del candente líquido por todos lados. Los espectros buscan esquivar la lluvia caliente a la vez que se balancean en el inestable lugar.

<Ezequiel>   "¡Cuidado!"

Ezequiel se protege con su escudo.

<Spyder>   "Eso si que estuvo cerca".
<Ezequiel>   "¿Todos están bien?"

Volteándose a ver el estado de los que combaten el dragón.
<Ezequiel>   "¿Diego?"

Ezequiel observa que su mejor amigo se encuentra en el suelo, sin brazo ni pierna izquierda. Donde las coyunturas continúan quemándose mientras que el ardiente líquido cae sobre sus heridas fatales. El fuego cauteriza la herida, pero aún así, lo deja en un mal estado. Sedge tocándose, doliéndole, busca en su cuello el hermoso diamante que le daba el poder sobre el viento. No lo lleva consigo.

<Sedge>   "No puedo ser… ¡Mi amuleto!"

Ezequiel corriendo hacia él, se desliza sobre ambas rodillas. Lo alcanza tomando su mano para apoyar su dolor.

<Ezequiel>   "Tranquilo, todo estará bien".

Sedge mirándolo con sus ojos repletos en lágrimas, asustado.

<Sedge>   "¿Cómo puedes apoyarme? Intenté matarte".
<Ezequiel>   "Eso no importa, no eras tú".
<Spyder>   "No tenemos tiempo para momentos inolvidables, el dragón
              se aproxima".

El guardián se posa frente a ellos y con una mirada sumamente intimidante, hace sonar sus filosos dientes. Visibles a su alcance, ruge fuertemente y clavando sus garras fuerte en el suelo para apoyarse, comienza a inhalar el azufre del aire a su alrededor.

\<Ezequiel\>	"Diego, te perdono".
\<Diego\>	"¿Este es el final?"
\<Ezequiel\>	"Así es amigo".

Clavando su espada y escudo al lado de Diego, lo levanta y sienta junto a él. Apoyados de su rodilla miran al enorme dragón.

\<Ezequiel\>	"Si nuestra amistad fue una competencia, la terminaremos juntos. En empate".

Diego devolviéndole una sonrisa, accediendo al acto de humildad de quien él se esforzó en traicionar.

\<Spyder\>	"¿Es en serio? ¿Este es el final? Sin tu ayuda no podré luchar contra esta bestia. Déjalo aquí, abandónalo. Trató de matarte, tarde o temprano nos mataría a todos".
\<Ezequiel\>	"No soy de quienes abandonan a sus amigos".
\<Spyder\>	"¿Abandonarás a quien amas? ¿No te importa regresar a ella?"

Ezequiel mira entristecido a Diego, luego a Spyder. Pero el silencio se apodera de él. Sin responder a los intentos de que cambie su opinión al suicidarse.

\<Spyder\>	"En ese caso, yo seré tu segunda oportunidad".

Comenzando a correr hacia el guardián.

\<Ezequiel\>	"¿Spyder? ¿Qué rayos haces?… ¡Regresa!"
\<Spyder\>	¿Y morir sin dignidad?… Olvídalo".
\<Ezequiel\>	"¿Spyder?"
\<Sedge\>	"¿Spyder?… ¡NO!"

Este imparable, corre decidido hacia el dragón. Sosteniendo fija su mochila repleta de explosivos, la lleva a su pecho. Corre alcanzando el impulso suficiente para saltar a la boca de la bestia. Abriendo enorme sus ojos, con una sonrisa y mirada lunática.

\<Spyder\>	"¡Abre grande!"

Sin tiempo a gritar, entra a la boca mientras el fuego comenzaba a salir de la bestia. Encendiendo la pólvora en la mochila, estalla en mil pedazos la cabeza del guardián. Cayendo muerto frente a Ezequiel y Diego.

\<Sedge\>	"¡Lo venció! El muy imbécil lo venció".
\<Ezequiel\>	"No te estreses así, era un guerrero en tu causa. Muestra un poco de respeto".
\<Sedge\>	"Así es, lo lamento".

Bajando su cabeza, Sedge cierra sus ojos mostrando reverencia por el acto de heroísmo de Spyder, agradeciendo en su mente el valor y oportunidad.

\<Sedge\>	"Gracias Spyder, donde quieras que estés demente piromano".

Mirando a su mejor amigo, Ezequiel se siente orgulloso y agradecido al no mostrar ser rencoroso. Perdonado su mal pensar, mezclado en tantos años de amistad.

\<Ezequiel\>	"Bien. ¿Cómo le quitamos el amuleto al dragón?"

Aterrizando frente a ellos, el arcángel de fuego.

\<Kayriel\>	"Yo me encargo".
\<Sedge\>	"¡No!"

El suelo de Kayriel se desprende a los aires alejándolo del pecho de la bestia. Kayriel golpeado fuertemente por Lionexus.

\<Lionexus\>	"No tan rápido. Te adelantaste pero no ha terminado la pelea entre tú y yo".

Apareciendo de esta manera frente a los ojos de Ezequiel, enfurecido. Sin rendirse al cansancio, al enfrentar por buen rato al poderoso arcángel de fuego, Drako corre junto a Ezequiel.

\<Drako\>	"Vaya lo vencieron, pensé que no lo lograrían, ¿Dónde está Spyder y Noa?"
\<Ezequiel\>	"No lo lograron. De no ser por Spyder, todos estuviéramos muertos".
\<Drako\>	"Te dije que me quedaría contigo. Al irme te faltaba algo importante para vencerlo. Yo".

Empuñando su espada en defensa y protección de ambos, observando a Sedge muy mal herido.

<Drako>   "¿Necesitas una mano?"

Comenta a Sedge, rencoroso por la manera que trató a su amigo.

<Ezequiel>   "No lo ofendas, todo es diferente ahora".
<Drako>   "Como quieras, eso es asunto tuyo ahora".

Lionexus ataca a Kayriel para evitar que se apodere de su amuleto.

<Kayriel>   "Si crees que eres tan bueno como piensas, déjame apoderarme de mi amuleto".
<Lionexus>   "No lo intentes, ahórrate las palabras. Por más que te lo propongas, no lo lograrás".

Kayriel ve el cadáver de su guardián y desespera por maximizar su poder; sintiéndose perdido, sin saber su ubicación por décadas y cegado por la ambición… Por la sangre inocente que machó sus ojos por décadas.

<Ezequiel>   "Drako, sostén a Diego".
<Drako>   "Yo no".
<Ezequiel>   "Debo arrancar el corazón del dragón antes que Kayriel ponga sus manos en él".
<Drako>   "¿Por qué no voy yo y lo obtengo?"
<Ezequiel>   "Sólo ayúdame, ¿quieres?"
<Drako>   "Está bien, siempre pensando en ti".
<Ezequiel>   "Lo hago por todos".

Drako agachándose frente a Diego, observa brillo levemente cubierto por la ceniza a su alrededor. Sacude el área, encontrando el amuleto de Leyra. Diego abre sus ojos y con rapidez se lo quita. Metiéndolo en su boca. Ezequiel testigo del acto.

<Ezequiel>   "No dejes que se lo trague".

Drako, agarrándolo fuertemente por su garganta, impide que el diamante baje la misma. Golpeando a Diego fuertemente en el estómago para hacerlo escupir el amuleto; este saliendo con impulso de su boca, cae en manos de Drako. Diego queda inconsciente por el fuerte golpe. Drako limpia con su vestimenta la húmeda piedra, contemplando su hermosura.

\<Drako\>	"¿En realidad es tan poderoso?"
\<Ezequiel\>	"Drako, póntelo. Ayuda junto con Lionexus a acabar con Kayriel".
\<Drako\>	"No, este poder es otra cosa. Sostenerlo nada más te da un montón de ideas. Posibilidades infinitas".
\<Ezequiel\>	"¿Drako?"

Inclinando el amuleto hacia él.

\<Drako\>	"Toma, ayuda a Lionexus tú. Yo vigilo a esta bella durmiente".

Ezequiel agarrando el amuleto y contemplando su hermosura, lo coloca en su cuello; brillando sus ojos, tornándose blancos y vacíos. Lionexus lanzando ataques con ambas espadas, cubriendo a Kayriel y su intento por llegar al pecho de su dragón. Alterado por quien se lo impide, ataca sin piedad a Lionexus. Este, esquivando sus desesperantes ataques, le corta ambas alas.

\<Kayriel\>	"¿Por qué vuelves a intentarlo?… Sabes que puedo hacerlas crecer".
\<Lionexus\>	"Las cortaré las veces que sean necesarias, así impediré que huyas".
\<Kayriel\>	"No pienso huir. Estoy enfocado en matarlos a todos y recuperar mi amuleto. Al tener el cien por ciento de mi poder, serán testigos de lo que soy capaz de hacer".

Kayriel, logra golpear a Lionexus. Este deslizándose sobre el suelo, se balancea sin perder la concentración en su enemigo. Señalado en dirección a Kayriel con ambas espadas.

\<Kayriel\>	"No estás muy enfocado, señalas en la dirección incorrecta".
\<Lionexus\>	"No te señalaba a ti".

Kayriel volteándose, recibe en su pecho un ataque cargado y alimentado por una enorme ráfaga de viento lanzado por Ezequiel. Kayriel sorprendido, sale volando en dirección al estómago de su dragón. Lionexus lanza ambas espadas, clavándolas en el suelo y cruzando sus brazos, lo levanta alto y firme al mismo tiempo, lanzándolo hacia lo alto. Este sin forma de planear al no tener sus alas, da varias vueltas y cae fuerte sobre el suelo; levantándose rápido del mismo. Ezequiel corre hacia él. Aturdido por los rápidos golpes y sin poder ver con claridad, Kayriel esquiva todos sus ataques. Lionexus corriendo hacia él por la parte posterior, arranca las espadas que estaban en el suelo, toma impulso y las utiliza como guillotinas para cortar ambos brazos del arcángel.

\<Kayriel\>	"No, esto es imposible".
\<Lionexus\>	"Esto es por Thryanna".
\<Ezequiel\>	"Por todos los inocentes que tu afán exterminó".

A una velocidad sorprendente, hacen heridas múltiples en su pecho y espalda.

\<Kayriel\>   "¡NO!"

Ezequiel corta ambas piernas del arcángel. Lionexus cruza sus espadas contra el cuello de Kayriel, desprendiéndolo de su cabeza, cayendo en pedazos frente a su guardián. Frente a quienes solía llamar espectros... Intrusos. Cediendo sus ataques, ambos limpian sus armas agitándolas en el aire.

\<Lionexus\>	"Por fin terminó".
\<Ezequiel\>	"Debemos asegurarnos".

Agarrando su escudo y lazando un fuerte ataque, corta el torso del arcángel en mitades. Viendo un corazón que continuaba palpitando.

\<Lionexus\>   "¡Todavía palpita! ¿Cómo es posible?"

Ezequiel levanta el corazón que se enciende en fuego. Aislado el aire que alimenta el fuego que lo cubre, se detiene. Dejando de palpitar. Apretando el mismo, lo destruye y arroja al suelo. Al caer, se torna en cenizas y se pierde en los aires candentes que los rodean.

\<Ezequiel\>   "Ahora sí, todo terminó".

Despojando su cuello del poderoso amuleto de viento, Lionexus se quita el amuleto de su amada.

\<Lionexus\>   "Colócalo en este bolso".

Ambos guardan los amuletos sin dejarse corromper por la tentación de tanto poder.

\<Drako\>   "Debemos arrancar el corazón al guardián".

Comenzando un fuerte temblor, Lionexus y compañía mirando alterados a su alrededor.

<Drako>   "¿A hora que sucede?'
<Lionexus>   "Creo que el volcán se activó".
<Ezequiel>   "Rápido debemos salir de aquí".
<Lionexus>   "Esperen".

Hace varios cortes al pecho de la bestia sin lograr hacerle daño por la gran coraza que lo cubre.

<Drako>   "Es imposible".
<Lionexus>   "No podemos irnos sin ese amuleto, hay que encontrar la manera de romper esta coraza".

Mirando a su alrededor, Ezequiel observa una de las dinamitas que se encontraban en la mochila que utilizó Spider para estallar la cabeza del dragón.

<Ezequiel>   "Esperen, creo que esto ayudará".

La recoge y carga en el pecho de la bestia.

<Lionexus>   "¿Cómo la encenderemos?"
<Ezequiel>   "¿Bromeas? Mira todo el fuego que hay a tu alrededor".
<Lionexus>   "Sí, sólo intenta coger un poco".
<Drako>   "Háganse a un lado".

Drako decide utilizar una pistola y apunta al pecho del dragón. Detonado el explosivo, logran volar la coraza en pedazos.

<Drako>   "Lionexus creo que ahora sí puedes intentar hacer varios cortes".

Este decidido, apretando ambas espadas, enloquece lanzando cortes letales al pecho del dragón. Abriendo con éxito el pecho, saliendo de él órganos y sangre mezclada con lava.

<Lionexus>   "Lo encontré".

Lanzando un último corte para desplazarlo de las venas que lo sostenían, se dan cuenta que el suelo tiembla y la lava comienza a salir del amenazante volcán. Ezequiel arrodillado frente a la besia, corta el corazón en mitades y sacando con el filo de su espada, un brillante rubí.

<Drako>   "Eso si es algo hermoso".
<Lionexus>   "Debemos irnos".

Ezequiel hipnotizado por la hermosura del rubí, escucha los consejos de huida de Lionexus en la lejanía. Comenzando el suelo a romperse, la lava a subir más rápido y el fuego a su alrededor a incrementarse.

<Drako>   "Rápido, debemos irnos".

Ezequiel sacudido por Lionexus, haciéndolo volver de tan penetrante transe al ver el amuleto de fuego.

<Ezequiel>   "Lo lamento. ¡Vamos!"

Los espectros viendo la persistente lava aumentar rápidamente, se disponen abandonar el área.

<Sedge>   "Esperen, no me dejen aquí. ¿Ezequiel?"

Este escucha los gritos de su mejor amigo y se propone volver, negándose a abandonarlo.

<Drako>   "¿Qué haces? No vuelvas, no vale la pena".
<Ezequiel>   "Es mi amigo, no se merece morir de esa manera".
<Drako>   "Como quieras".

Ambos regresando por él.

<Lionexus>   "¿Para donde van?"
<Ezequiel>   "Danos un momento".

Alcanzando a Sedge, Ezequiel y Drako lo sujetan. Volviendo hacia Lionexus, aligeran el paso para huir. Rocas comienzan a ceder, haciendo el camino de mayor dificultad. Diego sostenido de Ezequiel, brinca con dificultad para evadir los escombros.

<Lionexus>   "Ahí está la colmena, un poco más adelante está Arkadia".
<Drako>   "Nunca había deseado tanto ir a esa ciudad".
<Ezequiel>   "Sigue esforzándote Diego, lo lograremos".

Continúan esquivando la gran multitud de huevos enormes que los rodean. Seguidos por la lava, observan que sin piedad alguna, quema todo a su paso y rompe los huevos de dragón.

\<Lionexus\>	"Este calor no es bueno".
\<Ezequiel\>	"¿Qué sucede?"
\<Lionexus\>	"Los huevos se rompen debido al movimiento sísmico y el calor que este produce, manténganse alejados de ellos. No corran riesgos".
\<Drako\>	"Son bebés dragón ¿cuán malo puede llegar a ser?"
\<Ezequiel\>	"No le agregues negatividad a la situación".
\<Sedge\>	"Sí, ya es suficiente con la lava y los escombros".
\<Lionexus\>	"No, no puede ser".

El camino bloqueado por varios dragones que buscan alimento desesperadamente. Lionexus y Drako al frente, sacan sus armas y sin detener su ritmo los atacan para no convertirse en sus alimentos.

\<Drako\>	"Eso no fue tan difícil".

Al ser atacadas, las criaturas gritan y llaman la atención de las que aún están emergiendo de sus cascarones y que desesperan por salir a alimentarse. Estos concentrados en sobrevivir y escapar de la ardiente lava, atacan y esquivan todos los dragones en su paso. La gran cantidad hace el camino más difícil. Un cascarón se rompe y saltando el dragón al salir, golpea a Ezequiel, haciendo que este caiga al suelo junto a Sedge. El dragón mira a Ezequiel y desesperado, lo ataca a la vez que Sedge le sostiene la cola.

\<Sedge\>	"Anda, sigan sin mí".

Ezequiel trata de cortar a la bestia, haciendo que Sedge la suelte al caer al suelo. La bestia muere, Ezequiel arrodillado frente a Sedge.

\<Ezequiel\>	"Anda vámonos".
\<Sedge\>	"No, sigan. Sólo los demoraré".
\<Ezequiel\>	"No te dejaré".
\<Drako\>	"¿Ezequiel?"
\<Lionexus\>	"Vamos".

Los espectros cubren a Ezequiel matando todo dragón que intenta alcanzarlos. Sedge le hala por el cuello de su camisa y le grita para hacerle entender.

<Sedge>   "Lárgate, Helena te espera".

Ezequiel se voltea y lo deja a la vez que escucha los gritos desesperantes de su amigo. Los dragones hambrientos, se lanzan sobre él para devorarlo mientras son alcanzados por la lava, quemándose al alimentarse del humano. Ezequiel continúa corriendo junto a Lionexus y Drako, dejando los dragones atrás.

<Lionexus>   "No se confíen, ya falta poco".

Ezequiel con un rostro entristecido… En su mente…

<Ezequiel>   "¿Diego?"

Reviviendo todo los momentos de su amistad en el mundo que dejó al llegar a esta dimensión. El mundo en el que su amada Helena lo espera. Reviviendo la muerte de su amigo, fallándole a la promesa de su madre. Drako observándolo correr sin alma, sin motivos. Alentándolo.

<Drako>   "No te quites Ezequiel. Su muerte no será en vano, él sabe que lo lograrás. No pierdas tu fe amigo".

Alzando una mirada decidida, continúa corriendo. Pensando en que sus compañeros dependen de su potencial y carisma.

<Ezequiel>   "Así será, vamos".
<Lionexus>   "Allá está Arkadia. ¿Qué rayos sucedió en ese lugar? ¿Por qué tanta oscuridad?"
<Drako>   "Se dio una batalla mortal contra el guardián de Satarian y un humano que se tragó un amuleto".
<Lionexus>   "¿Dónde están las personas? ¿Los otros del grupo?"
<Ezequiel>   "Todos están bien, Thais junto a Ghorlaz, un nuevo recluta, van en dirección a Shagga con dos amuletos. Ya deben de estar allá. Los habitantes de la ciudad están escondidos, los sacamos de la ciudad para mantenerlos con vida por el incendio que se esparció por el dragón de Kayriel".

<Lionexus>   "Cierto, buen trabajo. Entonces, lo lograremos. Aquí tres amuletos en camino. Con eso son cinco. Shagga estará más que complacido. Espero que Thryanna esté bien".
<Ezequiel>   "De seguro Shagga tiene todo bajo control, aligeremos el paso. Con el grupo completo me siento más seguro".

<Drako>	"Hicimos un buen trabajo en el volcán, no nos subestimes".
<Lionexus>	"Pero también perdimos buenas personas, ya esto debe acabar".
<Drako>	"No eran de nuestro grupo".
<Ezequiel>	"Eso no los hace menos, mucho menos enemigos. Tenían el mismo derecho de unirse a nosotros para salvarse".
<Lionexus>	"Así es, por un momento pensé que podía salvar como siempre traté a Liuzik".
<Drako>	"Hiciste lo posible, no te eches toda la carga. Eres un excelente líder. Gracias a ti, nos hemos mantenido con vida".
<Ezequiel>	"Eso es así, y gracias a tu esfuerzo seremos salvos".
<Lionexus>	"Gracias".

Pensado para sí mismo.

<Lionexus>	"Liuzik… Donde quiera que estés. Descansa y que Dios te otorgue paz hermano".

Corriendo rápido hacia la cabaña y compañía de Thryanna y los otros. Ezequiel recordando que estuvo dispuesto a sacrificarse por su amigo Diego, se rinde a la causa por la que se unió a Lionexus y los demás, olvidando que defraudaría la promesa que Nero le hizo; ayudarle a regresar junto a Helena. Cerrando sus puños, desesperado en darle los amuletos a Shagga para que los ayude a salir de la dimensión y regresar a casa.

Capítulo XV

BENDICIÓN DEL PADRE

Madre e hija sentadas en la terraza, platican intercambiándose compañía, cuando Helena comienza a sentir un fuerte dolor dejándolo saber frente a su madre. La misma sosteniendo fuertemente su barriga.

<Selena>   "¿Helena? ¿Qué te sucede?"

Esta sin devolver palabras, aguanta el dolor y se pone de pie. Al ceder el mismo, mira a su madre.

<Selena>   "¿Qué ocurre mi cielo?"

Abraza a su hija para brindarle apoyo.

<Helena>   "Ya pasó, creo que fue una contracción madre".

Su madre sonriendo orgullosa, pasa sus manos sobre la barriga de su hija.

<Selena>   "Mi nieta es fuerte y está deseosa por salir".

<Helena>   "Eso parece, pero como duele en sus intentos por salir".
<Selena>   "Tranquila, ya falta poco. Un par de días más y todo estará bien. Eres una mujer fuerte".

<Helena>   "Lo heredé de ti, madre".

Recobrando su serenidad, ambas se agachan a sentarse para continuar platicando. De repente, Helena siente sus muslos mojados.

<Helena>   "¿Mamá? ¿Qué es toda esta agua?"
<Selena>   "¡Mi vida! Vas a dar a luz".
<Helena>   "¡Oh Dios! Llegó la hora".
<Selena>   "Sí. Ven, rápido… Hay que buscar tu maleta de emergencia. Te ayudo a llegar hasta el carro".

Acomodando a su hija en el automóvil, Selena busca desesperada, nerviosa por las mil emociones que siente su hija primeriza en tan natural situación. Alcanzando la maleta, la coloca en la parte posterior del automóvil y a toda prisa salen hacia el hospital. De camino a la sala de emergencias, la velocidad alcanzada es muy alta y llama la atención de las autoridades de la zona. Estos tocando la sirena al automóvil, iluminan la noche con sus brillantes luces sobre la patrulla.

<Policía>   "Favor de alinearse a la derecha con las debidas precauciones, por favor".

Selena, nerviosa por lo que sucede, hace caso al oficial y se estaciona en el área mencionada. El oficial que no se encontraba al volante, se baja de la patrulla y se dirige hacia el área del conductor donde se encuentra Selena.

<Policía>   "Buenas noches. Disculpe dama, ¿a qué se debe tanta velocidad?"
<Selena>   "Lo lamento oficial, mi hija rompió fuente. Nos dirigimos al hospital. Por favor, déjenos ir".

Helena sosteniendo su barriga por un dolor insoportable, se molesta pues el oficial inclinándose a ver, la ilumina con su linterna.

<Helena>   "¡No tendré mi bebé en la calle! Mamá acelera".
<Policía>   "Disculpen, no se preocupen. Las escoltaremos para que no tengan ningún problema".
<Selena>   "Se lo agradezco oficial, dense prisa por favor".

Este corriendo a su patrulla, activa su sirena y sin dejar de alumbrar las calles, toman la delantera para escoltarlas hacia el hospital. Llegan a la sala de emergencias, donde ayudan a Helena.

<Selena>   "Ayuden a mi hija, rompió fuente".

Ambos policías la recuestan en los brazos de un enfermero que se encontraba en la entrada

<Enfermero>   "Tranquila, todo saldrá bien. Rápido alcáncenme una silla de ruedas".

Un paramédico se aproxima con rapidez.

<Helena>   "¿Mamá?… No me dejes ir sola".
<Selena>   "Tranquila mi niña, estaré contigo en todo momento".

Sujetando fuertemente su mano, dándole apoyo, entran al hospital corriendo por los pasillos hacia el área de parto. Los policías observando cómo se pierden en un pasillo repleto de pacientes, dándole la prioridad que la embarazada merece.

Se cierran puertas tras la mujer que lucha por dar a luz una nueva vida. Los doctores se le lanzan para ayudarla y tranquilizarla.

<Helena>   "Me duele mucho mamá".
<Selena>   "Aguanta, se fuerte. Todo saldrá bien".
<Doctor>   "Así es, tu mamá tiene razón. Todo saldrá bien. De lo contrario no estarías pasando por esta experiencia tu misma".
<Selena>   "Estoy aquí mi amor. Te prometo que todo saldrá bien. Cuando tengas a la bebé entre tus brazos, se te olvidará cualquier dolor que puedas sentir en el transcurso".
<Helena>   "Estoy lista, quiero ver a mi hija".
<Doctor>   "Esa es la actitud, positiva que necesito en ti. Vamos a ver a tu bebé… ¿Lista?"
<Helena>   "Sí, súper lista".

Cerrando sus puños fuertes, sujetando las manos de su madre.

<Doctor>   "Bien, aquí vamos… ¡Puja!"

Comienzan a resonar los gritos de fortaleza, desesperación, angustia y dolor por las paredes del hospital. Volteando a ver, los pacientes en el pasillo y un conserje que asea el suelo.

<Conserje>   "Están otorgando vida a la esperanza".

Continuando con su tarea, deja caer el mapa sobre el suelo ya mojado, dando brillo a las losetas que limpia a su paso. Comienza a escuchar sonidos provenientes del pasillo y área de espera. Volteándose a mirar de qué se trata, todas las personas en el pasillo se encontraban en el suelo sosteniendo diversas partes de su cuerpo, adoloridos y dejándose de mover al intentar detener lo que fuera que les sucedía.

<Conserje>   "¿Qué sucede?"

Comenzando a sentir un fuerte dolor en su cuerpo, cayendo al suelo de la misma letal manera… Retorciéndose.

<Conserje>   "¿Qué me sucede?… Estoy muriendo".

Observa huellas en el suelo.

<Conserje>   "Son marcas de herraduras".

Sobre el suelo mojado, se desvanecen en dirección a las puertas de salida del hospital. Perdiendo su visibilidad, confundido por no saber lo que impide su derecho a la vida.

El detective en su oficina tiene su escritorio repleto de papelería y el juego que le dio Helena. Se conmueve por el hecho de que esto es encontrado en cada escena por la cual investiga una desaparición o muerte. Dejando atrás este juego en las escenas a investigar, confundido.

<Colvan>   "¿Qué te ata tanto a este caso juego estúpido?"

Sosteniendo el mismo en sus manos.

<Colvan>   "Evidentemente eres una pieza importante en este rompecabezas… Apareces en cada lugar donde desaparecieron estas personas".

Lanzando el juego contra el escritorio y pasando ambos brazos sobre el mismo, revuelca todo en su escritorio, arrojando al suelo todo lo que se encontraba sobre él. Abriendo la gaveta del lado izquierdo, saca una botella de whisky colocándola sobre el escritorio.

<Colvan>   "¿Dónde habré dejado el vaso que tenía por aquí?"

Abriendo varias de las gavetas en el escritorio, alcanza la gaveta baja al lado derecho, donde encuentra un vaso.

<Colvan>   "Aquí estas viejo amigo".

Sirviéndose un vaso entero de la bebida alcohólica, estruja su rostro, sujeta el vaso y de un sopetón se traga todo el contenido. Reclinándose en la silla hacia atrás, cierra sus ojos bajo suma frustración. Sin abrir los mismos, se inclina hacia enfrente. Irritado, gritando...

<Colvan>   "¿Qué demonios está sucediendo en mi ciudad?"

Golpeando fuerte ambos puños sobre el escritorio siente una fuerte brisa. Abre sus ojos y asustado, observa que no se encuentra en su oficina. Se levanta de la silla.

<Colvan>   "¿Qué está sucediendo?... ¿Dónde demonios estoy?"

Observando a su alrededor, se encuentra en un denso bosque, en el cual los destellos del sol atraviesan los agujeros escasos entre las ramas de los arboles entrelazados; haciendo una sombra natural, donde la oscuridad no es muy elocuente.

<Colvan>   "¿Este debe ser el bosque del cual me habló Helena?... El de su sueño. Pero pensé que sólo era un sueño... ¿Acaso me habré quedado dormido? No lo creo. El coraje antes de golpear el escritorio no me hubiera dejado dormir. El estrés debe estar haciéndome alucinar".

Enfurecido el viento a su alrededor, trae una fuerte brisa que lo golpea fuertemente haciéndole tapar su rostro para impedir que la tierra que se ha levantado, le irriten los ojos. Tumbado de la silla en la que se encontraba sentado, ve como los papeles que había tirado por el coraje, se regodean por el lugar. Este se levanta y decide organizarlos.

<Colvan>   "¿Cómo rayos?"

Escuchando una voz que emerge de su parte posterior entre la densidad del bosque.

<Voz>   "Bienvenido, detective".

Volteándose sin pensarlo, toma su arma y apunta hacia la dirección en la que escuchó tan escalofriante voz. Sin lograr ver nada.

\<Voz\>	"Típico en ustedes los humanos, siempre tan a la defensiva".
\<Colvan\>	"¿Quién anda ahí? ¡Muéstrate!"

Escuchando la voz en varios lugares a su alrededor piensa en buscar refugio. Apuntando al lugar donde escucha la inquietante voz, le extraña el que su escritorio había desaparecido. Observando la silueta caminante de un anciano, cuya vestimenta era radiante y pura como la luz del día.

\<Colvan\>	"¿Quién anda ahí? Muéstrese de una vez y por todas".
\<Anciano\>	"Tranquilo detective, mantenga la calma".
\<Colvan\>	"Deténgase, no de un paso más o dispararé".

El anciano sigue aproximándose al detective sin mostrarse intimidado por sus palabras.

\<Colvan\>	"Deténgase. No dé un paso más, se lo advierto".
\<Anciano\>	"¿Por qué insiste en mostrarse ofensivo detective? Usted no es un ser que se inclina a la violencia".

Detenido su paso. Haciendo caso a las palabras persistente del detective.

\<Colvan\>	"¿Quién es usted?… Identifíquese".
\<Anciano\>	"Es un poco persistente, detective. Tengo que honrarle eso. Pero no has logrado mucho en tratar de salvar a tu gente".
\<Colvan\>	"¿Es el culpable de todo?… ¿Usted es el secuestrador y asesino de los casos que estoy investigando?"
\<Anciano\>	"Tanto esmerarte para nada… Nisiquiera saber por qué tanto te esmeras".
\<Colvan\>	"¿A qué se refiere? ¿Cuál es su nombre? Identifíquese".

Sin dejar de apuntar su arma contra el anciano. Mientras este cambia su mirada hacia él y mirándolo seriamente.

\<Anciano\>	"No le comenté detective, le advertí que se tranquilice. Vuelvo a repetirlo, no le haré daño, no me muestro ante usted para perder como usted el tiempo. Mi nombre es Vicarius y vengo a encaminarlo. Le enseñaré el camino que tanto ha buscado".

Los espectros llegan a la cabaña nuevamente, con el propósito de entregarle los amuletos restantes de fuego y tierra a Shagga. Lionexus entra a la cabaña y observa a los demás espectros sanos y salvos. Alegre por su suerte, se dirige a Thais.

\<Lionexus\>	"¿Dónde está Thryanna?"
\<Thais\>	"Está en la habitación junto a Shagga, es el único que la podía estabilizar. Está muy grave".
\<Lionexus\>	"Entiendo. Gracias por cuidarla en mi ausencia. Debo verla".
\<Thais\>	"Adelante, te deben estar esperando".
\<Lionexus\>	"Bien, tengo los amuletos restantes".
\<Thais\>	"Perfecto, no te demoro más. Entrégaselos a Shagga".

Este camina al final del pasillo, abriendo la puerta iluminando con la claridad que se escapa. Viendo a Thryanna levantada, abrazada por Shagga quien le trata de calmar el dolor. El anciano siente la presencia de quien posee fuertes sentimientos por el arcángel.

\<Shagga\>	"Tardaron bastante en regresar".
\<Lionexus\>	"Lo lamento, no fue fácil. Pero he recuperado los amuletos".
\<Shagga\>	"El destino los ha favorecido".

Lionexus, coloca su rodilla sobre la cama para entregar los amuletos. Shagga recibiendo los mismos, deja a Thryanna en mejores brazos; brazos que le entregarán el más puro y verdadero sentimiento.

\<Thryanna\>	"¿Lionexus? ¿Amor? ¡Regresaste! ¿Kayriel?"
\<Lionexus\>	"Lo lamento, estaba fuera de control. No había más nada por hacer".
\<Thryanna\>	"Comprendo, sólo así podía ser detenido".
\<Shagga\>	"Lamento interrumpirles, pero debo realizar la invocación. Todos debemos estar presente".
\<Lionexus\>	"Adelante, en un segundo estamos con ustedes".
\<Shagga\>	"No demoren, no sé que pueda suceder al realizar la mismo. Necesito la cooperación de todos".
\<Thryanna\>	"Reparte esas palabras a quienes nos esperan a las afuera de la habitación".
\<Shagga\>	"Por supuesto".

Este saliendo de la habitación, deja entrar la intimidad. Lionexus abraza a su amada fuertemente, esta debilitada por su condición, se lastima pero aguanta por ser lo más que desea en su agonía… El cuidado de su gran amor.

<Lionexus>	"Gracias por todo lo que has hecho por mí, Thryanna".
<Thryanna>	"No me agradezcas, hicimos lo que era necesario por acabar con esta guerra".
<Lionexus>	"Lamento mucho que todo tuviese que llegar a este punto. Tu familia cayó defendiendo sus ideales hasta el final".
<Thryanna>	"No te preocupes en alentar mi alma sobre mi familia. Ellos dieron la espalda a lo que realmente podía restablecer la paz, aniquilando la única real esperanza".
<Lionexus>	"¿Nosotros?"

Levantando su mano, acariciando el rostro del líder de los espectros.

<Lionexus>	"…Thryanna".

Esta no contesta con palabras, halando con sus labios los de su amado. Lionexus ayudando ceder con la fuerza realizada por su brazo, accediendo al deseo. Naciendo el más puro de los besos, repleto de esperanza que recarga las ganas de seguir en el alma restante. Sintiendo sufrimiento de parte de Lionexus por como el destino abandonó la suerte de su amada, quien traicionó todo por su amor a él. Mientras los labios de Thryanna reciben tanta delicadeza y la gentilidad, deposita la FE que su guerrero guarda de tan peligroso amor. Crea con su otra mano una hermosa rosa, pétalos puros y fuertes en color como la sangre misma. Repleta de espinas que le perforan su propia mano al estar tan debilitada y sin poder controlar su poder. Culminando el beso, levanta la misma para entregarla, esta sin llegar a su destino, vuelve a descender, dejando en brazos de su amado esa dimensión. Lionexus con sus ojos llenos en lágrimas, se mantiene firme, acostándola sobre la cama. Al pararse de la misma, observa la hermosa rosa y entendiendo el motivo por la cual fue creada. Viendola como su propia relación, hermosa, digna de ser apreciada y respetada. No obstante a ser tratada con cuidados al estar repleta de peligros. Lionexus besa los pétalos de la misma, agradeciendo el último obsequio de parte de su amada. Colocando este, entre sus manos vacías.

<Lionexus>	"Pudiste haber quitado la vida de muchos de los míos y aún así te doy las gracias porque al final, decidiste morir a mi lado. Por nuestra causa… Recibiendo la muerte como uno de nosotros… Thryanna".

Observando, apreciando su deseo de cambiar el destino no sólo de los humanos, sino el de su difunta familia. Aquí frente al líder de los espectros reposa el último de los Angements.

Escucha una hermosa tonada. Abriendo la puerta, Lionexus observa como los espectros aprecian un destello de colores que emergen de los amuletos mientras que Shagga comienza a tocar su viejo órgano de huesos. Cerrando la puerta al amor, camina hacia la esperanza por la cual empuña ambas espadas. Parado frente a los espectros en la sala, todos observan a su líder colocarse junto al viejo instrumento de huesos. Aquel que toca el ritual musical, siente la presencia de todos a su alrededor esperanzados.

<Shagga>   "Ya es hora, aquí vamos".

Shagga sentado en su viejo amigo y entrillando sus viejos dedos, se prepara para comenzar a tocar la verdadera melodía.

<Shagga>   "Este es un enorme sacrificio que realizo por ustedes. Cabe la posibilidad de morir al terminar de realizar esta tan poderosa invocación, ya no poseo la fuerza que tenía antes. Me siento demasiado débil agregando la fuerza que utilicé al mantener a Thryanna con vida".

<Zoe>   "Ya está bueno de escusas… ¿Temes a tu sacrificio?"

<Drako>   "Con calma Zoe, nuestro destino depende de él, no lo hagas enfadar".

<Zoe>   "¿Enfadar?… Esta es su obligación, por él es que todo esto sucedió".

<Ezequiel>   "Zoe tiene razón, de no ser por él nada de esto hubiera ocurrido".

<Lionexus>   "Guarden sus palabras. No hagan recuerdo a la culpabilidad".

<Shagga>   "No me defiendas Lionexus, ellos tienen toda la razón. Por mi deseo, muchas vidas inocentes fueron sacrificadas".

<Lionexus>   "Entiendo, pero ya basta de quien tiene la culpa y quién no. Ya estamos demasiado lejos para crear discordias y reclamar culpas. Todavía se puede hacer la diferencia y en tus manos se encuentra la misma".

<Shagga>   "Tienes una alma pura, ya veo por qué Thryanna te eligió y se enamoró de ti".

Todos los espectros a su alrededor hacen silencio, viendo sólo la verdad en las pesadas palabras de su líder. Entregando cada uno de ellos miradas fijas, penetrantes por confianza y disculpas al hechicero.

Shagga baja su cabeza en arrepentimiento por las consecuencias de sus actos, moviendo sus dedos con delicadeza y determinación, toca las teclas del viejo instrumento. Emergiendo una hermosa melodía. Testigos los espectros, no sólo del sonido que aquel viejo órgano puede todavía tocar, sino incrédulos por el destello de los colores aún más fuertes que provienen de cada uno de los amuletos. Iluminando fuertemente con imparables destellos, responden a cada una de las teclas sonantes por las intenciones en la invocación y por el deseo en el alma del hechicero.

Los espectros, observan tan hermoso espectáculo, creciendo con ello, esperanza a encontrar de esta manera el camino de regreso a casa. La cabaña por la melodía del hechicero, comienza a temblar.

\<Ghorlaz\>	"El suelo a la vez que las paredes se estremecen".
\<Nero\>	"¿Qué está sucediendo?"

Ezequiel con dificultad al caminar se acerca a Shagga para saber de qué se trata, observando al hechicero sin rostro, metido profundamente en la melodía a la cual se entrega en cuerpo y alma.

\<Ezequiel\>	"¿Shagga?"
\<Thais\>	"¿Qué sucede con él?"
\<Ezequiel\>	"Su cara… Su cara ya no está, se borró".
\<Zoe\>	"¿Cómo puede ser eso posible?"
\<Lionexus\>	"Zoe, ¿todavía estas incrédula de las cosas que pueden suceder en esta dimensión?… Es el sacrificio, Se desintegra a la vez que nos ayuda al tocar tan poderosa melodía. Es a lo que se refería antes de comenzar a tocar. La posibilidad de que al terminar, ya no estar con nosotros en cuerpo".
\<Thais\>	"¿Shagga?… Al final si eres un héroe, haciendo la diferencia para ganar tu redención. Bendito seas anciano".
\<Drako\>	"Al terminar de tocar, puede que ni nosotros mismos estemos con vida. La cabaña se hace pedazos".

Todos los espectros asustados, atentos al suelo y su alrededor, ven cómo las paredes comienzan a deteriorarse. Cayéndose en pedazos rápidamente, sienten una fuerte brisa que se pierde entre todos en la habitación. Zoe se aproxima a una de las ventanas con mucha dificultad al caminar. Observando sólo nubes a las afueras de la cabaña, todos se encuentran levitando sobre el aire.

\<Zoe\>	"Estamos volando dentro de esta vieja cabaña".

Todos se aproximan a la ventana más cercana incrédulos de lo que Zoe comenta.

\<Drako\>	"Es cierto, odio las alturas".
\<Ezequiel\>	"¿Hacia dónde nos dirigiremos?"
\<Lionexus\>	"No tengo la más mínima idea, todo depende de Shagga".

Luego de planear por varios minutos, la misma comienza a caer rápidamente. Agitando a todos los que la habitan, aquellos guerreros que pelean por mantenerse estables. Shagga sintiendo la brisa al descender, se enfoca en su melodía y no pierde concentración sin importar la velocidad en la que caen.

\<Lionexus\>	"Hemos llegado, estamos cayendo".
\<Ezequiel\>	"Caemos demasiado rápido, moriremos al impactar el suelo".
\<Drako\>	"Es nuestro fin".

Al momento en el que la cabaña golpearía fuerte y letalmente el suelo, se detiene sólo a unas cuantas pulgadas. Arropando a todos los espectros en oscuridad. La cabaña cae al suelo por completo para ceder con la preocupación de todos. Debilitadas sus paredes por el viento y la manera en la que fue llevada hasta ese lugar, las paredes se vienen abajo dejando a los espectros al descubierto.

\<Nero\>	"Esto es extraño, ya que creo que estaremos bien y no le debo una puerta a nadie".

Se dan cuenta de que la habitación donde ellos se encontraban, fue la que llegó hasta ese lugar. El hechicero hablando a su interior a beneficio de los guerreros que transportó.

\<Shagga\>	"Han llegado, ahora todo depende de ustedes y de las intenciones de hacer una diferencia en el mundo. Tal y como yo pensé que lo hacía, ya no hay nada que pueda hacer por ustedes, si la hay. Suerte espectros".
\<Lionexus\>	"Shagga, hemos llegado".
\<Ezequiel\>	"No puede escucharnos, ya no posee sentidos".

Los colores se difunden en los amuletos nuevamente. Los espectros ven cómo los colores se guardan en sus respectivos amuletos y cómo la oscuridad arropa su alrededor por completo.

\<Ezequiel\>	"Thais… Ayuda a que se ponga de pie".
\<Thais\>	"De acuerdo".

Viendo al hechicero que no se levanta del instrumento, Thais se dirige al anciano y colocando la mano sobre su hombro, se sorprende al sentir como el mismo se torna en polvo radiante frente a sus ojos. El anciano ya hecho polvo, hace iluminar la habitación.

\<Thais\>	"Se desintegró".
\<Ghorlaz\>	"Genial… ¿Ahora qué hacemos?"
\<Lionexus\>	"Él sabrá por qué nos trajo hasta este lugar. Sólo debemos esperar".
\<Drako\>	"¿Esperar por qué?… Sólo estamos nosotros en donde quiera que estemos".

Ezequiel, observando en lo que se tornó el hechicero, piensa en cómo beneficiarse de la última ayuda que les otorgó al morir.

\<Ezequiel\>	"Eso es".
\<Lionexus\>	"¿Qué sucede?"
\<Ezequiel\>	"Shagga perdió la fe en sí mismo, pero gracias a nosotros la recuperó. Poniendo sus esperanzas en las de nosotros. Por eso se tornó en un polvo brillante".
\<Thais\>	"Para iluminar nuestros pasos, para hacernos ver hacia donde nos trajo".
\<Ezequiel\>	"Así es, todos cojan un puñado del polvo brillante".

Todos hacen caso a Ezequiel, fortaleciendo el mismo con la fe intacta de abandonar esa dimensión. El polvo en las manos de cada cual se ilumina aún más, otorgando visibilidad a los espectros. Ezequiel y compañía logran ver a su alrededor que son rodeados por muros de piedra.

\<Ezequiel\>	"Estamos como en una especie de torre".
\<Lionexus\>	"Estamos en la guarida de los Angements".
\<Thais\>	"¿Qué?… ¿Qué rayos hacemos en este lugar?"
\<Zoe\>	"Estamos en territorio enemigo, aquí seremos presa fácil de lo que sea que repose en estos muros".
\<Lionexus\>	"Tranquila, ya los arcángeles cayeron. No creo que haya nada porque temer. Shagga nos trajo a este lugar confiando en que era lo que debía ser necesario para lograr escapar de esta dimensión".
\<Drako\>	"Así que sea lo que sea que necesitamos para escapar de este maldito mundo, está en esta torre".
\<Lionexus\>	"Exacto".

\<Ezequiel\>	"Entonces... ¿Qué esperamos? Debemos buscar lo que necesitamos".
\<Lionexus\>	"No creo que haga falta buscar. Shagga invocó algo o alguien. Sea lo que sea vendrá a buscarnos a nosotros".
\<Ghorlaz\>	"Debemos mantenernos juntos en ese caso".
\<Ezequiel\>	"Buena idea".

A la defensiva y en la espera de lo que Shagga les invocó para la salvación de los mismos.

El detective, frente a Vicarius lo apunta con su arma.

\<Colvan\>	"Mantenga distancia".

Este sin mostrar ningún miedo, se ríe de las advertencias del detective.

\<Colvan\>	"¿Cómo te atreves a burlarte de mí?... Yo soy la autoridad. Haga lo que le pido y no le haré daño".
\<Vicarius\>	"¿Autoridad? No eres nada en este lugar. Planeas amedrentarme con tu miedo, miedo que es moldeado en palabras de respeto. Amenazante, como toda tu raza se cree que son. Ofreciendo lamento y sufrimiento a quienes atentan contra cualquier cosa que piensan que tanto les pertenecen. Raza corrompida que intento salvar y me ofreces discordia".
\<Colvan\>	"No sé tus intenciones, no ofrezco hacer daño... Sólo me protejo a mi mismo por el código que debo presentarle".
\<Vicarius\>	"¿Código? Ustedes los humanos y sus códigos. No valoran la naturaleza, siempre trabajando para sobrepasar a su propio creador. Enfuscado en volar cada vez más alto con el único propósito de arrancar los ojos de quien tanto les ofrece diariamente".
\<Colvan\>	"Nos juzgas a todos por igual y estás equivocado. ¿Cuál es el verdadero propósito de traerme frente a ti?"
\<Vicarius\>	"Defender y protegerlos contra el único derecho restante de su creador... La muerte. Siendo lo único que tienen seguro en sus perturbadas vidas y la humanidad entera corre un grave peligro".
\<Colvan\>	"Te irritas demasiado como para tener las mejores intenciones al salvar a la humanidad".
\<Vicarius\>	"Sólo yo puedo darte la verdad de lo que te espera y defender a tu gente, detective".

Levanta sus manos hacia Colvan. Este siente gotas caer del cielo y al voltear, a ve una ola enorme se aproxima.

<Colvan>   "¿Qué demonios?"

Cayendo sobre él, arropándolo en una enorme esfera de agua que se levanta levitando sobre el suelo. Mientras que el resto del agua se diluye entre el suelo, el detective aguanta su respiración y se dirige a sí mismo.

<Colvan>   "¿Qué clase de brujería es esta?… ¿El anciano es el culpable?"

Viendo a Vicarius, apunta y dispara su arma contra él, sin guardar clemencia viendo que él es el culpable al controlar el agua que le rodea.

Observa asombrado cómo las balas no se detienen por el agua, alcanzando y perforando mientras el cuerpo se torna transparente para esquivar las mismas. Sin lograr hacer ningún tipo de daño.

<Colvan>   "¿Las balas lo han perforado?… Atravesaron su cuerpo, ¿pero cómo esto es posible?"
<Vicarius>   "Te advertí que no puedes herirme, ¿quieres escuchar lo que tengo que decir?"

El detective apunta su arma a Vicarius y dispara nuevamente, tratando de zafarse de la esfera en que lo tiene atrapado.

<Vicarius>   "Mala decisión".

Baja sus manos haciéndole caer al suelo. Este sofocado en busca de aire, mientras que los chorros de agua se dispersan a su alrededor. El detective se repone rápido y apunta nuevamente, molesto con el hechicero por haberlo atacado. Halando el gatillo, queda inmóvil pues su arma no tiene municiones y queda tembloroso por el frío que le causa tanta humedad.

<Vicarius>   "¿Tienes frío detective?… ¿O es miedo lo que agita tus hombros?"
<Colvan>   "¿Qué demonios quieres de mi?"

Dejando caer el cargador vacío, colocando otro repleto, apuntando hacia el hechicero. Hace detonar rápidamente, lloviendo casquillos ardientes por el afán de defenderse contra el anciano que lo atemoriza.

<Vicarius>   "¡Escucha!"

Este al gritar, se torna en humo y desaparece frente a sus ojos esquivando las balas nuevamente. Haciéndole escuchar carcajadas por el intento de herirlo. El detective de rodillas apunta al vacío donde estaba Vicarius, deja de temblar por la humedad que lo cubre y el miedo de desconocer quién lo agobia.

<Vicarius>   "Tu ira calienta el frío que te agobia, pero el miedo que sientes continúa encharcando tu alma como lo está tu ropa".
<Colvan>   "Eso no es problema. Al secarse, al igual que el miedo... Se supera".
<Vicarius>   "Admiro tu persistencia, pero como te comenté, sólo he venido a entregar un mensaje. Déjame arreglar el problema de la humedad en tu ropa, para que entiendas quien tiene la potestad de cuestionar".

Apareciendo frente a él y antes de que el detective le apunte nuevamente, lo señala y le cubre en llamas. Colvan desesperado, al verse en fuego, suelta su arma y golpea sus brazos para apagar las ardientes llamas. Ve que los intentos son en vano y que el fuego no cede por más que trate.

<Colvan>   "Así planeas hacerme escuchar... ¡APÁGALO!"
<Vicarius>   "Yo soy quien lo controla".
<Colvan>   "Por favor... ¡DETENLO!"

Vicarius comienza a soplar, produciendo una fuerte ráfaga de viento, apagando las llamas que cubren al detective y con ello, llevándose la claridad del día que lo rodeaba.

<Colvan>   "¿La luz del día?"

Colvan no logra ver a su alrededor. Observa cómo los troncos de los árboles tienen ojos que lo observan fijamente. Estos brillan con la intensidad de una luna llena. Rodeado y asustado, ve que a su alrededor los ojos son de varios tamaños y formas.

<Vicarius>   "¿Dejarás los intentos hostiles e innecesarios de tratar de hacer daño? Para variar podrías escuchar lo que me inquieta tanto hacerle saber a alguien como tú. Por el bien de la humanidad que juraste proteger".

Enfurecido por lo que el mismo le hace sentir y sin remedio por el poder que el mismo tiene y la desventaja en que lo coloca.

\<Colvan\>	"Maldito seas, muéstrate y sin trucos sucios enfréntate a mí. Sé que eres el culpable de todas las muertes que estoy investigando".
\<Vicarius\>	"No intento matarlo, sólo demostrar quién es superior. Pero que sólo quiere hacerle saber una información de suma importancia".
\<Colvan\>	"No creo que lo que tengas que decir, me haga cambiar el pensar que la culpa es y siempre será, tuya. Que tanta sangre inocente es culpa tuya".
\<Vicarius\>	"Por favor detective, deje de culparme con conclusiones a la ligera y escuche la información que le traigo. Porque de lo contrario, será culpa suya el que más gente de la que ya ha muerto, caiga en su conciencia".

Mostrándose algo interesado por la seguridad de los suyos.

\<Colvan\>	"Sólo conteste esta pregunta".
\<Vicarius\>	"No hay tiempo para preguntas tontas".
\<Colvan\>	"Si contestas soy todo oídos, de lo contrario, estaremos en el intento en vano de tratar de hacerle daño aún más tiempo".
\<Vicarius\>	"Pregunta entonces".
\<Colvan\>	"¿Eres el culpable de las personas que han desaparecido?".
\<Vicarius\>	"Es posible".
\<Colvan\>	"¿Qué sabes de un joven llamado Ezequiel?"
\<Vicarius\>	"Que es uno de muchos guerreros formidables que guarda la Tierra".
\<Colvan\>	"¿Guerreros? Son sólo humanos. Seres pacíficos que viven su día a día por sobrevivir a las circunstancias de su diario vivir y sociedad".
\<Vicarius\>	"Eso es lo que por generaciones le han inculcado. Haciéndoles creer que no hay nada más por lo que puedan aferrarse. La única raza con vida creada por el par de manos que sólo… Comenzó con ustedes".
\<Colvan\>	"¿A qué te refieres? ¿Dónde está Ezequiel?"
\<Vicarius\>	"Bueno, el no está a mi alcance. A menos que sobreviva a los peligros que lo enfrentarán en mis dominios y de que ustedes son la única raza creada… Bien. Eso está por verse. Sólo te comento que de los errores se aprende y el Creador fue quien primero entendió y esparció ese refrán".

\<Colvan\>	"¿Atentas contra la humanidad y la fe que llena los corazones de los inocentes en la Tierra?"
\<Vicarius\>	"¿Yo?… No. Sólo quiero hacerte comprender que tu pueblo corre un grave peligro. La vida de la tierra será consumida por bestias muy lejos a la imaginación de aquellos que la habitan en la actualidad".
\<Colvan\>	"¿Hablas de una invasión? ¿Qué tienen que ver los habitantes que ignoran el físico de estas bestias?"
\<Vicarius\>	"Ellos serán presas fáciles, perdidas en la confusión de lo que sus ojos se negarán a creer. Burlándose de todos aquellos que por medios de ficción o mitología, han adquirido el conocimiento de estos seres, estos monstros que aterrorizaran la Tierra".
\<Colvan\>	"¿Cómo puedo detener esta invasión?… ¡DÍGAME!"
\<Vicarius\>	"No puedes hacer nada".

Debilitadas sus manos por la impactante noticia del futuro de la Tierra, deja caer su arma al suelo, sorprendido. Cae decepcionado, de rodillas frente a Vicarius, aclarándose la oscuridad que le rodea. Sentado en frente, al hechicero.

Vicarius camina al detective y extendiendo su mano al mismo, le ofrece una esperanza para no darse por vencido. Este mira la misma y temeroso la sostiene. Observando la mano, piensa cuando hace pocos momentos el hechicero se desaparecía para esquivar las balas de su arma. Sosteniendo la misma desde el suelo, mira a Vicarius y con demora por desconfiar, se levanta con su ayuda reconociendo el peligro en el poder del mismo. Ya en pie no encuentra otra manera que aferrarse a su consejo.

\<Colvan\>	"¿Por qué tiene que suceder todo esto?… Tantas muertes inocentes".
\<Vicarius\>	"Era algo necesario. Un entrenamiento a las personas que cuya imaginación están cerca de lo que puede llegar a enfrentarse la Tierra. Fueron trasportados aquí".
\<Colvan\>	"Tú los trajiste a este lugar".
\<Vicarius\>	"Así es. Los traje de su mundo, pues tenían experiencia en juegos de fantasía… Conocimiento en lo que el resto de los humanos ignoraban.
\<Colvan\>	"¿Eso es lo que el juego de video tiene en común en todas las personas que han desaparecido?"

\<Vicarius\>	"Esa carcasa… Ese disco fue utilizada con el propósito de traer guerreros a ser entrenados, para que luchen a mi favor para la verdadera guerra que se dará en la Tierra".
\<Colvan\>	"No si puedo hacer que no produzcan más esa edición del juego, nadie más será traído aquí o saldrá a de este lugar a invadir la tierra".
\<Vicarius\>	"No seas imbécil, ya es demasiado tarde. Ese juego fue el portal, pero el mismo ya no es necesario. Ya he conseguido lo que necesitaba".
\<Colvan\>	"¿Quiénes te ayudarán? ¿Qué es lo que buscabas?"
\<Vicarius\>	"Sólo la sangre trasmitida por herencia abrirá el portal para que de esta dimensión entremos nuevamente a su mundo, pero ya se habló demasiado detective".

Vicarius se muestra indignado y con el propósito de advertir la maldad que atenta contra los seres humanos. A su vez, desinteresado en la misma por el mal trato y uso de los recursos en la naturaleza.

\<Vicarius\>	"Un ser como usted, detective, lleno de conocimiento y valentía, debería aconsejar para que se haga buen uso de los regalos del Creador. A quienes sobrevivan esta amenaza, eso sí. Si usted mismo sobrevive. Con su determinación… ¿Quién sabe? En esta guerra avisada morirán muchos menos".
\<Colvan\>	"Crees que eso será necesario para impedir".
\<Vicarius\>	"No sé cuán devoto sea detective, pero no creo que ni eso ayude. No logrará impedir lo que se aproxima. Así se unan todos los líderes de los continentes para hacer una diferencia. La muerte se esparcirá en la Tierra".

El detective impaciente por salvar la mayor parte de la humanidad, se llena de ira, el coraje apoderándose de sus emociones, viendo un mundo perdido en el futuro predicado. Vicarius haciéndole saber a Colvan que su carga es mayor, asignándole indirectamente una importante tarea en su futuro.

Colvan ganando confianza y conformidad, se niega a creer la versión de las verdades revocables que salen de la boca del hechicero. La devoción a la cual el hechicero no conoce, lo anima desde lo más profundo de su alma. De aquella esquina de corazón que no alcanzó a ser cubierta por el mismo en la información que le comenta Vicarius. Diciéndose así mismo en silencio…

\<Colvan\>	"Esto no puede ser del todo cierto, hay algo que se puede hacer. La Tierra formada por el creador sólo puede ser destruida por la ira del mismo. Debido a que su misericordia es poderosa y su justicia es definitiva, debo salvar a mi pueblo".

Luego de platicar y entender parte de su propósito, negándose aceptar el futuro en las palabras del hechicero, el detective lo mira fijamente a los ojos, encontrando ira por la seguridad que el detective le muestra.

\<Vicarius\>	"¿Tu determinación?… Tu alma se ha tornado radiante. ¿No temes a lo que se aproxima? ¿Al destino de la Tierra?"

Sorprendido, el detective observa sus manos viéndolas brillar con la claridad que alumbra el amanecer. Cuando el hechicero, admira temeroso un poder desconociendo de donde proviene. Caminando seguro el detective hacia Vicarius.

\<Colvan\>	"El creador me acompañará en la guerra que dices, está por venir".
\<Vicarius\>	"No, ustedes no tienen derecho a la suerte o a cualquier bendición".
\<Colvan\>	"Al parecer, no es ese tu juicio hechicero".

El hechicero, viendo la determinación del detective para cambiar el destino de la humanidad, levanta las manos hacia él y observa cómo su cuerpo comienza a desvanecerse.

\<Colvan\>	"¿Intentas hacerme daño?… Eso demuestra las dudas ocultas en tus palabras. ¿Dime que es lo que omites?"
\<Vicarius\>	"Nunca, ya todo ha dado comienzo".
\<Colvan\>	"¿La guerra?"
\<Vicarius\>	"La guerra no demorará, ya que el paso más importante a iniciado. La suerte de que te mantengas con vida se debe a la invocación a mi ser en otro lugar detective. Los guerreros perfectos ya están en mi poder".
\<Colvan\>	"No… Debo detenerte".

El hechicero comienza a desaparecer levitando hacia atrás rápidamente. Mientras la risa de maldad se esparce por el bosque que lo rodea. Colvan quien avanza, intenta sujetarle para que no logre escapar. Descubriendo que es un ser malintencionado, observa cómo el mismo se hace cada vez más borroso frente a él.

<Colvan>   "Tus planes no tendrán éxito. Tu verdad tarde o temprano se hará presente en las almas de quienes intentes dominar".

<Vicarius>   "Y para entonces… Será demasiado tarde".

<Colvan>   "¡NO!"

Vicarius contestando a su desesperación con una sonrisa llena de maldad. El detective, corre hacia Vicarius. Momentos antes de alcanzar a agarrar su mano, desaparece por completo. Con el impulso adquirido por el afán de no dejar escapar al hechicero, Colvan regresa devuelta a su oficina chocando fuertemente contra su escritorio; tal y como cuando muchas veces se levantó azorado de los sueños fugaces al investigar casos sobre el mismo tema. Asustado, Colvan mira a todos los lados, viendo que todo está como lo había dejado.

La papelería regada por el suelo. Un vaso vacío con aroma a whisky y una botella de lado sobre el escritorio, la cual había tumbado al golpear con ambos puños fuertemente el escritorio. Este sorprendido por lo que pensó, soñó o lo que sea que cree que fue lo que sintió en el bosque. Pensando en las palabras de aquel anciano, coge la botella de whisky y la arroja al zafacón junto al escritorio.

El teléfono en la oficina suena, varias veces. El detective perdido en su pensar por lo que no sabe si en realidad fue cierto lo que escuchó.

<Colvan>   "Sólo era un sueño. Un maldito sueño, pero se sintió tan real. No, eso es imposible que suceda".

Escuchando a oír incrementar el sonido persistente de que necesita ser atendido urgentemente. Levanta el teléfono.

<Colvan>   "Buenas tardes".

<Persona al teléfono> "¿Colvan Mathew?"

<Colvan>   "Él habla. ¿Cómo puedo ayudarle?"

Asombrado por la información que le comunican. Incrédulo de las palabras que salieron de la bocina que le comunica tan perturbadora noticia para su persona. Se pone de pie, agarra el chaleco y sombrero que cuelgan junto a la puerta para salir a toda prisa.

Llega al hospital y se cruza con múltiples cadáveres en el pasillo. Con placa en mano, se pasea entre los vivos, fiscales y forenses que investigan los cuerpos. Dirigiéndose con prisa a la sala de parto, se identifica.

<Colvan>   "Detective Colvan Mathew".

Entra ante los demás detectives en el lugar, entristecido al ver de quién se trata. Aquella mujer cuya promesa fue no fallarle en devolver a su esposo sano y salvo. Helena muerta en la camilla.

<Colvan>   "¿Helena?… ¿Cómo ha podido pasar esto?"

Haciendo esa pregunta así mismo, repitiendo la misma en voz alta y agregándole a la misma algo de coraje.

<Colvan>   "¿Cómo rayos ha pasado esto? ¿Cómo y porqué falleció esta mujer?"

Este cuestionándole a los demás detectives y policías a su alrededor. Corrompido su ser por el afecto y la promesa que le había hecho a la difunta. Esperando las explicaciones de lo que sucedió por quienes lo rodean, deja salir su respetos en líquidos a través de sus ojos. Endureciendo su pecho por el dolor que trata de sostener su alma.

Los detectives, sorprendidos al verlo en esa situación, respetan su reputación, siendo esta la primera vez en mucho tiempo y casos más fuertes, en verlo de esa manera. Estos sin saberles responder. Colvan enfurecido golpea fuerte la pared con su puño. Un compañero se le aproxima, colocando su mano sobre su espalda para brindar conformidad.

<Detective>   "Escucha grandote, tranquilízate".
<Colvan>   "¿Lo lamento? ¿Pero?… Esta muerte no era de esperarla".
<Detective>   "¿Colvan? ¿La conocías?"
<Colvan>   "Así es, era la esposa de uno de los desaparecidos en mi investigación".
<Detective>   "Sólo era una conocida, tranquilízate. Estas cosas suelen suceder".
<Colvan>   "¿Cosas así suelen suceder?… ¿Un pasillo lleno de cadáveres? ¿Una mujer que no le haría daño a nadie muerta?"
<Detective>   "Estaba trayendo una bebé al mundo, sabes que para una mujer es un riesgo".

\<Colvan\>	"Las posibilidades de que una mujer muera en el parto son pocas".
\<Detective\>	"Esta mujer, lamentablemente no tuvo suerte… Fue de las pocas que fallecen en el mismo. Lo lamento compañero".
\<Colvan\>	"No, esto no fue natural. ¿La encontraron sola en la habitación?"
\<Detective\>	"No, todos los de la habitación se encontraron sin vida. Doctor, médicos e incluso quien la acompañaba".
\<Colvan\>	"¿Quién acompañaba la joven?"
\<Detective\>	"Ven te mostraré".

Caminando hacia un cadáver, cuya posición era extraña. Poniendo sus manos para evitar que le hicieran daño. Al morir sus nervios quedaron en la misma posición, dándole una razón a Colvan para dejar saber que no era normal. Recuerda haber visto su rostro y reconociendo el cadáver en monturas de fotos junto a la joven víctima, Helena.

\<Colvan\>	"¿Con la postura de su muerte te reclinas a pensar que todo fue normal? Esta mujer es la madre de Helena, pero su reacción es temor. El miedo de lo que vio o se dirigió hacia ella al momento de quitarle la vida fue algo inesperado".
\<Detective\>	"¿Quién crees que realizó en pleno parto un múltiple asesinato de esta magnitud?"
\<Colvan\>	"No tengo la menor idea, cada vez estoy más lejos de las víctimas que desaparecen en mi caso y ahora esto. Llama a forense, que investiguen toda la sala de parto".
\<Detective\>	"Ya lo hicieron".
\<Colvan\>	"Que retoquen la escena, algo debe estar faltado. Nadie puede matar tanta gente y salir caminando por esa puerta para salir sin que nadie sospechara".

\<Detective\>	"Inmediatamente, daré su orden… Detective".
\<Colvan\>	"Gracias".

El detective sale de la habitación para hacerle saber a los expertos en forense la petición de Colvan. Este diciéndose así mismo.

\<Colvan\>	"Encontraré el causante de la muerte de Helena y le haré pagar. No importa si no está. Honraré mi promesa encontrando a su esposo para la tranquilidad de su alma. Allá sobre los cielos".

Vicarius, recobrando la claridad de su cuerpo. Se hace completamente visible. Posándose frente a un grupo de espectros, quienes lo observan esperanzados.

<Vicarius>   "¿Con cuál motivo invocan mi presencia?... Espectros".
<Ezequiel>   "Regresar a nuestro mundo".

Vicarius observa fijamente a los espectros. Viéndolos acompañados de aquel que se ganó el amor de su hija. Orgulloso de los mismos, se sonríe. Extendiendo ambos brazos hacia el grupo.

<Vicarius>   "Muy bien. Han logrado sobrevivir. Pasando uno de los entrenamientos que más ha atentando contra sus vidas".
<Lionexus>   "Así es y lo único que queremos es regresar a nuestros respectivos hogares".

El hechicero observa a los espectros que le rodean. Estos esperanzados en lo que el poderoso hechicero, padre de los Angements, puede hacer por ellos.

Capítulo XVI

COSECHAS

Finalmente la espera culmina. Aparece frente a ellos Vicarius, padre de los Angements. Caminando hacia quien con tanto afán le invocaron, estos en guardia esperan la salvación del mismo.

\<Vicarius\>	"Vaya, Vaya… Esperaba que lo lograran más de ustedes".
\<Ezequiel\>	"¿Esperabas?"
\<Lionexus\>	"¿Sabías que llegaríamos hasta ti?"
\<Vicarius\>	"Sí, pensaba que muchos más de ustedes lo lograrían".
\<Drako\>	"¿Nos esperabas?… De ser así, tú eras el que podía evitar tantas muertes con tu supuesto poder".
\<Nero\>	"Así es… Según tu creador… Eres la única salida de esta maldita dimensión".
\<Vicarius\>	"¿Mi creador?"
\<Ezequiel\>	"Así es, Shagga"
\<Vicarius\>	"Ah, él".
\<Lionexus\>	¿Cómo puedes referirte a él de esa manera?"
\<Vicarius\>	"Él sólo era uno de ustedes".
\<Ezequiel\>	"¿Uno de nosotros?… Él te creó. Poseía poderes como tú. Seguramente, superiores a ti".
\<Vicarius\>	"¿Eso piensas? Entonces… ¿Por qué no está aquí?"
\<Thais\>	"Se sacrificó para invocarte. Lo hizo para salvarnos a nosotros".

<Vicarius>	"Entonces Shagga se arrepintió de lo que creó".
<Thais>	"Buscó la redención en ayudarnos a nosotros, por todas las vidas inocentes causadas por esta guerra".
<Lionexus>	"Thryanna vio en Shagga la única salvación. La oportunidad de llegar a ti".
<Vicarius>	"Silencio, ahora digo yo... ¿Con qué derecho te refieres así de mi hija? Ella no tenia ojos más que para ti".

Lionexus, regresa al mundo en su mente donde su amada se encontraba con vida. Donde la alianza era la clave para terminar por su parte la guerra junto a todos los espectros que se unían a su causa. Frente a Vicarius, nuevamente cierra su puño al enfrentar la realidad de que Thryanna prefiriéndolo a él, ya no está. Ezequiel, viendo las intenciones por las ofensivas palabras de Vicarius, coloca su mano sobre el hombro de Lionexus, deteniendo así cualquier intención a mayores.

<Ezequiel>	"Ya es suficiente, callen ambos. Ya estamos frente a ti por las razones que sean, los que somos. Ahora tu obligación es ayudarnos".
<Zoe>	"Así es, por todas las vidas que se perdieron".
<Vicarius>	"¿Obligación?"
<Thais>	"Comprométete... Sobrevivimos a ese infierno al que sin idea de cómo llegamos, vencimos".
<Vicarius>	"No tengo ninguna obligación en ayudarles".
<Ezequiel>	"No sé por qué llegamos aquí. Pero de lo que sí estoy seguro, es que eres el único con el poder de regresarnos a casa".
<Vicarius>	"¿Qué gano yo con eso?"
<Lionexus>	"¿A qué te refieres?"
<Zoe>	"Así es... ¿Qué pretendías ganar con nosotros de todas formas?"
<Vicarius>	"Ustedes eliminaron a mis hijos".
<Lionexus>	"Se eliminaron ellos mismos, por el afán de destruirnos a nosotros".
<Vicarius>	"Te refieres a mis hijos espectro...".

Mirando enojado a los ojos de quien le contesta sin demostrar temor, entrelazándose con una mirada rencorosa por las vidas que en su causa sufrió. Amigos que el miedo unió esperanzados, amigos que perdió frente a los mismos ojos que lo observan.

<Thais>	"Nosotros no eliminamos a todos tus hijos, sólo peleamos contra ellos cuando nos confrontaban".

\<Ghorlaz\>	"Así es, sólo en situaciones de vida o muerte".
\<Nero\>	"Ellos estaban cegados por la búsqueda de poder, como su padre, deberías de saber eso".
\<Vicarius\>	"Puede que tengas razón".
\<Drako\>	"Luchamos juntos y defendimos a uno de sus hijos, al ganarnos su confianza".
\<Lionexus\>	"Dos veces, ganándose mi corazón y yo el de ella".
\<Vicarius\>	"Pero ahora no tengo a ninguno y peor aún, la tregua que quebraron en la guerra, destruyó el balance de esta dimensión. Enloqueciendo con su ausencia los elementos en su forma natural".
\<Ezequiel\>	"¿Qué tiene que ver eso? ¿Con qué nos regresas a nuestro mundo?"
\<Vicarius\>	"Sin el balance de los elementos, sólo podré crear un portal para enviar una persona, con algo de suerte a dos".

Sorprendidos, los espectros por la noticia de Vicarius. Con reacciones diversas se preocupan por la situación y la gravedad que ignoraban.

\<Ezequiel\>	"¿Cómo podemos reparar esto? Tú eres el único que tiene el poder para que todos regresemos a casa".
\<Vicarius\>	"Así es, pero debido a la pérdida de mis hijos, ustedes son los únicos que pueden restablecer el orden. Otorgándome nuevamente el poder al máximo para crear un portal donde todos salgan de esta dimensión".
\<Ezequiel\>	"Si debido a la guerra el balance de su mundo fue quebrantado... ¿Hay alguna forma de restablecer el mismo?"
\<Vicarius\>	"Sólo hay una manera".
\<Thais\>	"¿Cuál?"
\<Vicarius\>	"Sin mis hijos los Angements, la única manera de restablecer el balance y así poder crear un portal lo suficientemente grande para que regresen todos a casa, es... Que cinco de ustedes se tornen en los nuevos Angements".
\<Ezequiel\>	"¿Qué?"
\<Zoe\>	"¿De qué demonios hablas? Eso nos haría permanecer aquí para siempre".
\<Vicarius\>	"Es la única manera y así sólo dos pueden regresar. La tregua que mis difuntos hijos quebrantaron en guerra con su raza, debe ser restablecida. Ustedes son la única esperanza".
\<Ezequiel\>	"En primer lugar, tú eres la única esperanza de nosotros. Así nos pintaron las cosas para llegar hasta aquí... ¿Y ahora nos

sales con que nosotros debemos restablecer el balance de su dimensión…? ¿Tornándonos en los nuevos Arcángeles?"

<Vicarius>   "Así es".

Mirándolos a todos seriamente. Los espectros guardan silencio, intimidados por la seriedad con la que Vicarius se les dirige.

<Lionexus>   "Usted es el padre de los arcángeles caídos ¿Por qué usted no restablece el orden solo?"
<Vicarius>   "Ya les dije, que esa opción era de descartarla. Es imposible".
<Nero>   "¿Por qué?"
<Vicarius>   "Sólo creando nuevos portadores para los elementos… Vigilantes, protectores de los dominios donde abunda cada uno de los elementos que los fortalecen. Así es la única forma que se restablece el origen de la dimensión".
<Ezequiel>   "Sólo queremos irnos de aquí, no nos interesa ayudarlo en nada".
<Vicarius>   "¿Abandonando así todo espectro que como ustedes no tuvo o busca la oportunidad de llegar a donde ustedes llegaron?"
<Lionexus>   "¿Es una amenaza?"
<Vicarius>   "Muy lejos de serlo, pero piensen que cualquier otro humano pensaría bien esta única oportunidad que se les ofrece. Teniendo la oportunidad de salvar así muchas más vidas. Las cuales se encuentran allá afuera debatiéndose entre la vida y muerte".

Los espectros pensando en todos los que junto al camino que tomaron cayeron en combate, reconociendo la verdad en las palabras de Vicarius.

<Thais>   "Lionexus, él tiene razón".
<Lionexus>   "Lo sé".
<Ghorlaz>   "¿Qué piensan hacer?"
<Vicarius>   "No es por ajorarlos pero la vida de los demás espectros depende de ustedes. Entre más se demoren en tomar la decisión menos humanos regresarán a casa junto a sus respectivas familias".
<Ezequiel>   "Espere, no es una decisión para tomarse a la ligera".
<Vicarius>   "En realidad discuten por las vidas de los que regresarán a casa, si ustedes reestablecen la tregua que fue corrompida".
<Lionexus>   "Denos algo de tiempo, por favor".
<Vicarius>   "Bien".

Los espectros forman un círculo, donde las palabras se quedan entre ellos. Divulgan lo que es mejor para su raza y lo que puedan hacer por salvar la misma. Vicarius desesperado por lo que tanto platican entre ellos, pierde los estribos y se lanzándose sobre Zoe para atacarla.

<Drako>   "¡Cuidado! Nos ataca".

Zoe sorprendida sin apenas poder ver lo que con rapidez atenta contra la oportunidad de regresar a casa con vida.

<Nero>   "Ya fue demasiada violencia. ¡Detente!"

Ezequiel corre frente a Zoe y levantando se escudo firme y fuertemente, recibe un devastador ataque que lo empuja lejos del grupo. Logrando salvar la vida de Zoe. Vicarius dándole la vuelta sujetando la misma, brinca hacia atrás para ganar distancia. Tomándola de rehén para apresurar la decisión que entre ellos debía ser tomada. Los espectros en defensa de ella se posan agresivos frente al hechicero.

<Vicarius>   "¿Cuál es su contestación?"
<Lionexus>   "Déjala ir o volverás a ver a tus hijos más rápido de lo que
               pensabas".
<Vicarius>   "No podrán vencerme, sin importar lo mucho que trabajen
               en equipo para atentar contra mi vida. Sus armas son
               inofensivas contra mi ser".
<Ezequiel>   "No atentes contra ella".

Recuperando su postura por el ataque que hace momentos recibió en defensa de la rehén.

<Ezequiel>   "Tus labios revelaron el que tengas sólo una cuarta parte
               de todo tu poder. Eso pone la balanza a nuestro nivel
               hechicero".

Quien se detiene para aguantar su coraje, apretando más el cuello donde sujeta a Zoe. Los espectros en el ajoro por salvarla, se lanzan a atacarlo. Este reaccionando para defenderse sin temor, lanza a la fémina contra Thais; quien la sujeta, abrazándola para protegerla.

<Thais>   "¿Te encuentras bien?"
<Zoe>   "Sí".

Esta tosiendo, se sujeta su cuello por el apretón que le produjo el hechicero. Mientras que los demás espectros, logran alcanzarlo y le lanzan diversos ataques con sus respectivas armas. Vicarius defendiendo y contraatacando cada uno de ellos.

\<Vicarius\>	"No pueden contra mí, aún así no quiero hacerles daño... Los necesito".
\<Ezequiel\>	"Atentas contra uno de nosotros, en tu afán para convencernos y tienes el descaro de pedir nuestra ayuda".
\<Lionexus\>	"No somos juguetes, en un juego de ajedrez donde tu suerte depende de controlar los peones".
\<Vicarius\>	"Deténganse, esta lucha no llegará a nada, no les favorece si culminamos con la misma. Paren de confrontarme".
\<Drako\>	"Defendemos nuestras vidas contra tu inseguridad, tu desesperación no te hace de confiar".

Estos lanzándose a la vez contra el hechicero, intercambian miradas desafiantes... Sin temerle. Vicarius, tornando sus ojos al vacío, cambian así los de los espectros que lo combaten en el intercambio de tales miradas desafiantes.

\<Nero\>	"¿Qué nos sucede?"

Apenas sin poder moverse.

\<Ghorlaz\>	"No puedo controlar mi cuerpo".
\<Vicarius\>	"Mi poder es más de lo que piensan, al no ser el simple rey de moverse sólo un paso para depender de otros... Pero debo admitir que su coraje es admirable".
\<Drako\>	"¿Qué nos has hecho anciano?"
\<Vicarius\>	"Nada alarmante, sólo realizo en ustedes mi propia petición. Mantenerlos tranquilos para que por fin puedan escuchar".
\<Ezequiel\>	"Suéltanos... ¿Thais? ¿Zoe? Ayuda".

Estas, quienes son llamadas por la desesperación en donde se encuentran sus compañeros, observa que Akunox se posa frente a ellas; mostrando sus dientes a la ofensiva contra ellas.

\<Zoe\>	"¿Akunox?"
\<Drako\>	"¿Qué haces amigo? Déjalas pasar. Las necesitamos".

Este ignorando la petición de su manada original a la que tanto le ha ganado respeto y confianza.

\<Vicarius\>	"No sólo es un leal animal, pero sencillamente por más que me haya traicionado, sólo es eso… Un animal de mi mundo. Por lo cual se me hace fácil controlarlo".
\<Drako\>	"Maldito".
\<Vicarius\>	"Sólo escuchen…"

Buscando otra forma para hacerlos entender que los necesita, se muestras tranquilo luego de suspirar.

\<Vicarius\>	"Entiendan, por favor… Con su ayuda la dimensión será lo siempre debió ser: un sueño".
\<Nero\>	"¿Un sueño? Lo único que se ha podido vivir en tu supuesto sueño es una pesadilla tras otras, nadando en ríos de sangre… Sangre inocente hasta llegar a ti, la supuesta salvación".
\<Vicarius\>	"Esta dimensión, creada por el deseo de proteger lo que ustedes los humanos no valoraban en su mundo, debía ser pacífica… Un verdadero sueño. Paz a múltiples escalas. No esto… No lo que se ha vivido. Pero ustedes, pueden hacerlo realidad acabado con la pesadilla que mis hijos. Aunque me duele entenderlo".

Los espectros, detienen el forcejo por recuperar el control de sus propios cuerpos. Demostrando un comportamiento pasivo, confiable ante el poder de mantenerlos inmóviles por Vicarius. Suspendiéndolos del trance donde los tenia cautivos.

\<Ezequiel\>	"Puedo moverme".
\<Ghorlaz\>	"Sí, ya puedo mover mi cuerpo".
\<Lionexus\>	"Sólo escuchemos, no ataquen".

Los espectros guardan sus armas, mostrándose así dispuestos a escuchar lo que el hechicero tenga que decir.

\<Vicarius\>	"Mi mundo se alteró completamente debido a la falta de elementos. Vengan acompáñenme, deben ver esto".

Haciendo que los espectros le sigan al balcón de la torre, donde todos observan un cielo colorado, las aguas de los mares agitadas sin control. El aire se torna en ondas de vientos sin un rumbo fijo. La flora se seca rápidamente mientras que la tierra tiembla más a menudo, creando desconfianza en los animales que la habitan. Haciéndolos hostiles, atacando todo a su paso sin compasión. Haciendo de la dimensión un lugar más peligroso del que ellos caminaron y sobrevivieron.

\<Vicarius\>	"Este es el motivo de mi desesperación y por lo tal deben crearse nuevos arcángeles que cuidan el balance de los elementos. Para que así, restauren la naturaleza".
\<Lionexus\>	"De intentarlo, ¿quién nos asegura que lograremos regresar a casa?"
\<Vicarius\>	"Yo, lo prometo. Pero no tenemos tiempo que perder. Deben aceptar por ustedes mismos que el poder entre en sus cuerpos".
\<Lionexus\>	"Lo haré para salvar los demás espectros que no llegaron a mí. Aquellos que todavía luchan contra lo que desconocen obligándolos a sobrevivir".
\<Vicarius\>	"Me parece justo, hagan caso a su conciencia. Salven con ella a los espectros que no tuvieron la suerte y oportunidad de llegar a mi".
\<Drako\>	"Cómo si de eso costara algo".
\<Lionexus\>	"Drako, ya es suficiente. Vicarius tiene razón. No tenemos otra alternativa".

Vicarius observando a Lionexus con respeto, viendo en él, el poder de convencer fácilmente al grupo restante.

\<Nero\>	"Al crearse los nuevos arcángeles, ¿recuperarás el poder necesario para crear un portal y así regresar a casa a los que se queden fuera?"
\<Vicarius\>	"Sin duda lo intentaré, lo prometo".
\<Lionexus\>	"Bien, en ese caso… Cuenta conmigo".

Vicarius los hizo pensar y adoptar el cargo de conciencia. Por aquellos que no tuvieron la misma suerte de los que lucharon y hoy se encuentran frente a él.

Asombrados los espectros, al no haber notado el cambio en el ambiente.

\<Drako\>	"Eso hará imposible que los demás humanos allá abajo puedan sobrevivir. Morirán todos de seguro".
\<Ghorlaz\>	"No cabe duda de ello, debemos hacer algo para salvarlos".
\<Vicarius\>	"Ustedes son la única salvación, aceptando ser los nuevos Angements".

Ezequiel algo enfadado por la proposición…

<Ezequiel>   "Esto no fue nuestra culpa".

Cae de rodillas en el suelo, frustrado por el miedo a no volver a ver a Helena. Quien no deja de dar vueltas en su mente, siendo esta el mayor enfoque para sobrevivir. Mirando frustrado a quien le propone y otorga tan inmenso poder.

<Ezequiel>   "¿Qué tal por quienes nos sacrificamos nos ven como sus enemigos? Continuando por su parte la guerra, muchos de ellos temiéndoles al cielo sin seguridad en la tierra. Tal y como caminábamos hasta llegar aquí".
<Vicarius>   "Esa es la razón porque ustedes ya han sido selectos por cada uno de los poderes. Siendo la última y única opción, derramando mi fe sobre ustedes que harán cambiar los corazones de los guerreros que como ustedes, sobreviven allá abajo".

Señalando con ambos brazo al abismo, sobre las flora que poco a poco se destruye. Volteando a mirar a cada uno de los espectros que lo acompañan lentamente…

<Vicarius>   "La selección ya ha terminado".
<Nero>   "¿Qué? Sólo Lionexus ha contestado a su petición".
<Vicarius>   "Verbalmente, pero sus corazones han hablado por ustedes en el silencio".

Ezequiel se pone de pie y dándole la espalda demuestra poco interés en el cargo que tomarán los elegidos y el poder que se les otorgue.

<Vicarius>   "Serán mis nuevos hijos y cada uno guarda en si, un carisma especial. El elemento mismo los ha escogido".
<Drako>   "¿Cómo puede ser esto posible?"
<Vicarius>   "Les explicaré todo a su debido momento, Nero…"
<Nero>   "¿Qué sucede?"
<Vicarius>   "Tú has dicho presente en turbulencias que descarrilan los ánimos, tu alma en si al haber sido desprendida. Motivando a otros, empujando como el más fuerte viento sus causas".
<Nero>   "¿Yo? ¿Viento?"
<Vicarius>   "Así es, como tal, la velocidad con la que tu alma fortalece tu aura. Te tornas un guerrero rápido y decidido. Como nube en

curso, imparable. Tornando formas para aumentar los sueños en quienes han perdido la razón".

<Nero>   "¿Qué me sucede? Me siento raro…"

Este viendo sus manos brillar, flotado cubierto completamente por el brillo que comenzó en sus manos. Cubierto por un denso tejido luminoso.

<Ghorlaz>   "Se volvió un capullo, al demonio con esto de los poderes".
<Vicarius>   "Ghorlaz, espera… Sin importar las consecuencias, has actuado haciendo caso a lo que dicta tu corazón, por lo que sientes ahora mismo, Miedo".
<Ghorlaz>   "No soy un cobarde, pero esto no me da buena espina… Espera un momento. ¿He sido elegido?"
<Vicarius>   "Inteligente, moldeando las mentes que te rodean, dando el peor de los destinos a las que te enfrentan".

Asombrado, ofendido sintiendo algo de culpabilidad por unirse a los Abandonados.

<Ghorlaz>   "Obré para el mal a beneficio de no dejar de existir".
<Vicarius>   "No tienes por qué explicar o justificar nada. Con respeto e integridad expandes tu potencial entre otros, preocupándote por quienes necesitan ayuda. Cómo protegiste a quienes junto a ti confrontan mi rostro. Defensor y justo, cualidades perfectas para defender a tus nuevos hermanos".
<Ghorlaz>   "El Arcángel que tenía esa obligación era Satarian. Dominante de las sombras y protector de los cuatro elementos".
<Vicarius>   "Esa es tu tarea ahora".

Este viendo sus manos brillar, flotando igualando la forma de Nero al tornarse en el segundo capullo. Vicarius Volteando a mirar a Drako, quien caminando hacia atrás lentamente se sorprende por lo que este vaya a decir de él…

<Drako>   "No me mires así, no… Yo no".
<Vicarius>   "Tus intenciones han sido más claras que el agua".

Sorprendido por el elemento que lo ha escogido.

<Drako>   "¿Cuáles intenciones? ¿Agua?"
<Vicarius>   "Tu lealtad. La misma es incomparable, con unas ansias de ayudar insaciables y la persistencia de dejar sentir. Trasparente como el agua, pero no hay mayor peso que el

elemento que te eligió y eso eres tú. El peso de la bondad en almas perdidas para guiarlos en el camino".

<Drako>   "No sé ni tan siquiera nadar".

<Vicarius>   "Jamás le has temido, sólo le has tenido respeto y ahora te lo deben a ti. Recuerda una gota es inofensiva pero como tú y la compañía, lealtad que encontró Akunox en ti. En manada han sido invencibles".

Drako con una sonrisa orgullosa, se cruza de brazos dejando el sentimiento llegar a su alma. Mientras es cubierto por el tejido, convirtiéndose en el tercer capullo de radiante. Akunox abandonando el trance donde lo sostenía Vicarius. Honrando a su líder con un fuerte maullido respetando y venerando el riesgo que acepto.

<Zoe>   "Akunox, ven".

El lobo, mira a la dama y caminando hacia ella. Se mete bajo las piernas de la misma buscando abrigo, Zoe de rodillas acariciando al mismo.

<Zoe>   "No te preocupes, estará bien. Es igual de fuerte que tú".

Akunox realiza un maullido leve entristecido, por la ausencia que lo hará extrañar a su amo.

<Zoe>   "No te preocupes hermoso lobo, yo te cuidaré. Desde ahora nos cuidaremos mutuamente, recuerda que somos de la misma manada grandote".

Acariciando el lomo del lobo, este fortaleciendo su ser, esparciendo un aura positiva y alegre. Mientras que el hechicero observa a los espectros restantes…

<Vicarius>   "Sólo quedan dos arcángeles por ser elegidos".

<Lionexus>   "No creo que me quede fuera".

Camina valeroso, hacia el hechicero. Deteniéndose sus miradas se cruzan, posándose rostro con rostro. Vicarius frente al líder que protegió a los espectros elegidos. Defendiendo a su raza conocida como los espectros. Coloca su mano sobre el hombro del mismo.

<Vicarius>   "Así es, no sólo fuiste el primero en ofrecerte, sino el primero que le hizo sentir a mi hija el poder más poderoso

	de los humanos, el amor. El mismo que les ofrece la madre naturaleza ignorada en el afán de ser entendida, contemplada y conservada".
<Lionexus>	"Puedo sentir que la tierra me ha elegido y no la defraudaré".
<Vicarius>	"Te creo, jamás defraudaste a los tuyos y la tierra te había elegido ya una vez. No hay porque ella quien es más sabia que ambos pueda equivocarse. Cuando ella sabe lo que das por el portador que era su líder antes que tú, Thryanna".
<Lionexus>	"Restableceré el balance de esta dimensión y cuidaré la fauna y flora como si fueran las manos de Thryanna. Defendiendo no sólo el honor de lo que fuimos, sino la labor de lo que somos… Protectores de lo ignorado".

Lionexus poniendo una rodilla sobre el suelo, coloca sobre el suelo el filo de ambas espadas. Honrando respeto a la memoria de su amada frente a su padre. Entregando reverencia al compromiso de restaurar la dimensión, objetivo que junto a su grupo solamente puede ver finalizado con éxito.

<Lionexus>   "Thryanna".

Con una sonrisa enamorada en sus labios, cierra sus ojos para recordar su rostro guardado en su memoria. Al abrirlos nuevamente observa cómo el suelo refleja el resplandor de su cuerpo al tornarse en el cuarto capullo.

El hechicero observa el capullo en el que el líder de los espectros se convirtió, comentando para sí mismo…

<Vicarius>   "Eres guerrero formidable, Lionexus".

Vicarius, levantando su mirada a los espectros restantes. Ezequiel, con el único propósito de regresar con su amada en mente. Se niega a la causa volteándose e ignorar la mirada del anciano. Mientras que Zoe y Thais se abrazan nerviosas por quién de ellas será elegida para dominar el elemento del fuego.

<Vicarius>   "Ezequiel"

Este sin importar que el mismo dijera su nombre dispuesto a pasarles la obligación a los demás. Camina junto a la compañía de las féminas restantes.

<Thais>	"El elemento de fuego te ha elegido, Ezequiel".
<Zoe>	"Voltea, ve donde Vicarius".

\<Ezequiel\>	"No me interesa ser el arcángel de fuego. Si alguna de ustedes quiere tomar ese papel... En confianza, es todo suyo. Seré uno de los dos que posiblemente pueda regresar a casa. Quiero volver junto a Helena".
\<Vicarius\>	"Ezequiel, la intención que alimenta tu desinterés se torna cada vez más débil. Para ti regresar a casa es imposible".
\<Ezequiel\>	"¿Qué lo hace imposible?... Me esforcé igual o más que ellos para mantenerme con vida. Por Helena, la extraño y el ignorarla lo suficiente para llegar aquí... Me ha enseñado a valorarla. Pasando la prueba más difícil al reconocer que si yo falto ella muere, nuestro amor jamás tendría segundas oportunidades, perdiendo de un sólo golpe todo lo que tenía e ignoraba".
\<Vicarius\>	"Cuánto lamento escuchar eso, ya comprendo por qué el elemento de fuego te ha escogido jovencito".
\<Ezequiel\>	"No me interesa que cualidades el elemento vio en mí... No me interesa. Sólo quiero volver junto a Helena".
\<Vicarius\>	"Eso no puede ser posible, lo lamento".
\<Ezequiel\>	"¿Qué rayos lo hace imposible? ¿Por qué demonios lo lamentas?"
\<Vicarius\>	"Helena está muerta".

Ezequiel habré asombrado sus ojos en negarse a creer tales palabras viéndoles como algo imposible. Devolviendo una mirada llena de coraje...

\<Ezequiel\>	"Mientes".
\<Vicarius\>	"Me temo que no, lo lamento".
\<Thais\>	"¿Pero cómo puede ser eso posible?"
\<Thais\>	"De ser cierto, ¿cómo él puede estar aquí con vida junto a nosotros?"

Ezequiel, con sus ojos cubiertos en lágrimas continúa con su coraje aumentando mirando al hechicero fijamente a los ojos.

\<Ezequiel\>	"Mientes".
\<Vicarius\>	"No es así, ella perdió la vida"
\<Ezequiel\>	"¿Cómo?"
\<Vicarius\>	"..."
\<Ezequiel\>	"¿Cómo demonios sucedió esto? ¿Cómo?... Habla ya de una vez".
\<Vicarius\>	"Dando a luz a tu hija... Ambos perdieron la vida en el parto".

Ezequiel, enloquecido por lo que sus oídos se niegan a creer, desenfunda sus armas, sujetando ambas piezas de defensa y ataque con el mayor coraje jamás sentido por esa alma. Tembloroso y con sus ojos dejando salir una cascada de lágrimas. La ira se apodera de su ser, haciéndolo correr directo al hechicero con un deseo de venganza por la noticia otorgada.

<Zoe>   "¿Ezequiel? Detente".
<Thais>   "Ya no es él... Rápido debemos intervenir".

El hechicero recibe diversos ataques llenos de coraje que incrementan la velocidad del espectro e intenciones de Vicarius por esquivar cada uno de ellos. Haciéndose algo complicado pero no difícil para alguien con su poder.

<Vicarius>   "Razona, no soy tu enemigo".
<Zoe>   "Ezequiel, tranquilízate".

Corre hacia él para intentar sujetarlo; esquivando cada intento, Ezequiel cegado por el coraje.

<Vicarius>   "Por favor, deténganlo. No puedo intervenir en su recuperación. Háganlo entrar en su ser nuevamente".

Esquivando los ataques de Ezequiel, quien lanza un ataque mortal contra el hechicero. Este detenido por la espada de Zoe, forcejea con un inmenso y desconocido poder creado por la ira en él.

<Zoe>   "Ezequiel, por favor detente. Me lastimas".
<Thais>   "Házte a un lado Zoe".

Quien sujetaba un flecha sobre su arco con la mayor de sus fuerzas apuntando al enfurecido.

<Thais>   "Debemos lastimarlo para controlar su velocidad, hazte a un lado".
<Zoe>   "No, ya es suficiente de tanta pelea".
<Thais>   "Sino me dejas detenerlo a mi manera, morirás en tu afán de hacerlo entrar en sí".
<Zoe>   "Es uno de los nuestros, no permitiré que lo lastimes".
<Thais>   "¿Acaso él puede ver quién eres?... Te propones detener el coraje armado, alimentado por un sentimiento ajeno a nosotras".

\<Zoe\>	"Sólo intentemos sujetarlo… Él reaccionará. No nos hará daño".
\<Thais\>	"Confía en mí, esta es la única manera".

Soltando la flecha de su arco en dirección al hombro sosteniendo la espada del espectro, quien al momento de impacto, suelta su escudo y la sujeta con unos reflejos extraordinarios.

\<Thais\>   "No puede ser".

Mientras que Zoe, intercambia fuertes ataques que se entrelazan en las filosas hojas de hierro. Creando chispas de los múltiples y rápidos impactos.

\<Zoe\>   "Intenta sujetarlo mientras lo ataco".

Thais guardando su arco, corriendo a la parte posterior de Ezequiel.

\<Vicarius\>   "Lo tienen".

La fémina estirando sus brazos para sujetarlo por el cuello, este defendiéndose al atacarla con una fuerte patada. Thais sacando sus pequeñas navajas en forma de luna, entrelazando las mismas para aguantar el agresivo ataque, este impactando. Haciéndola retroceder a los aires. Thais girando saca su arco y con la rapidez que la distingue al dominar el mismo, lanza otra flecha. Impactando con éxito la pierna de Ezequiel.

\<Zoe\>   "Ahora, sujétalo".

Thais al caer al suelo, suelta su arco y corre a sujetarlo por la parte posterior. Mientras esta arropa el cuello del enfurecido con ambos brazos. Este aclara su mirada, la cual borrosa de tanta lágrima que se niega a aceptar la muerte de su amada. Sujeta débil su espada.

\<Zoe\>   "Ya es suficiente, no más guerra Ezequiel".

Sorprendido por lo que escucha, sin creer haber sido capaz de lastimar a ambas mujeres. Su arma es despojada de su mano, al ser golpeada por la espada de Zoe, quien suelta la suya, para abrazar el espectro y sujetarlo en conjunto de Thais para tranquilizarlo. Akunox, a la defensiva contra el mismo, resuena sus dientes enfurecido contra Ezequiel por haber atentado contra su propia manada.

<Zoe>   "Tranquilo, Akunox. Ya todo termino".
<Thais>   "Ezequiel, tranquilo. Sé que debe ser sumamente doloroso
                      digerir tan triste noticia… Sólo contrólate".

Vicarius, viendo un Ezequiel más tranquilo camina a acercarse al joven.
Quien quebrado por la noticia que amarga su aura no encuentra consolación,
arropado por la culpabilidad.

<Ezequiel>   "¿Cómo pude ser tan imbécil?… ¿Cómo fui capaz de preferír
                      otras cosas en vez de estar a su lado como tantas veces ella
                      me lo pedía?… ¿Embarazada?… ¿Mi hija?"
<Vicarius>   "Como mencioné, lo lamento. Pero ese sentimiento te hace
                      fuerte. Es una llama creciente en tu alma que te hace el
                      guerrero digno de llevar en ti el elemento de fuego".

Ezequiel escuchando leve, a lo lejos tales palabras sumergido en el
recuerdo de Helena.

<Ezequiel>   "La abandoné…".

Dejando caer fuerte su puño contra el suelo. Diciendo en voz baja, bajo
lamento…

<Ezequiel>   "En una etapa tan hermosa… Su embarazo".

Tristes las féminas que poseen la oportunidad de traer vida a la tierra.
Se orgullecen de la manera en la cual Ezequiel entiende esa etapa natural,
apenadas por la situación en la que se da cuenta. Observando nuevamente los
ojos de aquel hechicero que su vida cambio.

<Ezequiel>   "¿Cómo sucedió? ¿Quién lo hizo?"
<Vicarius>   "Fue una muerte natural, ambas partes no tuvieron suerte. Lo
                      lamento".
<Ezequiel>   "No encuentro la verdad en tus palabras".
<Thais>   "Ya basta de tanta guerra".
<Ezequiel>   "No pelearé, pero me cuesta tanto comprenderlo… Todo es
                      tan extraño, tan difícil de creer".
<Vicarius>   "No se puede jugar jamás con palabras como esas, pero
                      crecerás en tu interior. Es parte de la llama, la pasión que
                      habita en ti".
<Ezequiel>   "Prefería mejor jamás haberme enterado".

\<Vicarius\>	"Tu afán por regresar jamás había cesado. Con alguien que te atará al mundo al que pertenecías".
\<Ezequiel\>	"Perder a quien más amas. Sentimiento que logré entender en tan peligrosa ausencia".
\<Vicarius\>	"Por eso no sólo te ofrezco la oportunidad de salvar vidas, sino que el elemento en si sabe el calor que habita en ti dejando sólo el espacio para repartir el amor, la pasión en aquellas almas que han olvidado su inspiración".
\<Ezequiel\>	"Entonces… Se trata de mi que otros no pasen por lo mismo".
\<Vicarius\>	"Correcto, la falta de inspiración crea frío y contigo como parte de los nuevos Angements. Tu fuego calentará los ánimos otorgando el propósito a cada guerrero para luchar por su salvación".

Entre los brazos de Thais y Zoe, Ezequiel comienza a brillar como los cuatro otros espectros. Los damas, se alejan de Ezequiel. Viendo un quinto capullo cubrir a Ezequiel, Elegido para dominar el elemento de fuego.

\<Thais\>	"Alentarás a aquellos que aman, fortaleciendo su fe por la esperanza tal y como tú lo lograste hazte que ese capullo cubriera tu cuerpo".
\<Vicarius\>	"Les sugiero que guarden distancia".

El hechicero, eleva al aire haciendo flotar los capullos luminosos haciendo que estos giren y transformen, cambiando los que habitan en su interior.

Thais y Zoe observan la destrucción que les rodeaba a lo alto del balcón de la torre. Notan cambos el ambiente que les rodea. Limpiándose el cielo aclarando el color rojo que cubría los cielos, tornándolos nuevamente su color original.

\<Zoe\>	"Puedo sentir la brisa, el aire regresa a su normalidad".

Thais observando las nubes del cielo continuar su travesía, mientras que las hojas de los arboles, se tornan verdes. Restableciéndose la flora, como un abono natural restablecen diversas áreas se recuperan rápidamente.

\<Thais\>	"Zoe observa".

Está viendo las aguas correr y llevar su rumbo sobre los ríos hacia sus desembocaduras, uniéndose a los océanos que ambas observan y contemplan.

<Zoe>   "Qué hermoso".

El terreno comienza a temblar levemente para repararse.

<Zoe>   "La tierra se restablece, mira hacia allá".

Thais volteando a ver de qué se trata, observa las diversas grietas que separan múltiples montañas, juntarse milagrosamente, reparando las mismas. Al finalizar, los capullos caen fuertemente contra el piso, agrietando la superficie.

<Vicarius>   "De esta forma se restablece el balance de mi mundo, al ser creados los nuevos Angements. Cargarán con la obligación de salvar la dimensión, con el propósito de restablecer la tregua que los primeros escogidos quebrantaron".

Thais, ve cómo la coraza de los capullos se desprende poco a poco y al caer al suelo por completo, se levantan de los tejidos secos, los nuevos Angements con una vestimenta oscura que resalta el elemento que domina cada cual. A diferencia de un color blanco y vacío, lleno de afán por poder y de ser llenado por la desesperación. Llenos de esperanza, guardan en su interior múltiples razones por las que harán la diferencia.

<Thais>   "Se ven bien, muchachos".

Sintiéndose diferente y poderoso, Ezequiel abre sus alas completamente. Seguido por el nuevo grupo de Angements.

<Ezequiel>   "Se siente raro, pero al parecer tenemos algo de tiempo para acostumbrarnos".

Observando a Vicarius.

<Ezequiel>   "Ya nos creaste, tu nuevo linaje de Arcángeles. Ahora a lo acordado".
<Nero>   "Así es, con el poder que nos hiciste ganar y el tuyo podemos crear un portal para enviarlas a casa".
<Vicarius>   "Una promesa es una promesa".

Thais y Zoe contentas se abrazan, siendo este el mayor deseo de ellos en primer instancia… Regresar a casa.

<Vicarius>   "Antes de regresar a casa venga a mi… Ambas".

Se acercan al hechicero, quien coloca sus manos sobre las frentes de Thais y Zoe. Haciéndoles saber…

<Vicarius>   "Llevarán este mensaje al regresar a casa… Aquellos que perdieron gente amada por esta dimensión, tendrán sus mentes limpias del recuerdo… Aliviando así el sufrimiento de aquellos que sufren la pérdida o viven en la espera de aquel ser amado que se encuentre aquí o allá".

Con sus ojos en blanco, ambas féminas en un trance por el mensaje que Vicarius grabó en sus mentes.

<Thais>   "Llevaré el mensaje"
<Zoe>   "Llevaré el mensaje".

El hechicero, absorbiendo el poder que nace de cada uno de los Arcángeles que lo rodea, se torna así mismo en un portal. El cual esperado por ansias las regresaría a casa.

<Thais>   "¿Vicarius?"
<Zoe>   "¿Qué sucederá contigo?… Ya que te has convertido en el portal que nos regresará a casa".

La voz de Vicarius proviniendo del agujero que gira en diversos colores por los elementos.

<Vicarius>   "Ahora todo depende de los Angements. Sólo ellos pueden juntarse para invocar mi presencia nuevamente. La invocación de Shagga fue lo que me hizo llegar a ustedes, pero ahora la única manera de hacerme presente… Es que los cinco me invoquen al mantenerse unidos para honrarlos con mi presencia, encaminarlos con mi consejo".
<Lionexus>   "¿Seguro que llegarán a casa sanas y salvas?"
<Vicarius>   "Vayan tranquilas, crucen el portal. Todo estará bien".

Los Angements se despiden de sus compañeras. Las damas abrazan a cada uno de los arcángeles para despedirse. Thais sosteniendo un poco más a Lionexus.

\<Thais\>	"Gracias por cumplir tu promesa".
\<Lionexus\>	"Me esmeré por ello, como hubiera querido haber salvado a Dinorha y los demás".
\<Thais\>	"No te preocupes, mi hermana está bien donde quiera que esté y en cuanto a Arol y Marco... Estarían orgullosos".
\<Lionexus\>	"Lo sé, cuídate mucho. Te extrañaré".
\<Thais\>	"Yo también, Adiós".

Zoe caminan hacia el portal. Zoe volteándose momentos antes de entrar al mismo.

\<Zoe\>	"Akunox, vamos a casa".

Zoe y el lobo escapan de la dimensión, siendo los primeros en adentrarse en el portal que comienza a girar. Deja de ser visible por las miradas de quienes pelearon a su lado, logrando sobrevivir.

Thais, caminando hacia el portal, recoge el arco sobre el suelo. Arma que distingue su gran puntería, la determinación que la ayudó a sobrevivir. Brincando hacia el portal con una sonrisa orgullosa, indestructible por haber hecho todo a su alcance. Con la ayuda de su prestigioso líder, logró sobrevivir cumpliendo la promesa de que ella, sin importar lo que fuera, regresaría a casa.

Vicarius cumpliendo con la promesa de regresar a casa los espectros restantes una vez creados los nuevos Angements, desaparece el portal así con su presencia, recordándoles a sus nuevos hijos.

\<Vicarius\>	"Restablezcan el orden salvando a todos los espectros posibles y cuando sea el momento, creen un portal para regresarlos a casa".

Desapareciendo por completo ante la presencia de los arcángeles.

El portal desaparece momentos después de Thais regresar a casa. Esta cae sobre un grupo de arbustos en un parque cerca de su residencia. Impresionados los que en él se encontraban y la vieron caer del cielo. Thais se levanta del suelo, limpiando el césped de sus hombros, sacudiendo por último sus rodillas. Despertada la curiosidad en quienes allí se encontraban, interesados se le acercan para saber si se encuentra bien. Llamando la atención de varios policías que se encontraban vigilantes la tranquilidad del parque, llegan al grupo de personas que rodean a Thais. La gran mayoría entre la multitud saca sus celulares, esperando que pase algo debido a que se esparce rápido el rumor de que la misma cayó del cielo. Acercándose la policía esperando que cualquier otra cosa pueda suceder, utilizan su tecnología portátil para grabar cualquier acontecimiento.

<Policía>   "¿Qué está sucediendo aquí?"

Abriéndose paso entre la multitud.

<Civil>   "Esta mujer cayó del cielo oficial".
<Policía>   "¿De qué rayos estás hablando?... Eso es imposible. Vamos hazte a un lado, muévete".

El oficial empujando al joven, este emocionado por lo que no se imagina que pueda suceder.

<Civil>   "Esto se va a poner bueno".

Thais escuchando lo que la gente divulgaba entre ellos, reconoce que se acercaba la policía.

<Thais>   "Genial, lo que me faltaba".
<Policía>   "¿Cómo dice jovencita?"
<Thais>   "Nada, ¿Qué sucede oficial?"
<Policía>   "Esa es la pregunta que me corresponde hacer a mi... ¿Qué es lo que sucede aquí?"
<Thais>   "No tengo idea, sólo la gente curioseando".
<Policía>   "Bueno, todos aquí la observan a usted. Donde me deja llegar a la conclusión de que usted es el problema".
<Thais>   "Problema... ¿Yo?"
<Policías>   "Así es, creo que debería acompañarnos".
<Thais>   "Pero yo no he hecho nada".
<Policía>   "Acompáñenos".

El oficial, evitando una situación más grave de la curiosidad entre la multitud, la esposa para sacarla del holocausto de celulares grabando. Donde ella no controla sus labios, haciendo saber en las múltiples grabaciones.

<Thais>   "Yo soy una de las personas desaparecidas".
<Oficial>   "Haga silencio. Toda información haga el favor de retenerla hasta llegar al cuartel".

Thais ignorando la advertencia del oficial, pasando frente a otro celular grabando.

<Thais>   "Soy una de las personas desaparecidas, familias que sufren en la espera de un ser amado desaparecido. Aquellos que han encontrado cadáveres de gente que aman en este mundo".
<Policía>   "Cállese".

Mientras que la gente que la grava alrededor, corre tras ellos para captar cada palabra que salga de sus labios. Los policías aligerando sus pasos, llegan a la patrulla.

<Thais>   "Se acabó la espera, fortalezcan sus almas ya que las mentes han sido despojadas de ese recuerdo. Esa persona ya no duele en su corazón y jamás perturbará su alma".
<Policía>   "Cállese de una buena vez y entre en el vehículo".

El oficial la mete a la fuerza dentro de la patrulla. Otro oficial al volante, enciende el vehículo. Quemando los neumáticos, salen de prisa hacia el cuartel más cercano.

La multitud testigo de lo ocurrido, regresa desesperados a sus casas y pasando las grabaciones a sus computadoras. Esparcen el video por todas las redes sociales. Noticia que no tardó en ser vista por la gran mayoría de las familias a nivel mundial. Entrando en un trance todos aquellos que sufrían por las palabras mencionadas. De esta manera estas personas les fueron arrebatadas el respeto a proteger la memoria que los hacía sufrir. Rellenando el espacio al vacío, olvidando esa persona… Como si jamás hubiera existido. Mientras que en cada hogar. Las fotos, evidencias de ese recuerdo desaparecido borrándose de cada uno de los cuadros, de cada uno de los papeles que llevara su ser, que llevara su nombre. Tornándose todos estos guerreros, espectros olvidados por quienes los amaban y esperaban en la tierra, para siempre. Por el escándalo que formó. Thais es encarcelada y se le acerca un guardia a la celda y golpeando la misma con un tono de burla.

<Policía>   "Oye sobreviviente, tienes visita".

Abochornada por la situación en la que se encuentra, por todo lo que tuvo que pasar para regresar a casa. Cansada levanta su rostro quien perdido en el suelo se tarda en reaccionar para ver de quien se trata. Adelantándose su voz adivinar quien pueda ser.

<Thais>   "¿Zoe?"

\<Colvan\>	"Me temo que no, mi nombre es el detective Colvan Mathew".

Mostrando su placa a la encarcelada.

\<Thais\>	"¿No se supone que venga un abogado o me ofrezcan una llamada por lo menos?"
\<Colvan\>	"Es su derecho, como parte del protocolo. Las tendrá, sólo quiero hacerle unas preguntas".
\<Thais\>	"Entiendo que eso son dos solamente, ya me han hecho tantas que no quiero seguir en esto el tiempo que me mantenga aquí".
\<Colvan\>	"Si copera, no será mucho tiempo y sí... Serán sólo dos".
\<Thais\>	"Pregunte detective".
\<Colvan\>	"De haber estado desaparecida, cómo comentó en aquel paque... ¿Dónde estaba cautiva?"
\<Thais\>	"¿Estaba allí?"
\<Colvan\>	"No, hubiera intervenido de otra manera, pero no... No estaba allí. Vi uno de muchos videos grabados ese día lo cual despertó una curiosidad en ti y aquí estoy".
\<Thais\>	"No me creería".
\<Colvan\>	"Sólo conteste mi pregunta. ¿Cómo era el lugar donde estaba desaparecida?"
\<Thais\>	"Para muchos un lugar de ensueño... Para mí una pesadilla. No sé si me crea, pero era otra dimensión detective".
\<Colvan\>	"Entiendo".
\<Thais\>	"Es cierto, lo que le digo es cierto... Un momento... ¿Entiende? ¿Quién es usted?"
\<Colvan\>	"Yo soy quien hace las preguntas y me falta una, por favor coopere".
\<Thais\>	"Lo siento, pregunte".
\<Colvan\>	"¿Conoces a un tal Ezequiel?"

Thais asombrada por saber de quién se trata, mira al detective. Con una mirada desbordada de credibilidad...

\<Thais\>	"Sí, sé quién es. Estuvo cautivo en esa dimensión extraña conmigo y varios más".
\<Colvan\>	"Ya veo... ¿Dónde está? ¿Regresó junto con usted?"
\<Thais\>	"No, él no logrará volver. ¿Por qué el interés si se puede saber?"

El detective, molesto se voltea suspirando, controlando el querer golpear con un puño la pared.

<Colvan>   "Una promesa que hice, la cual era recuperarlo con vida".
<Thais>   "Lamento escuchar eso, ¿le prometiste eso a Helena?"

El detective sorprendido, al escuchar que la joven sabe el nombre a quien el por más que intento fallo en mantener su promesa.

<Colvan>   "Te comenté que si cooperabas no durarías mucho en esta celda… ¿Cierto?"
<Thais>   "Así es".

El detective, abre la celda con la autoridad que lo favorece por ley.

<Colvan>   "Bueno, necesito que me acompañes".
<Thais>   "Me van a transferir".
<Colvan>   "Bajo mi custodia, necesito que venga conmigo. Hay algo que debe ver".
<Thais>   "De acuerdo".

Sacándola sin problema del cuartel, se montan en el vehículo oficial del detective. Con urgencia salen en dirección a lugar que el mismo desea mostrarle con tanto afán. Llegando edificio algo maltratado pero en uso por las personas que se dedican al cuidado del lugar.

<Thais>   "¿Por qué paramos en este lugar?"
<Colvan>   "Espera y verás".

Disminuyendo la velocidad con la que venía, buscado encuentra un estacionamiento. Apagando el vehículo. Ambos se bajan del mismo.

<Colvan>   "Ven, sígueme".

Esta haciendo caso, intrigada por la que sucede. La curiosidad aumenta rápidamente en su ser. Entran al edificio y el detective identificando con la recepcionista del lugar. Mientras que la cargada del mismo se acerca al detective para darle la bienvenida.

<Encargada> "Detective… ¿Dos veces en la misma semana?… Eso si es un buen trabajo. Gracias por su apoyo".
<Colvan>   "De nada, Sor Lucía".
<Sor Lucia> "Adelante Colvan, sabes que esta es tu casa".
<Colvan>   "Gracias".
<Thais>   "¿Sor?… Espera un momento, ¿acaso es un orfanatorio?"

<Colvan>   "Así es, silencio. Ven conmigo".

Esta haciendo caso, caminando por los pasillo del lugar. Llegan a una habitación. Donde al pararse en la puerta. Thais se sorprende, al ver una niña jugar con varias muñecas arrodillada en el suelo. La misma se voltea a ver de quien se trata. Emocionada se dirige al detective.

<Niña>   "Tío Colvan".

Este riendo, se arrodilla abriendo sus brazos para que la niña le deposite un abrazo. El detective recibiendo el mismo con mucho entusiasmo y alegría.

<Colvan>   "Que hermosa mi niña, anda vuelve a jugar con tus muñecas".
<Niña>   "Sí tío".

Thais paralizada, por lo que sus ojos se niegan a creer. Reconociendo la viva imagen de Ezequiel en el rostro de esa niña.

<Thais>   "¿Es la hija de quien creo que es?"
<Colvan>   "Así es".
<Thais>   "¿La hija de Ezequiel y Helena?"
<Colvan>   "Sí, habían comentado que todos el día del parto habían fallecido, me esforcé en averiguar si era cierto y la niña había nacido, siendo alejada de la habitación en donde ocurrió la masacre que la dejo huérfana. Ahora con su padre desaparecido. No hay otro lugar que este orfanatorio, donde trato de venir cada vez que puedo. Así se lo debo a Helena".
<Thais>   "Entiendo".

Mirando con dulzura la huérfana que ignorante no sabe la tragedia que vivieron sus padres.

<Thais>   "¿Cómo se llama?"
<Colvan>   "Sophía".
<Thais>   "Qué hermoso nombre".

Thais acercándose a la niña, la cual corre asustada. Al desconocerla ocultándose bajo las piernas de Colvan.

<Colvan>   "Tranquila Sophía, no hay por qué temer, ella será tu amiga".

Thais arrodillándose junto a las muñecas, sujetando dos de ellas. Mira a la niña y luego de una sonrisa.

<Thais> "Ven Sophía, no me temas. Anda vamos a jugar".

La niña con el único deseo de ser feliz, corre y sentándose frente a Thais coge las dos muñecas restantes del suelo y mirandola por un corto tiempo, sonrie. Vuelve a jugar con las muñecas llena de felicidad por su nueva amiga. Thais, volteando a ver hacia Colvan con una sonrisa.

<Thais> "Sophía es adorable".

Colvan acertando con su cabeza, sonriendo.

Los Angements restableciendo el orden, el balance en cada uno de sus respectivos dominios. Con el esfuerzo y colaboración en grupo, cualidad que siempre como espectros los favoreció sobreviviendo a las situaciones más difíciles. La tregua entre los humanos de la dimensión fue restablecida. Ofreciendo a todos aquellos espectros que continúan atrapados la opción de regresar a casa, los mismos si razones por las que ya deban temer, permanecen en la dimensión.

Sintiendo un alivio de que no tienen por qué regresar a casa. Como si nadie se preocupara más por ellos. Aceptando la obligación y responsabilidad, convirtiéndose en jefes de nuevas aldeas. Creando grandes murallas para hacer nuevas ciudades en memoria y respeto de todas aquellas que había sido destruidas en la guerra. Ciudades que dominaban y balanceaban la dimensión controlando las bestias, esparciendo armonía, donde los Angements demostraron ser justos y son venerados como dioses.

Ezequiel junto a sus nuevos hermanos vuelan a lo alto de la torre. Ya en la cúspide de la misma. Todos admira un trabajo que le tomó algo de tiempo verlo por terminado.

<Drako> "Por fin, todo parece estar en su normalidad".
<Nero> "Así es, ahora es cuestión de mantenerlo".
<Lionexus> "Así será, nadie volverá a vivir lo que con tanto trabajo sobrevivimos".
<Ghorlaz> "Hablando por mí, espero que así sea. No creo que alguien pueda aguantar las mentiras que tuve que vivir para respirar este aire tan limpio en estos momentos".

\<Drako\>	"Tranquilo, somos una familia ahora y como tal velaremos por cada uno de nosotros y por quienes necesiten ayuda. ¿Ezequiel?... ¿Por qué tan callado?"
\<Ezequiel\>	"Nada, algo no me cuadra. Pero ya pasó. No hay nada que se pueda hacer ahora".
\<Ghorlaz\>	"Anda... ¿Qué sucede?"
\<Ezequiel\>	"Ustedes no van a saber. Eran capullos al momento de nacer la duda en mí".
\<Nero\>	"Sólo comparte tu carga".
\<Drako\>	"No teníamos que estar escuchando para poderte aconsejar ahora".
\<Ghorlaz\>	"Cierto, cuentanos... ¿Qué te sucede?"
\<Ezequiel\>	"Cuando se estaban convirtiendo en lo que son, lo que somos. Vicarius me dijo que mi novia había muerto".
\<Nero\>	"¿Helena?"
\<Ezequiel\>	"Así es".
\<Lionexus\>	"Es algo difícil de creer, de lo contrario estarías muerto".
\<Ezequiel\>	"Es lo que aprendí por la situación de Nero... Eso es lo que me confunde. Nero fue revivido porque murió junto a su amada. Pero yo, yo amaba a Helena más que a ninguna otra cosa en mi vida, jamás estuve muerto".
\<Drako\>	"Tienes razón".
\<Ezequiel\>	"Ven lo que les digo, ¿comprenden lo que me preocupa?"
\<Lionexus\>	"Sí, pero mi consejo... Entierra el pasado. Somos otros ahora. Sólo quiero que sepas, que cómo dijo Drako, somos una familia ahora y estaremos para cada uno de nosotros, para nuestra gente, nuestro padre Vicarius.

Levantando sus armas, abren sus alas todos en conjunto. Las bajan y contemplan el trabajo de restablecer la tregua, promesa que cumplieron ante su padre Vicarius con éxito.

Ezequiel con algo de lástima, se torna en orgullo en el silencio por la preocupación que lo concierne. Abandonado por sus hermanos quienes se dirigen a la protección y vigilia de sus respectivos dominios. Sólo en la cima de la guarida de los Angements, con respeto a su amada, levanta su cabeza en honor a Helena.

\<Ezequiel\>	"Todo lo hice por ti amor, el sobrevivir y llegar a darte todo lo que jamás te pude dar. Convertirme en arcángel por la falta que me harías en la Tierra. Sin tener nada que me recuerde a ti ya que nuestra hija murió junto a ti".

Caminando hacia el borde de la torre, observando a distancia lo lejos que se ve el suelo. Abriendo sus brazos, se deja caer al vacío...

<Ezequiel>   "Lo único seguro que tenemos es la muerte, prefiriéndola ante el duro lamento que me produce tu ausencia".

Cerrando sus puños frente a su pecho, abre sus enormes alas momentos antes de impactar el suelo. Planeando gana rápidamente la altura perdida. Alcanzando una altura aun mayor de donde se arrojó. Observa un radiante atardecer brillar sobre los cielos. Pintando los mismos con el color de su elemento. Venerando el mismo jurándose a si mismo...

<Ezequiel>   "Siempre te tendré presente, Amor".

Planeando hacia el atardecer que lo deslumbra con su radiante presencia, hacia sus dominios.

Epílogo

Varios años más tarde en un cementerio, una joven tira flores sobre una tumba doble, la tumba lleva grabado:

"El amor que duerme en este lugar será siempre eterno con la gracia del Creador. Descansen en paz Ezequiel y Helena".

Una mujer que acompaña a la joven se le acerca y echándole el brazo a la misma, le arroja un ramo de flores a la tumba, compartiendo el sentimiento de la joven por la pérdida de los mencionados en la lápida.

La mujer le comenta a la joven:

"Toma tu tiempo. Te esperaré en el carro Sophía".

<Sophía>   "Sí gracias... Thais, voy en un segundo sólo quiero despedirme".
<Thais>   "De acuerdo mi vida".

Thais se aleja de Sophía y la misma apretando sus puños, le habla a la difunta pareja.

<Sophía>   "Hubiera querido tanto haberlos conocido. Papá, dicen que tengo tus ojos y valentía. Mamá, de ti la gracia de llevar siempre una sonrisa y la humildad. Pero no soy como los demás jóvenes, yo no podía llevar una vida normal junto a

ustedes en vida. Pero de igual forma los llevo conmigo en el corazón… Los amo".

La joven se dirige a Thais y le comenta:

<Sophía>   "Regresemos a casa."
<Thais>   "De acuerdo".

El carro se marcha y dirigiéndose a su hogar, dejan el cementerio atrás. Llegando a la casa, Sophía pasando varios trofeos de oro por arco y flecha, llega al teléfono que se encuentra al lado de una foto de Helena y Ezequiel. Marcando un número de memoria, la llamada es atendida y le contesta:

"Saludos princesa… ¿Cómo te encuentras?

<Sophía>   "Bien tío Colvan, ¿qué haces? ¿Estás trabajando?"
<Colvan>   "No Sophía, estoy en casa. Me encuentro de camino al centro comercial, pregúntale a Thais si puedes acompañarme y paso a recogerte".
<Sophía>   "Me parece bien para despejar la mente, dame un momento".

Sophía tapando el teléfono, le grita a Thais por el permiso.

<Sophía>   "No hay problema tío Colvan, Thais me autorizó. Ella es la mejor".
<Colvan>   "Es cierto cariño, bueno. Enseguida paso a recogerte, espérame".
<Sophía>   "Esta bien, te espero".

Colgando el teléfono se propone a esperarlo. Mientras, se da cuenta de que hay un mensaje de voz en el teléfono. Escuchándolo, se entera de que el juego que esperaba, había llegado a la tienda donde lo había reservado y que ya podía recogerlo.

Pensando en el viaje de Colvan, se siente feliz porque va a poder recogerlo. Sube corriendo las escaleras y va a buscar el recibo de compra y el dinero que tenía guardado para cuando llegara. Un auto se estaciona y tocando bocina.

<Thais>   "Sophía, Colvan llegó".

Sophía tomando su abrigo se va y cierra la puerta de su cuarto. Baja las escaleras y se marcha de la casa junto a Colvan hacia el centro comercial.

Thais ya unos minutos a solas en el hogar mientras prepara la comida menciona…

<Thais>   "Que calor tan intenso ha hecho el día de hoy".

Ignorando la presencia del padre de Sophía, quien ya sabe que su hija está viva y corre un enorme peligro…

Glosario

Angements (raza):

Son los guardianes de la dimensión creada por Vicarius, gracias a la petición de Shagga para despojarse del dominio sobre los elementos y las sombras. A estos se les refiere a demás, como los arcangéles

La palabra "Angements" no se encuentra en diccionarios, ya que la misma fue creada por el Autor para distinguir una serie de criaturas que se encuentran en la historia.

Espectros (Spectre):

Seres humanos trasportados a la dimensión creada por Vicarius. Son reconocidos por los arcangéles como espectros, ya que son intrusos y no pertenecen a ese lugar. Los arcángeles le dan cazería atentanto contra la seguridad del lugar y objetos de interés; separándolos de los humanos que ellos protegen y son parte de la dimensión.

Abandondados - Forsakens:

Espectros que se distinguen entre la multitud que son cazados por los arcangéles, ya que estos poseen las peores intensiones en la dimensión para beneficio propio, haciendo que sus facciones y otras características físicas cambien, tornándose intimidantes al hacerle daño a otros seres de la misma.

Créditos

Autor:
Adalberto Martínez Rivera

Editora:
Sandy I. Vélez Calderón

Artista de Portada:
Crystal Álvarez Hernández

Artista Gráfico:
Edwin E. Camacho Pacheco

CPSIA information can be obtained at www.ICGtesting.com
Printed in the USA
BVOW02*2310250916

463283BV00018B/343/P